新潮文庫

逃亡

上巻

帚木蓬生著

新潮社版

6514

逃亡

上巻

Escape

謝辞

資料収集に際しては、宮﨑修司、金本登喜義、重松寅男、吉本好江、宮下光盛の五氏に負った。特に宮﨑修司氏からは多岐にわたる詳細な御教示を得た。

また、福澤和固、坪田觀二、羽東長七、上田益平、辻岡峯男、杉山藤夫、金森英夫、山田弘司、リチャード・ブレイル、出田哲也、楠瀬啓之、森山歌林の諸氏にも労を煩わせた。

精神医学の恩師、中尾弘之九大名誉教授には、構想の段階から関連文献の恵与を受けた。

長い道のりの同行者は今回も佐藤誠一郎氏（新潮社出版部）であった。助言と励ましに何度救われたことか。

以上の方々の力添えがなければ本書は成らなかった。記して心からの謝意を表する。

MORITA SEIJI sgt.

Gendarmerie

Wanted by *Hongkong*

Tortured Mr. Power to death at Stanley Gaol 16. 10. 43 and other atrocities.

Believed to be in Japan or Canton.

——— • ——— • ———

Escaped Police escort Fukuoka Pref.

18 November 46

I

「何も逃げる必要はないのではないか」

反対したとき、田中軍曹《ぐんそう》は首を振った。

「俺の密偵と昨日会ったんだ。貴様は知らんと思うが、頼みにしていた四人の密偵のうちの一人だ。もう香港《ホンコン》では、憲兵と密偵狩りが始まったらしい。彼も、これから連江口《れんこうこう》に帰ると言っていた。一般の流《る》浪《ろう》民になりすまして故郷に戻れば、誰にも判《わか》らない。敗けたあとも、俺のことを気づかってくれるのには頭が下がる。彼の言うことだから間違いない」

田中軍曹は血走った眼を向けた。

「しかし香港でやったことは、すべて憲兵としての任務だ。やましいことはしていない」

「その任務が悪かったのだ。戦場で人を殺しても戦犯にはならない。しかし戦場以外のところで敵国人を虐待《ぎゃくたい》すれば、罪になる。敗け戦の場合にはな。貴様も分かっているはずだ」

「香港は戦場だった」

確かに戦車や地雷はなかったが、紛れもなく、戦場だった。だからこそ憲兵隊がいたのだ。

「ああ、一面ではそう言えるさ。俺たち憲兵にとっては戦場だった。しかしな守田、俺たちが相手にした連中は兵隊だったか。香港政庁の役人、ダンスホールの支配人、元警察官のたぐいではなかったか」

田中軍曹は声を低め、周囲に眼をくばった。

憲兵教習隊の狭苦しい運動場には誰も出ておらず、建物の窓から眺められたとしても、憲兵二人が無聊《ぶりょう》にかまけて鉄条網の修理をしているくらいにしか見られないだろう。憲兵軍曹がペンチを持って鉄条網の修繕をする光景そのものが敗戦の図だと、自嘲《じちょう》じみた思いが頭の隅を掠《かす》めた。

「なかには、元英軍兵士もいた」

「しかしそれは捕虜だろう。捕虜は兵士ではない。そいつらを手荒く扱ったとなると、捕虜虐待になる。あっ、気をつけろ」

指先に痛みがあり、血がにじみ出す。鉄条網を扱うのはバラの花束を作るのに似て、一瞬の油断もできない。指先を口で吸ったが血は止まらず、仕方なしに襟布の三角布をとり、引き裂く。細長くなった布で人差指をぐるぐる巻きにする。根元の結び目は田中軍曹が手伝ってくれた。

「こんな襟布も、もう要らない。昔は一日おきに洗ったものだが、このところ一週間つけっ放しだ。話はどこまでいったっけ」

「捕虜虐待」

「そうそう。貴様はよく他人事《ひとごと》みたいに言えるな」

田中軍曹は眉《まゆ》をひそめた。「要するに、俺たちが相手にしてきたのは兵士ではない」

「表向きは兵士でなくても、重慶政府や八路軍のスパイで、大佐の肩書を持つ者もいた」

「しかし兵隊の恰好《かっこう》はしていない。民間人を装《よそお》っている。そうなれば、民間人殺害だ」

殺害、というところで田中軍曹は顔を歪《ゆが》めた。口には出さなかったが、お前と俺とは同罪だと言わんばかりに、視線を打ちつける。

「ともかく香港は戦場で、戦った敵も兵士だったと、貴様がいくら弁解したところで、敵さんがそうでないと否定すれば、それでおしまいだ」

田中軍曹は二本の鉄条網を針金でつなぎ、ペンチで器用に締め上げる。

「こんな所を修理しても、敗けた今、何にもならんと貴様は思っているだろう」

別の修理箇所を探して移動しながら、田中軍曹が言う。図星だったので返事をしなかった。

「この鉄条網が俺たちを守ってくれているのだ。支那人たちが破れ目からはいってきて、掠奪《りゃくだつ》を始めたらどうなる。射ち殺せないよ。殺せば殺人罪だ。家屋侵入と大声で叫んでも、ここの土地はもともと中国のものだ。俺たちはお手あげさ。そこのところを、憲兵隊のお偉い連中は分かっていない。いや俺たち下士官だってどれくらい分かっているか」

新しい破れ目を見つけて、田中軍曹が腰をかがめる。針金を入れて交互に編みこむ。憲兵になる前は工兵隊にいただけに、慣れた手つきだ。

「八月十五日以降、将校から下士官、兵まで、ひなたの雪だるまみたいになってしまった。一日一日をどう過ごしていいか摑《つか》めず、右往左往するばかり。そりゃ俺だって、四、五日は手つかずだった。受け持ちの憲兵候補者たちには、軽挙妄動《もうどう》を慎めなんて偉そうなことを言っていたが、単にどうしていいか分からなかっただけだ。そのうち、憲兵隊は軍の秩序を守る当初の任務を全うせよ、という通達が来た。つまり、軍の最後の一兵卒が引揚げるまで現地にとどまり、秩序を保てという命令だ」

あの日の午後、敵機は市の上空を低く飛んで、ウェルデアイマー中将署名のビラを撒《ま》いた。愛群ホテルの塔をめがけて急降下の曲芸飛行をしてみせる戦闘機に、中国人たちは拍手喝采した。

敗戦の報と同時に憲兵隊がとった行動は、書類の焼却だった。文字の書かれた紙という紙は運動場に持ち出され、炎の中に投げ込まれた。在庫管理簿や出納・経理の書類は言うに及ばず、区隊名簿、賞罰簿のたぐいまでが火となり、十五日の夜半過ぎまで、炎と煙は上がり続けた。

翌十六日、六人一組となって広東市内の偵察に出たとき、どの家にも青天白日旗が翻《ひるがえ》っているのに愕然《がくぜん》とした。見つかれば命にもかかわるその旗を、一体どこに隠していたのか。まさか一晩のうちに縫い上げるのも不可能なはずで、住民たちはこの日のために土中に埋めていたか、床下に隠していたのに違いない。

行き交う馬車や自転車に乗っている者も、小旗を振っていた。さすがにまだ、憲兵隊に怒号を浴びせたり、食ってかかる中国人はいなかった。

「守田、考えてみろ。軍を見送ったあと、さあ今度は俺たちの番だと帰国の準備をしたところで、相手がそう簡単に許してくれるかね。いや俺たちは帰国すると言い張っても、頼みの二十三軍はもういない。丸腰と同じだ。それに」

田中軍曹はまた周囲を見渡す。憲兵候補者が十名ばかり運動場に出て、駈《か》け足をさせられている。念のいったことに、全員が鉄帽をかぶり、煉瓦《れんが》のはいった雑嚢《ざつのう》を背負っている。指揮しているのは佐渡島曹長で、自分までも鉄帽に背負い袋姿だ。

「それに——」

と田中軍曹は黙り込み、ペンチと針金を置く。二人とも立ち上がり、佐渡島曹長の一団が近づいてくると挙手をした。曹長も軽く敬礼を返し、候補者たちを連れて走り去る。

「時間が経《た》てばたつほど、支那人の感情は反日に傾いていく。貴様も外出のたびに気づいたろう」

田中軍曹の言う通りだった。八月十五日の無条件降伏、九月にはいってからの南支派遣第二十三軍の武装解除通達、さらに全軍の引揚げ決定という具合に、日が経つにつれて広東住民の目つきが変わってきていた。

「二十三軍が全部いなくなったあと、これが一度に爆発しないとも限らない。自分たちを苦しめた連中をこのまま帰らせていいのか、償いはさせなくていいのか、そんな声が必ず湧《わ》き上がってくる」

「なるほど」

頷《うなず》くしかない。

大きな変化のひとつは、儲備《ちょび》券《けん》の暴落だった。南京政府が発行した儲備券を受け取らない店主もいた。

「密偵のひとりが市内で連絡をとってきたのは、二週間ばかり前だ。会ったのは偶然で、俺は一緒に歩いていた沢井軍曹にちょっと用事を思い出したからといって、別れた。合図を送った密偵のあとを、素知らぬ顔して追って行った。制服を着ていたから人目につくし、びくびくものだったが、狭い路地のところで小部屋に引きずり込まれた。そこで彼と二人きりになって話した。香港の陸海軍に武装解除命令が下ったのが、九月一日だということもそのとき知った。広東《カントン》での戦犯内偵も始まっている、先生も逃げたほうがいいでしょうと、彼は真顔で忠告した。そのとき俺は、今の貴様と同じように、忠告をすんなりとは受け入れたくなかった」

田中軍曹は当時の迷いを思い起こしてか、嘆息をした。

「名誉ですか、日本軍人の名誉を守って逃げないのですか、と密偵は訊《き》いてきた。俺は黙っていた。名誉で全部言い表わせるような心情ではなかったが、半分は言い尽くされるかもしれんと思っていた。部屋の中は薄暗くて、密偵の顔だけが脂《あぶら》ぎって見えた。こいつは敗戦前も命を賭《と》して働いてくれたが、敗けたあとも俺のことを本気で心配してくれている。人を見る俺の眼に狂いはなかった。そんなことを漠然と考えていた。すると彼は俺に何と言ったと思う」

問われて首を振る。

「中国人社会には、自分は無実潔白だという主張は一切通用しません。それにもうひとつ、中国人は、どさくさのあい間に仇討《あだう》ちをする習癖があるのです。そう言うのだ。これで俺の気持は固まった」

運動場から、教習隊本部の三階建鉄筋が見える。屋上には御楯《みたて》神社が祀《まつ》られ、屋根の一部がのぞいている。この眺めは変わらないが、大徳路《だいとくろ》に残った憲兵教習隊は、中国人の人の波に浮かぶ舟のようなものだ。人の波が何かの拍子に大波になれば、舟は音もたてずにひっくり返る。

「いつ逃げる?」

田中軍曹に訊いていた。

「やっと決心がついたか」

田中軍曹はペンチを動かす手を休めた。「早ければ早いほどいい」

「しかし、今逃げれば離隊だ。敵前逃亡と同じで軍法会議ものだ」

「ばか。日本は敗けたんだ。日本軍も何もあったものじゃない。軍法会議など開けるはずがない。軍の偉い将軍たちがどういうことをやっているか、考えてもみろ。これは二十三軍のことじゃない。北支や中支での話だ。軍が保有している物資を全部国民党軍に差し出し、その見返りとして、将兵全員の帰国を保証させたということだ。ある意味でそれも賢い方法だ。俺は文句は言わん。しかしその将兵の員数の中に憲兵ははいっていなかった。憲兵にはただ、部隊の無事な帰還完了までの復員軍紀の維持、そして日本人居留民の引揚保護に全力を尽くせ、という命令が下っただけさ。だから、大陸の奥地に配置された憲兵隊ほど、その後の脱出には苦労している。それに比べると広東はまだいいうちかもしれん。とにかく、ここを出るとすれば、早いにこしたことはない。明日の午後にでもどうだ」

「何人で出る?」

「貴様と俺の二人だ。こんなもの大勢でやれば、それこそ大騒動になる」

田中軍曹は腰を上げる。

鉄条網沿いに、建物から最も離れた場所まで移動した。

「班長には街の偵察に行ってくるからと、もっともらしい理屈をつけて、支那服で出かける。問題は金だ。どのくらいある?」

「香港ドルで二百ドル。法幣《ほうへい》は千元くらいだろうか」

「俺も同じようなものだ。何とかなるだろう。どこで落ち合う? 二人一緒に教習隊を出てはまずかろう」

「中山路《ちゆうざんろ》と越秀路《えつしゆうろ》が交叉《こうさ》する四ツ角の東南の角はどうか。あそこなら、東地区憲兵隊が近いので、万が一の場合は駈け込める」

「憲兵隊が近いと却《かえ》って気になるが、まあいいだろう。三時でどうだ。四時まで待ってどちらかが来なかったら、いったん教習隊に戻る。そしてまた打ち合わせをやり直そう」

佐渡島曹長が引率する候補者たちの駈け足は終わっていて、運動場はがらんとしていた。

「候補者たちも拍子抜けしているよ」

運動場を横切りながら田中軍曹が言う。「せっかく憲兵を志願して試験に合格しながら、敗戦だからな」

「結果的にはよかったさ、それで。逃げずにすむ」

「それもそうだな」

広東に教習隊が創設されたのは昨年の五月で、第一期生を五十名採用、年末に卒業させ、今年前半に二期生を送り出し、現在いるのが三期生百五十名だった。

「貴様が今年の二月広東に転勤になったのは、上層部のはからいだったのかもしれん。あの時は転勤を恨んだろうが」

「確かに。香港にあのまま残っていれば、顔は覚えられているし、中国人に変装したところで、すぐにつき出される」

香港憲兵隊に大がかりな異動命令が出されたのは半年前の二月で、二十名近くが広東教習隊に送り込まれ、逆に広東地区の憲兵が香港に移った。その他の異動を含めると、香港地区の憲兵でそのまま居残ったのは一割にも満たない。そこにどういう意図が働いたのか明らかにはされなかったが、まさか敗戦を見込んでの処置だったのではなかろう。

「広東に戻ってきたときは、ちょっと懐《なつ》かしかった。憲兵としての最初の勤務地がここだったからな」

「そうか、市内のことは貴様も知っているな」

田中軍曹が安堵《あんど》した口調になる。

「あのときは六ヵ月しかいなかったから、そう威張れたものじゃない。真向かいにある南支派遣憲兵隊本部付だった」

「俺は最初は海南島。あそこもよかった」

田中軍曹とは、北京《ペキン》教習隊の五期生として共に学んだ仲だった。卒業の後、同期生たちは南支の各地に配置され、離れ離れになった。再会したのが教習隊で、彼のほうは海南島のあと広東に呼び戻されて特高課員となり、教習隊創設と同時に教官として送りこまれていた。

「それでは明日」

田中軍曹とは階段下で別れ、自室にはいる。二人部屋をひとりで使っていた。二段ベッドに机が二脚。真ん中で仕切られた大きな衣裳簞笥《いしようだんす》が一個、天井近くに押入れがつくられていた。

持物といっても、軍服と背広、中国服の他には、革トランクに納めた紙幣や雑記帳のたぐいしかない。香港から転勤してきたとき、トランク一個分以外の家財は全《すべ》て処分していた。

トランクをひきずりおろして、革の信玄袋をとり出す。この中にはいる物しか持ってはいけまい。あとは置いていくしかない。

油紙《ゆし》に包んだ法幣と香港ドルを信玄袋に移しかえる。それだけで袋は大きく膨らんだ。

トランクを再び押入れに入れたとき、非常召集のブザーが館内に響き渡った。

部屋を出て、鍵《かぎ》を外からかけた。

候補者とその班長以下総勢二百名近くが、運動場に整列したのは五分後だ。

壇上に教習隊長東畑少佐が立っていた。

――南支憲兵隊の武装解除は、明日正午と決まった。正午きっかり、国民党軍の憲兵隊に対し、すべての武器を提出する。その後の我々の行動については、すべからく国民党軍の指示を待つことになる。各自、栄光ある帝国憲兵、および候補者としての任務を、あと二十時間あまり、悔いのないよう全うせられんことを望む。以上。

東畑少佐は感きわまったように声を詰まらせた。

「意外に早かったな。こんな宙ぶらりんの状態では、精神衛生上よくない」

すぐ傍で、佐渡島曹長が言った。

「いよいよですね」

中途半端《はんぱ》な返事をしながら、眼で田中軍曹を探す。予想もしなかった急な決定だけに、予定を変更するのか確かめなければならない。武装解除後の離隊は不可能だろう。

候補者も教官たちも、言葉少なに建物の中に戻っていく。どの顔にも、いよいよ来るべきものが来たという感慨が読みとれる。

田中軍曹は、階段の下で長靴《ちょうか》の泥を払っていた。背後から、さり気なく声をかけた。

「変更なし」

彼は低い声でそれだけ言い残すと、廊下の奥に消えた。

何時に出るのか、反射的にそう考えた。夜のうちか、それとも明朝になってからがいいのか。しかしどうやって。

自室に戻り、持物と衣服を整える。軍装ではもう単身で広東市内を歩けない。袋叩《ふくろだた》きにされるのがおちだ。背広も市内では目立ちすぎ、日本人と察せられやすい。中国服しかなかろう。香港では、特務憲兵という任務上ほとんど中国服で過ごした。身なりと仕草だけからは日本人と見分けられない自信がある。問題は、現地人並みとはいかない広東語だが、これも口数を少なくしておけば、福建省あたりの出身者だと間違ってくれた。

中国服を身につけたあと、いつ、どうやって離隊したらいいのか。田中軍曹と一緒に修理した鉄条網が頭に浮かぶ。未修理の箇所から逃げる手はある。真夜中は難しいとしても、未明なら懐中電灯もいらない。九月にはいって、歩哨《ほしよう》の巡回はなくなっていた。

夕食時になっても、気持が定まらなかった。班毎《ごと》にテーブルについて黙々と飯を嚙《か》む。白米、沢庵《たくあん》、貝汁、煮魚まではいつもの食事と大差ないが、今夜は八宝菜が添えられている。解除前の最後の夜だと炊事係が気を利《き》かせたのだろう。

候補者たちは、心づくしの馳走《ちそう》を味わいながらも、明日からどうなるのか不安を隠せないでいる。入隊してきたときのように、神妙に口を動かす。

班長の飯野曹長や他の教官たちも思いつめた表情をしている。

この中の何人が離隊を考えているのだろうか。そんな思いがよぎった。

離隊の決意は、自分の過去を天秤《てんびん》にかけることからはじまる。憲兵として何をしたかだ。何もしなければ、つまり憲兵特有の職務に身を挺《てい》していなければ、隊を離れる必要はない。

飯野曹長は、教習隊に来る前、二十三軍憲兵隊本部の警務課勤務だった。候補者への指導は温厚そのものだが、傍《はた》で見ていても、百戦錬磨の憲兵だと分かる。候補者を前に披露した捕縄《ほじよう》術の手つきは鮮やかで、場数を踏んでいる者でないとあそこまではできない。

その彼も同じように離隊を考えているのではないかと、妙な邪念が湧く。いや彼だけでなく、主だった下士官全員が密《ひそ》かに逃亡を画策しているのではないか。食堂の空気が沈んでいるのもそのためだという気がしてくる。

仮に、教習隊から十人も離隊すれば大事件になるだろう。同じ出来事が維新路を挟んで真向かいにある憲兵隊本部、中央区憲兵隊、東と西の憲兵隊、さらには河南地区憲兵隊で同時に起これば、これはもう大騒動だ。武装解除どころの沙汰《さた》ではなく、国民党軍あげての憲兵討伐が始まるのは目にみえている。

離隊後、運悪く捕らえられればどうなるか。自らおのれの悪業を暴露したととられかねない。後ろめたいから逃亡したのだと、犯罪人に仕立てられ、リンチをくらう。裁判にかけられても、戦勝に酔う雰囲気のなかでは、極刑は免れまい。

とすれば、武装解除に甘んじたほうが得策だろうか。いや、それもまずい。解除後も、戦犯追及は続くはずだ。隊内にとどまっているのは、雌雄の判別を待つひよこに似ている。雄と判《わか》れば首をひねられて御陀仏《おだぶつ》だ。

堂々巡りの思案に、箸《はし》の動きが鈍くなる。

「班長殿、お世話になりました」

候補者のひとりが突然立ち上がった。他の候補者も一斉に起立する。

「自分たちは、班長殿の教えをこれからも守っていく所存であります」

不意の出来事に、他の班の連中が顔を向けた。

「よく分かった。坐《すわ》れ。こんな席では恰好《かっこう》がつかんぞ」

飯野曹長が穏やかに制して、十三人の候補者がようやく着席する。そのうちの三、四人は必死で涙をこらえている。

師団から推薦されて憲兵教習隊の試験を受け、合格し、教育を受け始めた矢先の敗戦だ。口惜《くや》しさは古参憲兵以上なのかもしれない。

候補者たちが黙り込んでしまうと、飯野曹長は慰撫《いぶ》するようにひとりひとりを眺めやった。

号令とともに夕食を終えると、曹長が第一区隊第二班だけをその場に残らせた。

「今夜は、もういつものように反省録も書かなくていい。区隊長殿には私から上申しておく。八時半からの日夕点呼もなし。つまり九時の消灯ラッパまでは、全くの自由だ」

いつもなら歓喜の声が候補者の口から漏れるはずだが、真剣な顔を正面に向けたままだ。

「守田軍曹、何か候補者に言うことがあれば」

班長の指名は予期しないものだった。

「明日正午をもって、きみたちの憲兵候補者、日本軍人としての生活は終わる」

言葉を探しながらそこまで言う。班長補佐とはいえ、十三人の教育係ではある。教師面《づら》をしてしゃべる機会など、これから先再びあるだろうかと思った。

「どうか、そのあとは元気で内地に、故郷に、帰り着いてもらいたい。ほんの二ヵ月半ではあったが、憲兵候補者であったことに誇りをもち、新しい各自の持ち場で、一生懸命頑張るように。繰り返す。元気で、国に帰ってくれ」

最後のところで胸が熱くなったが、動揺は外に出さなかった。

「私の気持も、守田軍曹の言葉に尽くされている」

飯野曹長は候補者を見回す。

「泣かないでいい。みんなよく頑張ってくれた。私の知る限り、お前たちは最高の憲兵候補者だった」

前の期の候補者たちが巣立った六月にも、飯野曹長は同じはなむけをした。お前たちは最高だった、という表現以上に卒業生に自信を与える言葉はなかろう。そこに曹長の人柄がにじみ出ている。憲兵組織の上層部も、班長を選ぶ眼だけは確かなのかもしれない。

敬礼をして退出する彼の後ろ姿を眺め、明朝の離隊を告げたい気持にかられたが、思いとどまった。告げれば、制止はしないだろう。しかし、知っていて止めなかった責めは彼がかぶらなくてはならないのだ。

「守田軍曹殿」

飯野曹長に続いて食堂から出かけたとき、後ろで声がした。振り向くと、十三人の敬礼が眼にはいった。反射的に右手を顔の前にもっていく。

「自分たちは、守田軍曹殿を特高の鑑《かがみ》と思っております。お世話になりました」

最前列の候補者赤木が言う。まだ二十歳を過ぎたばかりだが、頭の良さでは区隊一だった。

返事に詰まり、一同を睨《にら》みつけ、背を向けた。

決して良い教育係ではなかった。候補者の世話も面倒臭かったし、それ以上に教えることが億劫《おっくう》だった。にもかかわらず候補者たちから不満が出ず、第一区隊四班のなかで最も統制のとれた班だと評されたのは、ひとえに飯野曹長の人徳のおかげだ。

そんな半端な自分でも候補者たちが評価してくれたとすればありがたい。憲兵の仕事は、言葉で教えられる部分は少ない。大部分は、感じとってもらうしかないのだ。

階段を上りながら思う。自室の机の上に、憲兵手帳、呼笛、捕縄、憲兵腕章、十四年式自動拳銃《けんじゅう》を並べた。百式軍刀は簞笥の中に入れている。これに今履いている長靴を加えれば、憲兵の七つ道具になる。すべてが憲兵の誇りと言ってよかった。憲兵候補者になった日、着衣の上から帯革を締めて軍刀を吊《つ》り、拳銃ケース用の負革を左肩から右脇《わき》へ掛けて、細い帯革を腰に巻いた。とうとう憲兵の卵になったという嬉《うれ》しさで胸がふくらんだ。

憲兵手帳は上衣の左胸の物入れ、呼笛は右胸の物入れに押し込み、笛についた細紐《ほそひも》は物入れのふたを留めるボタンに結びつける。二メートル半の麻紐である捕縄は、十センチの長さになるように巻き込み、袴《こ》の右物入れにしまっておく。そして、左腕に巻く腕章。白地に赤く憲兵と染めぬいてある。晴れて教習隊を卒業し、腕章をつけて原隊に復帰した日、同年兵はおろか、小隊長や中隊長の態度まで変わったのを覚えている。

思い出の道具を、軍刀と一緒に箪笥の上段にしまい込む。

机に坐って、筆をとった。

飯野班長　殿
由《よし》アッテ、離隊致シマス。
遺留品ハ適宜処分置キ下サイ。
御面倒ヲオカケスルコト、伏シテオ詫《わ》ビ申シ上ゲマス。

守田征二

墨の乾くのを待って、机の引出しに入れた。

明日の正午、武装解除の前に、飯野曹長は失踪《しっそう》に気づき、部屋を捜索してこの置手紙を読むに違いない。教習隊の名簿は既に焼却済みだから、員数が揃《そろ》わないからといって、国民党軍から譴責《けんせき》を受けることはない。区隊長に耳打ちして、遺留品は隠匿《いんとく》して知らぬ顔の半兵衛を決めこんでくれるだろう。

ベッドに横になる。明日から軍人ではない。守田征二でもない。誰になりすますべきか。架空の人物よりは、詳細を知っている人物のほうがいい。

軍人を除外して、知人の顔をひとりずつ思い浮かべる。ほんのひとにぎりしかいない。現在広東や香港に残っている者は都合が悪い。敗戦前に帰国した者でも、顔を知っている人間がいれば、偽名はすぐ露顕する。

母方の叔父の顔が浮かんだ。七歳ほど年上だが、本籍地から学歴、家族構成まですらすらと言える。彼の年齢を四歳繰り下げ、こちらの年齢も三歳繰り上げればすむ。学歴も繰り下げる。晩婚だったから、妻子の年齢はそのままでいい。養子に行って、姓が変わっているのも好都合だ。しかも叔父は兵隊にとられていないし、国外に出たこともない。つまり、叔父を知っている人間は、この中国と香港では自分以外にいないのだ。

ベッドに仰臥《ぎょうが》して、叔父の容貌《ようぼう》を思い浮かべる。

もう七、八年会っていなかった。代わりに別の光景が脳裡《のうり》に侵入してくる。またかと身震いがきた。

ひとりきりになると必ず起こる現象だった。意志で吹き払うことも不可能だ。昼間身体《からだ》を動かし、雑事に気を紛らわせている間は、浮かんでこない。ひとり居になると、まるで狙《ねら》っていたかのように、記憶の底に焼きついた光景が立ち現れる。

いったん想起され出したら、もうあらがえない。

湾仔《ワンチャイ》から摩理臣山《モリソンヒル》に登っていく途中に原っぱがあり、背の高い草をかき分けて中に突き進むと、四方の視界は全くきかなくなる。頭上にはきらめく星があるだけで、街の騒音もそこまでは届かない。

二人の中国人の前には、穴が掘られていた。昼間、彼ら自身が小一時間かけて掘った穴だ。スコップで穴を掘っている間、二人ともそれが何のための穴であるかは分かっていたはずだ。いったん湾仔の分遣隊に連れて帰り、地下室で拷問《ごうもん》を加えた。もはや最後の訊問《じんもん》だったから、身体に傷をつけても構わない。八畳くらいの部屋は、天井、床、四方の壁すべてがコンクリートで、置かれた道具も、木製の椅子《いす》と机くらいなものだ。天井から吊り下がっている裸電球と三本の鉄鉤《てつかぎ》が、室内をよけい殺風景にしている。床の赤黒いしみや、壁のコーヒー色の斑点《はんてん》は、見ただけで、人体の流血の名残り、血しぶきの跡ではないかと想像がつく。こすり落とさずにわざとそのままにしておくのも、容疑者に恐怖心を与えるためだ。

胴体と脚を椅子に縛りつけ、両手だけは机の上に置かせた。目くばせをすると、黄佐治《ウオンジョージ》が机の袖《そで》から竹ベラを取り出す。

陳廉伯《チャンリムバック》はそれを一瞥《いちべつ》したなり、視線を正面に向ける。蒼白《そうはく》な顔がひきつった。

黄佐治は彼の左手を摑《つか》み、中指の爪《つめ》の下に竹ベラを突き入れる。陳の口から悲鳴が漏れた。それは単なる叫びで、許しを乞《こ》う言葉ではない。爪の下から血が流れ出し、竹ベラはさらに奥に食い込む。黄佐治が低い声で陳の耳許《みみもと》にささやきかける。猫撫《ねこな》で声だ。

柔かい言葉と竹ベラの動きが見事な対照をなしている。懐柔と残忍。拷問にかけても密偵一と言われる黄佐治ならではの技だ。

顔を歪《ゆが》めた陳廉伯は黄佐治を決して見ない。まるで存在を無視したように正面を向いたままだ。

竹ベラのために、中指の爪が根元から剥《は》がれてしまう。机の上が血糊《ちのり》の海になる。陳は歯をくいしばり、目を閉じる。痛みに悲鳴を上げるが、意味のある言葉は吐かない。

黄佐治が、続けますか？　というようにこちらを見やる。頷《うなず》くと、眼が一瞬鈍い光を帯びた。容疑者の頑固さと上司の無慈悲さの間で、彼の気持がさざ波をたてたしるしとも思えた。

彼は血塗れた竹ベラを、新たに陳の右手の中指に近づけた。今度は一気に爪の下に刺し込むのではなく、時間をかけて痛めつける寸法だ。耳許でささやく言葉も、優しい調子から冷たい口調に変わっている。

じわりじわりと竹ベラが爪の下に食い込む。陳の顔が歪み、脂《あぶら》ぎった汗が表面に浮き出る。竹ベラのちょっとした動きでも、陳は悲鳴を上げる。すると黄佐治は動きをとめ、耳許で白状を促す。陳は何も吐かない。また竹ベラが深くはいり込む。

右手全体が血で赤く染まる。中指の爪はもう剥がれて、ぺらぺらに浮き上がっている。

黄佐治が、ギラギラした眼でこちらの顔をうかがう。三本目もやりますか？　という問いかけだ。一瞬途惑う。

「日本鬼《ヤップンガイ》」

突然、陳廉伯が言った。初めて吐いた意味のある言葉だ。眼がまっすぐこちらを睨んでいる。続いて「鬼憲兵《ガイヒンビン》」。

殺すなら殺せ、俺は何も吐かんぞ、という強い意志が、血走った眼に読みとれる。

黄佐治が殴りつける。陳の筋肉質の身体は、椅子もろとも床に横倒しになった。

「どうしますか」

黄佐治が日本語で訊《き》いた。

「もういい」

これ以上拷問を続けても、何も吐かないだろう。筋金入りの八路軍系諜報《ちょうほう》部員と異なり、通常の国民党系の間諜《かんちょう》は、拷問具を見せただけで泣き喚《わめ》き、暗号文の解読法や仲間の隠れ家を白状する。しかし陳廉伯は違った。国民党重慶政府の秘密結社である藍衣《らんい》社《しゃ》の中でも、おそらく名の通った情報将校だろう。

拷問が徒労に終われば、そのたびに敗北感を味わう。それよりも、ひと思いに始末をつけたほうが楽だった。

嶋中《しまなか》軍曹が担当したもうひとりの男も、結局何も吐かなかった。夕刻、陳と一緒に幌《ほろ》つきのトラックに乗せられたその男は、青黒く顎《あご》が脹《ふく》れあがり、両目がふさがっていた。

両手両足の皮がすりむけ、赤紫に変色している。宙吊りにして殴りつけたのだろう。

インド人の憲査二人が、陳廉伯ともうひとりの男に目隠しの布を巻く。穴の前まで行く十数歩はよたよたと腰が萎《な》え、もう歩けないといった様子でへたり込んだ。そこがちょうど穴の手前で、憲査はふたりの向きを少し変えるだけで用が済んだ。

近寄って軍刀の柄《つか》に手をかける。嶋中軍曹が血の気のない顔で凝視している。見本を示すのは、同じ軍曹でも先任のほうだ。

陳廉伯の太いうなじに眼を据え、この男は万死に値する、と自分に言いきかせる。香港を出ていった軍艦や輸送船、合計十隻《せき》が港を離れて数時間後、アメリカの潜水艦の魚雷攻撃を受けて沈んだ。将兵と民間人合わせて一万人近くが、海の藻屑《もくず》となった。その原因をつくったのが、陳廉伯たちが操る諜者無線だったのだ。出航する船だけでなく、ドックで修理中の船も空襲を受けた。ちょうど修理が終わる頃を見計らって敵機が襲撃する。九龍《カオルン》地区に隠れ住む陳廉伯たちが港の情勢を探り、無電台を使ってマカオに無線を送っていたからに他ならない。

この男は万死に値する。肚《はら》のなかで復唱し、軍刀を抜く。

振りかぶると、インド人憲査が陳の背中を長靴の先で前に押した。陳も、斬《き》り損なわれるよりもひと思いに斬られたほうが苦痛が少ないと考えたのか、すっと首を伸ばした。ちょうどスッポンが首を前に出すような恰好にだ。

振りおろした軍刀は、運良く頸骨《けいこつ》の間に食い込み、丸太が割れるように、四分の一くらいを残して頭部が下方に垂れ下がった。頸《くび》の断面から、二筋か三筋の血が勢いよく噴出し、慌《あわ》てた憲査が足で背中を蹴《け》やる。陳の身体は音をたてて穴の中に落ちた。折れ曲がった頭部の上に重なった胴体の肩口が、起き上がろうとでもするように、ブルブルッと震えて、動かなくなる。

「お見事」

嶋中軍曹の声が上ずっていた。

彼も軍刀を抜いたが、残った間諜は頭を前に突き出さない。インド人憲査が頭を下げろと叫んでも、男は身体を硬直させたまま、逆に腰を浮かし、首をそらせた。

これ以上待ちきれないといった様子で、嶋中軍曹が気合もろとも軍刀を振りおろす。ガチッと鈍い音がし、一瞬後れて男は動物のような悲鳴をあげた。矢継ぎ早の二太刀目《たちめ》は、後頭部の下に斬り込み、血が噴き出し、三太刀目がようやく頸動脈を断ち切った。悲鳴が途切れ、身体が穴の中に転げ落ちる。傷口から流れ出る血がやむまで、数十秒かかった。

「馬鹿野郎《ばかやろう》、白状しないからこんなことに……」

スコップで土をかけながら黄佐治が口ごもる。広東語だった。唇をかみしめ、一生懸命スコップを動かす。陳廉伯たちの死骸《しがい》が見えなくなり、穴が完全にふさがれる。

「こんなものでいいですか」

顔を上げて訊いた黄佐治の目は、泣きはらしたあとのように赤くなっていた。

トラックまで歩く間も、摩理臣山の坂道を下る間も、全員無言だった。

幌を上げたとき、眼下に湾仔から中環《チュンワン》、上環《ションワン》にかけての明かり、対岸の尖沙咀《チムシャツイ》の夜景が、異物のように眼にとびこんできた。

2

六時に起床ラッパが鳴る。頭が重い。蒸し暑いわけでもないのに、一時過ぎても寝つかれなかった。それでも長年染《し》みついた習性で、身体は起き上がった。

運動場に整列して点呼を終え、内地の方角に向かって最敬礼をする。これまでは、単なる儀式としか思っていなかったが、この方向に日本があるのだと、一瞬緊張が頭のなかをかけぬけた。これから逃亡していく方角はこちらなのだ。

教習隊隊長の訓辞もなく、そのまま洗面と掃除をすませ、七時に食堂にはいった。

珍しく麦のはいっていない白米だ。味噌汁《みそしる》の味も濃く、具の蕪《かぶ》と菜っ葉の量も普段の二倍はある。いつもなら二尾がせいぜいのみりん干しが四尾連なっていた。どうせ国民党軍に糧秣《りょうまつ》を渡すくらいなら食ってしまったがいいと、炊事係が機転をきかしたに違いない。

昨夜の思いつめた雰囲気と異なり、候補者も教官たちも、どこか迷いをふっ切ったようにくつろいでいる。

飯野曹長は背筋を伸ばし力強く咀嚼《そしゃく》している。どんなに少ない粗末な食物でも、よく噛《か》み味わえば滋養になる。日頃から候補者に話してきかせている通りだ。

整然として乱れひとつ感じられない食堂。これが敗戦国の兵隊だとは、誰が見ても考えられないだろう。攻撃命令が出れば、すぐにでも装備をし、一時間後には出発できるはずだ。ただ、教習隊の武器といえば、腰の拳銃以外は何もないが。

「内地に帰りつく頃は、紅葉だろうな」

視線が合ったとき、飯野曹長が声をかけた。

「そうだと思います」

「紅葉なんて、久しく見ていない。守田軍曹の田舎は九州だったな。やっぱり紅葉はあるのだろう」

「あります。柿《かき》と銀杏《いちょう》と櫨《はぜ》です」

柿は、たいていの農家が庭先に植えていて、それが紅《あか》く色づく。特に醬油《しょうゆ》屋の庭にあるのが見事だった。銀杏は神社の境内に大木があって、上から下まで黄金色に染まる。

櫨は、村はずれの小川のへりに一列に五十本ばかり残っていた。昔は蠟《ろう》を採っていたというが、今は放置されて誰も寄りつかない。朝晩冷え込む季節になると、それが一斉に燃えるような赤に変色するのだ。

柿と銀杏と櫨のある村の風景が、突如として頭のなかを占める。国が敗れたとはいえ、あの風景だけは変わっていないだろう。

「私も郷里に帰ったら、山登りしてみたい。全山紅葉という場所を選んで、日がな一日ゆっくり寝そべってみたい」

飯野曹長が目を細める。

「班長殿は山に登られるのですか」

会話を耳にした候補者が遠慮がちに訊いた。「自分もよく登りました」

「きみは兵庫だったたな」

「そうであります。六甲山の近くです。小さいときは、あけび採りをしました」

「あれはうまいなあ」

「その他にも、アキグミやエビカズラ、ヤマブドウなどもあります」

「そうそう。思い出した」

飯野曹長が唾《つば》をのみこむようにして頷く。

「自分も、郷里に帰ったら山に登ります」

「それがいい。そしてしっかり親孝行だ」

「はい」

他の候補者も曹長の顔を見て頷く。

飯野曹長はそれ以上言葉を継がない。何事もなかったように、残ったみりん干しを口に入れ咀嚼する。さらに訓辞を期待していた候補者たちは、落胆した面持ちでそれぞれの膳《ぜん》に向かう。

区隊長の菅原中尉《すがわらちゅうい》が立ち上がっていた。

「本日の昼食は一時間繰り上げて十一時からとする。腹が減っては武装解除もできない」

にこりともしないで告げたせいか、何人かが苦笑を漏らした。言った本人も苦笑いし、

「それまでは各自身の回りの整理をし、あくまでも軽率な行動は慎むように。以上」

現在七時三十分、十一時までは三時間半ある。行動を起こすには充分な時間だ。一時間後に隊を出ようと決心する。

部屋に戻って軍服を脱ぐ。きちんと折り畳み、代わりに茶色の便衣を着た。足には絹の布靴だ。香港では、この恰好《かっこう》で、隠れ家から毎日のように繁華街に出た。特高課に配属されてからは、むしろ軍服を着る機会のほうが少なかった。日常の広東語はこなせたし、面長のおかげもあって、ちょっと見た眼では日本人だとは見破られなかった。

信玄袋の中味は懐中時計と重慶政府発行の法幣《ほうへい》、香港ドルのみだ。

八時半きっかりに部屋を出た。

「守田軍曹、外出か」

階段の下りがけに、菅原中尉と鉢合わせになる。

「はい、一時間ばかり、街の空気を吸って来ようと思います」

すんなり返答が出た。

「さすが特高上がりは違うな。俺たちは思いもつかん。俎《まないた》の上の鯉《こい》の心境だ」

「切られる前のひとあがきといったところでしょうか」

「そうか」

中尉は笑い、見送った。

菅原中尉は乙種学生上がりの憲兵士官だから、年齢はさして違いがない。法学部出身だけあって、教務での法律の講義は候補者たちにも評判が良かった。

なるべくゆったりした歩調で宿舎を出る。運動場にも人はいなかった。正門に立つ衛兵が敬礼する。

「すぐ戻る」

挙手は返さず、わざとくだけた調子で言った。

「軍曹殿は、こうして眺めると立派な広東人です」

「軍人としては立派じゃないと言いたいのだろう」

「いえ、決してそういうつもりでは」

衛兵が狼狽《ろうばい》するのに笑いかけ、

「一、二時間で戻る。最後の買物だ」

と言い置いた。

背後で門が閉まる。

ちょうど正面に憲兵隊本部があり、やはり衛兵が立っている。

平静を装いながら、維新路のゆるやかな坂を下っていく。坂の半ばまで下ったとき、突然、冷え冷えとした恐怖が襲ってきた。これで軍を離隊したのだ。戦場なら、逃亡兵として軍法で重罪に処せられる。日本国憲兵軍曹守田征二はこれで消えた。

特高課員として、これまで大半を中国人の中に紛れて過ごした。乞食《こじき》や車夫に化けて、数日張り込んだこともある。香港公園近くの紅棉路《コットンツリー》に部屋を借りていたが、家主も憲兵だとはつゆ疑わず、中国人と信じていたはずだ。

外見は当時と同じでも、中味は全く違う。あの頃、街のならず者の乱仔《ランチャイ》連中から因縁をふっかけられても、憲兵手帳を見せれば事は済んだ。いうなれば、日本、占領軍、憲兵という三重の強固な殻が、中国人に化けた身体《からだ》を保護していた。今、その殻がない。むき身の牡蠣《かき》と同じだ。

明坂圭三《あけさかけいぞう》。胸のうちで唱えてみる。日本人店員明坂圭三、三十二歳が中国人に身をやつし、内地に帰るべく広東の街にたどりついたのだ。

明坂圭三である限り日本人として扱われる。ただそれを名乗るまでは、単なる一介の中国人に過ぎない。福建省出身の中国人なのだ。

田中軍曹が果たして教習隊を抜け出してくるかも気に懸かった。衛兵の反応からすると、中国服で出てきた者は他にいないようだった。

田中軍曹が来なかったらどうするか。彼の使っていた密偵と出会う手立てはなくなる。その場合、帰隊すべきだろうか。いや、もはや武装解除の時刻には間に合わず、国民党軍にどういう仕打ちをされるか分かったものではない。

所詮《しょせん》、教習隊には戻れなかった。

街の様子がこのひと月で一変している。人々の話し声が大きくなり、行き交う住民の数が二、三倍に増えた感じだ。

まだ約束の時間には間があった。ひと処《ところ》にじっとしていると人目につく。

街路樹の通りを左に曲がり、恵愛中路《けいあいちゅうろ》にはいった。

商店街が活気を呈していた。飯店、宝石舗、干魚舗、薬局など雑多な店が両側にずらりと並ぶ。この界隈《かいわい》なら、裏通りに一部屋借りて、数ヵ月は隠れて暮らせるかもしれない。

隠れ住むには住宅地よりも下町、それも食料品を扱う町並みが適していることは、特高時代に学んだ。

西関東路《せいかんとうろ》まで行くと、うまそうな肉の匂《にお》いが鼻をつく。テーブルを道端に出して、客が肉入りのスープをすすっている。足元にいるのは犬だ。男が長い箸《はし》で丼《どんぶり》の中の肉片をはさみ、地面におとす。犬はあっという間に口の中に入れ、舌で鼻面《はなづら》をなめる。

こんな飼犬の姿を見たのは久しぶりだ。野良《のら》犬はもちろん、人間が犬をひき連れた光景さえ、この数年間、眼にしなかった事実に気づく。犬たちは一体、どこに消えていたのか。

不意に顔を上げた犬の飼主と眼が合う。広東語を口走りながら微笑を返すと、相手の男も広東語を口にした。

左に曲がると中華中路《ちゆうかちゆうろ》だ。布地屋が多く、〈絨布衫《カイボウサム》〉〈絨布《カイボウ》〉などの看板が重なり合っている。有名な広州絨布の一大集散地がここだった。分厚い板に金文字で〈綿花〉と彫り出された看板の下まで来る。

昭和十六年の六月十九日北京の憲兵教習隊を卒業したあと、配属されたのが広東にある南支派遣憲兵隊本部特高課だった。特高課課長の岩井大尉は酒豪で、細かいことは一切言わなかったが、部下の教育には熱心だった。特高課員は警務や庶務と違って、一生に一度大仕事をすればいい。支那商人と同じだ。彼らも一生に一度、大儲《おおもう》けすればいいと思っている。

それにはどうすべきか。課長は目をむき、広東語で問いかけた。日本人がしゃべる広東語では、これまで耳にしたうち最も流暢《りゆうちよう》だった。北京の教習隊では客家《ハッカ》語と共に広東語も覚えさせられたが、すんなり口に出るまでには至っていない。分かりませんと答えるしかなかった。

語学、そして広東人の仕草と風習を身につけることだ。それが課長の返答だった。

新米の憲兵兵長を三ヵ月、中華中路に下宿させたのも、課長の教育方針に沿ってのことだ。憲兵隊本部には毎日顔を出す必要はない。その代わり一日一回、電話か伝言だけはよこせ。週一回、俺を訪ねて来い。もちろん支那服でだ。

課長はそう言い、下宿先の住所を書いた紙片を突きつけた。お仕着せの中国服を着て、金を持たされ、不安なままに中華中路まで訪ねてきたのもその日のうちだった。

下宿先は、五十年配の夫婦者で、夫のほうの職業は判然としなかった。絨布の仲買をやっているようでもあったし、単なる金貸しにも見えた。〈博愛・仁義・親日〉が彼の口癖で、親日家であることは間違いなかった。あるいは、日本軍から商売上のことで便宜をはかってもらっていたのかもしれない。

女房は色が黒く、小柄で働き者のうえに、料理が上手だった。若い頃、金持ちの家に住み込み、厨房《ちゆうぼう》を任されていたらしい。朝は粥食《かゆしよく》、それも日毎《ひごと》に具が変わった。夜も、下宿代の割には、めりはりのきいた料理が出た。亀《かめ》料理、若鶏、鯉の蒸し焼きなど、春の三ヵ月間、主菜に同じ皿が出たことはなかった。

午前中は広東語を習いに、歩いて三十分のところにある元教師の家に出向いた。胡雪貞《ウーシュツヂン》は五十代半ば、家主の遠縁にあたる女性と聞かされていた。どこか抜け目のない家主と違って、彼女は清楚《せいそ》という言葉がそのままあてはまる女性だった。若い時に一度結婚したものの、離縁されたか夫に死なれたかで、その後は独身をとおし、五十歳で教師を退き、質素ながらも悠々自適の生活ぶりが、部屋の造作や、身なり仕草に表われていた。

「守田さん。わたしはこれまで、千人を超える生徒を教えてきた。しかし、日本人はあなたが初めて。あなたひとりでもいい。日本人に広東語と中国のことを教えられるのは、千人の生徒に比べられるほど大切なことなのです」

彼女は広東語と片言の日本語で言ってきかせる。宿題を半分しかして来なかったり、欠伸《あくび》をしたりすると、決まってそう言い、百の叱責《しっせき》よりも胸にこたえた。

「わたしが教えた言葉で、広東人をだましたりしないでくださいね。日本人と中国人が仲良くなるために、わたしが教えた広東語を使って下さい。守田さん、あなたが広東語をしゃべるたびに、わたしの魂があなたを見ています。たとえ、わたしが死んだあとでも」

この言葉も、ずっしりと重かった。確かにそれ以来、広東語を口にするたびに、彼女の顔、服装、部屋のたたずまいが頭に浮かんだ。

しかし、日本人にしてはうまいと評されるようになった広東語を、中国人を欺《あざむ》くために使わなかったかといえば、そうではない。広東語の習得は、当初の目的からして、隠れ蓑《みの》のようなものだった。つまり、彼女の期待に反して、本性を見破られないための道具にしかすぎなかったのだ。

彼女は中国人としての作法にも厳しかった。食事の際、決して音をたててはいけない。手で飯碗《めしわん》以外の皿や碗を持ってはならない。箸を他人の箸と交叉《こうさ》させて菜を取るのもいけない。その代わり、自分の箸で他人のために菜を取ってやるのは失礼にならない、など。山盛りにされた飯の食べ方にも作法があると聞かされたときには、溜息《ためいき》が出た。山盛りの頂上から食べるのではなく、山肌を削るようにして飯を口にかきこみ、崩れた場所に山頂の飯をかき落として、さらに口にもっていくのだ。

大家の主人も、食事作法を実地に体験させてくれた。時折、飲茶《ヤムチャ》に誘われた。歩いて五、六分のところにある酒楼は三階建の大きい店で、二階の窓際《まどぎわ》が彼の定席だった。給仕が運んで来た茶で、まず洗杯をする。茶杯に三分の一くらいの茶を注ぎ、ゆっくり回して内側をまんべんなく洗い、それをまた皿に移しかえて、それも洗う。洗い終えた茶は唾壺《つばきつぼ》の中に捨てるのだ。

「碗を温めるためなのか、それとも碗の内部を茶の味で下ごしらえするためか」

所作の理由を質問すると、大家は「いや汚れを洗い流すためだ。家の中と違って、酒楼の皿洗いたちは、自分の仕事に熱心ではない」と、平然と答えた。

とはいえ、皿も碗もピカピカ光り、一点の汚れもないので、あれは単に形骸化《けいがいか》した飲茶の儀式なのだと、納得したものだ。

家主の女房も好人物だった。ある日、雨に濡《ぬ》れたのが災《わざわ》いして、熱が出た。部屋に臥《ふ》した日から、彼女は特別料理を作ってくれた。鴨粥《かもがゆ》と麺包《パン》、芙蓉蝦《フーヨーハイ》など、食欲を失った身でも手が伸び、また実際口に入れると箸が進み、みんなたいらげてしまう。最後には、薬だと言って、深緑色の汁を飲まされる。舌がしびれるように苦く、顔をしかめると、口直しにと、月餅《げっぺい》に似た、小ぶりな甘菓子を、これまた無理やりに口の中に押し込まれた。何のことはない、薬草と栄養豊富な料理をしこたま食べさせられ、三日目には熱もひき、快癒《かいゆ》してしまった。

三ヵ月後に下宿を出るとき、家主夫婦も胡雪貞も名残りを惜しんでくれた。夫妻が餞《せん》別《べつ》にくれた掛け軸も、香港に転勤したあと、革トランクに入れて内地に送った。妻の瑞《みず》枝《え》から届いたという返事はあったから、戦火にあっていなければ、まだ残っているだろう。

隊に戻ってからは、本隊近くの米市路《べいしろ》に部屋を借りて、市内の情勢偵察を任務とした。

黒茶色の目立たない中国服を着て、毎日街をぶらつき、夕方になって本隊に電話を入れる。週一度、隊に顔を出し、課長の前で報告をした。

あの当時、重慶政府直系の秘密部隊だけでも既に四つか五つ存在していた。便衣混城隊、藍衣社、救国人民軍、青年革命軍、女子救国隊、護沙隊《ごさたい》遊撃軍、西江《せいこう》共産党。加えて地元の土匪《どひ》たちの勢力が二、三跋扈《ばっこ》していた。

このうち重慶政府直系の特務戦部隊は、比較的よく組織され、人数も多かった。彼らの目的は日本軍の治安攪乱《かくらん》と高級将校暗殺だった。ひとりでも殺せば、二十三軍に脅威を与えると同時に、広州市民の反抗心に火をつけることができる。さらに軍事施設や兵器弾薬庫の破壊爆破も、彼らの重要な任務になっていた。

これに比べると、他の組織はよた者の集まりといってよく、力はなかった。小さな村を襲撃して住民を脅迫し、金品を掠奪《りゃくだつ》していくのをなりわいとしていた。

第二十三軍が香港を攻略する前の昭和十六年十月、広東の日本人街で爆弾騒ぎが起きた。その頃、特高の指導者として付いてくれたのが、まだ軍曹にもなっていなかった熊谷伍長だった。彼が使っていた密偵と三人で、中華中路で昼飯を食っていたとき、大きな爆発音とともに食堂の床が揺れ、波動が下腹に伝わってきた。一瞬地震だと思い、地震なら爆発音はしないと首をひねったときには、熊谷軍曹が立ち上がり、代金を支払っていた。「爆弾だ。来い」。中国服を着て広東人になりすましていた熊谷伍長も、さすがにそのときは日本語で叫んでいた。

大通りまで出ると、南西の方角に白く煙が上がっているのが見えた。日本人街のある昌興街《しょうこうがい》のあたりだ。現場近くに着いたのは十数分後で、狭い路地はまるで爆撃を受けたような惨状を呈していた。食堂や商店が七、八軒半壊して、看板やガラスが飛び散り、その下で負傷者が血を流して呻《うめ》いている。なかには軍人の姿も見えた。日本軍人の出入りする場所をねらっての行為であることは一目瞭然《りょうぜん》だった。「守田、負傷者には構わんでいい。周囲を見張れ、犯人は現場を眺めているはずだ」。熊谷伍長は押し殺した声で言い、両側に無傷で残っている建物を見上げた。

程なく下地軍曹以下制服の憲兵と補助憲兵が二十数名到着して交通を遮断し、死傷者の移送と現場保存を開始した。

「あの建物の四階を封鎖したほうがいい」

下地軍曹の命令で、熊谷伍長は制服憲兵を五、六名連れて、通りに面した建物に突入した。

四階からは、楽器の騒々しい音が響いている。観客は七、八十人、舞台の上では演武団が厚化粧に時代物の衣裳《いしょう》をつけて踊っていた。

熊谷伍長は制服憲兵二人とともに舞台に駈《か》け上がり、すぐさま公演を中止させた。

「犯人の一味は芸人のなかにいる。そうでなければ、爆発騒ぎをよそに、知らんふりして踊りを続けるはずがない。守田、衣裳道具を調べろ」

熊谷伍長は押し殺した声で言い、十四、五人の楽士や小道具係、芸人たちを舞台裏の小部屋に押し込めた。

「こんなところで身体検査されたら、女性たちは恥ずかしがります」

皇帝のような厚化粧をし、金冠をかぶった男が抗議した。彼が座長らしかったが、熊谷伍長は意に介さず、ひとりひとりの身体検査を指示した。

その間、補助憲兵たちは楽屋裏の私物箱を念入りに調べた。ひとりが駈けよってきた。行ってみると、舞台衣裳に包まれた黄色火薬と雷管、導火線が発見されていた。

一座の全員を憲兵分隊に連行して取調べた結果、主犯は座長で、役者と道具係五名が共犯者だと判明した。直接爆破のスイッチを押した実行犯の二名は、重傷者のなかに混じっていた。

犯行目的は日本軍人の出入りする飲食店を爆破し、軍の士気をそぎ、中国人民に抵抗の精神を鼓吹するというものだった。将校を含め日本軍人が八名死亡、市民にも五名の死者を出し、負傷者は四十名にものぼったものの、結局、座長の裏で指示を出していた黒幕は判明しないままに終わった。

主犯の座長と負傷した実行犯の二人は裁判にかけられた。二十三軍による軍事裁判であり、軍人に死傷者を出していたので、即座に極刑が決まり、翌日八人全員が銃殺に処せられた。

「どうしてあの建物が怪しいとにらんだのですか」

下地軍曹と共に熊谷伍長が軍司令官から感謝状を貰《もら》ったとき、訊《き》いてみた。

「四方を見上げた俺の眼と、四階のベランダから顔を乗り出していた役者の眼が偶然かちあった。おやっと思った瞬間、相手はさっと顔を引っ込めた。普通の野次馬ならそんな仕草はせんだろう」

その熊谷伍長は香港占領後も香港憲兵隊特高の猛者《もさ》として名を馳《は》せ、同期では最初に軍曹そして曹長に昇進した。香港で扱った事件の大半は、熊谷曹長と組んだものだった。熊谷—守田の結びつきは、憲兵隊の中でも一目置かれていた。香港憲兵隊の大部分が広東憲兵隊と入れ替えになった今年の二月、熊谷曹長は香港に残されたので、その後顔を合わす機会は失われた。

彼もまた、香港で武装解除を甘受しているのだろうか。少なくとも、あれだけの業績を残した辣腕《らつわん》特高が、何の糾弾も受けずにすむとは考えられない。逆に熊谷曹長が香港で検挙されたとすれば、その余波は日を経ずして広東に及んでくるはずだ。

3

街に壮年男子の姿が増えている。二月に広東転属になったときは、どの通りにも年寄りと女子供が多かった。背広や和服を着た日本人を避けるようにして、中国服の老人たちがとぼとぼと歩いていた。

今、日本人の姿はない。広東語が店先で飛び交い、子供たちが声をあげて通行人の間を駈けていく。自転車の荷台に、縄でしばった干し魚を小山のように載せて、男が力強くペダルをこぐ。女性も派手な色の中国服に身を包んでいる。これまでは故意に暗い色の服を着ていたのだろう。街全体が喪に服すように、くすんでいたのを思い出す。

立ち止まって懐中時計を見る。十五分ほどで約束の時間だ。このまま中山路《ちゅうさんろ》の方に行き、右折すれば越秀路《えつしゅうろ》との交叉点に出る。

もし田中軍曹が約束の場所に現われなかったらどうするか。市内に信頼できる中国人はいない。かつて世話になった家主夫婦も胡雪貞《ウーシュッヂン》も居所は判《わか》らない。広東に転属してすぐ、彼らのもとを訪ねたのだが、二年ほど前に転居したという話を、酒楼の店主から聞けただけだった。

今は、姿を似せて、住民という織り糸の中に紛れ込んでいるが、長く隠れ住むのは難しい。

広東の全住民が敵に思えてくる。

交叉点に立った。田中軍曹の姿はない。落胆が走った。

何気ない顔でまた歩き出し、路地にはいった。東地区憲兵隊の建物の前を通る。衛兵の他、憲兵は見えない。武装解除時刻を前にして、どこかに集合しているのだろうか。

ゆっくり歩き、五、六分後に再び交叉点に戻ったとき、中国服の男に並ばれた。

「このまままっすぐ」

低い声で田中軍曹が言った。茶色の中国服に茶色の革鞄《かわかばん》という装《よそお》いは、商家の番頭に見える。

交叉点を渡って、越秀路を北の方に進んだ。気持に余裕ができていた。田中軍曹は周囲を見回さず、通り慣れた道だというような顔をしている。

前方で歓声があがっていた。通行人が小走りになり、大通りの方に駈け寄る。

軍隊が東風路《とうふうろ》を行進していた。田中軍曹と眼くばせをして、群衆の後ろに立った。

広東郊外に陣取っていた国民党軍の中隊が、憲兵隊の武装解除のために、市内に進軍してきたのだろう。人数は二百人を少し超えた程度だ。大部分の兵が、軍服代わりに青い綿入れのようなものを着ている。銃を持っている兵隊は五、六人で、たいていの兵は銃の代わりに唐傘《からかさ》を手にしていた。

　軍靴《ぐんか》をはいているのも将校だけだ。兵たちは布靴で、裸足《はだし》の兵もいる。裸足の兵は天秤棒《てんびんぼう》をかついで、荷乗せの中に日用雑貨を入れている。布靴の兵は竹で編んだ籠《かご》を背負い、中にはいった七輪や鍋《なべ》が丸見えだ。

　そんな軍隊に市民は熱狂している。手を叩《たた》き、激励の言葉をかける。

　兵隊たちは厳粛な表情を崩さない。

「こんな軍隊に負けたのだ」

　田中軍曹が耳許《みみもと》でささやく。実際、これで兵隊たちがだらしなく歩いていたら、チンドン屋の行列と区別がつかない。

　無条件降伏のときですら、中国大陸の日本軍は無傷のまま残されていた。日本軍が負けたのは、インドシナ、南方海域、沖縄、日本本土でだ。手足を切られ、頭と首に深傷《ふかで》を負ってはいたが、胴体は無傷だったといえる。

　綿入れを着た国民党軍に武装解除される制服の憲兵。——まもなく、市内各地区憲兵隊でそんな光景がみられるはずだ。

「あんな軍隊に軍刀と拳銃《けんじゅう》を手渡さなかっただけでも、俺は自分のしたことを悔やまん」

　通行人のまばらな所まで来ると、田中軍曹が言った。

「教習隊は無事抜けられたのか」

「班長が門のところまで送ってくれた。こっちからは何も言っていないが、内心では分かっていたのだろう。武士の情だ」

左前方に観音山が見えている。半年前、教習隊の馬を借り、田中軍曹と駒《こま》を並べて登った山だ。リラの花が真盛りで、馬をとめ、草の上に寝ころんだ。

「本物の桜が見たいな」

リラを日本人たちは広東桜と呼びならわしていた。花の白っぽさはいくらか似通っていても、風情《ふぜい》は全く違った。

「俺んとこには立派な桜並木があってな」

そのとき田中軍曹は続けた。「みかん畑の青々としたなかに山桜が咲く。土手は菜の花で黄色一色だ」

「出身は確か宇和島の近く?」

「そうだ。まだおやじとおふくろが米作りとみかん作りをやっている。貴様のところも桜はあるだろう」

田中軍曹は頭を回転させ、細い目を向けた。

「何本も神社の境内にある。一本は大木で、下から見上げると滝の下にはいったような気分になる」

「枝垂《しだ》れ桜だな。あれはまた凄味《すごみ》のある桜だから」

草の上で眺め上げる空は、どこまでも青かった。

あのとき故郷の話が口をついて出たのは、戦争が終わりに近づいていることを予感していたからだろうか。

戦争がどういう形で終わるかを想像するのは難しい。憲兵隊の同僚や上司の誰ひとり、その経験はもっていなかった。

あの頃も、まだ戦いに勝つと信じていたのだろうか。二十年にはいってからの戦果には、みるべきものはなかった。むしろ景気の悪い報道ばかりが届いた。戦争に勝って欲しいと思ってはいたが、勝つかどうかの信念は揺らぎはじめていた。にもかかわらず、なるようにしかならないと、たかを括《くく》っていた。

「守田、誰も俺たちをつけてはいないだろうな」

突然田中軍曹が言った。「次の路地を貴様だけ左に曲がれ。曲がったところで待っていてくれ。俺はひと回りして合流する」

「了解」

尾行者がいるなら、こちらの動きに慌《あわ》てて馬脚を現わすはずだ。

田中軍曹から離れて、左にひょいと曲がる。呉服屋の店先に立ち、通行人を横から見守る。誰も路地の方に左折して来ない。まっすぐ歩く連中にもそれらしき人物はいなかった。

呉服屋の隣で、陶磁器屋の店先を眺めていると、田中軍曹が肩を叩いた。こっちから行こうという仕草をする。そのまま路地を奥に進んだ。

「この辺は俺も多少出入りした区域で、顔を覚えられているかもしれん。あまり長居はできん」

二十メートルほど進んで、右折する。日陰の路地は尿の臭《にお》いがした。

急な石段を二階まで上がる。ペンキのはげた緑色の戸を四回ノックすると、内側から留め金をはずす音がした。

中国人が招き入れてくれる。八畳くらいの広さはあろうか。四方の壁がすべて棚になっている。商品倉庫のように見えた。中央の板敷は少し高くなっていて、卓袱台《ちゃぶだい》が一脚置かれていた。

「郭　泉《グオツチユン》だ」

紹介された男は三十を少し過ぎたくらいだろう。眼が鋭く、唇が薄い。片言の日本語は話せた。

「守田軍曹も広東語をしゃべれる。広東語でゆっくりしゃべってくれ」

卓袱台に向かい合って坐《すわ》ったとき、田中軍曹が命じた。郭泉は二人を交互に見ながら口を開いた。

「ここは私の知人が所有している倉庫です。商売の景気がいいときは、革製品をここに収納していました。いまは不景気で、ここを使うあては当分ありません。三階は、最近になって私が借りた部屋です。台所も風呂《ふろ》もあります」

「脱出の計画を練り上げるまで、ここに置いてくれ。金はいくらでも出す」

「田中先生、お金はいりません。これは私が先生にしてあげられる最後のお返しです」

郭泉は首を振る。「それに、お金はこれから先、何かにつけ入用になります。そのときまでどうぞ大切にしまっておいて下さい」

「お前の身は大丈夫なのか。他の連中は、戦争が終わる前から身を隠していた」

「その心配は、今のところありません。ただこれから先、どうなるかは分かりません。だから、なるべく早くお二人を安全な場所に移す必要があるのです」

郭泉は考えるような眼つきになる。

「何かいい案はあるのか」

「いい案かどうか、やってみなければ分かりません。しかし他には考えつかないのです」

こちらに郭泉の眼がちらりと動く。あなたはさっきから黙っているが、知恵があれば聞かせてもらいたいとでもいうような視線だ。

「いずれにしても、我々は中国人になりすますか、逆に日本人に戻るしかない」

郭泉と田中軍曹が頷《うなず》いた。

「中国人として陸路か水路で北上し、適当な場所で今度は日本人になって、難民船で日本に向かう方法がある」

「適当な場所とは？」

田中軍曹が訊いた。「上海《シャンハイ》か奉天か、あるいは朝鮮か」

「それは、俺たちの懐《ふところ》具合と語学力次第だろう」

「この情勢下で上海まで行くのは、本物の中国人でも無理でしょう。飛行機は現在でも特別な連中しか乗せません。船だって同じです」

郭泉が諫《いさ》めた。

「広東語がやっとの俺たちだ。北上したらそれこそ通訳が必要になる」

田中軍曹もかぶりを振った。

「私の考えでは、市内で中国人を装い、頃合いを見て長州《チュンチャウ》島の邦人収容所にはいるのが一番無難のような気がします」

郭泉は二人の反応をじっとうかがう。

「長州島といっても広東からは目と鼻の先だ。香港からも近い。収容所の中に、捜査の手が伸びたときには万事休すだ」

田中軍曹は難色を示した。「それに、邦人収容所にいたとしても、最終的に帰国船に乗るときは、ひとりひとり調べられる。憲兵隊に痛めつけられた中国人が首実検に立てば、逃れられない。顔を焼くか、大きな傷でもつければ別だが」

「しかし収容所は穴場かもしれん。広東から逃げ出したのだから、できるだけ遠くへ逃亡したと、相手は考えるだろう。膝元《ひざもと》の邦人収容所にいるのは、その敵の裏をかくことにはなる」

「敵の裏ね」

田中軍曹は首をひねる。

「ではこうして下さい」

郭泉が間にはいった。「広州を出て上海方面に向かうか、長州島の収容所にはいるかは、この一両日に決めて下さい。いずれにしても私は、先生たちの決定に従います」

「そうか。その間、国民党軍の動きを探ってくれ。それによって俺たちの行動も決まってくる」

「分かりました。この部屋は自由に使って下さい。食事は出前を持って来させます」

「出前の店員に怪しまれないか」

「田舎の親類の者を二人預かっていると説明しておけば大丈夫でしょう」

「すまんな」

田中軍曹は律儀《りちぎ》に頭を下げた。

4

「郭泉がどこまで俺たちの面倒をみてくれるかで、計画は変わってくる」

夕食を終え、布団《ふとん》に横になりながら言った。

「あいつは大丈夫だ」

「しかし、彼だって自分の生活があるだろう。いつまでも俺たちにかまけてはいられない。元密偵としては、なるべく早く広東を離れたほうが安全だ」

田中軍曹は、薄暗い天井を見上げたまま答えない。

「陸づたいで北上するとなれば、金が問題になる。俺たちがもっている香港ドルと法幣《ほうへい》で足りるかどうかだ」

「香港ドルはそう簡単には使えない。却《かえ》って怪しまれる」

「金が尽きたときが命の終わりというわけだ」

「まあな」

田中軍曹はまた黙った。

金が無くなった場合、郭泉は逃げていくか、二人を世話するために働くか、どちらかだ。そこまで彼が忠義を尽くすだろうか。ひと月ほど前、それまで広東市内で活発に布教していた日本人僧侶《そうりょ》が殺害されたのを思い出す。ベッドに裸でくくりつけられ、首を切られていた。住民の怨《うら》みはそれほど深いのだ。

「郭泉の本業は何なのか」

「テキ屋みたいなものだ、いや、テキ屋よりは少しましで、屋台売りかな。鶏肉のこま切れを道端で揚げたり、肉だんごを揚げたりしていた。俺も客を装って食べに行ったりしたが、腕はいい。うまかったよ。ああいう商売は、密偵には向いている。好きな場所に店を張れるし、様子を窺《うかが》うにはもってこいだった」

「いよいよのときは、その商売をしながら、旅もできるだろうな」

「俺たちが、足手まといにならなければな」

田中軍曹の口調が少し軽くなる。「材料は鶏肉と胡麻《ごま》油、小麦粉、それに鍋と七輪があればいい」

「残る問題は、これからの政治情勢だ」

「政治情勢?」

田中軍曹は意外そうな顔をする。

「日本軍は降伏したが、国民党軍と毛沢東の八路軍との戦いはまだ終わっていない。国共合作にひびがはいれば、のんびり行商をしながら旅をするわけにはいかんだろう」

「いや、多少の混乱なら却って都合がいい。どさくさに紛れて移動ができる」

田中軍曹はあくまでも楽観的な見方をくずさない。

「郭泉はどちらに属しているのだい？」

密偵たちの多くは、重慶政府か八路軍のどちらかに末端でつながっていた。憲兵隊もそれを承知で使っていたと言える。

「あいつは変わっていた。俺が使っていた密偵のなかでもちょっと毛並みが違う。一匹狼《おおかみ》みたいなものだが、狼ほどの毒はないし、一匹羊かな」

「一匹羊。なるほどね」

郭泉の忠義心、大様さを見ていると、そんな面がある。

特高憲兵の腕は、どういう密偵を持つかで決まる。多様な密偵をかかえ、しかも彼ら相互間には、何のつながりをも持たせない。各密偵は、ひとりの憲兵が手綱を握り、操作する。いうなれば、夜の川で鵜《う》をあやつる鵜匠のようなものだ。

「たまたま、片言の日本語ができたので密偵に抜擢《ばってき》してやった。密偵というより、通訳といったほうがいいかもしれん。そうだな。これといって大手柄をたてたこともなかった」

田中軍曹は呟《つぶや》く。「あいつは日本人が好きだったのかもしれん」

確かにそういう面もあった。取引として憲兵に近づいた密偵もいれば、日本そのものに興味をもった密偵もいた。しかし、とどのつまり、憲兵と密偵は、人間と人間のつながりがないかぎり、仕事はできなかった。

「郭泉が日本語を覚えたのも、日本人経営の店でだった。身寄りもなく、浮浪者なみの生活をしていた彼に仕事を与え、真面目《まじめ》なのを見込まれて常雇いになったんだ。初めは工場で土管作り、後には営業にもまわっていた。土管屋のおやじから紹介されて、俺が引きぬいた。もちろん日頃は土管屋勤めだが、事があると通訳を頼んだり、例の唐揚げ屋になって見張りに立ってもらったりしたんだ。才走ったところはないが、人物は保証できる。二月、教習隊に配属になったとき、密偵にはそれぞれ手切れ金をやって、好きな道を進むように言い渡した。後任の特高に紹介したのは二人だけだ。みんなさっぱり縁を切ったなかで、郭泉だけが時々教習隊を訪ねてきては、雑談をして帰って行った」

「教習隊を探りに来た逆密偵というわけではなかろうな」

「守田、貴様は人を疑い過ぎるぞ」

田中軍曹が声を荒らげる。「あいつには二重スパイをするような才覚はないし、第一、教習隊の動きを探ったところで一文の得にもなるまい」

恐らく、田中軍曹は子飼いの密偵に手を嚙《か》まれた体験がないのだ。まして、手塩にかけた密偵を処分したこともないだろう。

「守田、どうする。郭泉と一緒に陸行するか、ここにとどまって、邦人収容所に紛れ込むか」

「もう少し考えさせてくれないか。郭泉がどういう情報をもってくるかで、出方も変わってくる」

「よし分かった。俺は寝るぞ」

五分もしないうちに、田中軍曹の規則正しい寝息が聞こえてきた。

眠気はなかなか襲ってこない。朝以来の一日の出来事が、頭の中に不意に浮かびあがってくる。単調な教習隊の一日とは違って、重い一日だった。今日が人生の節目、生死の分かれ目になるのは間違いない。

いつの間にか歯をかみしめ、顔の筋肉を緊張させていた。田中軍曹の寝息は鼾《いびき》に変わっている。

どうするか。まだ決心はつかない。たとえ郭泉が信頼に足る人物だとしても、三人での逃避行は人目につき過ぎるのではないか。田中軍曹の密偵に、おんぶにだっこしてしまうのにも、遠慮がある。元憲兵二人の面倒をみては、郭泉も荷が重かろう。

香港島の憲兵隊本部にいた頃、出前を持ってくる食堂の小僧に三次がいた。中国名は別にあったが、いつの間にか日本名がつけられていたのだ。ひょろりと背の高い、まだ十七か八の少年で、目だけは利発そうによく動き、日本語もめきめきうまくなっていった。

密偵として使ったら便利ではないかと考えたのは、当時、藍衣社《らんいしゃ》所属の男たちが出入りする飯店を探り当てていたからだ。藍衣社は、黄埔《こうほ》にあった国民党の軍士官学校の出身者たちで作った秘密組織で、首領は五期騎兵科出身の戴笠《たいりゅう》、反日分子のなかでも最も過激派だった。

三次をその飯店の従業員としてもぐり込ませ、彼らの動向を逐一報告させれば、こちらは先手先手と動ける。

三次を密偵に仕立てる前に、身許《みもと》調査をした。中環《チュンワン》から少し南にはいった長屋のような家に住み、姉と母親の三人暮らしだった。姉は二十二、三、乾物屋の店員として働き、母親は五十歳を少し越えたくらいだが、病気がちで、薬代が家計の大部分を占めているという近所の話が聴取できた。

飯屋の出前と乾物屋の店員では、収入もたかがしれている。三次を動かすには、そこにつけいるのが一番早かった。

「母親に充分な治療をしてやりたくはないか。憲兵隊付の軍医殿にも紹介してやれるし、薬も調達可能だ。もちろん月々の給料は払う。大きな情報のたびに臨時の支払いもする」

飲茶《ヤムチャ》をおごってやりながら、話をしていくと、三次は顔を紅潮させた。怒りではなく、喜びの表情だった。月々の給料は出前持ちの三倍、情報次第ではさらに加算すると聞いて、潤《うる》んだ目を宙に浮かせた。

「これで、姉さんに家にいてもらえます。母の世話をどれだけしたがっていたことか。ありがとうございます。一生懸命働きます」

三次は、まだ不自由な日本語で言った。

三次の初仕事は、働いている飯店を辞めて、湾仔《ワンチャイ》にあるその大中華料理店に給仕としてはいることだった。面接に行き、無事に採用されたとの報告を受けたときは、ほくそ笑んだものだ。しかし功を焦《あせ》らないように固く言いきかせた。小さな情報を集めているうちに感づかれてすべてが水泡に帰すよりは、年にひとつでもいい、大きな情報をぐいと摑《つか》んだほうが役に立つ。

「密偵というものは、一生に一度の大仕事をすればいいのだ」

特高課課長の岩井大尉《たいい》から言われた文句を、そのまま三次に伝えてやった。

ひと月した頃、九龍《カオルン》で開業していた大賀医院の院長大賀博士と連絡がついた。九龍の憲兵仲間が仲介してくれたものだ。姉と一緒に母親を大賀医院に受診させた三次は、大喜びで帰ってきた。

「大勢の患者が待っているのに、ぼくたちが行くとすぐ診てくれました。あとはひと月に一回、行けばいいそうです。姉が連れて行きます」

「見立てはどうだった？」

「生まれつきの病気で、心臓の弁が悪いらしいです。太らないこと、塩分をとり過ぎないこと、煙草《たばこ》を喫《す》わないこと、急な運動をしないことを注意されました。もともと煙草は喫わないので安心ですが、痩《や》せるのがひと苦労でしょう。料理ごしらえと食べるのが好きな母ですから。姉が見張ると言っています」

「薬はないのだね」

「とくにないそうです。漢方薬を買っていますが、それについて訊《き》くと、漢方のことはよく分からないが、高価な薬でなければ良かろうと言われました」

「高価な薬を飲ませているのか」

「いいえ、これまではそんなお金もありませんでした。薬よりも、母が坂道だけは歩かなくてすむように、家を移ろうと思います。少し広くて、眺めもいい場所を探します」

収入が増えた分を親孝行にまわしたのも三次らしかった。

週に一回は電話で情報を入れるように命じていたが、最初の三、四ヵ月、めぼしい成果はあがらなかった。まず、どういう客が飯店を利用するか、頭に入れるだけで大変だったらしい。

三次とは月に一回、映画館で顔を合わせた。客が少なければ暗がりのなかで会話を交わしたり、便所まで行って、排尿しながら話をした。母親の病状も引越しをしてからは落ちつき、何よりも姉がいつも傍にいてくれるのに安心しているという。

そのうち、三次からの情報が少しずつ増えはじめた。藍衣社の幹部と目される人物たちの会合が毎月一の日に行われ、八名から十二名が集まること、中心人物は背の低い、いかり肩の男であると判《わか》り、三次はそのひとりひとりの似顔絵まで添えてくれた。

実際の成果が出たのは半年後だ。男たちが話をしているところに料理を運んでいくと、金巴利道《キンバリーロード》、九月十日という発言が耳にはいったという。その日まであと四日しかないのでお知らせしておきます、と三次は電話で連絡してきた。

その日が何であるか、憲兵隊内部では周知の事実だった。朝香宮《あさかのみや》殿下が香港を訪れ、金巴利道の月仙楼飯店で夕食をとることになっていたのだ。

藍衣社の諜報《ちょうほう》員たちの間でそれが話題になったという事実は、二つのことを意味していた。ひとつは、宮殿下の動向が彼らに伝わっているということ、これは警備を司《つかさど》る警察側に藍衣社と通じている者がいるのか、あるいは予約をとった飯店から情報が彼らにもたらされたかである。

もうひとつ、反日ののろしをあげるために、その日何かが彼らによって目論《もくろ》まれているに違いなかった。

三次の報告は特高課課長までもたらされた。

緊急を要するのは、当日の夕食会をどうするかだ。夕食会の日時を変更してはどうかという意見も出された。あるいは場所を変える方法もある。しかしそれでは、藍衣社の連中に却って警戒心をいだかせる。計画が憲兵隊に漏れている事実を感づかれてしまうのだ。

こちらが知らぬ顔の半兵衛を決めこめば、三次が嗅《か》ぎつける情報はこれからさらに価値あるものになっていく。今つぶすことはない。課長はそう最終判断を下した。

朝香宮殿下の夕食会は、日時も場所も変更されなかった。その代わり、水面下で警備が何重にも厚くされた。

もともと憲兵隊は、要人の身辺を守る職務も課せられていた。大将以上に対しては護衛と表現をし、皇室あるいは軍籍にある皇族については警衛という用語をあてた。それぞれ警護にあたる憲兵も地位に応じて決まっていた。皇族の当主には憲兵将校、単なる皇族には憲兵曹長、大臣や三長官には憲兵准尉《じゅんい》、大将には憲兵軍曹といったようにだ。軍籍にある朝香宮の警護は、本来なら憲兵軍曹あたりが二、三名つけば事足りるはずだったが、三次の通報を受けて、警護にあたる憲兵は二十名に増やされた。もちろん制服の警察官や憲兵は数人、要所要所に配置するだけだが、中国服を着た特高憲兵が通行人や客に紛れて、周囲を固めた。

結局その夜、不穏な動きは一切なく、何も知らない朝香宮は香港料理を心ゆくまで堪《たん》能《のう》し、磯谷総督に心から感謝の意を表されたらしい。

大山鳴動鼠《ねずみ》一匹とくさした憲兵仲間もいたが、課長は無事に事が済んだと喜んでくれた。

　この一件以後、三次の情報は少しずつ実のあるものになってゆく。

　藍衣社の畏怖《いふ》すべき素姓も次第に明らかになった。結成は昭和七年、蔣介石政権の維持と発展を目的につくられ、軍部の謀略と諜報活動を一手に引き受けていた。本拠地は昆明、構成員すべては番号で呼ばれ、軍隊の組織をそのままもち込んでいたが、中佐は中校というように呼び変えていた。お互いが顔を知られぬよう、対面する際は覆面をしていることも分かった。三次が初めの頃、似顔絵を描いてよこした連中は正式な構成員ではなく、手下たちに過ぎなかったのだ。

　三次の報告は続いた。藍衣社の細胞分子や調査員が五名判明したのはさらに半年経《た》った頃だったろうか。彼らは小学校教員、印刷会社社員、郵便局員、出版社社員になりすまして、総督府の施策の動向や、市民の反応などを、逐一重慶政府に連絡しているという。

　連絡方法は、無電台と郵便の二通りがあった。憲兵隊は細胞や調査員を尾行し、どこで誰に会うかを調べはじめた。検挙するのは組織の全貌《ぜんぼう》が明らかになってからで、末端を捕らえたところで、蜥蜴《とかげ》の尻尾《しっぽ》切りと同じになってしまう。

　葉書や封書も、郵検班によって検閲が強化された。葉書を割って、中に文字を書き込んだり、切手をわざと少なく貼《は》って必着をねらうのは常套《じょうとう》手段だった。

香港島と九龍のどこに無電台があるかつきとめるのは、無線に強い第六班に任された。最初の成果は一ヵ月後に出た。決まった時刻に発信される電波を第六班が捕捉したのだ。呼出符号はFOW、相手方はDELYM、波長は五十二メートル、交信時間は午後十時から十五分ないし三十分だった。しかし通信文は暗号になっていて、内容までは摑めなかった。

程なくして三次が、相手方のDELYMはマカオにある無電台であるとの情報をもたらした。香港から発する無線があれば、必ず相手からこちらに向けて発する無線もあるはずで、第六班はさらに探索を続け、波長五十三メートルの電波を使った送信が、朝の八時から三十分ばかりあるのを発見した。これもやはり暗号文で、乱数表を使っていると察しがついた。暗号を解読する方法はないか、三次に働きかけたが、そこまで彼に要求するのは酷だと内心では思っていた。

三次が次にもたらしてくれたのは、郵便物に細工された特殊インクのあぶり出し方だった。藍衣社の調査員や細胞あてに送られてくる手紙を開封しても、あたりさわりのない文面ばかりで、役に立ちそうもなかった。恐らく紙のどこかに仕掛けがしてあるのだろうが、手紙そのものを傷つければ受信者が疑いをもつ。

三次が聞き出してきた処理法は、手紙の表面に、みょうばんの溶液を塗りつけるというものだった。果たしてその通りにすると、紫色がかった灰色の文字が、黒々とした墨跡の裏に浮き上がってきたのだ。

受信者である藍衣社の細胞は、香港造船所に勤める塗装工で、重慶からの指示は、主として三点に絞られていた。造船所における船舶の修理状況、造船されている船と種類、そのトン数、造船所に出入りする船の状況、である。

ここまで判れば、あとは相手に感づかれないように、全体像を明らかにしていけばよい。気づかれてしまえば相手は暗がりに身を退き、視界から消える。そうなれば再び初めからやり直さねばならない。

あるとき、三次に問いただしたことがある。お前の働きぶりは隊長も認めている。短時間によくぞここまでの情報を集めてくれた。他地区の憲兵隊から羨《うらや》ましがられるくらいだ。しかしいったい、どうやって情報を入手するのか。三次は笑って答えなかった。

ただ、自分はこの仕事が面白くてなりません。働けば働くほど、守田先生には喜んでもらえるし、母と姉にも楽がさせてやれるのです、と真剣な顔で言った。

情報収集は急がなくてもいい、成果は一年先、二年先でもいいから、敵に尻尾をつかまえられないように慎重にやってくれ、と三次には念をおした。

それから二ヵ月ばかりたった頃、岩井大尉によばれた。明かされた話の内容はまさに寝耳に水だった。

「仏山の憲兵隊から連絡がはいったのだが、お前が使っている三次という密偵、実は藍衣社の二重スパイらしい。香港憲兵隊の動きは彼の報告で、逐一藍衣社に伝わっていたということだ。仏山憲兵隊で逮捕した藍衣社の大物調査員が白状した事実だ」

岩井大尉は苦虫を噛みつぶしたような顔で続ける。「三次の取調べはお前に任せる。三日後に俺に報告せよ。処分を決める」

飼い犬に手を噛まれるというが、それ以上に酷な事態だった。岩井大尉の言葉をそのまま信じてはいけない、事実確認が大切だと頭のなかで思いなおすのが精一杯だった。香港の憲兵隊の働きぶりに他の地区の憲兵隊が嫉妬《しっと》し、あらぬ噂《うわさ》をたてられるのは初めてではなかった。曰《いわ》く、香港の憲兵はマッチポンプで、事件をわざと起こさせては解決し、功を積み上げている。目こぼしをして、商人から賄賂《わいろ》をもらっている。現地のやくざ組織と通じている。現地人の女を二、三人は囲っている、など、雑多なひがみが耳にはいってきていた。

しかし今回の密告は放置できない。被害が大きくなる前に、火は消しとめるべきだ。岩井大尉と相談して、訊問《じんもん》にかけることにした。連絡をとってきた三次に、次の公休日の朝早く、憲兵隊に足を運ぶように命じた。朝まだきなら、中国人が憲兵隊の裏の通用門からはいっても、目撃者はいないはずだ。いたとしても、尾行者は目立ちやすい。

憲兵隊にじかに呼び出されるのを、三次も少しは不審と考えていたのかもしれない。同僚の憲兵が彼を捕らえ、留置場に入れたときは、半ば観念した表情をしていたらしい。

取調べは同僚がした。二重スパイの疑いをつきつけられて、三次は大人しく白状した。何ひとつ抗弁せず、あっけないほどの認め方だったという。

その日の昼、岩井大尉から処分を申し渡された。

留置場には昼過ぎに足を運んだ。昼飯は喉《のど》を通らなかった。三次は顔を合わすなり、涙を流した。

「申し訳ありません。飯店でいろいろ調べているのを怪しまれ、捕らえられたのです。二重密偵になるなら命だけは助けてやると言われ、向こうの言いなりになりました。母と姉を残したまま死ぬわけにはいきませんでした。でも守田先生のためにと思い、藍衣社の情報はなるべく正確なものを伝えたつもりです。向こうからはわざと偽《にせ》の情報を与えるように命じられたのですが、その大部分は自分の胸ひとつにしまって、守田先生には報告しませんでした」

三次は最後の報告だと言って、自分が向こうの調査員にしゃべった内容までをも逐一話した。憲兵隊の組織、特高憲兵の数、そのかかえる密偵の配置など、かなりの情報が向こう側に流れてしまっていた。

夜が更《ふ》けるのを待って、三次に腰縄をつけ、留置場から連れ出した。憲兵兵長と運転手の補助憲兵ひとりを同伴して、車に乗り込んだ。行先はやはり摩理臣山《モリソンヒル》だった。

湾仔の明かりが眺められる高台まで来ると、三次は後部座席で震えはじめた。小刻みな振動は隣席にも伝わってくる。

いつもの場所に車を停め、それから先は歩いた。先頭を補助憲兵、そのあとに三次、腰縄を持った憲兵兵長という具合に続いた。三次の足取りはしっかりしており、迷いをふっ切ったようにみえた。

兵長に命じて縄を解かせる。

「逃げろ」

三次に言ったが、かぶりを振った。

「逃げていい。ここにいるのは三人だけだ。お前の身体《からだ》はここに埋めたと報告しておく。誰も疑いはもたない」

さらに言い継いだが無駄だった。三次は蒼白《そうはく》な顔を向けた。

「守田先生、ぼくは逃げません。先生の手で処刑して下さい。それが一番いい方法です。逃げても藍衣社に捕らえられ、今度は本当に殺されます。どうせ死ぬのなら、守田先生の手にかかって死にたいです」

まっすぐ眼を向けて言った。

他にどうしようもなかった。三次を坐《すわ》らせ、「何か言い残すことはないか」と訊いた。

「母と姉の今後が気になります。ぼくがいなくなれば、姉が働きに出なくてはならず、母の看病の手もなくなります」

「よし分かった。心配するな。俺がなんとかする」

「ありがとうございます」

三次の声は澄んでいた。

ピストルを三次のこめかみに当て、引き金をひいた。鈍い音とともに、三次の身体は横倒しになり、そのまま動かなかった。

残った三人で、代わる代わる穴を掘った。

「いい奴《やつ》でした」

兵長が珍しく涙をみせた。

帰って岩井大尉に報告すると、労をねぎらわれた。当然、三次の件で何らかの叱責《しっせき》があると覚悟していたのだ。

「今回は勇み足であった。しかし勇み足を恐れていては、渾身《こんしん》ふりしぼっての突進もできぬ。これを薬にして、眼力だけは養ってくれ」

大尉の訓辞はそれだけだった。

気の重い仕事がまだ半分残っていた。翌々日、三次の家を訪れた。三次が二晩続けて帰って来ないので、母親も姉も心配していた。

「飯店に電話しても、無断欠勤なので皆目見当がつかないと、怒っておりました」

姉の盧瑞蓮《ローシュイリン》は言う。

一年半前に初めて顔を合わせたときは気づかなかったが、薄化粧した瑞蓮ははっとするほど美しかった。あの当時、家計を支え、病身の母親を看護するだけで、自分のことにかまける余裕さえなくしていたのだ。三次がひとり立ちし、母親を医師に診せられるようになって、ようやく若い娘としての身だしなみにも気が回るようになったのに違いない。

彼女にありのままを告げるのは辛《つら》かった。

「弟さんは死にました。仏山の憲兵隊から連絡があり、捕らえた藍衣社の諜報員が白状したそうです。密偵の身分であるのをつきとめられ、処刑されたのだと――」

瑞蓮は小さな叫びをあげるなり、身体を硬直させた。みるみる顔色が蒼《あお》ざめていく。

「申し訳ありません。弟さんを憲兵隊のために働かせたのが仇《あだ》になりました」

この手で命を奪ったのだという事実を隠す代償に、三次の頼み通り、この母娘《おやこ》の面倒を一生みてやろうとの思いが、肚《はら》の底から湧《わ》き上がってきた。

「これから先、三次の遺族としてあなたたち二人に、苦労はかけません」

眼の前で瑞蓮がはらはらと泣いていた。静かな涙だ。もらい泣きをこらえるため、窓の外を眺めつづけた。

「守田先生」

瑞蓮が三次と同じように、先生の敬称をつけて呼んでいた。「弟の死は、母には内緒にしておきます」

白磁のような肌に少し赤味がさしている。

「分かりました。憲兵隊の命令で、遠方に使いに出していることにしましょう」

彼女は頷《うなず》く。

軍票五百円をさし出すと、瑞蓮は鋭い視線を向けた。

「これは弟さんの仕事に対する報酬です。これで終わりでは決してありません。遺族が生活に困らないよう最後まで配慮するのが、憲兵隊の方針です」

もちろんそういう規則が、憲兵隊にあるはずはなかった。それどころか、密偵は使い捨てだった。

給料をさいてでも、三次との約束は果たさねばならない。瑞蓮の泣きはらした目を見返しながら思った。

5

夜になって郭《グオ》泉《ツチユン》が戻ってきた。

「武装解除された日本軍は、順次珠《チユウ》江《チアン》南岸に集められているようです。しかしまだ全軍の完全武装解除を終えるまでには一ヵ月はかかると思われます」

第二十三軍兵団隷下《れいか》には、第百四、第百二十九、第百三十の各師団、それに独立混成第二十三、独立歩兵第八、独立歩兵第十三などの旅団があり、将兵合わせて九万人近くがいた。一朝一夕に武装解除できるものではない。

「仏山にいる第百三十師団は武装解除に応じたのか」

田中軍曹が訊《き》く。敗戦後もなお戦闘辞さずの態度を表明していた近藤師団長の硬骨漢ぶりは、憲兵隊にも知れ渡っていた。

「いいえ、あそこだけはまだ手つかずで残されているようです。いずれ、二十三軍司令部からの使者が説得にあたるものと思われます」

「憲兵隊はどこに移されている？」

「河南のサイダー工場跡です。他の一般部隊も、その周辺に集められています。これから先が大変でしょう」

「どういう意味だ？」

田中軍曹が郭泉に訊いた。

「いえ、あれだけ多くの兵隊さんたちが、どうやって毎日を食べていくかです。武装解除のとき、糧秣《りょうまつ》は中国軍が全部取り上げているはずですから」

「一種の捕虜だとすれば、米くらいは配給があるだろう」

言いかけて、はたと思い当たる。捕虜に対する食糧は、日本軍だってろくに頭になかったではないか。敵に食わせるくらいなら、自分たちの口に入れたほうがましだ。そういう態度を日本軍はとってきた。立場が逆転したいま、飢えを味わうのが日本軍人になってもおかしくはない。

「工場地域といっても、あの辺一帯は土地が肥えているので、野菜が作れるだろう。なあに、仕事がないのだから、全員が百姓になれば食ってはいける」

田中軍曹は軽くいなした。郭泉の目を覗《のぞ》き込んで、改まった口調になる。

「それで、戦犯追及ののろしは上がっているのか」

「まだです。武装解除部隊も今のところ、武器と物資を押収するので手一杯のようです」

郭泉の眼が鋭さを帯びる。「しかし、接収物資の次は、人間に関心がうつります。町中では、到着した中国軍に、これまで受けた被害を届け出ようといきまいている連中も見かけました」

「それまであとどのくらい余裕があるのだろうか」

二、三日か一週間か、あるいは半月かで、こちらの対処法が変わってくる。

「守田先生、それはもう少し経ってからでしょう」

「もう少しとは？」

「広州近辺の不穏な動きがおさまってからです。東莞《トンユワン》一帯を支配している土豪の李福慶《レイフオツヘン》についてはご存知でしょう。彼の部下には、まだ日本軍と手を組んで徹底抗戦を目論《もくろ》む者もいるようです。これまで日本軍と折合いよくすることで利益を得てきた彼らです。国民党支配となれば、自分たちの利権が失われます」

「しかし、もう今さら、二十三軍の軍司令部の命令に背く部隊はいないだろう」

田中軍曹が首をひねる。

「いえ、陸軍ではなく海軍です。新港あたりには、小規模ながら海軍の将兵がとりしきる船舶部隊がいるようです」

「いずれにしても、もう蟷螂《とうろう》の斧《おの》だ。海軍の連中は計算高いから、勝ち目のない戦はしない。いまに全員が投降してくるよ。俺としてはなるべくごたごた騒ぎが続いて欲しいがね。騒いでいるうちは、まだこちらに分がある。といっても、一ヵ月前の騒乱はお断りだ」

田中軍曹は、思い出すのも嫌だというように舌打ちをする。

あの八月十五日を境にして、天地がひっくりかえったのだ。その日は朝から、珠江のほとりまで馬術訓練に出ていた。ようやく馬に乗れるようになった候補者たち十数名を引率して、河辺の道を速歩させたり、駈歩《くほ》させたりした。広い原っぱに出ると、そこで隊列を組み、単列の円周まわりや、二列の円周まわりの練習をする。やっと馬上の人間に慣れはじめた候補者たちは、嬉《うれ》しさと緊張の入り交じった顔で、手綱をさばく。自分で歩かなくてもよく、川風に身体をさらしているのだから涼しいはずなのに、彼らの白い作業上衣《うわぎ》はもう汗だくだ。そんな様子をみていると、自分の候補者時代を思い出してしまう。

馬は、自宅に農耕馬がいたので初めてではなかった。しかし農耕馬は尻《しり》を叩《たた》いて犂《すき》を引かせるもので、背中に乗るものではなかった。北京の教習隊で飼われていた馬は、田舎の馬より大きいような気がしたが、それは上に跨《また》がらなければいけないという先入観のせいだったかもしれない。

斜め前からゆっくり近づき、背中に毛布を置き、鞍《くら》をのせる。このとき馬からじろりと睨《にら》まれるとドキリとする。逃げていかれると物笑いだし、向きを変えられて蹴《け》り上げられれば大怪我《おおけが》間違いなしだ。そのうち相手も警戒心を解いてくれ、腹帯を締めるときもじっと動かない。締めるゆるさは、中指と人差指のはいるくらいだと教えられた。

はじめは乗馬と下馬の繰り返しが続き、次は手綱さばきと拍車のかけ方だ。自分の身体で一列横隊に並ぶのと、馬に乗って横一直線に整列するのとでは勝手が違う。馬のなかには、他の馬よりどうしても頭半分前に出たがる栗毛《くりげ》がいて、その馬をあてられた候補者は区隊長からいつも怒鳴られていた。苦労続きだっただけに、一人前の姿で馬上の人となり、動けたときは、ようやく憲兵になれたという実感が湧いたものだ。

河べりを走る候補者たちも、誇らしげな顔をしている。通常の部隊であれば、兵や下士官の身分で馬には跨がれない。憲兵だからこその特権だった。

珠江に遠出をしたときに、毎回立ち寄る店があった。店の横に馬をとめ、昼飯代わりに各自好きな物を食べさせる。勘定は南京《ナンキン》政府発行の儲備券《ちょびけん》で支払った。

ところがその日、店が閉まっていた。妙だと思ってそのまま市内にはいっていくと、朝方は開いていたはずの店という店が、戸を閉めひっそりとしている。

何か事件でも起きたのかと胸騒ぎがした。

海珠橋の近くまで来たとき、完全武装をした一個中隊くらいの隊列に出会った。単なる行進ではなく、前線に向かうように小走りしている。

馬から降り、後方の兵に何事なのか訊いた。

「日本が戦争に負けたというので、今から広東神社に必勝祈願に行くところです」

兵は荒い息づかいで答えた。

候補者たちを引率して教習隊に帰ると、そこも大騒ぎだった。天皇の玉音放送があったのを、憲兵隊の無線がとらえたのだという。

夕刻になって南支憲兵隊本部から教習隊長が戻ってきて、正式に敗戦を告げられた。

「軍の規律を徹底させる憲兵として、妄動《もうどう》を慎むように」

具体的な指示ではなく、東畑少佐は短く告げたのみだった。

敗けたという実感はなかった。香港でも空襲はあり、出港する船舶が潜水艦の餌食《えじき》にされるのを見聞きしてきたが、この広東に戻って以後、中国軍を目《ま》のあたりにしたことなどなかったのだ。

翌十六日、上空をB25や四発のリベレーター爆撃機が悠然と飛行するのを眺め、敗戦を実感した。

憲兵隊本部の同僚のなかには、市内の様子を探りに私服で町なかに出かけて行き、見破られて半死半生の目にあった者もいた。中国人女性が見かねて憲兵隊まで知らせに来てくれたおかげで、二十人ばかりが制服で出動し救出したという。同僚憲兵は病院に運ばれ、命だけは救われた。

それ以後、隊外の外出は制服を着て二人以上で行動することになった。しかしそれでも、武器を持った中国人に囲まれて拳銃《けんじゅう》を奪われる事件も起きた。これが敗戦前であれば、拳銃紛失は軍法会議ものだ。

しかし広東在住の邦人たちの悲惨さは、武器がないだけに軍人以上だった。若い女性の輪姦《りんかん》、店内侵入と強奪、日本人経営になる旅館への放火などが、次々に憲兵隊に報告された。憲兵隊にはもう、それに応《こた》える力はなかった。歯ぎしりしながら、訴えを聞くのが精一杯だったのだ。

当然ながら、蔣介石主席が全土に布告した〈恨みに報ゆるに、暴をもってするなかれ〉は、中国人の末端まで浸透しているとは言い難かった。

軍事関係以外の営業を行っている邦人は、敗戦後も財産を没収されることはない、という達示《たつし》が、暫定《ざんてい》広州市市長の名で出されていた。薬局、仕立屋、食料品店、クリーニング店など、その達示をよりどころに、店を開け続けたのが、結局は仇になった。

八月末に、邦人経営の酒屋が襲われた事件は、邦人受難の象徴となった。手引きをしたのは、元使用人の中国人らしかった。五人組が夜、閉店後に押し入り、老父母と若夫婦、六歳の男の子を縛り上げ、金庫の中の金全部と、めぼしい家財道具、商品の酒樽《さかだる》をトラックで運び出したのだ。しかも店を出るとき、若い夫人だけを連れ去った。翌日、酒屋は憲兵隊に届け出たが、なすすべもなく手をこまねいていたところに、若い日本人女性の死体が珠江の河原で発見されたとの知らせが届いた。

死体は暴行された挙句に頭部を殴られていた。その日の晩、今度は夫が自宅で首をくくって死んだ。残された老いた両親と子供は、憲兵隊のはからいで、隊内の一室に保護されることになった。

混乱は市中だけでなく二十三軍の内部でも起きた。朝鮮人、台湾人軍属の大半が、掌《てのひら》を返すようにして、上官の命令をきかなくなった。軍事物資を闇《やみ》に流す者さえ現れた。本来なら取締るのは憲兵隊の任務だが、もはや目をつぶるしかない。各部隊内で規律を引締めてもらうより策はなかったのだ。

初期の混乱が少しおさまりかけたのは、九月にはいってからだろうか。勝者と敗者の入れ換えにそれだけの時間を要したのだ。

「守田軍曹とも話し合ったんだが、方法は二つあると思う」

田中軍曹が郭泉に顔を向けた。「ひとつは守田軍曹が言うように、在留邦人になりすまして日本人収容所にはいり込む方法。もうひとつは、中国人に化けてできるだけ広東から遠去かり、安全な場所で邦人として収容してもらう方策」

そのどちらが有効だろうか、という眼で、田中軍曹は郭泉の表情をうかがった。

「最も安全なのは、第二の方法でしょう。第一の方法は、密告者が出た場合、あるいは収容所に検索の手が伸びたときには、もう逃れられません」

郭泉は重々しく答える。

「だったら俺は駄目だな。この広東での勤務が長いので、顔を知られている。密告者で恐《こわ》いのは、軍が使っていた朝鮮籍の軍属だ。自分たちの身の安全をはかるため、顔見知りの憲兵を国府軍に訴える可能性がある。その点、守田は香港にいたので、顔は覚えられていないだろう」

結論は出たというように田中軍曹が眼をやった。

「どちらにするかは、先生方で決めて下さい。私はそれに従います」

二人を交互に眺める郭泉の態度には虚偽も虚勢も感じられない。田中軍曹はいい密偵をもっている。それもまた、彼自身の人格の反映だろう。

「郭泉、ここを離れるとなると大変だぞ。生きて帰れないかもしれない。敗けた日本人と同行しているのだ。しかも元憲兵と」

田中軍曹は悲痛な声を漏らす。

「分かっております」

「しかも、お前には将来を誓った女がいるではないか。万が一の場合、悲しむぞ」

「待って下さい」

郭泉は田中軍曹の言葉を遮る。「何も、帰って来られないと決まったわけではありません。先生を無事な場所まで送り届けたら、必ず戻ってくるつもりです。それに」

と郭泉はひと呼吸おいて続けた。

「逆に私が先生について行かなかったとすれば、桂英《グアイイン》は私を実のない男だと蔑《さげす》みます」

「そうか」

田中軍曹は目をしばたたき、黙り込んだ。

6

「あとは桂英に頼んでありますから、守田先生は、いつでも好きな時にここを出て行ってもらって構いません」

田中軍曹に同行する郭泉が言った。

「お互いに内地に帰り着いたら、連絡をとりあおう」

田中軍曹が手をさしのべる。外はようやく白みはじめていた。

前の晩、持っていた香港ドルと法幣の大部分を田中軍曹に渡していた。旅程の長い、しかも二人旅である彼らのほうが、出費のかさむのは明らかだった。

「貴様のほうも、金は要るぞ」

はじめ遠慮していた田中軍曹も、最後には金を受け取ってくれた。無事な場所に着いた際、もし金が余っていたら郭泉に渡してしまえばいいのだ。郭泉と桂英が一緒に暮らしを始めるときの助けになるだろう。

雲ひとつ見当たらない空模様からして、昼間は暑くなりそうだ。炎天下を歩かねばならない二人の旅程を考えると、果たして広東を脱出するのが最上策なのだろうかと思えてきた。

二人とも、荷物は布鞄《ぬのかばん》一個と薄い毛布、傘、そして蚊帳《かや》だ。雨が降らなければ、この季節、蚊帳を吊《つ》るだけでどこでも野宿はできる。

「必ず内地で会おう」

「それまで達者で」

田中軍曹の手を握る。「軍曹を頼んだぞ」郭泉にも言った。田中軍曹が中国服に革靴なのに対して、郭泉は布靴のままだ。

戸を閉め、二人が階段を降りていく音を聞いた。

足音が聞こえなくなると、薄暗い部屋の中央に戻った。暗がりのほうが安全のような気がした。

いよいよひとりになった。

郭泉は好きなだけこの一室を使ってもいい、食事は桂英がもって来てくれると言ったが、いつまでいられるだろうか。床の上に大の字になり、暗い天井を睨み続ける。

問題は、いつ邦人収容所に紛れ込むかだ。早過ぎれば、収容所内で中国軍の捜査にさらされる頻度も多くなる。しかしこの倉庫に居続けても、付近の住民にかぎつけられる恐れがあった。

朝飯を運んで来た桂英を前にして、居住いを正した。

「今日中にここを出る。大変世話になった」

広東語で伝えると桂英は眉《まゆ》をひそめた。顎《あご》のほくろが、顔を大人っぽくしている。

「いつまでおられても、わたしは構いません」

「いや、出るのは早ければ早いほうがいい。それで、お願いがある」

「何か」

突っ立ったままで訊く桂英に腰をおろさせる。

「長州島の邦人収容所まで、同行してもらえないか。本物の中国人女性と一緒なら、途中怪しまれなくてすむ。もし検問にひっかかっても、言葉が不自由なふりをすれば、見破られまい」

桂英はしばらく考えていた。むしの良い提案ではある。もしもの場合、彼女にも漢奸の嫌疑がかかるのだ。

「一度お店に戻って、許可をもらいます。用意して待っていて下さい」

どこか突き放すように答えた。

「店主が駄目だと言ったら？」

「どちらにしても知らせに戻ります」

桂英は戸を閉め、階段を降りていった。

部屋の中で待った。用意するものとてない。教習隊を出てきたときの信玄袋ひとつが全財産だった。桂英が来れなかったら、そのまま出かけよう。もともと助力などあてにせず、ひとりで切り抜けるべきなのだ。

桂英は三十分後、足音を忍ばせて戻って来た。

「許可が出ました。お昼までに帰ってくれば大丈夫です」

「ありがたい」

長州島行きの船着場までは歩いて二時間くらいだろう。桂英も昼までには戻って来られるはずだ。

階段を降りるとき、桂英が後ろを振り返った。

「この階段だけは、わたしが先に降りますけど、道に出たらなるべく寄り添って歩いて下さい。わたしが案内しているような恰好《かっこう》になったら却《かえ》って変に思われます」

並んで歩くと、小柄な桂英は肩までの背丈しかなかった。

桂英は日頃通る道をはずして、小さな通りを選んだ。急ぎ足でもなく、店先を楽しむように、時々立ち止まったりもした。密偵のこつでも心得ているような上々の出来映えだ。

市内には警察官と軍人の姿が目立った。市民は彼らの存在を気にする風でもなく、忙しく往来している。敗戦前はそうではなかった。日本軍人と警官の姿を眼にすると、中国人たちは意識しないでおこうとしても身を固くして、会話をやめてその前を通り過ぎるのが常だった。

「あなたのいいなずけの郭泉だが、日本が負けたあとも、あんなふうに憲兵に忠実なのは珍しい。田中軍曹もいい部下をもったものだ」

「あの人は、田中先生を心から慕っています」

桂英は答え、しばらく黙って歩いた。寄り添って歩くように言ったくせに、近づき過ぎると身を固くした。

オートバイとサイドカーに乗った警官が、クラクションを鳴らしながら通り過ぎる。

憲兵隊本部で使っていたサイドカーに間違いなかった。

「あの人の姉さんも田中先生の密偵だったのです」

サイドカーの土埃《つちぼこり》を眺めながら、桂英が口を開いた。

「その人は今どうしている？」

「昨年の春、亡《な》くなりました」

「それはどうも。気の毒に」

昨春といえば、彼がまだ教習隊に配属される前で、憲兵隊本部特高課にいた頃だ。

「田中先生からその話は聞いていたのですか」

「聞いていない。もともと私たちは、私的な事柄については、どんな親密な友人にでも口を閉ざすように教育されている。特高課の憲兵同士でも、私生活は知らないままだ」

「そうでしょうね」

桂英はうわ目づかいに顔を向ける。「でも、わたしは憲兵でも密偵でもないので話します」

「あなたも彼女を知っているのか」

「知っています。二、三度会った程度ですけど」

東山湖のほとりまで出ていた。河岸に、蛋民《たんみん》船が二、三十隻《せき》集まっている。教習隊の候補者たちの馬術訓練によく来た場所だ。ほんの一、二ヵ月前の出来事なのに、随分昔の出来事のように思える。

「徳賢《ダツイン》姉さんは、半分田中先生を裏切って、最後には先生の命を助けたのです」

桂英はしばらく黙ったあと、言葉を継いだ。

「重慶《チョンチン》政府の出方を探る役目を、徳賢姉さんは任されていました。ちょうどその頃でしょうか、田中先生のおられる憲兵隊は、重慶側の工作員の大物を捕らえていたのです。中佐級の将校二人で、広州《コワンチヨウ》での南支派遣軍の動向を、無電台で恵州《ホイチヨウ》に知らせていたのですが、憲兵隊に隠れ家をつきとめられて逮捕されていました。軍事裁判にかけられれば当然死刑でしょう。そこで憲兵隊の隊長は、その二人の命とひきかえに、憲兵隊のために働かないかともちかけました」

「逆用スパイで、よくつかう手だ。しかしこれもうまくやらないと綱渡りの曲芸になる」

「二人の将校は協力すると誓いました。処刑されるよりはいいと思ったのでしょう」

「たいがいはそちらを選ぶ」

「二人は無電台をそのまま使って、南支軍の動きを重慶政府側に知らせたのです。もちろん偽《にせ》の情報ですが、向こうは何も知りませんから、こちらにいろいろの指示を流してきます」

その事件については香港まで伝わって来なかった。しかし大方の察しはつく。重慶側が知りたがっていた日本軍の情報とは、大陸内に展開している日本部隊の動向、南支派遣軍の配置と装備、作戦移動、そして三つめが航空部隊に関する情報だろう。

そして、こちらが相手に関して知りたいのも裏返しの同じ内容だったが、さらに大局的な情報として、国際外交上の重慶政府の動向、政治経済の成りゆき、なども入手したかった。

「二人の将校は、重慶側から送られてくる貴重な情報を前にして、複雑な気持だったでしょう。無電の内容は別の密偵が日本文に翻訳していきます。そのなかには、重慶政府軍の兵力と配備、作戦移動についての情報もあって、南支派遣軍総司令部から、作戦参謀が直接その内容を知るために広州に来るくらいだったといいます。日本陸海軍の大陸作戦を左右するほどの資料になったのでしょう」

「相手の作戦が先に判《わか》れば、こっちの作戦はたてやすくなる。こちらからは架空の作戦を向こうに送り出して、振り回すこともできる」

「その通りだったようです」

桂英は対岸の島を眺めやった。珠江の土砂が堆積《たいせき》した三角洲《す》で、河はそこで二手に分かれている。

「田中先生の任務は、その二人の将校を見張ることでした。無電台のある建物の三階に、ずっと寝泊まりし、交代で監視しなければなりません。それが二ヵ月も三ヵ月も続くのです」

そういう状況では、見張りの側も軟禁されたのと同じになる。捕虜同様に外出もできなければ、窓をあけて外を見ることさえ許されない。来る日も来る日も、工作特務日誌と監視報告書の記入が仕事になる。

「三ヵ月過ぎた頃、やっと朝の一時間だけ、市場に買い出しに行くことが許されたそうです。もちろんひとりで、みすぼらしい中国服の給仕の服装をしてです。それでも、久しぶりに外の空気が吸えるので、毎朝六時から七時までのその時間が楽しみだったらしいです。そうやって半月過ぎた頃、市場でばったり徳賢姉さんに出会ったのです」

「それまで田中軍曹は彼女と連絡を取れなかったのだな」

「そうです。あまり監視役が長くなるので気になっていたそうですが、連絡もできず、ひたすら任務が解けるのを待つしかなかったのでしょう。市場で顔を合わせたのはいいのですが、長話はできません。まだ任務中であるのでいずれ連絡を入れる、しばらく待機していてくれ、と田中先生は言いおいて、姉さんと別れました。それから二、三日して、隠れ家に姉さんから電話がはいりました。びっくりしたのは田中先生です。徳賢姉さんにその隠れ家の電話など教えたはずはないのですから。どうやって電話番号を知ったのか問いただしても、姉さんははっきりしたことは言いません」

「用事は何だった」

「特別な用事はないのです。その家に遊びに行ってもいいか、などと訊《き》くので、田中先生はとんでもないと断ります。電話はその後も週に一回の割でかかってきました。そのたびに田中先生は冷汗をかいたそうです」

「監視は田中軍曹ひとりだったのか」

「もうひとり同僚の憲兵軍曹と二人です。ある日の夕方、その軍曹が街中に出かけていきました。本当はそんな私用で隠れ家を離れるのはいけないのでしょうが、何ヵ月も単調な見張りの役ばかり続いたので、気持に隙《すき》ができたのでしょう。藍衣社の二人は反抗もせずに、逃亡の素振りもみせなかったそうです。その夜、田中先生は二人を居間に呼んで雑談し、電蓄でレコードも聞かせ、くつろがせました。二人も大変嬉《うれ》しそうで、ひとりずつ風呂《ふろ》にはいり、最後は田中先生がはいるつもりで浴室に行きました。

すると、そこに徳賢姉さんが立っていたのです。青い顔で、手には拳銃《けんじゅう》を持っていました。田中先生はすぐ事情を悟り、服だけは着せてくれと頼みました。姉さんが拳銃をつきつけている間に、藍衣社の二人がはいってきて、田中先生を縛り上げたのです」

「その女は二重スパイだったのだ。はじめからそのつもりで田中軍曹に接近したのだろう」

「田中先生が徳賢姉さんと知り合ったのは陸軍病院でした。足の骨折で一ヵ月入院したとき、姉さんは看護助手をしていて、田中先生の世話をよくしてくれたといいます。そのあと、田中先生の密偵となり、表向きは電話局勤めにしてもらっていました。それもみんな姉さんの計画通りです。陸軍病院では、将兵の傷病の具合から日本軍の作戦の成功具合を知ることができるし、電話局では、軍の通信状況を探ることができます。そのうえ、田中先生を通して憲兵隊の動きも分かるのですから、藍衣社としては、徳賢姉さんの情報は大変貴重なものだったはずです」

「彼女は田中軍曹を裏切って、同志の二人と逃げたのか」

「二人のうちひとりは、革バンドで縛った田中先生に拳銃を向けました。それまでの従順な顔と違って、憎々しげに田中先生に近づいてきたそうです。一発、田中先生の顔すれすれに弾丸を撃ち込みました。田中先生はもう観念したそうです。それまでにも死にそこなったことは何回もあって、間一髪で運良く助かってきただけです。今度こそ絶体絶命、それも徳賢姉さんの手にかかって死ぬのですから本望だと覚悟したといいます。ところがそのとき、田中先生の命乞《いのちご》いをしたのが姉さんでした。この憲兵は自分を大切に扱ってくれた。命を奪うまでもないはず、自分の果たした任務に免じて許して欲しいと、二人に頼みました。二人のうちのひとりは、私情を入れてはいけない、敵は殺さねば自分たちがやられるだけだ、と姉さんの願いを聞き入れようとしません。もうひとりがとりなして、やっと命だけは助けてやろうと意見がまとまりました。田中先生は麻縄でぐるぐる巻きにされ、床の上に放り出されました。猿ぐつわのために声も出せません。田中先生はじっと三人の動きを眺めるしかなかったのです。男たち二人は憲兵側の資料も持ち出すつもりなのか、机の引出しの中味も鞄に詰め込んでいました。

そのときです。徳賢姉さんが田中先生の身体《からだ》を起こし、猿ぐつわをはずしたのです。じっと顔をみつめて、田中先生が好きでした、戦争でなければ一緒になって暮らしたかった、と目を潤《うる》ませて言ったそうです。田中先生も胸をつまらせ、姉さんの名を呼んだのですが、一歩さがった姉さんは拳銃の銃口を口にくわえて、引き金をひきました」

桂英は立ち止まり、柳の木に手をもたせかけた。頭の上で爆音がする。音と形からして呑龍だが、中国の標識が新たに翼につけられていた。

珠江の本流が悠然と流れていく。中程の深みを、中型汽船が遡《さかのぼ》っていた。珠江口と桂林の間を結ぶ定期便だ。

「藍衣社の二人の男もびっくりして徳賢姉さんに駈《か》け寄りましたが虫の息で、田中先生の助命だけを言い残しました。田中先生は、姉さんの紫色の中国服が赤く染まっていくのをじっと眺めるだけでした。二人の男たちも衝撃のあまり、しばらく呆然《ぼうぜん》としていましたが、田中先生に再び猿ぐつわをはめて、こう言ったのです」

耳を傾けたのを拒むように、桂英は柳の幹から身を離した。やがてゆっくり歩き出す。

「徳賢が自分の命と引きかえに頼んだから、お前の命は助けてやる。お前は幸せ者だ。最初の計画では、お前を殺し、この隠れ家にも火をつけるつもりだった。そう言って、二人は電話でどこかに連絡をつけました。間もなく家の前に二台の車が停まったようで、男たちは鞄二つと姉さんの死骸《しがい》を抱えて出ていきました。あとになって田中先生と同僚の軍曹は、隊長からひどく叱責《しっせき》されたそうです。それまでの数ヵ月で成果は充分にあげていたため、処罰はなかったそうですが」

「田中軍曹はひとことも言わなかった」

「そうでしょう。職務上の失敗ですし、話せば徳賢姉さんを思い出して辛《つら》いはずです」

桂英は河べりにたつ煙突を指さす。レンガ工場やセメント工場などが密集している地域に来ていた。

「日本軍はあそこに集められているそうです。近くの空地を耕して、芋とか豆とかを作りはじめていると聞きました」

「郭泉が田中軍曹の密偵になったのは、徳賢が自殺したあとなのか」

気になって訊いた。

「いえ、もうそのときは二人で田中先生の手伝いをしていました。事件のあと、田中先生は郭泉も二重スパイではないかと疑ったのですが、あの人は、自分は姉とは違うときっぱり言いました。だってそれが本当ですから。田中先生も郭泉の言うことを信じてくれ、最後まで働くことができたのです」

「しかし、憲兵のために働くことは、自分の国に泥水をかけるようなものだと、悩まなかったのか」

「あの人は田中先生を兄のように尊敬しています。田中先生を連れて広州を出たのも、運命だと考えています。衡陽《ホンヤン》、長沙《チャンシャー》、南京を通って上海まで行くつもりにしていますが、途中で何が起きるか分かりません。無事に田中先生を上海に送り届けても、帰りに騒動に巻き込まれる可能性だってあります。それでも、あの人は後悔なんかしないはずです」

「それだと、あなたが困る」

「困ります。郭泉が帰ってこないと」

桂英は答え、その事態を恐れるように顔をそむけた。

珠江のはるか下流に島影が見える。長州島だ。

「わたしにできるのは、田中先生と郭泉の無事を祈ることだけです。一ヵ月先か、二ヵ月先かは分かりませんが、郭泉が帰ってくれば、もう何もいりません。貯《たくわ》えなんかありませんが、二人で一生懸命働けば何とかなります」

「これからの中国は新中国だ。あなたたちなら立派にやっていける」

「守田先生も、日本に無事帰って下さい」

桂英が改まった口調で言った。「守田先生には、故郷に奥さまとお子さんが待ってらっしゃると、田中先生から聞きました。自分は途中でのたれ死にしても、待っているのは両親と妹だけで、たいしたことはない。守田は絶対日本に帰り着かなければならんのだ、と田中先生は言っておられました」

田中軍曹がそこまで考えていてくれたとは知らなかった。離隊を強く勧めた理由も、桂英にあとを頼んだ理由も、それで理解できる。

「日本がどうなっているか、皆目見当がつかん」

「戦争に負けても、人がそこに生きていれば、また国は栄えます。草や木と同じです。どうかご無事で。あそこが収容所行きの桟橋《さんばし》です」

桂英が指さした。

河岸に幕舎が二棟建てられていた。周囲に中国兵の歩哨《ほしょう》が立っている。

「桂英、ありがとう。これはお礼だ」

信玄袋から取り出した法幣《ほうへい》を、桂英は辞退した。

「収容所の中でも、きっとお金が必要です。わたしは働いていますし、お金には不自由しません。どうぞ持っていって下さい」

立ったままの押し問答は怪しまれる。桂英を建物の陰に引っ張り込んだ。

「収容所に入れられる前に必ず所持品検査がある。紙幣など、中国人兵士に取り上げられるのが関の山だ。持って帰ってくれたほうが、どれだけ役立つか」

桂英はしぶしぶ紙幣を受け取った。

「郭泉が帰って来たら、収容所を訪問します。そこでは、何という名で守田先生を探し出せばいいのですか」

返事に窮した。過去を断ち切るための偽名なのだ。

改めて桂英の顔を凝視する。細面で秀《ひい》でた額、ひと重の目はとりたてて美人というほどではない。食い入るような眼に、意志の強さが出ていた。

「明坂圭三という変名を使う」

サイコロを投げる気持で答えていた。「福岡県生まれの醬油《しょうゆ》会社の社員だ。仏山《フォーシャン》で商売をしていて終戦にあったという身の上にしている」

「フクオカケン出身のアケサカ・ケイゾウ」

桂英は記憶するように小さく何度も復唱した。

「世話になった。ありがとう」

日本式に頭を下げた。

「また来ます。再見《ヅオイギン》」

桂英は小さな背中を見せて歩き出していた。

7

「誰か《ネイピンゴ》」

河岸へ降りていく途中で、中国兵に呼びとめられた。

歩哨が手にしているのは日本軍の三八式騎銃だ。

「邦人収容所です。ここまで来れば連れて行ってもらえると聞いたものですから」

腰を低くして広東語で答えた。

「お前は日本人か」

頭から足元まで見たあと、「行け」という仕草をした。

一番手前の幕舎の入口にも歩哨が立ち、その横で下士官ひとりと背広を着た男が三人、椅子《いす》に腰かけていた。

背広のひとりが、何の用事だというように顎《あご》をしゃくった。

「日本人です。邦人収容所行きの手続きはここですればいいのでしょうか」

近寄って日本語で訊いた。

下士官と、背広姿の男が立ち上がる。

「荷物は、その手さげひとつですか」

なまりのない日本語で、背広の男が言った。

「荷物はこれだけです」

ざら紙に、氏名、年齢、勤務先を書き終えると、下士官が手招きした。横柄《おうへい》な態度だ。

「金は持っていないのか」

広東語で下士官が訊き、便衣の上から身体検査をする。

「途中で全部取り上げられました。旅行鞄《かばん》もです。命と引き換えです」

背広の男たちも広東語は解するらしく、同情するように頷《うなず》く。下士官は、それ以上追及せずに身体検査を終えた。

内心でほっとしていた。香港ドルの十ドル紙幣八枚と法幣少しを布靴の底に隠していた。桂英《グアイイン》にも渡さなかった分だ。

「あと一時間待って下さい。迎えの船が来ますから」

背広の男が椅子を勧めた。すこし離れたところに坐《すわ》った。背広の男たちは三人とも日本人らしかった。

「東亜産業というのは、何の会社ですか」

一番年配の男が質問してくる。

「醬油製造です。広東で醬油工場が作れないかと計画中でした。大豆を買いつけて、現地で生産すれば安いものができます」

「なるほど」

男は相槌《あいづち》をうつ。

「全部だめになりました」

「ひとりでやっていたのですか」

「事業が本格化するまでは、私ひとりで何もかもです。現地人を三人使っていましたが、ごらんのとおり、丸裸です」

「内地に連絡は？」

「まだとれていません。このぶんだと内地の工場のほうもやられているかもしれません」

醬油づくりのこまごまとしたことを訊かれれば、素姓がばれる。小さい頃母親が自家製の醬油をつくっていたのを覚えているにすぎない。

「収容所の人たちも、みんな内地のことが心配のようです」

男は急に、口を噤《つぐ》んだ。

幕舎の外で子供の悲鳴がしていた。叱《しか》りつけている女の声は日本語だ。子供三人と、両親らしい男女を、中国兵がひきたてて来る。父親は頭を包帯でぐるぐる巻きにされ、右目の周りが紫色に腫《は》れ上がっていた。

父親に命じて、中国兵が荷物をほどかせる。風呂敷包みの中味はほとんど衣類ばかりだ。子供たちは十歳くらいの男の子を頭に、七歳と五歳くらいの女の子で、全員が小さな風呂敷包みを持たされていた。

中国兵の強圧的な態度に、泣いていた女の子はしゃくり上げるだけになっている。男の子は上眼づかいに周囲の様子をうかがう。

「収容所には医者がいるのか」

一家をひきつれて来た中国兵が、背広の男たちに訊いた。

「います」

流暢《りゅうちょう》な広東語で応じたのは、一番端に坐っていた若い男だ。彼だけが中国側の事務職員であることが、そのとき判《わか》った。

「あんまり血が出るので、市内の医院で頭の傷を縫ってもらった。血まみれの服も着替えさせた」

「分かりました。収容所の医師に抜糸をするよう頼んでおきます」

若い男は、今度はなめらかな日本語で年配の男に指示を出した。

憔悴《しょうすい》しきった父親は肩で息をしながら、筵《むしろ》の上に腰をおろし眼を閉じた。女房と子供たちが心配気に父親の傍に寄り添う。

「私も日本人です」

中国服のまま近づいたので驚いた様子を見せた。安心させるように言葉を継ぐ。

「もうここまで来れば大丈夫です」

と言い、五人の横に居場所を移した。

亭主がうっすらと眼を開け、軽く頷く。

「一時はどうなることかと思いました。五年間働いた分が全部なくなりました」

女房が代わりに答えた。足袋も着物の裾《すそ》も泥まみれだ。

「しかし命あってのものだねです」

子供たちにも微笑を投げかけてやる。

亭主が呼ばれ、書類に記入させられていた。

「ここから収容所までは船で行くのですか」

母親が訊《き》いた。

「そうらしいです。私も着いたばかりで――」

戻って来た亭主はようやく落ちついたのか、改めて頭を下げた。

「災難でしたね」

「てっきり殺されると思いました。子供たちが泣き叫ばなければ、そのまま殴り殺されたかもしれません」

父親は抑揚のない声で話す。娘二人を引き寄せ、髪に手をやった。

「子供たちの声で、街頭にいた警官が駈けつけて止めてくれたのです」

母親がつけ加える。

仏山で雑貨屋を営んでいたが、敗戦の日を境に反日感情がたかまり、店をたたんで、広東まで逃げて来たらしい。どこに逃れるあてもなくうろうろしていたところを、日本人の服装をしていたために襲撃されたのだ。

「船が来ました」

背広の男が言った。河べりに出た。

二隻《せき》の大発艇が川上の方から近づいてきて接岸する。船には先客がいた。比較的空《す》いた前の船に、先刻の一家が乗った。

大発艇は旧日本軍のものだ。操舵《そうだ》している中国人は、帝国海軍の水兵帽をかぶり、階級章をはずした軍服を着ていた。かつて珠江警備隊が所有していた船と資産を、そっくり中国軍が徴用しているのだろう。

乗客のなかには七十近い老婆《ろうば》も、乳呑《ちの》み児《ご》を抱いた若い母親もいた。荷物を身の周りに引き寄せたまま黙りこくっている。

珠江の河面《かわも》をすべる風が顔をなでる。水しぶきが船べりで上がり、衣服を濡《ぬ》らした。乗客はうずくまり、声ひとつたてない。

岸が遠ざかる。川上に広東の街がかすかに眺められた。

ようやく足ひとつ、広東から脱出しつつあった。明坂圭三、三十二歳だと自分に言いきかせる。

広東も、香港の出来事も、すべて忘れるべきなのだ。身体《からだ》を寄せあって黙りこんでいる他の日本人と同じように、住んでいる場所を追いたてられていく。野犬狩りにあった野良《のら》犬と思えばいい。吠《ほ》えてはいけない。頭を垂れ、這《は》いつくばって移動する。

大発艇が、先行する船の波で大きく揺れる。子供たちが悲鳴を上げた。船底に波が当たり、棒で打たれたような衝撃を感じた。

波しぶきが顔にかかる。草いきれと泥が混じった臭《にお》いが鼻をつく。珠江の匂《にお》いだ。

これは香港島をとりまく海の匂いでもあった。香港島と九龍《カオルン》を結ぶスターフェリーと油蔴地《ヤウマティ》フェリーに乗ったときの潮風、水上憲兵隊の動力艇に同乗して珠江口に出た際にかぶった水しぶきが、この匂いだ。

大発艇が下っていく先に香港がある。広東も香港も、ともに珠江に抱かれた街と言っていい。珠江を母とすれば、この河の香は乳の匂いなのだ。

香港憲兵隊は、総本部を徳輔道中《デボロードセントラル》の中国銀行向かい側にある旧高等法院に置いていた。そしてその下に香港島憲兵隊と、九龍憲兵隊があった。九龍憲兵隊は、加士居道《ガスコインロード》の南九龍裁判所を接収して使った。香港島憲兵隊のほうは三つに分かれ、東区憲兵隊は跑馬地《ハッピーバレー》近くのフランス修道院、中区と西区憲兵隊は荷李活道《ハリウッドロード》の中央警察署の中にあった。そしてもうひとつ、海上での犯罪や諜報《ちょうほう》活動を取締る香港水上憲兵隊があり、そこから得られる情報も陸上の憲兵隊には不可欠だった。

特に、ポルトガル領マカオに停泊していた英国船籍西安号を公海上に流出させたとき、水上憲兵隊の援助を受けた。昭和十八年七月のことだ。

もともと西安号を日本の所有にできないかと考えたのは、第二遣支艦隊の首脳陣であったと聞いている。艦隊参謀が内密に働きかけてきたのが、香港憲兵隊で直属の上司であった熊谷曹長だった。

その中佐とは荘士敦道《ジョンストンロード》にあった中国酒楼で会った。中佐は私服で、やはり私服の副官をひとり連れてきていた。

港の見下ろせる高台の料理店からは、海峡を行き来する軍艦や、大小の汽船、蛋民《たんみん》船のたぐいまで細かく見渡せた。

「この件は、帝国海軍が動いたとみられるのが一番まずいのだ。金はいくらでも出す」

中佐は大声でしゃべる。中国人給仕の存在など気にしない態度に、こちらは初めから彼の手の内にはまってしまっていた。

「我々が必要なのは大義名分です」

熊谷曹長は中国服の袖《そで》から手を出し、テーブルの上で重ねる。感情を鎮《しず》めるときの癖だった。

「安ちゃんを手に入れるのは、あんたたちにとっても都合がよかろう」

八の字髭《ひげ》をたくわえた中佐はにんまりとした。

〈安ちゃん〉は西安号、〈あんたたち〉は憲兵隊を意味していた。

香港を日本が占領したあと、香港からマカオに逃亡した英国人およびその関係者は数百人にのぼるとみられていた。諜報部員の一部は河用貨客船西安号三千トンに乗り込み、そこを根城として暗躍していることが分かっていた。しかしいかに西安号が英国船であっても、日本軍も憲兵隊もその船内に踏み込むことはできない。マカオは中立国のポルトガル領であり、ごり押しをすれば国際問題として取沙汰《とりざた》され、日本政府と軍部の海賊ぶりが世界に向かって喧伝《けんでん》されるのは必至だ。参謀の中佐が恐れているのもその点だった。

西安号の英系諜報部員たちはインド人や中国人を遠隔操作して、香港の情報を入手し、本国政府や米国、さらには重慶政府に流していた。部員たちは、九龍の英軍人俘虜《ふりょ》収容所や赤柱《スタンレー》刑務所の囚人、さらには赤柱半島にある外国人居留地にも連絡網を広げていた。英系間者を蜜蜂《みつばち》に喩《たと》えるなら、その帰り着く巣が西安号といえた。西安号を手に入れることは、その巣を捕獲することに他ならない。放たれた蜂たちは帰るべき場所を失い、のたれ死にするしかないのだ。

「分かりました。もう一点、質問があります。工作費を私が直接受け取れば、何やかやとあとがうるさくなります」

「ではどうすればよいのだ。どうせ費用は軍令部からわしが引き出すのだ。遠慮するにはおよばん」

「いやしくもお国の費用を、しかも命令系統の異なる私どもが懐《ふところ》に入れるのははばかれます。憲兵本部に渡し、本部から私どもが機密費として受け取るよう、指示なさって下さい」

「野間大佐に話をつければいいのだな」

「そうです」

「分かった。一両日中に会おう」

「手順はもうお考えですか」

熊谷曹長が訊く。参謀は、給仕に子豚の丸焼きを切り分けさせ、悠然と口にもっていく。うまそうに味わい、嚥下《えんげ》すると、紹興酒《しょうこうしゅ》のグラスを手にした。

「手順はきみたちが考えるのではなかったか」

謎《なぞ》をかける眼をこちらに向けた。「要するに安ちゃんが岸を離れて公海上に出ればいい。そのあとはこちらで何とでもできる」

それで〈商談〉は成立したが、最後に出た中国風のおしるこ紅豆沙《ホンダウサ》の味も舌に残らぬくらいに、緊張のしっぱなしだった。

工作費を憲兵隊本部から渡された熊谷曹長が、憮然《ぶぜん》とした顔で戻って来たのは一週間後だ。

「上の方から下ってきた金は雀《すずめ》の涙だったよ」

熊谷曹長が苦笑いした。「実際俺の手に渡ったのは、ほうれこのとおり」

軍票百円の束をテーブルの上に投げ出す。ざっと見て五十枚くらいはあるだろうか。

「あの中佐はどのくらいと言ったのですか」

「四万円。ここにあるのは四千円。彼が値切ったとは考えられない」

「残りは、憲兵隊上層部の懐に、ということですね」

「俺たちのところだけに全部は流せない。各地区に均等にばらまこうという考えなのだろうが、元来は西安号工作費ではあるのだ」

「中佐に報告しますか」

「いや、それは野暮だろう。野間隊長のメンツもある。ま、俺にも考えがある」

ざっと計算しても、工作に使う密偵は最低二人、その配下に五人ずついれるとしても、ひとりあたま五十円は必要だ。別に蛋民船を三、四隻借り入れる必要もある。問題は錨《いかり》を切る道具だが、何百円もする高価な物ではなかろう。

次の課題は、マカオ岸壁を警備する警官の買収だった。その費用工面と工作のために、熊谷曹長は一週間の予定でマカオに渡った。その間に、香港側で下準備を進めた。

このときも密偵頭に黄佐治《ウォンジョージ》を選んだ。小柄な身体には似合わない風格をもち、香港憲兵隊が使う密偵のうちでも、配下に及ぼす影響力にかけては群をぬいていた。もとは中国要人の運転手をしていたのを、英語力に眼をつけて通訳として使い、その後密偵の任務につかせたのだ。英語を覚えたのは、英国人家庭に住み込み、下男をやっていた十代の頃らしかった。諜報活動の相手が英国人だと、特に敵愾心《てきがいしん》をみなぎらせる。その意味でも、西安号工作にはうってつけの密偵といえた。

一週間して戻って来た熊谷曹長は、五百マカオドルを手にしていた。マカオ海軍武官府の情報参謀に直談判をし、千ドルを受領し、その半分で警官たちを買収したのだという。

「むこうに渡れば軍票だけでは事が運ばん。マカオドルも必要になる」

熊谷曹長は得意気に言った。

彼が調べてきたもうひとつの点は潮の流れだった。大潮の日なら、錨を切られた船は必ず外海に流されると熊谷曹長は断言した。下関の網元の家に育ち、関門の潮流を眺めてきた彼ならではの直感だった。

英皇道《キングスロード》にある熊谷曹長の隠れ家に集まり、黄佐治を加えた三人で策を練った。

「人数は私を入れて十人で充分でしょう。熊谷先生は香港に残って下さい。守田先生だけは私共と一緒に来てもらい、マカオの近くの船泊まりで待機してもらいます」

「蛋民船は？」

「現地で三隻雇い入れます。船には船主だけ乗せ、私共は三人ずつ乗り込みます。実行部隊は二隻、残りの一隻は見張りです」

熊谷曹長の広げる地図に、黄佐治はじっと見入った。

香港とマカオは、珠江が南シナ海に注ぐ河口の両端に、ちょうど二つの灯台のように位置している。直線距離にして約六十キロ、水上憲兵隊の巡視艇なら二時間でたどりつくことができた。

「西安号の停泊している地点は分かっているのですね」

黄佐治の質問に、熊谷曹長は別の地図を上に重ねた。

「幸い、外港に停泊しているということだ」

「移動する可能性はないでしょうか」

「それはないだろう。内港に移るとすれば、いったん港の外に出なければならなくなる。そこはもうマカオではない。帝国海軍の攻撃を受けても文句は言えない。そうした愚は敵もおかさないだろう」

「分かりました」

　黄佐治は目を光らせた。考えるときの表情だ。

「どうやって西安号に近づく？　下手をすれば甲板から銃撃されることだってありうる。現役の英軍将校も何人か逃げ込んでいるはずだ。機関銃か自動小銃の二、三丁は持っている」

「守田先生、夜釣りです。停泊中の客船の周囲で釣りをするのは自由でしょう。航路を妨害しているわけでもありません」

「なるほど」

「西安号ともなると、錨の太さはどのくらいでしょうか」

「それは海軍でないとな。俺たちには見当もつかぬ」

　熊谷曹長が唸《うな》った。「さっそく武官府に問い合わせてみよう」

「錨も鉄でできているのでしょう。人の力で切断するのに何時間かかるか、やらせてみます。それによって港に滞在する日数が変わってきます」

「一日ではすまされないのか」

「守田先生、それはあまりに急ぎ過ぎです。一週間は見込んでいただかないと。蛋民には船の借り賃が一日十円、手下九人には一律四十円、全部で五、六百円あれば済むことです」

相変わらず数字の計算は早かった。

「お前の取り分は？」

「私はいりません。いつも面倒みてもらっていますから」

初めの遠慮深さもいつものことだった。

「そうはいかん。ま、充分な礼はできると思うよ」

熊谷曹長は余裕をみせた。

干諾道《コンノートロード》にある水上憲兵隊には、北京憲兵教習隊で同期だった久藤軍曹が勤務している。彼の口ききで巡視艇を用意してもらい、黄佐治の手下九名と乗船したのは夕方五時を過ぎてからだった。熊谷曹長とは水上憲兵隊で別れた。

黄佐治が連れてきた連中とは面識がなかったが、いずれも赤銅色《しゃくどういろ》に陽焼けした皮膚をし、一見して漁師だと分かる。巡視艇に乗るのは居心地が悪いらしく、黙りこくって海ばかり眺めている。潮風が、汗ばんだ肌を乾かした。

「向こうの蛋民船もちゃんと手配してあります。あとは天候が変わらないのを願うだけです。七月の今頃というのは空模様が急変しやすいので、いい時期とは言えませんが」

黄佐治は煙草《たばこ》に火をつけた。自分だけは黒絹の中国服に白い麦藁《むぎわら》帽子をかぶり、どう見ても漁師の恰好《かっこう》ではない。それを指摘すると、

「守田先生も五十歩百歩。いいです、向こうに着いたらちゃんとした本物の衣裳《いしよう》を借りましょう」

と笑った。

夕暮時の珠江口は、美しい。大小の島々が凪《な》いだ海に散らばり、西の空が茜色《あかねいろ》に染まりはじめる。それとともに海の表面も橙色《だいだいいろ》に光り出す。

巡視艇が珠江口を渡り切り、香洲近くの小島に着いたとき、あたりは暗くなっていた。小島からはマカオの灯が近くにのぞめる。船から降りた一行は、港近くの漁民の家に三組に分かれて泊まった。巡視艇は、きっかり一週間後に迎えに来てくれるはずだ。久藤軍曹が船の上から無言で、激励の視線を投げてくれた。

翌日の夕刻、三隻の蛋民船はマカオめざして出航、一時間たらずで港近くまで来ると、釣竿《つりざお》を出した。西安号は岸壁から百数十メートル離れたところに停泊している。予想したよりも大型の客船だ。帆をあやつりながら、二隻が船体に近づいていく。カンテラを水面にあて、夜釣りを装《よそお》う魂胆だ。残りの一隻は少し離れた場所で、やはり釣糸を垂れて監視役をする。そうやって四、五時間、時々位置を変えて黙々と釣る。三十分に一匹は本当に魚がかかった。

翌日もやはり夕方から船を出し、同じ行動をとった。今度は、黄佐治の乗った蛋民船が西安号の錨のすぐ傍まで近づいて、釣竿を出す。一時間経《た》っても二時間経っても、西安号の甲板は何の反応も示さない。大部分の船室は明かりさえついていなかった。

「三、四時間あれば錨は切断できます」

黄佐治が宿に帰って報告した。「あとは天候を待つだけです」

こちらの動きは、海軍武官府の情報員がどこからか逐一監視しているはずだった。錨が切れ、舫《もやい》を解き、潮流に流され出した時点で、海軍の船が西安号を拿捕《だほ》する段取りになっている。

「明日あたり空が荒れると彼らが言っています。具合の良いことに、明日が大潮です。今夜、錨を切ります」

そう黄佐治が言ったのが四日目だ。夕方なのに、空はもう灰黒色の雲で八分方覆《おお》われていた。風がなくて凪いでいるのが、余計不気味だった。

西安号の窓の明かりは、船首付近にほんのひとつふたつついているだけだ。海上に散らばっている蛋民船も、日頃よりはまばらだった。

一隻《せき》は西安号から離れた地点に、他の二隻は錨の近くに位置をとる。怪しい船が接近したり、あるいは甲板上で動きが見えれば、こちらの見張り船から、明かりを点滅させて合図を送る手はずになっていた。

一隻が錨にとりつき、カッターで切り始める。もう一隻はそれをかばうようにして、周囲で悠然と夜釣りをする。三十分たつと、入れ替わる。遠くから眺めていると、釣船が二隻漁をしている光景にしか見えないだろう。

二時間たって、風が出てきた。

「夜半から嵐《あらし》です」

蛋民船の主人が、生温かい風に顔をさらして告げた。

風が出て波が高くなれば、錨にへばりついた蛋民船は作業が不可能になる。誰もが、緊張した面持ちで西安号の方に眼をやった。

夜の十一時少し前、貝のように錨にくっついていた黄佐治の乗る蛋民船がさっと離れた。同時に、近くにいたもう一隻が岸壁にとりつき、ひとりが綱をつたって岸壁をよじ登った。

警備員がいる気配はない。舫が素早くはずされ、男はまた船に戻った。

「成功した。全速力で港に戻る」

高鳴る胸をおさえて、蛋民船の主人に命じた。

「あ、もう雨が降り出しています」

暗闇《くらやみ》の先がどうやって見えるのか、主人は海原の彼方《かなた》を見やった。

ゴールに倒れ込むように、三隻が港にたどりついたときには、大粒の雨が降り出していた。

「守田先生、天までが味方しました。指揮をとった先生の徳のおかげです」

黄佐治はおだてる調子ではなく、真顔で言った。彼は細心で大胆なくせに、妙に迷信深いところがあった。例えば、事を運ぶ日の朝など、なるべく紅色の看板の多い路地や通りを、遠回りしてでも歩く。前方から紅《あか》い中国服を着た婦人がやってくるのに出会いでもすれば、「守田先生、今日も上首尾ですよ」と耳打ちするのだ。〈紅〉は好運と勝利を表わす色らしかった。彼と一緒に、広東劇を見に行ったときも、色についての講釈を聞かされた。出てくる役者は、歌舞伎役者以上に顔にくまどりをしている。そのくまどりの色が〈紅〉なら正義漢、〈藍色《あいいろ》〉なら悪人、〈黄〉なら腹黒い男だという。

濡《ぬ》れた衣服を着替え、酒と肴《さかな》で遅い晩飯を食べはじめた真夜中に、風が強くなった。蛋民船の主人の言った通りだった。船と船がぶつかり合う音、何かがきしむ音が、貧相な宿屋まで聞こえてきた。

「西安号の連中、今頃寝台にもぐって寝ていますよ。明日の朝、起きてびっくりです」

黄佐治が手下達に酒を勧めながら、小気味よさそうに笑う。「気がつくと、港から離れたところにいるのですからね。慌《あわ》てて船を動かそうとしても、もう長い間エンジンはかけていないし、第一、機関員たちの大部分は陸に上がっているのではないですか」

彼の予想はほぼあたった。

翌朝、陽が昇ったとき、西安号はマカオの外港から一キロほど外海の方に流されていた。当番の機関員たちが大急ぎで操船作業にとりかかったとき、砲艦「須磨《すま》」が拿捕した。

公的には、公海流出は海賊の仕業とされた。

水上憲兵隊が迎えに来たのは、約束どおり一週間後だった。久藤軍曹の他に熊谷曹長も同船していた。

「参謀もえらく満足している。香港憲兵隊としても大変な収穫だと、俺は鼻が高かった」

熊谷曹長は、当初の言い値に五割の上乗せをして、報酬を払った。

「西安号に乗っていたイギリス人や中国人の間諜《かんちょう》、あわせて五十人あまりを赤柱の刑務所へぶち込んである。帰ったら、そいつらの取調べで忙殺される。広東から応援の憲兵を頼まなくてはならんだろうな」

諜報員二、三人の訊問《じんもん》さえ大仕事なのに、五十人とは空恐ろしい作業に違いなかった。

「西安号の船内をくまなく探したら、無電や暗号表のようなものも見つけた。俺たちも、これからその整理で大変だよ」

久藤軍曹が半ば嬉《うれ》しげに言う。

イギリス人の取調べは、黄佐治に通訳を頼めば何とかなる。

しかしまだそのときは、彼らの訊問の本当の難しさには思い至っていなかったのだ。

8

大発艇が、にわかづくりの渡し場に着く。まず子供、老人から下船させた。

渡し場の前方には鉄条網が左右に広がり、その囲いの中に大小さまざまの天幕や幕舎が所狭しと立ち並んでいる。

入口横のひときわ高い天幕が管理事務所になっていた。おそらく広東領事館の職員だろう、新参者のひとりひとりに面接して詳細な名簿を作成している。二列になって並んだ。

「お名前は」

「アケサカ・ケイゾウ。明るい坂に土二つの圭、数字の三。大正二年二月二十二日生まれ」

職員が記入する数字を見て、しまったと思った。二が四個並ぶのはいかにも不自然ではある。しかし訂正すれば却《かえ》って怪しまれる。

「何か身分を証明するようなものがありますか」

「いえ何も。着のみ着のままで逃げてきました。本当はもう少し早く脱出すれば良かったのですが、商売の整理をしていたもので」

「それでは広東での住所と内地の住所をお願いします」

「大同路三の二」

決めていた通りに答える。

「では、イギリス租界に近いところですね」

さすが領事館職員だけあって、市内の地図は頭にはいっている。

内地の住所は、実際に叔父の住んでいる地名を口にした。番地までは覚えておらず、生年月日に続けて三の四とした。

「ここではすべてが共同生活になります。特にあなたのように若い方は、率先して苦役を受けもって下さい」

「苦役とはどんなものですか」

怪しまれずに済み、安堵《あんど》していた。

「便所の敷設や、残飯の運搬、新しい幕舎の建設などです。天幕や幕舎は、毎日運び込まれてくる同胞で、すぐに一杯になるのです」

「建築用の資材はあるのですか」

「旧日本軍の資材を使わせてもらっています。もちろん中国側の許可が要りますが」

職員のあとについて、奥の方の幕舎まで歩いた。既に収容されている邦人たちが、新参者を珍しそうに眺める。彼らは一様に浮浪者じみた表情と服装になっている。敗戦から一ヵ月半、手持ちの食糧などは食べ尽くし、支給の食事しか口にできないのだろう。鉄条網の向こうには珠江が流れ、対岸には民家が点在している。岸近くに船が二艘《そう》浮かび、漁師が投網《とあみ》をしていた。右側の対岸が黄埔岸壁で、左前方に白雲山と沙河の丘が望めた。

割り当てられた幕舎は河岸近くにあった。中程度の大きさで、先客が既に二十名ほどいる。入口近くが空けられており、幕舎の世話役の指示で通路の両側にそれぞれ場所をとる。地面の上に枯草を敷き、その上に茣蓙筵《ござむしろ》を敷いただけの床だ。身体《からだ》を横たえるだけの広さがひとり分で、隣との間は荷物で仕切るしかない。

世話役は四十歳くらいだろうか、名簿の写しを見ながら軍用毛布を配布してくれた。

「明坂さん」

呼ばれて返事をするまで数瞬あった。耳が少し遠いものですからと弁解した。

「荷物はそれだけですか」

哀れむ口調で世話役が尋ねる。

「はい、着のみ着のままで逃げて来ました。いえ、命さえあれば何とかなりますし」

無理に笑った。

中国服では不便でしょうからと、世話役はすりきれた軍服の上衣《うわぎ》、背広のズボン、それに編上靴を持ってきた。礼を言った。

「お互い助け合わないと、ここでの生活は成り立ちません。雑多な人間が詰め込まれています。帰国まで何ヵ月かかるか分かりませんが、大切なのは互助精神です」

世話役が諭す。「若い人にはとくにしんどい仕事をしてもらいます」

と、若いという点を強調する。

「どうぞ、何でも申しつけて下さい」

実際、身を粉にして働くつもりでいた。体力には自信がある。

広東憲兵教習隊の基本方針は、体力の養成だった。野戦憲兵であるからには、強靱《きょうじん》な身体が根幹を成す、と教習隊長の東畑少佐はことあるごとに訓辞した。候補者とともに区隊付の班長にも、同様の鍛練が施されたのだ。銃剣術、器械体操、全力疾走、逆立ち、匍匐《ほふく》前進、水中歩行、水泳の他、五日間ぶっ通しの鉄帽着用、煉瓦《れんが》を袋一杯背負っての駈《か》け足など、五年前に北京憲兵教習隊で訓練を受けたときに劣らぬ、厳しい訓練が課された。

効果はてきめんで、ひ弱な肉体をしていた候補者たちも、三ヵ月後には見違えるくらい筋肉質の体型になった。

「その支那服、早く着替えたがええわ」

隣にいた中年の男が関西訛《なま》りで声をかけた。

「はい、そうします」

周囲を見回しても、身体を遮蔽《しゃへい》するようなものはない。

「遠慮は禁物、恥ずかしさも禁物」

笑いながら男は言う。日本旅館の番頭でもやっていたような物腰と口調ではある。

覚悟を決めて、中国服を脱ぎかけると、男はまた声をかけた。

「その前に、替えの軍服に蚤《のみ》がいないか検分しておくほうがええ。私らも被害者になりますよって」

親切なのか嫌味なのか、判断しかねる言い方だ。「私は野田と言います」

不意に相手が自己紹介する。

「明坂です」

答えてから、軍服の縫い目に眼を這《は》わせる。洗いたてらしく、シミはあっても汚れはない。蚤のいる気配もなかった。

「なかなかええ身体ですな。現役の兵隊さんみたいや」

野田の言葉が、背中に襲いかかる。胸の内が凍りついた。さり気なく便衣を脱ぐ。こんなときは黙っているに限る。相手は怪しんでいるのではなく、何気なく口にしただけなのだ。

素肌に上衣をつけ、紺色のズボンもはきかえる。寸づまりで腰回りも窮屈だ。紐《ひも》の切れそうな編上靴は少し大き過ぎる。

「ズボンは、いまに瘦《や》せて丁度ようなりますよ」

野田が言った。

「着のみ着のままで逃げて来ましたから」

持ち物がないのは脱走兵だからではないと、予防線を張ったつもりだった。

「いや、それでも男は女よりはええですよ。私がいた店など、終戦と同時に、店の外に出られんようになりましたからな」

番頭だという予想はほぼ的中していた。正確に言えば店ではなく、つれ込み旅館のようなものだろう。

「中国人のやくざが十人くらいで上がり込み、女性の部屋にはいりこむのです」

野田は声を潜める。「私らは為《な》すすべもありません。あっちこっちの部屋で悲鳴が聞こえましたよ。どうせ玄人《くろうと》筋の女やから、そんなことされても平気ではないかと思うかもしれませんが、手込めの狼藉《ろうぜき》というのは、どんな女でも辛《つら》いもんです。うちで一番売れっ子やった女は、その晩首をくくって死にました。内地の家族に毎月送金し、自分でも相当金を貯《た》めとったええ子でしたが」

野田は急に涙声になる。おそらく、こんな話を他人にしたのは初めてなのかもしれない。

邦人女性に対する狼藉は、素人《しろうと》の女性に対しても起きたはずで、ただ犠牲者が沈黙しているだけなのだ。

「あなたの店の女性たち、今はどこにいるのですか」

「ははは、興味ありますか」

野田は泣き笑いの顔になる。「全員ひと所に集めると、また商売を始めるかもしれないと、領事館のほうで気い利《き》かせて、あちこちの幕舎に散らばっています。それでも、やっぱり隠れて商売はやっているようですよ。おたくも興味があれば、紹介しまっせ」

「いや結構です」

慌てて否定する。

「今はそうでしょうな。命からがら逃げて来はったんですから。でもそのうち落ちつけば、必要になってきまっせ。食べ物の次に大切なものですよって」

野田はまたもとの女衒《ぜげん》めいた愛想顔に戻っていた。

「食事は三度三度、配給されるのでしょうか」

「一日二食です。二食合わせて、普通の食事の一食分あるかないかです。いまに分かります」

野田はごくりと唾《つば》を飲み込み、幕舎の奥に寝ころがっている男たちに眼をやる。そういえば、子供たちが走り回る光景は見られない。大人たちも、なるべく動こうとしない。

「収容所生活が長いか短いかは、どれだけ痩せているかで判断できます。もっとも、肥っているからといって、来たばかりとは限りません。金か物さえあれば、食料は何でも手にはいります。油でも粉でも、干し魚でも肉でも」

野田は急に口を噤《つぐ》む。目が潤《うる》んでいた。そうした食べ物を入手できない自分の不甲斐《ふがい》なさを、かみしめるような顔だ。

「私はここに来て三週間です。二貫目は痩せたような気がします」

「食事の量について領事館が中国側にかけあってはくれないのですか」

「日本居留民団が何度か申し入れはしたそうです。中国側はひとり頭一日三合の米を支給しているはずと答えるばかりのようです。多分、途中で消えるのですよ。米俵が初めは十俵あっても、要所要所で、役人やら使役の人夫やらが掠《かす》め取るのです。収容所に着くときには三俵になっている。さらにそのうえ、大きな声では言えませんが民団の幹部がちょろまかしています。悪いことに、収容所の人数は増えるばかり。上からの配給は、その人数に応じてすぐ増えるというものやおまへん」

初めは威勢の良かった野田の口調も、話が食べ物に及んで尻《しり》すぼみになる。

生きていくのに、何よりも優先するのは食い物だ。これがなくては一切が崩れ去る。

その実体を、香港島の赤柱《スタンレー》刑務所でつぶさに見てきた。

西安号に乗っていたイギリス人は、全員が憲兵隊に連行され、正規の軍人、諜報部員、民間人の三群に選別された。軍人は深水埗《サムスイポ》にある捕虜収容所に、諜報部員とおぼしい者は赤柱刑務所に、民間人は赤柱半島の外人収容所に押し込んだ。

　赤柱刑務所は香港島の東南にあり、広さ二万坪、三方を海に囲まれていた。周囲は鉄条網ののったコンクリート壁が囲繞《いにょう》している。逃亡はまず不可能である。

　西安号に潜んでいた英国系の諜報部員十四名を留置したのは、刑務所最南端に位置する十五号舎だった。三階建で、一階と二階に独房が四十室ずつある。独房の広さは二メートル半の幅に四メートルの奥行しかなく、入口に、丸い覗《のぞ》き窓のついた一メートル幅の戸がある。天井に電灯、南側に明かりとりの窓、床はセメントを打ち込んだままの土間だ。中にあるのは板の寝台と木机、簡易便器のみ、寝具といっても粗末な毛布一枚しか与えなかった。

　マカオ停泊中の西安号の客室では、おそらく手厚いもてなしを受けていたイギリス人たちも、境遇の落差に色を失っていた。

　しかし彼らの驚きは、それだけにはとどまらなかったのだ。食事は、人間が生きていくのに必要な最小限の量に減らした。朝は水粥《みずがゆ》に沢庵《たくあん》二切れ、昼は原則として水だけ、夕食は普通の飯にごま塩をふりかけたのを一杯、それに野菜の切れ端の浮いた薄い味噌《みそ》汁《しる》を一杯つけた。午前と午後、毎日のように連れ出して訊問した。

「これは完全な捕虜虐待《ぎゃくたい》だ。国際法に違反する」

元英軍将校の諜報部員が、涙を流しながら訴えたことがある。来たときは八十キロ近くあった体重が、五十キロ以下になっていて、十分間も立っていられなかった。

「お前たちは捕虜ではない。罪人だ」

英単語を並べて、怒鳴りつけた。

「私がどんな罪を犯した？」

「香港内外に諜報網を巡らせて、日本の統治を妨害している」

「その証拠は？」

「それを今から調べるのだ」

足蹴《あしげ》にしたとき、水のはいった皮袋のような音がした。

昭和十六年十二月八日の未明、広東にいた第二十三軍は香港攻略作戦を開始し、クリスマスの日に香港占領を完了した。香港政庁側からすれば、その日が黒色聖誕節《ブラック・クリスマス》となった。

英軍捕虜は、深水埗を主として、七姉妹《セブンシスターズ》、亜皆老街《アーガイルストリート》の三ヵ所に分け、インド国籍の兵士たちは馬頭涌《マータウユン》収容所に収監した。問題は、深水埗収容所内にいた英兵の一部だった。海に近いところの鉄条網の下にトンネルを掘って脱走、沖に待機していた小型船まで泳いだ。これらの逃亡英兵が中心になって、昭和十七年五月、英軍服務団が結成されたのだ。彼らの本拠地は、香港の北、広州の東に位置する恵州に置かれた。その出先がマカオであり、香港にいる中国人の諜報部員と連絡を密にしながら、日本軍と総督府の動きを探っていた。

西安号に残っていた英軍服務団の幹部は、ドナルド・ダットン大尉《たいい》と言い、三十二歳で長身、栗色《くりいろ》の髪をしていた。この男さえ口を割れば、香港におけるスパイ網は明らかになるはずだった。

通訳にはいつものように黄佐治《ウォンジョージ》を使い、連日ドナルドを訊問した。

ドナルドは骨と皮だけに痩せ、唇は乾き、虚《うつ》ろな眼をしていた。午前中の取調べで少しでも有用な自白をすれば、昼飯にパン一個とバターを与え、午後の自白に対しても、夕食に小魚ひと切れを加えてやった。それでもドナルドは、極限状態になるまで自白しなかった。ほんの少ししゃべってパンをせしめると、次の一週間はだんまりを決め込む。いよいよ自分の身体が衰弱してきたと思うと、またひとつ白状して、小魚を口にする。その意志の力には感嘆するしかなかった。

しかし体力は確実に低下していった。虱《しらみ》や蚤に食われた皮膚はかさぶただらけで、髪も白いものが混じり、黄色く変色した歯も揺らぐようになっていた。

「諜報部員《ちようほう》が郵便局に勤めていることを教えてくれたのはありがたい。ただ、それだけでは不充分だ。どの部署で働いているのかを知りたい。名前までは言わなくてもいい。そうすれば、今夜はお前の望むだけのものを食べさせてやる」

意地悪く言い、黄佐治に通訳させる。ドナルドは目ヤニのおおった眼でじっと睨《にら》む。どろんとした光の中にも、憎悪《ぞうお》が燃え盛っている。

「忘れないで欲しい。私は英国軍人だ。お前たちのような下劣な犬とは違う」

黄佐治が苛立《いらだ》ちながら、ドナルドの言葉を伝える。

「ようし、英国軍人がどこまで高貴か、とくと見せてもらおう。今日の夕食は湯だけでいい」

その言葉が英語に訳される。ドナルドは失神したように瞼《まぶた》を閉じる。しばらくして瞼の下から涙がひとしずく垂れた。

翌朝の食事も、お湯に飯粒がいくつか浮かんでいるだけのものにしておいた。

十時になって、ドナルドを訊問《じんもん》室の独房に移した。黄佐治の助けなしで、片言の英語で訊問してみるつもりでいた。

ドナルドの独房の前で、厚さ二寸ばかりの肉の缶詰をおもむろに開けた。缶切りが動いていくにつれて、芳醇《ほうじゅん》な匂《にお》いがたちこめた。

「ドナルド、お前がちゃんと白状してくれれば、この缶詰はそっくりお前のものになるのだ」

蓋《ふた》を上にはね上げ、中味が見えるようにして、鉄格子《てつごうし》の前に置いた。

ドナルドの眼は缶詰にじっと注がれた。一分も二分もそれを眺めている。

「ほうれ、よく見ろ。これが食べられるのだ」

さらに煽《あお》るため缶詰を独房に近づけた。

そのときだった。

ドナルドの骨ばった手が素早く伸びて缶詰を引き寄せ、口にもっていった。

餓鬼のように肉片を手づかみで食べるのを、制止はしなかった。ひもじいなら食べさせてやれ。どうせ飴《あめ》と鞭《むち》だ。飴の味が分かれば、次の機会には口を割りやすくなるだろう。蔑《さげす》む眼つきで、ドナルドが全部食べてしまうのを冷やかに眺めた。

しかし、次の瞬間生じた光景に、眼を疑った。

ドナルドは、中味を食べつくしたあとの缶詰の縁を、充分に突き出した舌に押し当て、ぐいと動かしていた。

切断された舌から血が噴き出し、ドナルドがうずくまったとき、ようやく事態の重大さに気がついた。ポケットをまさぐって鍵《かぎ》を取り出し、鍵穴にあてるが、すぐには入り込まない。扉を開け、ドナルドの上体を抱き起こした。口の中から、あぶくのような血が流れ出る。切り落とされた舌先の肉片が、缶詰の中に残っていた。

目を見開いた顔が赤黒くなっていく。

「おーい、誰か来てくれ」
三、四回叫んだだろうか。長靴《ちょうか》の音がして、部下の憲兵伍長が駈けつけた。

しかしそのとき既に、ドナルドの傷ついた舌部が巻き上がり、喉《のど》を塞《ふさ》いでいた。窒息死だった。

「畜生、馬鹿《ばか》な真似《まね》をしやがって」

吐き出すように言った。

「守田軍曹殿、あとの始末は私がしておきます」

伍長が声を低める。まるで、上司の失態の現場を目撃してしまったような顔だ。

「すまんな」

言いおいて、訊問室から出た。

「馬鹿野郎。少しだけでも白状すれば、缶詰のひとつやふたつ、何日でも食べさせてやれたのだ」

無性に腹が立つのに、目には熱いものがこみ上げてきた。

9

「広州料理の基本は、清《ツエン》・鮮《シン》・嫩《ドン》・爽《ソン》・滑《ワツ》・香《ヒヨン》です」

野田が寝ころがったままで言う。

「三つめの嫩というのは、どんな意味です」

「軟らかい口あたりということです。広東料理は、広州料理、潮州料理、東江料理、海南料理の四種類に分けられますが、それぞれ少しずつ違います」

熱心な聞き手をみつけたとでもいった様子で、野田は蘊蓄《うんちく》をかたむける。腹が空《す》いた分を、料理の話で埋め合わせでもするかのような熱心さだ。

香港では主に広州料理ばかり食べていた気がする。いやそもそも、そこまで食道楽ではなかった。

「潮州料理は、味の濃さと甘さが特徴。東江料理は油こくて、少々辛い。海南料理は、鶏料理にええものがあります。明坂さんは、これまでどんな料理を食べましたか。頭に残っているものでも教えて下さい」

「さあ、うまいまずいではなく、度胆を抜かれたのは蛇料理です」

「ほう」

野田は上体を起こして、こちらを見る。おぬしなかなかやるな、といった眼つきだ。

「タイヤの形をした金網から、生きた蛇を取り出して、尾を長靴で踏みつけ、首根っこを握ってぴんと張ったところを、さっと皮を剝《む》くのです。料理人の手さばきが見事で、赤裸になった蛇は、床の上で動き回ります」

話しているうちに、その場面がありありと思い出された。

「そして何を食べましたか？」

せっかちに野田が訊く。

「蛇肉入りチャーハン」

「蛇丁扒飯《セーディンパーファン》ですね」

「それに蛇の胆汁入りの酒がついていました。こっちのほうは苦くて、ちょっと閉口しましたが」

「いやいや、あれは翡翠《ひすい》みたいな色をして、きれいでしょう。リウマチに効くのです。ま、年寄りの飲みものですな」

野田は小さな笑い声をたてる。「蛇料理で私が好きなのは、香炆菇蛇腩《ヒョングーマンセーナン》。干し椎茸《しいたけ》と蛇のうま煮です。それから雲山盤龍窟《ワンサンナンロンファツ》、蒸した蛇です」

「あの、蛇がとぐろを巻いたやつですか」

湾仔《ワンチャイ》の憲兵隊で宴会があったとき、その皿が出た。蒸されて味つけされた蛇が、そのままの形で大皿にのっていた。淡白な味は天下一品だと中国人の憲査たちが勧めてくれたのだが、とても箸《はし》をつける気にはならなかった。

「蛇の活《い》き造りと思えば、何てことはありません。日本人だって鯛《たい》の活き造りをしますやろ。口をパクパクしている鯛に比べれば、蛇のほうはしっかり調理済みです」

野田は妙なところで中国料理の肩をもった。「ああいうものをこれから一切食べられへんと思うと、もっと食べておけばよかったと悔やまれますな」

見かけはポン引き然としているが、ひょっとしたら教育を受けた人間ではないかと思わせるような物言いだ。

「内地に帰れば、また懐《なつ》かしいものが食べられますよ」

慰め加減に言ってやる。

「内地もたぶんここと同じですわ」

野田はぼそっと答える。「私らみたいな、食いっぱぐれて外地に出た連中が、大挙してあの狭い場所に帰っていくのです。食い物が足りるはずはありません。その線でいけば、この収容所は内地生活の予行練習みたいなものでしょう」

投げやりな答えが返ってくる。

収容所に押し込められた邦人を眺めていると、二つの型に大別される。ひとつは内地に戻ったら何をしようかと夢をふくらませている奴《やつ》、もうひとつは、帰ってもろくな生活は待っていないと、はなから諦《あきら》めている奴。野田は後者のほうだ。当番以外のときはたいてい横になっている。

それでも、三日に一度は、幕舎を出て半日帰って来ない。どこに行ったのかなどと問いただしはしないが、以前働いていた旅館の女性たちに会いに行っているようだった。何がしかの金を無心したり、煙草《たばこ》をもらってきている様子でもある。

「この収容所にもお金持ちがいてまっせ」

　昼前、ひょっこり帰ってきた野田が言った。

「商社の連中です。会社を閉じる前に、金庫の中のものを全部持ち出したそうです。法幣《ほうへい》や香港ドルなどは荷物検査のとき没収されたのですが、金塊はリュックの底に縫い込んで無事だったそうです」

「純金なら、水筒の内側に貼《は》りつけてもいいですし、塩の塊の中に入れても見つかりません」

「それをナイフで切って、女たちを買ったり、島にやって来る支那人から物を買い入れたりしています。支那人も本物の金かどうかは、歯で噛《か》んで見分けるんですな。さっきもいい匂いがするので近寄ってみると、なんと酒漬けの海老《えび》を揚げているところでした。それも大鍋《おおなべ》で、海老はバケツ一杯くらいの量です。五、六匹食べさせてもらいました。懐かしい味で、火炎玉中蝦《フォーイムユッヂュンハー》を思い出しましたよ」

　野田は生唾《なまつば》をのみこんだ。

「見回りの中国人兵士がよく黙っていますね」

「なあに、彼らにはとっくに鼻薬が効いています。鉄条網越しの物々交換かて、中国人歩哨《ほしょう》は見て見ぬふりや。万事、収容所の中は金がものを言います。金がある奴は飢えなくてすむ。そのおこぼれにあずかる者も、骨と皮にならなくてすむ」

野田の言う通りだ。初めは窮屈だったズボンが一週間でダブダブになり、紐《ひも》でくくっている。

そろそろ虎《とら》の子の香港ドルを使う時期には違いないが、ひとりで食い物を買い込んだとしても、隠れて食べなければならない。

「野田さん、何か食べたいものがありますか」

「食べたいものは山ほどおますが、言うてみて腹がふくれるものでもないし」

「もしかしたら手にはいるかもしれません」

余裕たっぷりに言ってやる。

「手品やあるまいし。まあしかし、食べたいものとなると」

野田は手の指で髪をしごいた。「この前、蛋民《たんみん》船の女が、春巻のようなものをギボシの葉いっぱいに包んで売りに来てましたな。食べたかったのですが、文無しではどうにもなりまへん。よその幕舎の中年女が全部買うて行きましたが、羨《うらや》ましくてよだれが出ました」

「その蛋民船がやってくる場所は、どの辺ですか」

せっかちな質問に、野田は面倒臭そうに答え、目を閉じる。食い物の話をした分、空腹がひどくなったといわんばかりの顔だった。

収容所の周囲は、珠江の河べりに近い場所が鉄条網で、道に面した部分は木の柵《さく》で仕切られていた。

中国人たちの物売りが集まって来るのは、鉄条網が柵に変わるあたりだ。胸元までの高さしかない柵を挟んで、奇妙な市場風景を見ることができた。柵のこちら側と向こう側は行き来が不可能で、ちょっと眼には駅弁売りと列車内の乗客のやりとりにも似ている。

物売りたちは、珠江の対岸から舟で渡って上陸し、道づたいに収容所まで来ていた。二、三十人はおり、若い男は少なく、老人か中年女性が多かった。邦人のほうも、その倍近い人数が押しかけている。なかには馴染《なじ》みになっている邦人と中国人もいて、大きな包みを受け取った男は、相手の老人に紙片を渡し、次回の注文をしていた。

監視兵二人は遠くから眺めているだけで、近寄って来ない。騒動が起こらない限り、見逃しておくつもりらしい。野田が言うように、鼻薬が効いているのかもしれなかった。

柵の向こうの中国人をじっくり観察した。どうせ物を買うなら、今後も同じ人物を相手に選びたかった。そのほうが値引きもするし、こちらの言い分も聞いてくれるだろう。

柵の後方に、竹籠《たけかご》を手にした若い娘がいた。他の連中と違って、大声を出す勇気も、自分の売り物をひけらかす厚かましさももちあわせていない様子だ。恐る恐るこちら側をうかがっている。

「お早う《ヅオウサン》」

広東語で呼びかけてみる。相手が視線を向けたとき、何を持って来たのか、すかさず広東語で訊《き》いた。

彼女は決心したように近づいて来た。柵越しに向かい合ったとき、彼女の左目が外側に斜視になっているのに気がつく。

おずおずとさし出したビクの中には、鯉《こい》に似た魚三匹と鯰《なまず》が二匹、手のひら大の毛蟹《けがに》が三匹はいっている。

「全部でいくら？」

「二元です」

小さな声が返ってくる。法幣で二元なら、香港ドルで一ドルにもならないはずだ。

「香港ドルしかないが」

十ドル紙幣を見せながら言った。

「おつりがありません」

彼女はかぶりを振る。

「じゃこれをとっておいてくれ。おつりはいつでもいい」

言ったあとで、野田との約束を思い出す。「きみは春巻《チユンギユン》を作れるか」

「春巻？」

「仲間が春巻が食べたいというから」

彼女の右眼がじっと注がれる。

「作ります。明日持って来ます」

「明日は困る。食い物が無くなって、腹が減った頃がいい。一週間後の今日の今どきはどうかな」

なんとか言い終えると、相手は初めて笑った。

「ビクはちょっと貸してくれ。中味をあけてから戻ってくる」

紙幣を渡し、柵の上越しにビクを受け取った。彼女は軽そうに抱えていたが、ずっしりと重い。天幕まで戻るとき、本当に漁に出て帰ってきたような気分になった。

「野田さん、今日はご馳走《ちそう》だ。鍋を頼みます」

天幕の入口から呼びかけると、野田はゆっくりと上体を起こした。ビクを見て立ち上がる。

「どうしたんですか」

「買ったのです。春巻の代わりです」

天幕の外に連れて行き、草の上にビクの中味をぶちまけた。鯉がはね、毛蟹が口から泡を吹いている。鯰もまだ生きているようだ。

「見てて下さい。ビクを返して来ます」

柵まで戻ると、彼女は他の物売りたちと邦人のやりとりを眺めながら待っていた。

「必ず来ますから。わたしは少環《シュウワン》と言います。あなたは？」

「いや、名前は知らなくていい。この顔さえ覚えていてくれれば」

わざと目を見開き、口をとがらせると、彼女は笑った。この女は信用できる、そんな気がした。

天幕の横にはもう人だかりがしていた。野田が中にいる仲間に呼びかけたのだろう。二人でこっそり料理するつもりでいたのだが、野田はそうでなかったらしい。

「明坂さんのおごりです。夜は鯉こく、いや魚汁です。誰か、味噌《みそ》を提供してもらえませんか」

野田は得意気に言った。

天幕の住人たちは、外部から食料を入手しても、他の仲間にふるまったことはなかった。隠れるようにして、口に入れていたのだ。

その日は炊事の当番になっていたが、代わりの人間が出てくれた。

「明坂さん、今日一日、大尽のようにじっとしていて下さい」

日頃はあまり口をきかない男までもが声をかけてくれる。

天幕の中は四十人近くに増え、他の天幕と違って雑多な年齢構成になっていた。赤ん坊が二人と、子供が八人、腰の曲がった老人が三人いる。夜も、赤ん坊の泣き声が天幕内に響いたが、乳が出ないのか、あるいは空腹に耐えかねての叫びに違いなかった。まだ二十代前半と思われる母親の顔色は悪く、髪の毛にも艶《つや》がない。

夕食時になって、野田たち四人が大鍋を運んで来た。蓋《ふた》をとると、味噌と魚の匂《にお》いがあたりに漂う。それまで、大きなバケツで味噌汁や塩汁が運ばれてきても、匂いが鼻を刺激したことなどなかった。

「みんなに充分いきわたりますから、慌《あわ》てなくてていいですよ」

野田の声自体が上ずっている。

「これは明坂さん用に作ってきました」

どもりながら、宮坂が皿をさし出す。もう五十歳に手がとどく齢《とし》なのに、よく身体《からだ》が動く男だ。毎朝、天幕の外で太極拳《たいきょくけん》のような運動をしている。

「せっかく明坂さんが手に入れたものです。これくらいは自分で腹一杯味わって下さい。私らの気がすみません」

さし出した皿には、茹《ゆ》でた蟹が二匹のっている。眺めているだけで、空き腹が捻《ねじ》れてくる。すぐにでもかぶりつきたいのを我慢して、野田が席に戻ってくるのを待った。

「平等につぎ分けるのが難しくて、苦労しました」

野田は椀《わん》を二つ手にしていた。「中にはいっているのは鯉と鯰でしょう。鯰より鯉がいいと言っているような眼つきもあれば、鯰のひれしかはいらなかったと睨《にら》みつけるような顔もあったりで」

野田は立ち上がり、手を叩《たた》く。全員が注目する頃合いをはかって、大声をあげた。

「皆さん、椀の中味のあたりはずれはあるでしょうが、我慢して下さい。もともとは、菜っ葉が浮いているだけの塩汁が今日の配給やったんですよって」

天幕のあちこちで、納得するようにいくつもの顔が頷《うなず》いた。

「三匹あった蟹のもう一匹は、味噌を提供してくれた稲井さんにあげました」

その稲井の姿も入口近くに見え、手づかみで蟹を食っている。

「これは野田さんが食べて下さい」

二匹の蟹のうち一匹を、箸でつぎ分けた。

「よろしいか。すんまへん」

野田は目を見開き、食器の上の毛蟹をじっと眺める。

茹でるときに塩を入れたのか、白い肉にはほのかに味がついている。甲羅《こうら》を取って、中のミソも口に入れた。日頃のお湯のようなスープや、原形もとどめていない煮魚とは違って、正真正銘の一品料理だ。

「久しぶりです。蟹の味なんて、長いこと忘れていました」

野田は甲羅の裏に舌をあて、中味をなめる。「いや、うまいですな」

そう言ったあとで、慌てて口をつぐむ。他の連中に蟹がいき渡っていないのに気がついたのだろう。

赤ん坊を抱いた母親も、うまそうに汁を飲んでいる。鯉の骨もきれいにしゃぶって、丁寧に口から出す。

「さっき、憲兵が二人来ていました」

野田が声を潜め、話題を変えた。

気を鎮《しず》めようとしたが、動悸《どうき》がしはじめる。味噌汁の椀をとって、汁を飲んだ。憲兵といっても、日本軍と中国軍のどちらなのか。

「収容所の中に誰かが紛れ込んでるんかいなあ」

野田からさらに訊かれても、口がきけない。日本軍の憲兵隊は武装解除後、広東河南の集中営に残っていたはずだ。わざわざ珠江下流の邦人収容所まで何の目的でやって来るのだろうか。それとも中国軍の憲兵なのだろうか。

「どうやら元香港で憲兵やった者が、収容所のはずれに小屋をたてて住んでいるらしいのです」

「香港の憲兵が？」

やっとの思いで口をきく。「わざわざこのあたりまで来ますかね」

「そやから、一種の逃亡ではないですか。民団の役員の話では、この島にも憲兵隊の集中営があるそうです。海軍の舟艇班のあったところです。邦人を運んで来るのが、その白木部隊の舟でしょう」

初耳ではある。河南のサイダー工場跡にあった憲兵隊の集中営の一部が、長州島に移されたのだろうか。仮にそれが邦人収容所に併合されたりすれば、こちらの身の上も危うくなる。

「憲兵は威張っていましたからね。憲兵に使われている中国人の密偵も、相当な羽振りでした。憲兵隊の虎《とら》の威を借りて、金のありそうな中国人をわざと密告したりしていました。いくら後ろめたいことをしていなくても、密告されては面倒なことになりますから、前もって袖《そで》の下を握らせるんですわ。早くいえば、ゆすりですよ」

野田は蟹の足をもぎ、中の身を箸《はし》でしごき出す。「日本軍が負けて、一番慌てているのが密偵と憲兵とちがいますか」

気が動転していた。蟹の味も鯉の風味も、舌が感じていない。野田に覚《さと》られぬよう、せわしく顎《あご》を動かすのみだ。香港から逃れてきた憲兵とは一体誰なのか。それを探しに来たとすれば、やはり中国軍の憲兵だろう。もしかしたら、収容所の全員に取調べが行われるのではないだろうか。

「見回りに来た憲兵というのは中国人ですか」

「いや旧日本軍の憲兵です。まだ軍服のままで、腕章もつけているのですぐ判《わか》ります」

野田はさらりと言ってのける。一般兵科の日本軍将兵が全員広東を離れるまでは、風紀取締りのため、憲兵隊をそのまま利用しているに違いない。

しかし、香港から逃亡して来た憲兵を、何故《なぜ》広東の憲兵隊が捜査しているのか。それも中国軍の命令なのだろうか。

考えるのはあとだ。今は眼の前の食い物を最大限に味わうことが大切ではないのか。そう思い直す。

「時々、こんな具合に人間らしい食事をしましょう」

憲兵の話は素通りしたように、野田に言う。「野田さんに約束した春巻も、いつか必ず手に入れます」

「いや、あれは夢を言うたまでですわ」

野田は真顔を向けた。「お金は大切にとっておかんといけません。よその天幕では、かっぱらいが横行しているそうや。女性の装身具が特にねらわれています」

いつの間にか憲兵の話題は立ち消えていた。食べ終えた連中のなかには、「ごちそうさまでした」とわざわざ言いに来る者もいた。そのたびに返事をしたが、まだ頭のなかでは逃亡兵のことを考えていた。

10

香港から逃げてきた憲兵が身を隠しているという小屋は、山の斜面にへばりつくようにして建てられていた。一番近い幕舎からでも、四、五百メートルは離れているだろう。野田の話では、日蓮宗の尼僧《にそう》の草庵《そうあん》がすぐ近くにあって、元憲兵は日々念仏を唱えており、時折、領事館の職員が訪れるという話だった。

領事館公認の隠遁《いんとん》生活であれば、並の憲兵ではないのは確かだ。しかし、憲兵士官なら、武装解除前の逃亡は、まず不可能と考えていい。下士官で、広東の領事館にも顔がきき、しかも憲兵隊からわざわざ調査員が派遣されてくるような人物――。

敗戦時まで香港に残った憲兵のなかから、そういう人物を特定するとなれば、熊谷曹長しかいないのではないか。

熊谷曹長なら、広東憲兵隊から使者が来た理由も想像がつく。逮捕し、集中営に連れ戻したところで、身内のなかに犯罪者を囲い込むようなもので、とばっちりが恐ろしい。憲兵隊は、熊谷曹長をやっかい払いしたかったのではないのか。邦人収容所の中にいては、いずれ国民党軍の追及の手が延びてくる。熊谷曹長が捕らえられれば、芋づる式に、上層部に嫌疑がかけられる。

使者は、まさか熊谷曹長に死ねとは言うまい。収容所から姿を消し、憲兵隊に迷惑をかけるな、と言い渡すくらいが関の山だろう。しかし、一体どこに逃げろというのか。

小屋を訪れて、果たして熊谷曹長なのか確かめてみたいが、それはできない。

目を閉じると、熊谷曹長の顔が思い出された。

俳優にしてもおかしくないような美男子だったが、両方の耳は柔道の稽古《けいこ》で変形していた。追いつめられたインド人の英系 諜 報《ちょうほう》部員が猛然と襲いかかってきたとき、二メートル近い大きな身体を一本背負いで叩きつけた。その不思議な光景がまだ眼の底に焼きついている。ひっくり返ったインド人も、何が起こったのか分からぬまま、手錠をかけられたのだ。

香港憲兵隊にいた昭和十六年末から今年の二月まで約三年余の間、ほとんどの特高任務を熊谷曹長と共にした。まさに二人三脚の仕事だった。

そのひとつに、九龍の無電台摘発事件がある。

昭和十九年――、香港に敵機が飛来するようになった頃だ。爆撃の目標は軍事施設が主で、陸海軍の造船所、啓徳《カイタック》飛行場、湾内に停泊中の船舶が被害を蒙《こうむ》った。しかもドック入りした船の修理が終わる頃に、決まって敵機が爆弾を見舞いに来る。潜水艦攻撃も似たようなものだった。港から出た船が外洋に出たとたん魚雷攻撃を受けた。病院船のブエノスアイレス丸も、そうしてあえない最期《さいご》を遂げたのだ。港の動向、ドックの状況の逐一を、外部に向かって知らせている無電台があるに違いないと、熊谷曹長がにらんだのも当然のことだ。

第六班の牟田《むた》兵長らに命じて、二十四時間体制を組み、怪電波が飛んでいないか探知させた。無線送信機から発信される電波は、いかに空中を飛び交っても、色も匂いも、まして形もない。無線受信機で、電波を捕捉するしかないのだ。

第六班が使用していた受信機、つまり鑑波器は、フィリップス製だった。周波数は三千キロサイクルから五千キロサイクル、その間で鑑波器のダイヤルを注意深く回していく。

はいってくる電波のうち、不安定なものは除外する。近距離の電波ではないからだ。安定度の高い電波を、呼名表のなかに記されている周波数と対応させていけば、正体不明の電波が浮かび上がってくる。

牟田兵長たちが交代で調査を続けた結果、午後七時から波長二十メートルで発せられている電波が捕らえられた。二週間にわたってその暗号電文を記録し、広東の憲兵隊本部暗号解読班に送ったが、解読には至らなかった。

暗号の内容が把握できなければ、次の手段は、無電台の摘発しかない。牟田兵長たちは携帯用の電波探知器を使って、場所の推定を始めた。

探知器は、電波の方向と直角になると感度がなくなり、長軸が一致すると感度が増す。ある測定地点における電波の方向を、地図上に線引きする。三ヵ所から測定したこの指向線は、理論上は、ある一点で交叉《こうさ》するはずであり、そこが無電台の所在地となる。電波の発信地は香港島ではなく、九龍半島にあった。

夜になると、第六班の連中は三人編成で街に出ていった。電波を探査しているのを気づかれないために、班員たちは中国服を着た。万が一に備えて憲兵章も持たない。三人のうちひとりが拳銃《けんじゅう》を隠し持つ程度だ。電波は夜七時になると発信が始まる。一人が探知器でそれを捕らえ、もうひとりが磁石と定規で、地図に指向線を引く。

大きな建物の傍では電波が乱反射するので、捕捉が難しい。かといって見晴らしの良い場所では、人目について怪しまれる。何も知らない中国人の憲査に追いかけられたり、料理屋の使用人から睨まれたりした。

「子供が後ろからついてきたときにはびっくりしました。下手な広東語で、あっちに行けと言っても、面白がってついてくるのですから。結局、金を渡して、菓子でも買えと言って、追い払いました」

牟田兵長が苦労話を語ってくれた。

第六班が作りあげた三本の指向線は、地図上の一点で交わらず、三角形を成した。しかもその三角形は、実測のうえでは各辺が約三、四百メートル、九龍の市街地の窩打老道《ウォータールーロード》付近だった。その三角形の内側にある建物を数え上げると、約百二十軒あり、二百五十世帯、住民の数にして千八百人が住んでいる勘定になった。

憲兵隊に総動員をかけたとしても、百二十の建物に一斉検査をするのは不可能だ。密《ひそ》かに住民の身上調査をして、的を絞りこむ他はない。それが熊谷曹長を中心とした特高班の担当になった。

標的はまず第一の条件として、無電用アンテナを上げられるような住居でなければならなかった。そして現在の職業、あるいは前職が、無線や電気関係であるのが第二条件。第三に、英国に忠誠を尽くすような思想の持ち主であること。

二百五十世帯、千八百人をひとりひとり内偵していき、三人の人物が浮かび上がった。そのひとりヘンリー陳《チャン》は香港大学卒で、元英国政庁無線技師、現在は小さな電気器具店を経営している。二人目のトーマス林《ラム》は陸軍造船所の技師で、無線技術の資格をもっていた。最後のドロシー何《ホー》は女性、恋人が赤柱の収容所に入れられていた。

特高班はこの三人に狙《ねら》いを定めて、毎日の動きを追った。熊谷曹長からトーマス林の監視を命ぜられ、毎日彼のアパートの下を行き来した。朝夕は勤め人を装《よそお》い、中国服を着、昼間は人力車の車夫の恰好《かっこう》をして、わざわざ洋車《ヤンツェ》を引いて通った。

十日ほどして、トーマス林のベランダに置いてある植木鉢の数が、日によって異なるのに気がついた。一個の日もあれば二個の日も、あるいは全く置いていない日もある。

この配列が何かの暗号ではないか。そんな直感があった。

七月の初めだった。いったん勤め先から帰ったトーマス林が、六時頃外出した。ベランダの植木鉢の数は三個。そういえば、前回三個のときも、彼が夕方になって外出した記憶が蘇《よみがえ》ってきた。すぐにあとをつけた。

トーマス林は新聞を手にしただけで、ゆるい坂道を下っていく。単なる散歩ではなく、目的地があるような確かな足取りだ。福老村道《フックローチュンロード》にある九龍戯院の映画館の前で立ち止まった。

林の動きを物陰からうかがう。彼は映画館の中に入らず、館の前の写真を悠然と眺めたあと、付近をひと回りして再び館の前に戻った。

今夜は何かあるはずだ。そういう確信をもってトーマス林の動きをうかがった。トーマスは右手に新聞を持っているが、それを広げて読むふうではない。
五、六分たった頃、トーマス林の横に女が立った。三十歳くらいで背が高く、品の良い中国服の着こなしだ。二人はさして言葉も交わさずに並んで歩き始める。トーマス林には妻子がいた。情婦だろうか。それにしては、ぴったり寄り添うことも、なごやかに語らう様子もない。
太子道《プリンスエドワードロード》の入口付近まで来て、二人は何のやりとりもなく別れた。どちらを尾行しようかと迷ったとき、ある事実に気がついた。トーマス林が手にしていた新聞紙は女の手に渡り、女が持っていた雑誌をトーマス林が持っていたのだ。

咄嗟《とっさ》の判断で、女のあとをつけることに決めた。

女は足早に界　限　街《バウンダリーストリート》の人混みをかきわけていく。この界隈《かいわい》を知り尽くしている様子がみてとれる。店の窓を覗《のぞ》くこともなく、まっすぐ歩いているところからすれば、自宅に向かっているのだろう。

金巴倫道《カンバーランドロード》で右折し、一、二分歩いたところにある四階建の建物にはいった。すかさず、道路の反対側に出て、暗がりから建物の窓を見上げた。

やがて三階右端の部屋に明かりが灯《とも》った。

女の住所が分かれば、その名前も身分も調べがつく。憲兵隊本部には香港のすべての住民の台帳が完備されていた。香港占領と同時に実施した人口調査で、徹底的に調べ尽くした成果だ。

女はキャサリン李《レイ》、三十二歳、深水埗《サムスイポ》にある英軍捕虜収容所の厨房《ちゅうぼう》に勤めていた。同居の兄の名はアーサー李で、仕事は不明、元は香港犯罪探査局の刑事であることも判明した。

トーマス林の監視は続いた。

七月二十日、再びベランダに植木鉢が三個並んだ。案の定、帰宅していたトーマス林が新聞を片手にぶらりと出ていく。キャサリン李との待ち合わせ場所も、同じく九龍戯院の前だった。

同じように新聞と雑誌の受け渡しがあった。このときの尾行は同僚と二人であり、太子道付近で彼らが別れたとき、それぞれのあとをつけることができた。トーマス林は途中どこにも立ち寄らずに、まっすぐ帰宅した。そして七時から送信が始まった。

他方、キャサリン李のほうは秀竹園道《サウチユツクユエンロード》沿いの店にはいって、両手いっぱいの買物をしたあと、金巴倫道の自宅に向かっていた。

「九割方、トーマス林が電波を発していると思っていいだろうが、万が一ということもある。仮に失敗して人違いとなれば、我々の動きは知れ渡って、無電台はどこかに移るだろう。そうすればまた振り出しだ」

熊谷曹長は決心しかねていた。その特高班に天佑《てんゆう》が働いたのは七月二十六日だった。

昼過ぎに近づいてきた台風は、香港島と九龍半島を直撃しなかったもののマカオの西に上陸し、雨と風が一晩中荒れ狂った。停電は九龍一帯に及んだ。風速は二十五メートルに達したと気象台が報告し、高台にあった民家のアンテナはほとんどが倒れるか、吹き飛ばされるかしていた。ヘンリー陳、ドロシー何、トーマス林の家のアンテナも例外ではなかった。

翌二十七日の正午から、停まっていた送電が再開された。

アンテナを壊された三人の家には、それぞれ監視をつけていたが、夕方五時からトーマス林がベランダに出てアンテナの修理を始めたとの知らせがはいった。ヘンリー陳とドロシー何の家では、アンテナは垂れ下がったままだ。

「今夜トーマス林の家に踏み込みます」

熊谷曹長が上司の畑准尉《じゅんい》に上申する。

「しかし失敗は許されんぞ。踏み込みが感づかれれば、無線機はどこかに隠されてしまう。現行犯検挙でなければ何にもならぬ」

畑准尉は熊谷曹長以上に慎重だった。

踏み込む人数は多くても少なくてもいけない。熊谷曹長を筆頭に、第六班の牟田兵長、密偵は黄佐治《ウォンジョージ》だけを加えて、総勢五名がせいぜいで、あとの連中はそれぞれ民間人の身なりをして、通りの要所要所を固めることになった。

牟田兵長は受信機を麻袋に入れ、穀物屋の配達人の姿になった。

夜七時少し前、アパートの管理人の部屋に飛び込んだ。憲兵の身分証明書を示し、黄佐治が、「ほんの三十分で捜査は終わる。身動きしたら命は保証しない」と、管理人にすごんだ。

五人で管理人を囲むようにして、七時ちょうどになるのを待った。

「始まりました」

片レシーバーを耳にあてた牟田兵長が告げる。

「用意はいいな」

熊谷曹長が低く念を押す。右手は配電盤のスイッチにかかっている。各世帯の配電はそこに集中していて、各戸毎《ごと》に配電を断てるようになっていた。

「切るぞ」

熊谷曹長の右手が、右端のスイッチを押し下げた。

「無線が切れました」

牟田兵長が叫ぶ。

「行こう」

四人は管理人室を飛び出し、三階まで上がる。黄佐治だけが素早くベランダの方によじ登った。

熊谷曹長がトーマス林の玄関の戸を叩《たた》く。応答はない。なおも激しく叩く。一分ほどして女性の声で返事があった。

「どなたでしょうか」

意外に落ちついた声だった。

「憲兵隊の者だ。開けろ」

熊谷曹長が広東語で言う。

「どんな御用なのでしょう」

明らかに時間稼ぎをするように、相手の女は訊《き》いた。

「開けろ」

問答無用というように、熊谷曹長は怒鳴った。

錠がはずされる。ひとりがその場に残り、三人で室内に飛び込んだ。

三間続きで部屋があり、そのうちの二間がベランダに面している。ちょうど黄佐治が外から入り込んでくるところだった。

トーマス林は寝台に横たわり、今まで寝ていたというように、上体をもたげた。

「起きろ」

追いたてて、布団《ふとん》の中と寝台の下を調べた。無線機を見つけない限り、現行犯で捕らえることはできない。

管理人室のスイッチを元に戻したのか、電灯が点《つ》いた。

「守田先生」

黄佐治が呼んだ。しゃがみこんで漆喰《しっくい》の床を眺めている。紙を燃やしたような跡があった。黒い部分に指をあてると、かすかに温かい。

「これは何だ」

ベッド脇《わき》に立っているトーマス林に訊いた。

「停電したので紙を燃やしたのです」

平然と答える。

「馬鹿《ばか》野郎、床で紙を燃やす奴《やつ》がいるか。憲兵をなめるな」

吹呵《たんか》をきった。燃やしたのはおそらく、送電しようとした電文の内容を書いた紙だろう。

「よし、部屋の中を片端から調べろ」

熊谷曹長が命令した。

寝室には、人の背丈ほどの細長い箪笥《たんす》があるだけで、左三分の一は姿見になっている。螺鈿《らでん》の装飾がほどこされ、寝室のなかで、その箪笥だけが不釣合いに豪華だ。

這《は》いつくばって、漆喰の床を調べた。箪笥を動かした痕跡《こんせき》がある。

黄佐治と牟田兵長を呼んで、箪笥の移動を命じた。その瞬間トーマスの妻の顔が硬《こわ》ばった。

箪笥の後方の壁も白い漆喰だ。腰の高さに五十センチ角の切型があった。

熊谷曹長が目配せする。右端を押すと、薄い漆喰の戸が回転した。

背後で、悲痛な声がした。トーマスの妻が亭主に抱きついていた。

「ダーリン」

切型の穴には、無線機と暗号表が隠されていた。

トーマス林と妻を連行して、半島酒店《ペニンシュラホテル》の一室に軟禁した。取調べに憲兵隊内の留置場を使わなかったのは、夫婦を丁重に扱ったほうが自白を引き出せると判断したからだ。

一方で、押収の暗号表をもとに、第六班が傍受した電文の解読に着手した。

——大佐ヲ長トスル一コ連隊ハ金華丸ニ乗船、第三錨地《びょうち》ニ停泊中。出航ハ明日ノ予定。

ある電文の写しはそうなっていた。

五月下旬に出港した金華丸は、外洋に出る手前で潜水艦の魚雷攻撃を受けて沈没していた。トーマス林が送電したこの暗号電文が、そのきっかけをつくったのは間違いなかった。

命だけは保証すると約束すると、トーマス林は口を割り始めた。もともと諜報《ちょうほう》員の教育は受けていないので、脅しはいくらでもきいた。

ベランダに並べる植木鉢の数が、一種の合図になっていた。

鉢の個数がゼロのときは送受信とも感度不良、一個は送信に異状なく、受信事項なし、三個は送信異状なく、受信事項あり、という意味だった。キャサリン李は、毎日トーマス林のアパートの下を通ってそれを確かめ、三個のときだけ映画館の前で待ち合わせていたのだ。

彼らは回転窓の開閉で、緊急事態発生を知らせていた。開いていればSOSだったのだが、幸いにも検挙の日には、ベランダからはいった黄佐治が回転窓を偶然閉めていた。

憲兵隊はキャサリン李の家にも急行して、彼女を検束した。しかし兄のアーサー李は危機を覚《さと》ってか、何日張り込んでもアパートに戻って来なかった。

トーマス林は、キャサリン李については素姓も住所も知らなかった。ただ九龍戯院前で待ち合わせ、報酬と送信内容を雑誌にはさんだ状態で受け取り、自分が受信した内容は新聞紙の余白に小さく書いて、交換していたに過ぎない。

キャサリン李を憲兵隊の留置場で追及した結果、トーマス林の発信した電波はマカオの蔡成南《ザイセンナム》が受信、米軍に伝達され、基地から潜水艦に送電されていることが判明した。

熊谷曹長がマカオの特務機関沢大佐に打電し、蔡成南の隠れ家に急行してもらったが、いち早く撤収したあとだった。

蔡成南の名は香港憲兵隊にも知れ渡っていた。重慶藍衣社の重要分子で、在マカオ日本領事暗殺の黒幕と目され、特務機関は血眼《ちまなこ》で探し回っていたのだ。

トーマス林が末端の通信員に過ぎないと判《わか》って以後、追及はキャサリン李に集中せざるを得なかった。造船所の情報を流しているのは誰か、陸軍の移動を知っているのは誰か、電話局あるいは電報局にも間諜《かんちょう》を紛れ込ませているのか。拷問《ごうもん》まがいの訊問《じんもん》をしても、キャサリン李は、自分は知らない、すべては兄のアーサーから伝えられただけだと答えた。

アーサー李に関しては、その後の捜査でも全く足取りはつかめなかった。おそらく、正規の訓練を受けた藍衣社の幹部だったに違いない。

キャサリン李は、逮捕されて十日後、便所に行かせてくれと頼んで監視役の憲兵の眼を盗み、縊首《いしゅ》して果てた。

11

約束していた翌週の同じ日、少環《シュウワン》は柵《さく》の傍に立っていた。

他の物売りから少し離れた所で、じっと収容所の中をうかがっていたのだ。近寄ると柳で編んだ籠《かご》をさし出した。

「今朝作ったばかりです。熱いうちが美味《おい》しいですから」

右目がこちらを見すえて微笑する。わずかに外側を向いた左目との不均衡が、やりとりを一層秘密めいた感じにしていた。

柳籠の蓋《ふた》をとると、中に二十個ほどの春巻が積み重ねられている。

「全部くれるのか」

「これでも、いただいたお金に比べれば、足りないくらいです。両親が喜びました」

「ありがとう。すぐ戻ってくるから、ここで待っていてくれ」

柵越しに柳籠を受け取り、行きかけると呼びとめられた。

「籠はいりません。あなたが使って下さい。父が編んだものです」

少環は言う。

「すまない」

「また何か欲しい物があったら、言いつけて下さい。わたしは毎日のようにここに売りに来ています」

思わず敬礼をしたい気持にさえなり、少環を見送った。

一昨日から身体《からだ》がだるいと言っていた野田は、天幕の中で横になっていた。籠の中味を見せると、上体をまっすぐ起こして坐《すわ》った。

「春巻やないですか」

野田は目を丸くした。

「まだ温かいですから、今のうちに食べて下さい」

「しかし、どうやって手にいれはったのですか」

「柵の外に売りに来る中国女に頼んだのです。さあどうぞ」

枕許《まくらもと》にあったホーロービきの皿に春巻を四つ入れてやる。

「こんなにぎょうさん食べられません」

「だったら、他の天幕にいる昔なじみの人たちに分けてやるといいです。どうせ日もちするものではありません」

「申し訳ないです」

身体の調子が悪く弱気になっているのか、野田の目からすうっと涙がひとしずく落ちる。

春巻は、天幕内の全員に配布するだけの数はない。半分ずつにしても、いき渡らない。思いきって、子供や病人、赤ん坊のいる母親だけに配ることにした。

柳籠を小脇にかかえて子供たちのところにいく。小さな手を重ねて春巻を受け取り、親に見せにいく。

乳呑《ちの》み児《ご》をもつ母親は、信じられないという顔をした。

「いいんです。食べて下さい。さっき作ったばかりだと言っていました。少しでもお乳の原料になれば嬉《うれ》しいです」

〈原料〉という言い方を後悔したが、母親は神妙な顔つきだ。

天幕内には病人が七人いた。もともとあった持病が収容所にはいって悪化した年寄りや、避難の途中で暴行を加えられ、その後遺症で足をひきずっている中年男などだ。一日二食、それも栄養価の少ない食事が、病気に拍車をかけていた。

「おじちゃん、ありがとう」

そばに六歳くらいの男児が近寄ってきて言った。母親にけしかけられたらしく、恥ずかしげに家族の方を振り返る。奥にいた祖母らしい女性は、視線が合うと、こちらに向かって手を合わせた。父親は女房とは齢《とし》がひらき、四十歳くらいだろうか。無口だが、共同作業などは率先してやる男だった。

男の子の後ろ姿を見ながら、内地に残した息子を思い出していた。善一《よしかず》は昭和十三年生まれだから、ちょうど同じ年かさだろう。どんな顔をしていたか、もう覚えてはいない。

赤紙が来たのが昭和十三年五月二十八日で、善一が生まれたときはもう召集されていた。第十二師団四十八連隊所属となり、九月二十三日に久留米駅を発《た》った。軍用列車の中から、瑞枝《みずえ》の姿を見た。彼女は身重《みおも》の身体を人混みのなかで支えるのに懸命だった。十月に広東を攻略し、年が明けた十四年、瑞枝からの初めての葉書で、善一が前年十月に生まれたのを知らされた。

実際に善一に会ったのは、昭和十五年、賓陽《ひんよう》作戦で戦死した同年兵の遺骨をもって帰国したときだ。十日ばかり実家に滞在した。善一はようやく歩きはじめたばかりで、初めて見る父親を恐《こわ》がった。抱き上げると、泣いた。恐がるのは最後まで改まらず、これが自分の子供かと、興醒《きょうざ》めしたものだ。

あれから五年、もういたずら盛りの子供になっているに違いない。香港にいた間、写真を内地に送ったが、善一の写真はついに届かなかった。無理もなかろう。写真を撮るなど、贅沢《ぜいたく》の極みだったはずだ。

瑞枝との結婚生活は半年足らず、息子の顔を眺めたのは十日あまり、これが妻子と接した時間だった。

「明坂さん、山の中腹にいた憲兵はいなくなったそうです」

野田がぽつんと言いかけた。

「憲兵隊に連れ去られたのですか」

「いいえ、自分から収容所を脱出したのでしょう。鉄条網の下を掘った跡が見つかったそうですから」

野田はいくらか同情的な口調になった。

「逃げて、どこに行くんですか」

さり気なく訊いたが、本音の疑問でもあった。

「この時期、収容所から抜け出す日本人はおりません。いくら食糧事情が悪いといってもです。その証拠に、鉄条網の下の穴を見つけても、誰もあとに続く人間がいないでしょう。この収容所も半地獄ですが、外の世界は日本人にとって正真正銘の地獄でっせ」

野田はひと息ついて、またしゃべり出す。「昨日でしたか、新しく収容所に送り込まれてきた同胞を見ました。六人ほどいましたか。みんな三十歳前後の壮年ですが、見るも無残に痩《や》せこけてました。軍属として働いていて国民党軍に捕まり、半年ばかり、むこうの捕虜収容所に入れられたんやそうです。

髪の毛も髭《ひげ》も伸び放題で、立っているのさえやっとの様子でした。顔と手首は飴《あめ》のように垢《あか》がこびりついていて、服の上といい、首筋といい、虱《しらみ》だらけです。下着姿になって、またびっくりしました。びっしりと布の表面に虱が張りついていて、払っても動きまへん。虱自体が栄養不良に陥っているからでしょう」

「その連中の消毒を手伝ったのですか」

「いえ、私は衣類を焼き捨てる役目です。棒切れで衣服を火の中にくべるのですが、さすがに普通の臭《にお》いではなくて、何か昆虫《こんちゅう》を焼く臭いがしましたな」

野田も顔をしかめた。

「その連中、どうなりましたか」

「領事館の人たちがいる天幕の裏に、病舎があるでしょう。そこに収容されました。全身衰弱で、回復には時間がかかるんやないですか。病舎といっても、薬もたいしてないんです。食事の量がいくらかましな程度で」

野田は言いさし、ひと呼吸おいてつけ加える。「つまり、日本人にとって、支那はもう生きる場所やないということです。この収容所だけが、安全な場所ですよ」

思いを確かめるように周囲を眺め渡した。

あの掘建《ほったて》小屋にいたのは熊谷曹長だったに相違ない。集中営の憲兵隊本部が、憲兵隊全体を戦犯嫌疑に巻き込みかねない熊谷曹長を、あらかじめ切り捨てる可能性は大いにあり得る。

しかしそうだとすれば、野田のいう〈地獄〉のなかで、熊谷曹長はこれから先どうやって生き延びればいいのか。

八月十五日の敗戦のあと、香港から広東にたどり着くのさえ、熊谷曹長にとっては一大決死行ではなかったのか。名と身分を隠し、ようやく邦人収容所の片隅で息をつきかけた矢先に、追いたてをくらったのだ。

やはり掘建小屋を訪れ、対面しておくべきだったのではないか。逃げるとすれば、二人一緒に行くこともできた。

そう考えると、せっかくの春巻の味も口の中に広がらない。無理に味わうように、日頃の何倍も咀嚼《そしやく》する。

「いや、おいしいですよ」

最後のひとつを口にしながら、野田が言った。「こんなものを実際に食べられるやなんて。私は夢物語を明坂さんに言うただけなんです。涙が出ます」

頷《うなず》く目が潤《うる》んでいる。

「日本に帰ったら、春巻くらい、たらふく食べられますよ」

「明坂さん、日本に帰ったら、私の家に遊びに来て下さい」

野田が赤くなった目を向けた。

「どこですか、故郷は」

「大阪です。代々乾物屋をやっています。店は兄貴が継いでいるので、多分まだつぶれてはいません。いや、今が稼ぎ時かもしれません。私は若い頃から遊びまくって、父と兄に勘当されるようにして、日本から脱出したんです。でも、もう遊び疲れました。しばらくは家業の手伝いでもしてますわ。梅田で、乾物屋の野田といえば分かります。来て下さい」

「無事に生きていれば、行きます」

「明坂さんは九州でしたね。お家は農家？」

「ええ、百姓です。三男ですから、食い扶持《ぶち》はありません」

本当は二男だが、圭三という偽名の手前、三男にしておいた。

「日本が負けて私たちがこんな目にあうのも、当然のような気がします」

野田が溜息《ためいき》をつくのを、上眼づかいで眺めた。隣の天幕からだろうか、赤ん坊の泣き声が聞こえてくる。

「広東の私の店には、南支派遣軍のいろんな兵隊さんや将校が来ました。兵隊というのは、どうしてあんなに手柄話ばかりしたがるんかいなと思ったものです。ある上等兵など、支那はいいな、人間と家畜の間にもうひとつ生き物がいるから、と言うのです。初めは何のことかと思いましたが、すぐに納得がいきました。私らは水商売をやっていても、支那人を人間と家畜の間に置いて考えたことなど一度もありません。やっぱり兵隊さんの教育は徹底してるんやなと思いました」

野田は声を潜めて向き直る。これだけは言っておきたい、とでもいうように真顔になった。

「柔道をやっていた体格の良い軍曹でよく遊びに来る人がいましたが、びっくりするような話をしてくれました。山西省のあたりを転戦していたときらしいですが」

野田は唾《つば》を呑み込み、続ける。「共産軍との戦闘では、どれが正規軍でどれが本物の農民かは判りません。女でも優秀な兵士はいるので、片端から住民を捕まえたらしいんです。青年と壮年の男は木に縛りつけて銃剣で突き刺し、あとの老人、おんな子供は、それこそ虫けらのようになぶり殺したそうです。妊《みごも》っている女を裸にして、腹に銃剣を突き立てたり、赤ん坊を宙に放り上げて、落ちてくるところを剣で串刺《くしざ》しにしたり、中には老婆《ろうば》を杭《くい》に縛って、足を広げさせ、局部に手榴弾《しゅりゅうだん》を差し入れて爆発させた兵士もいたらしいです。聞いているうちに、吐き気がしてきました。うちの店は、女で成り立っているようなものでしょう。余計残酷に聞こえるんですよ。

で、軍曹、あなたもやっぱり同じことをしはったんですか、と私はその下士官に尋ねました。彼自身、その辺にいる普通の兵隊と少しも変わらない人間に見えましたからね。

確かめてみたかったんです」

野田の凹《へこ》んだ目が光った。

「返事は？」

問いかける声がひきつった。

「にやりと笑って頷くんです。一個中隊で蘇《そ》州のある村を包囲したとき、十五歳以上の男女全員を裸にして村から出させたらしいです。道を歩かせておいて、兵隊たちは両側から手を叩《たた》いて眺めるんです。最後に、男だけクリークの中に追い立てて溺《おぼ》れさせたそうです。頭を水面から出したり、岸に這《は》い上がろうとした者は、銃で撃ったり、銃剣で刺したり。最後にはクリークの水が血の色に染まったとか。

そのあとは、中隊長の命令で、裸になった女性に思い思い暴行を働いたんです。——私は話を聞いたあとも、足の震えが止まらなかったですね。私にも妹がいます。日本人が外国の兵隊にそんな具合に扱われたら、どんな思いをするか、身の毛がよだちますよ。

しかし、その下士官に、あなたはそのとき正気でしたか、とはとうとう訊《き》けませんでした。狂気と考えたいですが、正気ですよ、きっと。中隊全員が狂気になるとは思えませんやろ。正気で、人間はどんなことでもやらかすんですね。

明坂さんは、さっき言った収容所の病舎を覗《のぞ》いたことがありますか。一度見てみるといいですよ。私は死人が出たときだけ呼び出されるのですけど、幕舎の奥半分は、何というか、死に行く順番待ちのようなところです。腐った足を切り落としてもらっても、毒が身体中にまわっている者や、食い物をやっても身体が受けつけずに下痢ばかりして、骨と皮だけになった日本人が仰山います。どうにも手がつけられんと、お医者連中もお手上げです。そんな姿を見るたびに、私はあの軍曹の話を思い出します。裸の支那人にむごたらしいことをして、クリークを血の色に染めた因果が巡ってきてるんやないか。そう思うんですわ」

野田は気怠《けだる》そうに身体を仰向けにした。「すんません。せっかく、おいしい春巻をもらいながら、景気の悪い話をしてしもうて」

「いや、いいのです」

全身を耳にしていたせいか、腰から上、首筋までが固くなっていた。

「こんな話になったのも、春巻を食べさせてもらって、罰《ばち》があたると思ったからでしょう。明坂さん、ほんまおいしかった。身体にその栄養を充分行き渡らせるために、ひと寝入りさせてもらいます」

野田はゆっくり目を閉じた。

隣の天幕で、相変わらず赤ん坊の泣き声が続いている。

天井に眼をやる。天幕は方々に布があてられている。軍需物資で急ごしらえしたものだけに、少し強い風が吹くと、木製の骨組は不気味な軋《きし》み音をたてた。

どこの部隊でも同じだったのだ。――あれは昭和十四年の七月頃だったろうか。来る日も来る日も歩かされた。一日十里から十五里、なるほど歩兵とは歩く兵隊だと思い知った。十里まではなんとか体力がもったが、民家がみつからなければ、さらに三里から五里行程がのびる。完全武装の荷は重く、陽は容赦なく照りつけた。

水筒の中味は既にからっぽで、途中、小川に出くわすと、顔をつけて飲みたい衝動にかられた。しかし命令は、軍帽に水を掬《すく》って頭にかけるだけ、というものだった。生水を飲めばアメーバー赤痢にかかって死ぬと、厳しく言いわたされていた。

陽が落ちる頃、村落にたどり着く。大きな民家を接収して、井戸水でやっと喉《のど》を潤《うるお》す。薄暗いなかで米をクリークの水で研ぎ、燃える物をかき集めて炊《た》いた。おかずは、畑から盗んできた胡瓜《きゆうり》や菜っ葉だった。

夜は、空になった民家の内外で、それこそ死んだように眠った。

朝になって、クリークの中に椅子《いす》や机、鋤《すき》や鍬《くわ》などが投げ込まれているのに気がついた。日本軍が来るというので、村人たちは食糧を隠し、家財道具をクリークの中に投げ込んで、山の中に避難していた。家財道具を家の中に残しておけば火をつけられる恐れがある。もし焼き打ちにされても、水の中の家財道具だけは掠奪《りやくだつ》も焼失も免れるというわけだ。

中隊は出発する前に、誰もいなくなった民家の天井裏や床下、物置をくまなく探した。

米や調味料、干し魚が見つかれば、盗み取った。兵隊が野盗と大差がない事実も、その頃には何の疑問もなく頭のなかにしまい込まれた。

住民総出で逃亡した村ばかりとは限らなかった。武装した村人が立て籠《こ》もる部落には、戦闘をしかけた。

衡陽《こうよう》近くの城壁のある村も、そんなひとつだった。

銃撃戦の果てに、中隊側に三人の負傷者を出したあと、立て籠もっていた農民四名が生け捕りにされた。

城壁の外の空地に中隊は集結し、四人を処刑することになった。古参兵が四個の穴を掘って、後ろ手に縛った農民をその前に坐《すわ》らせる。

「初年兵は前に出ろ」

中隊長が怒鳴った。命令通り、前に出たのは二十名足らずだったろうか。全員が、何かを回避するように途惑っているのが分かった。

あの瞬間、数ヵ月の差で初年兵の身分を脱していた自分に安堵《あんど》の念を覚えた記憶がある。しかしその安堵は束《つか》の間《ま》でしかなかった。二つの眼が見届けた光景は、残された中隊の全員を初年兵と同じ立場に引きずり込んだのだ。

「着剣し、穴の前に整列」

初年兵の誰もが次の命令を予想して、最前列に並ぼうとしない。

初年兵と農民の距離は十メートルくらいだったろう。

「構えろ」

中隊長の号令で、最前列の初年兵が立ったまま照準を定める。

農民の顔は真っ赤になっていた。身体《からだ》を動かせない分、声と気合で迎え撃つかのように、目を見開き、歯をむき出した。

「突っ込め」

四人の初年兵が、はじかれたように駈《か》け出す。悲鳴が上がったが、農民の口から洩《も》れたのか、初年兵が叫んだのかは判然としない。

背中から穴の中に倒れ込む者、胸に銃剣を刺されながらのけぞる者、肩口に傷を受けて横倒しになる者。

「まだ、済んでいないぞ。次の列、構え銃《つつ》、突っ込め」

中隊長の絶叫に、第二列目の初年兵が、我に返ったように突っ込んでいく。血しぶきがかかり、初年兵が顔をそむける。穴の中に落ちた農民の身体に、別の初年兵が銃剣を突き立てる。

「ようし、次。構え銃、突っ込め」

結局、初年兵の全員が、生きた農民、あるいは既に息絶えた農民の身体に銃剣を突き刺した。元の位置に整列させられた初年兵のなかには、肩で息をしている者や、顔面蒼《そう》白《はく》の者、涙を必死でこらえている者もいた。

「ようし、お前たちはこれで一人前の皇軍兵士になった。今日のこの突撃精神を忘れずに、天子様の御楯《みたて》になってもらいたい」

中隊長以下、周囲の者は、〈天子様〉の箇所で気ヲツケの姿勢をとった。

穴を埋めるのは二年兵の役目だった。人間の身体が切り刻まれているのを眼にして、芝居の森の石松を思い浮かべていた。まだ十一か十二の頃、父親に連れられて行った町の芝居小屋で、森の石松を観《み》たのだ。大勢の敵にナマスのように切り刻まれた石松は、ざんばら髪になり、腹巻とふんどしを朱《あけ》に染めて、のた打ち回った。

二年兵の誰もが必死で円匙《えんぴ》を動かす。一刻も早く、農民の死体を視野の外にやってしまいたい気持になっていた。

あのときの体験が、憲兵を志願した遠因になったような気がする。農民の貯《たくわ》えや作物を掠《かす》め取るばかりでなく、なぶり殺しながらの進軍に、次第に嫌気がさしてきたのだ。

支那には人間と家畜の間にもうひとつ生き物がいる。――野田が言った文句は、軍隊でもよく聞かされた。しかし実際に眼にした生き物は、自分たちと全く瓜《うり》二つの農民だった。

上等兵になり、同僚の遺骨を持って一時内地に帰ったとき、ますますその思いを強くした。故郷の土地も村人も、大陸で見た耕地と農民と何ら変わらなかった。

「憲兵になるかもしれん」

瑞枝や両親の前で言った。

彼女たちは憲兵が何なのか、実際には思い描きかねているようだった。

しかし今から考えれば、当の本人にも、戦地憲兵が何たるかは全く分かっていなかったのだ。

12

「明坂さんはいますか」

何度か見かけた民団の役員が天幕に入って来たとき、反射的に身構えた。

熊谷曹長が隠れ住んでいた山腹の掘建《ほったて》小屋は、毎日のように眼にしていた。眺めながら、熊谷曹長の無事を祈った。いつかは自分の身にも同じ不運がふりかかる。そんな恐怖が頭から去らなかった。

「中国人が面会に来ています」

白髪頭の役員は訝《いぶか》しげにつけ加えた。

「中国人？」

とぼけてみせる。

中国軍だろうか。襲ってくる動悸《どうき》をおさえる。しかし、どうやって調べをつけたのだろう。

役員のあとについて天幕を出た。

中国軍が身柄を要求すれば、民団も拒否はできない。民団といっても正式の機関ではなく、収容所内邦人の自治を円滑にするために、半ば自主的に組織され、国民党軍が認めたかたちになっているにすぎない。

万が一の場合、人違いだと、あくまでもしらを切り通すべきなのか、迷った。

「まだ保護される日本人はいるのですか」

役員に訊いた。

所狭しとたてられている天幕の間に、通路がつけられていた。

「います。人数は少ないのですが、たいてい半死半生の状態です。とくに女性は哀れです。ここに送り込まれる前に亡《な》くなった日本人は、相当な数にのぼるでしょう。私たちだって、もともと邦人がどのくらいいたのか、摑《つか》んでいません。敗戦は、惨《みじ》めなものです」

最後の言葉が冷たく胸に突き刺さる。あなたも不運だった、という意味にもとれる。

足が重かった。夜の闇《やみ》に紛れて鉄条網の下をかいくぐった熊谷曹長を想《おも》った。彼が逮捕され、それをきっかけに、収容所内に捜査の手が及んだとも考えられる。

収容所の管理棟は拡張され、小屋の両側に、急造の天幕が二つつなぎ合わされていた。

役員は左側の天幕の方に案内した。歯をくいしばって入口をくぐった。

「面会は短時間にして下さい。三十分後に来てみます」

役員が低い声で言った。予想が外れたのかもしれない。首筋から力が抜けていく。

面会所は、天幕の中を敷布のようなもので仕切った狭い場所だった。机の前の椅子に馬桂英《マーグアイイン》が坐っているのを眼にしたとき、呆然《ぼうぜん》となった。

桂英も立ち上がり、瞬《また》きもしないで見つめる。目が涙で潤っていき、みるみる溢《あふ》れる。

机を間において坐り込む。

「郭泉《グオツチユン》は無事に帰ってきましたか」

訊いたものの、田中軍曹をどこか安全な地域まで送り届け、広東に戻ったとしても、一ヵ月では短すぎるような気がした。

「来るのに勇気がいりました。自分の心に鞭打《むちう》たなければなりませんでした。でも月日が経《た》てば、行く勇気もますます薄れていくような気がしました」

ほくろのある桂英の口許《くちもと》が震えていた。邦人収容所の中に女ひとりではいってきたのが、彼女を動揺させているのか、それとも別な衝撃が彼女を襲ったのか。

「郭泉のよこした使いが広州に着いたのが、一昨日でした」

桂英の整った顔が歪《ゆが》んだ。「田中先生は亡くなられました。韶関駅《シャオコワン》で暴徒に取り囲まれて、私刑《リンチ》にあったそうです」

桂英は涙をぬぐった。

「郭泉は無事だったのですか」

やっとの思いで訊く。

「あの人も去金山《ホイガムサン》しました」

「死んだ？」

金山に去るという表現が、広東語で死を意味することを思い出していた。

「病院に運ばれて、そこで死にました。一週間は生きていたそうです。わたしに知らせをもってきたのは、病院の看護婦の弟でした」

桂英の目からまた涙が溢れ出す。

「何と詫《わ》びたらいいか」

「田中先生も郭泉も、さぞ無念だったと思います」

「こちらに連れてくれれば良かった」

嗚咽《おえつ》する桂英の肩を眺める。「そうすれば、二人とも助かった」

後悔が胸を締めつける。

「こちらは無事ですか」

嗚咽をかみしめて、桂英が顔を上げる。

「今のところは」

低めた声で答えた。「これから先はまだどうなるか分からないが、少なくとも田中を連れて来ていれば、郭泉には迷惑をかけずにすんだ」

「あの人は自分でそう決めたのです」

桂英は唇をきつく結んだ。「誰も悪くないのです。二人を襲った暴徒たちも憎む気にはなれません。わたしは、ただ悲しい」

悲しみをこらえるように、桂英は口を手で押さえた。

水仕事のためか、手指が赤くひび割れている。

「本当にすまないことをした。許してくれ」

頭を下げた。

「先生だけは、必ず日本に帰って下さい」

突然、桂英が言った。

熱いかたまりが胸に突き上げる。教習隊の運動場で田中軍曹と脱出を話し合ったときのことが思い出された。このまま武装解除に応じて捕囚の身となれば、必ず戦犯裁判にかけられる。それよりも逃げて、逃げ尽くすのだ。それこそ憲兵魂ではないか。田中軍曹は力強く言った。

郭泉も並の男ではなかった。日本の降伏とともに掌《てのひら》を返すように態度を変貌《へんぼう》させた密偵ばかりのなかで、郭泉は稀《まれ》な例外だった。彼と桂英の手助けがなかったら、この収容所までは逃げて来られなかったはずだ。

「先生、どうかお元気で」

立ち上がった桂英は、もう泣いてはいなかった。

「あなたはこれからどうするのか」

「気持のおさまりがついたら、韶関に行ってみます。郭泉の墓がどこかにあるでしょうから」

「あなたたちの人生を台無しにしてしまった」

やっとそれだけが口をついて出た。

「いいえ」

桂英は血の気のない顔でかぶりを振る。

「日本に帰られても、時々郭泉のことを思い出してやって下さい。郭泉も喜びます」

桂英は垂れ幕を開けて外に出る。天幕の入口で立ち話をしていた役員を一瞥《いちべつ》しただけで、歩き出す。

「門まで送ってきます」

役員に言って、桂英に追いつく。

歩哨《ほしよう》がこちらを見た。

「守田先生、さようなら」

低い声で桂英が言う。

歩哨の胡散臭《うさんくさ》そうな視線を感じながら、桂英の後ろ姿を見送った。桂英は振り向かずに門を出、桟橋《さんばし》に停まっていた雇い舟に乗った。

天幕内には野田が横になっていた。この頃、当番でない日は極力動くのを避けていた。

「明坂さん、どこに行ってましたんや」

顔を上に向けたままで訊く。

「管理棟に呼ばれていました。大した用事ではありません」

さり気なく答えて、同じように身を横にする。

韶関駅で田中軍曹と郭泉が襲われたとすれば、二人はどこかで列車に乗り込んだのだ。汽車のほうが短時間で北上できると見込んだに違いない。その途中、検札か何かにあって身分が露顕したのだろう。

田中軍曹は、かつて郭泉の姉に命と引き換えに助けられ、今度も郭泉が命を賭《と》して逃がしてやろうとした。それが叶《かな》わず、姉弟と同じように、大陸の土になってしまったのだ。

肩を落として帰って行った、桂英の小さな後ろ姿を思い起こす。

深緑の中国服は、盧瑞蓮《ローシュイリン》を見送ったときの服と似ている。あのときも瑞蓮は後ろを振り返らず、船に乗った。弟の三次を自分の手で殺したことは、とうとう最後まで彼女の耳には入れなかった。何度事実を告げようと考えたかしれない。いつか言おうと思いながら、ついにその機会を失ってしまった。

毎月の手当をきちんと届けに来る私服の憲兵を、瑞蓮は初め篤実《とくじつ》な男と見たようだった。

こちらにしてみれば、死んだ三次との約束を守っているにすぎなかったのだ。

一時小康状態だった母親の病気は、翌年になって再び悪化した。少し歩いただけで唇の色が変わるようになり、自宅養生の限界を越えた。瑞蓮から頼まれて陸軍病院の医師に会い、上環《ションワン》の太平山《タイピンシャン》街《ストリート》にある東華《ドンワー》医院を紹介してもらった。

「軍曹、弁膜症もだいぶ悪くなっている。患者の家族にはそれとなく告げておいたほうがいい。余計な望みをもつといけない」

母親を診察してくれた軍医は言った。

当初母親は入院をしぶっていたが、娘から懇願されて最後には受け入れた。母親と瑞蓮を二台の洋車《ヤンツェ》に乗せ、東華医院まで行かせた。

医院の受付で、事務員から「あなたは娘婿《むすめむこ》か」と訊《き》かれた。否定しようとしたとき、横にいた瑞蓮が「そうです」と答えた。

母親を入院させての帰り道、彼女からピーク・トラムに乗ってみないかと誘われた。看病から解放されて、ほっとしたのに違いなかった。

ピーク・トラムは、麓《ふもと》の花園道《ガーデンロード》から、柏加道《バーカーロード》を経て、七駅目が山頂だ。料金は片道全区間五円だった。

ケーブルカーの一番下の席に並んで腰かけた。海峡を挟んで、九龍《カオルン》半島がすぐ近くに見える。

「二年ぶりくらいです。ピーク・トラムに乗るのは」

感慨深げに瑞蓮が言った。無理もなかった。日本軍による香港占領、母親の病気と、気の休まるときはなかったのだ。

山頂駅に着くと、瑞蓮は山頂公園まで行ってみましょうと誘った。曲がりくねった道の先に、教会の白い建物が見えたとき、不意に、ここは外国なのだという思いがこみあげた。

香港島の街中でこそ、そういう感慨にとらわれてもよさそうなのに、一度だって外国を意識しなかった。

ケーブルカーと散策路、木立の間の白い教会、そして寄り添って歩く中国服の瑞蓮が、強く外国を意識させたのだろう。

山頂までの道は森閑としていて、下町の喧噪《けんそう》が信じられないくらいだ。途中、日本人将校二人とすれ違う。じろりと睨《にら》まれたが、日本人だと見破られるはずはなかった。

「さっき病院で、守田先生をわたしのお婿さんだと言ってしまいました」

将校たちをやり過ごしてから瑞蓮が呟《つぶや》く。「どうしてかしら。すっと口から出ました」

「病院側もそのほうが安心する。母親と娘では頼りない」

「でもそれだけではありません」

瑞蓮は頰を赤く染めて言った。

眺望は四方に開けていた。東に柏架山《パーカー》、北は九龍半島、西は西博寮《ウエストランマ》海峡、そして南側に浅水湾《レパルスベイ》と赤柱《スタンレー》半島。

眺めはどこまでも穏やかで、銅鑼湾《トンローワン》に停泊中の巡洋艦をのぞけば、戦争を想起させるものは何ひとつなかった。

「あなたの生まれた場所はどのあたりかな」

「生まれたのも育ったのも中環《チュンワン》、一時香港仔《アバディーン》に住んでいたことはありますが」

瑞蓮は汗ばんだ襟元を風にさらすように背筋を伸ばした。「でも香港島と九龍半島以外の土地は知りません。母の生まれた広州さえ行ったことがないのです」

「お母さんは広州出身なんだね」

「亡くなった父も広州の近くです。だから、日本軍が香港を占領した時に広州に避難する話も出ました。父の兄弟が広州にいるという話でした」

香港占領当時、香港在住の重要人物や知識人を中国本土に逃がすルートが秘密裡《り》に開設されていた。占領後も、香港総督府は人口を減らすために、香港の住民を本土に追放したり、若者を狩り集めて海南島に送り込んだ。

「でも、ここに残ることを主張したのはわたしです。母の持病があったし、無理な旅はできないと思ったのです。それにわたし自身、何かあればこの香港島で死んでも悔いはない気がしました」

瑞蓮は髪をかきあげて振り返った。「香港を逃げ出さなくて本当によかった」

「しかし、三次もあんなことになったし、お母さんも入院してしまった」

「弟はあれでいいのです。望み通りに憲兵隊のために働けたのですから。母も本来なら、東華医院なんかに入院はできません。薬さえ買えなかったかもしれません」

心底感謝している様子に途惑った。

九龍病院や瑪麗《マーレイ》病院、東華医院など、九龍と香港の主な病院は接収されて、軍病院になっていた。東華医院はそのなかで一般市民を受け入れる貴重な存在だったが、入院患者数が制限されているため、受診には裏工作が必要だったのだ。

山頂駅まで戻る道筋で瑞蓮は立ち止まり、おずおずとした口調で訊いてきた。

「守田先生の御両親は？」

「まだ元気でいるはずです。少なくとも最後の手紙では、どちらかが死んだという知らせはなかったですから」

「おいくつですか、お齢《とし》は」

「確か六十五歳と六十歳」

「二人だけで暮らしておられるのですか」

「兄も出征して北支のほうにいるので、兄嫁と一緒にいるはずです」

「お父さまもやはり軍人だったのですか」

瑞蓮は何故《なぜ》か矢継ぎ早に質問した。

「とんでもない。ロシアとの戦争に駆り出されはしましたが、百姓です。代々の農民――」

「じゃあ、守田先生も農民なのですか」

「本当は。悪い息子だったので、農作業はあまり手伝わなかった」

「守田先生が田んぼの中で働いている姿など想像しにくいです」

「そうでしょう」

二人とも笑った。農民が似合わないなら何が似つかわしいのか、瑞蓮に訊いてみたい気がした。

「わたしは、一度だけでもいいから、守田先生の軍服姿を見てみたい」

「そのうち見られますよ」

なるほど、これまで瑞蓮の家を訪れるときは、いつも中国服だった。そうでなくても、憲兵の制服に袖《そで》を通す機会はほとんどなかったのだ。

下りのケーブルカーの中で、瑞蓮は窓の外ばかり眺めていた。

「守田先生、少し家に寄って下さい。今日からわたしひとりになります」

花園道で降りたとき、彼女は何かを思い定めた顔で言った。

一緒に家の方に歩き出すと、瑞蓮の口数はますます少なくなった。

二階建の瑞蓮の家には、それまで長いときで三十分くらいしかとどまったことはなかった。窓から改めて周囲を眺めると、樹木が多く、街の騒音も聞こえてこない。病気もちの母親が養生するにはうってつけの場所だったかもしれない。

「お昼に何か作ります。その間に、湯でも浴びておいて下さい」

瑞蓮が勧めてくれた。

風呂場《ふろば》はタイル張りで、すりガラスを通して陽がさし込んだ。隅々まで掃除がいき届き、いかにも女世帯らしかった。

細長い湯舟につかり、そのまま石鹼《せっけん》で身体《からだ》を洗う。山頂公園で両親の話が出たせいか、田舎の五右衛門《ごえもん》風呂が思い出された。浮いた木蓋《きぶた》を沈めて、その上に慎重にのって、湯につかる。下手に釜《かま》に身体が触れようものなら、火傷《やけど》もしかねない。身体は外で洗う。冬は隙間《すきま》風《かぜ》が吹き込んで、すぐ身体が冷えた。湯が少なくなると、汲《く》み置きの桶《おけ》の水をつぎ足し、家の者に声をかけて、外から薪《まき》を燃やしてもらわねばならなかった。

それに比べると、香港の生活はすべてが都会的だと言っていい。考えてみればこの香港こそ、生まれて初めての大都会体験だったのだ。

「タオルとガウンはここに置いておきます」

ガラス戸の向こうから瑞蓮が声をかけた。

ガウンは新品だった。物資不足のなかで、相当な出費だったろう。

台所の方から胡麻《ごま》の芳《こうば》しい匂《にお》いがしてくる。

「ガウンは新品のを着てもいいのですか」

わざと訊いてみた。

「ええ、そのために買っておいたのです」

台所から思いがけず明るい返事が届く。そのためといっても、どういう客のために用意をしておくのか。まさかこんな日を見越していたのではなかろう。

食堂のテーブルの上には二人分の箸《はし》と皿が並べられていた。

瑞蓮は台所から鍋《なべ》を運んで来て、深皿にスープをつぎ、向かい側に腰をおろした。

「どうぞ。守田先生のお口に合うかどうか」

野菜と貝柱の味がスープにほどよく溶けこんでいる。

「この黄色いのは？」

「ニラの一種です」

「初めてです」

「そんなはずはありません。どこかで食べているはずです。気づかなかっただけです」

瑞蓮は笑った。

スープを食べ終えると、また台所に立ち、次の料理を運んで来る。いつの間に料理したのかと思うほどの手際《てぎわ》の良さだった。

「芝麻雞《ヂーマーガイ》です」

胡麻の香がたちこめていたのはこの料理のせいだったのだ。鶏肉に胡麻風味というのは珍しい。

「いい味です。有名酒家でもかないません」

半ば本気で誉《ほ》めた。

「病気の母に、おいしいものだけは食べさせるようにしていました。でも守田先生に喜んでいただいて、良かった。あ、そうそう」

急に思い出したように、瑞蓮が立ち上がる。酒瓶を手にして戻って来た。

「これまでお酒を飲むことなどなかったので忘れていました。随分前に貰《もら》った物です」

瑞蓮の力では蓋を開けられず、代わってやった。香りからみて、老酒《ラオチユウ》のなかでも上等な部類だろう。瑞蓮にも勧めた。

「お酒なんて、もう何年も口にしていません」

そう言いながらも盃《さかずき》を口に近づける。

最後の皿も手の込んだチャーハンで、味の強い魚肉と鶏肉が混じっていた。老酒とはよく似合う。

「いつの間にこんなに作れたのか、大したものです」

「料理の早いのだけが自慢でした」

「早いだけでなく、美味《おい》しい」

「ありがとうございます」

瑞蓮は酒のまわった頬を染めた。「いつか守田先生をここに招いて、ご馳走《ちそう》しようと思っていたのです。母もそれを望んでいたのですが、とうとうその機会はなくなってしまいました」

「今度は、お母さんの退院祝いのときでも、お願いします」

「そのときはもちろん、その前でも、お呼びしていいですか」

異存はなかった。自分の部屋で料理することはほとんどなく、三度三度を酒楼や茶楼ですませていたのだ。

三皿をきれいに平らげたあとも、瑞蓮は酒をついでくれ、途中でまた台所に立ち、酒の肴《さかな》を作った。

陽の高いうちの酒は、頭よりも身体に効く。頭はまだ冴《さ》えているのに、動きが鈍くなる。胴体の重みが二倍になった感じがした。

ケーブルカーの中と違って、瑞蓮はよくしゃべった。「守田先生が来てくれて嬉《うれ》しいです」を連発した。

老酒の瓶の中味が三分の一くらいに減ったとき、身体が動かなくなった。

「散らかっていますけど、どうぞ使って下さい」

瑞蓮は自分の寝室に案内した。黒い漆に螺鈿《らでん》をちりばめた鏡台が置かれ、鳥と花を描いた広東刺繍《ししゅう》が壁に掛けられている。

横になり目を閉じても、睡魔はなかなか襲ってこない。瑞蓮が台所で洗いものをしている音が、はっきり耳に届く。

それでもしばらくはうとうとしていたのだろう。

「守田先生の傍でわたしも眠っていいですか」

と瑞蓮がささやいたとき、彼女も薄絹の部屋着に着替えていた。湯を浴びたのか、髪が湿り気を帯び、薄化粧をしている。

瑞蓮は身をぴったりと寄せ、肩口のところで息をした。

薄絹の下は全くの素裸だった。きめの細かい肌がほんのりと赤味を帯びている。乳暈《にゅううん》と乳首が鮮やかな桜色をしていた。

「守田先生が来てくれて嬉しい」

喘《あえ》ぐように言う。

しがみついてくる瑞蓮の乳首を吸い、首筋に舌を這《は》わせ、耳朶《みみたぶ》を口にふくむ。瑞蓮は両腕を背中に回して、顔を胸に押し当てる。息づかいが激しくなり、背中を抱く手に力がはいる。爪《つめ》をたて、顔をのけぞらせて声をあげる。

「守田先生」

瑞蓮はまた胸に唇を当てた。「これからもずっと来て下さい」

瑞蓮はしなやかな視線を向けて、気丈そうに言った。

どんな言葉を返していいのか分からなかった。迷った分だけ瑞蓮の肌を愛撫《あいぶ》した。目を閉じた彼女の上体が激しく揺れ、白い肌が桜色に染まった。

この日以後、瑞蓮の家が第二の隠れ家になり、彼女自身も密偵として働いてくれるようになった。

一年後、東華医院に入院していた母親が死んだ。娘としてできる限りはしてやったと、瑞蓮は悔やまなかった。

昭和十九年の後半になると、米軍機による香港空襲が激しさを増した。

公平に見て、日本軍のほうに分が悪くなっているのは明らかだった。とはいえ、じり貧のまま日本軍が消滅するとは、誰も考えていなかった。香港を放棄しての撤退か、香港で最後の反撃をしてからの敗戦か、二つにひとつには違いない。いずれにしても、香港にこのまま居残ることは不可能だ。香港脱出にせよ、敗戦にせよ、それは瑞蓮との別れを意味していた。

昭和二十年の年が明けて、連合軍の攻勢に対するため香港総督府は南支派遣第二十三軍の指揮下にはいり、香港憲兵隊もその所属になった。追って二月、香港憲兵隊の大部分に広東転属が決定された。

配転の発令を受けて、咄嗟《とっさ》に考えたのは瑞蓮のことだった。彼女をどうするか。広東まで連れて行っても、教習隊勤務の身では一緒にいることはできない。香港に残しても、密偵の前歴からリンチにあう可能性が大きかった。

「瑞蓮、聞いてくれ」

彼女の家に泊まった明け方、朝食の席で切り出した。瑞蓮の薄化粧した顔が少し硬《こわ》ばった。

「広州に配転が決まった」

絞り出すように告げた。

「知っています」

瑞蓮は冷静に答えた。

「知っていたのか」

瑞蓮は再び頷《うなず》き、次の言葉を待った。「お前は香港に残ってはいけない」

「わたしも広州に行きます」

「駄目だ」

「何故ですか」

「広州での勤務は教習隊だ。特高ではない。ここでのようにはいかない」

「それでも、会える機会はあるでしょう」

瑞蓮は食いさがる。

「会えても、その先どうなるか分からない。日本が敗けたらどうするのだ」

「わたしが先生を匿《かくま》ってあげます」

瑞蓮は毅然《きぜん》と言い放つ。

「それはできない。隊を離れれば脱走兵だ」

「敗ければ、憲兵隊を脱走しても構わないでしょう」

蒼白《そうはく》な顔で瑞蓮は抗弁する。

「逃げ回ったところでどうなるというんだ。いつまでも逃げおおせない」

「先生は、やっぱり国に帰りたいのですね」

見開いた目がさっと赤らみ、大粒の涙がこぼれ落ちた。

「戦争に敗けても勝っても、国には帰らなければならない」

「わたしは、先生の行くところにはどこにでもついて行きたい」

震える声で瑞蓮が言う。「日本でもどこへでも」

「そうはいかん」

溜息《ためいき》が口をついて出た。

「わたしも日本人だったら良かった」

瑞蓮が泣きくずれた。

慰めようがなかった。黙って瑞蓮の肩を抱き続けた。

「わかりました。先生の言う通りにします」

泣き止《や》んだとき、瑞蓮は顔をあげた。「わたしは何処《どこ》に行けばいいのですか」

「明後日、台湾に向けて船が出る。それに乗って、ひとまず香港を出るのだ」

「台湾」

瑞蓮は肩をおとした。

「あそこなら、前歴を疑われることもない。情勢の見極めがつくまでそこにいて、いずれ香港に戻ることもできる」

「先生は？」

「広州から先のことは分からない」

「香港に連絡先をつくっておきます。そこを連絡基地にすれば、お互いの消息がつかめます」

瑞蓮の顔に微《かす》かな赤味が戻った。

翌日ふたりで瑞蓮の母親と三次の墓参りをし、身の回りの整理をした。手持ちの紙幣のほとんどを金細工と宝石に換えた。

次の日の夜、基隆《キールン》に向けての徴用船が出港した。瑞蓮の荷物はスーツケース一個とハンドバッグひとつに過ぎなかった。

「先生の子供がお腹《なか》にいます」

別れ際に瑞蓮が唐突に言った。思わず彼女の中国服を眺めた。確かに身体が少し太くなっているような気もした。

「向こうに着いたら、才宝権《ツオイボーキユン》のところに連絡を入れます。先生も広州に転属になったら、彼宛《あて》に手紙を書いて下さい」

「分かった」

形勢が逆転していた。気弱だった瑞蓮が逞《たくま》しくふるまっていた。船員に荷物を運ばせ、しっかりした足取りで桟橋《さんばし》に向かう。一度も後ろを振り返らない。

明かりを最小限におとしているため、甲板に出て来た乗客の顔は見えにくかった。船が岸壁を離れかけたとき、ようやく瑞蓮の深緑の服を確認できた。

瑞蓮が手を上げて、何か叫ぶ。声は届かない。手を振った。

船が岸壁を離れ、瑞蓮の身体は少しずつ薄闇《うすやみ》のなかに溶け込んでいった。

その後、彼女が連絡先に指定した才宝権には、会いにも行かず、手紙も書かなかった。教習隊で若い憲兵候補者たちの教育に打ち込んでいるうちに、瑞蓮との思い出は記憶の底に沈んでしまったのだ。返事さえ寄こさない男を、彼女はどれほど恨んでいるだろうか。

彼女が台湾で生きていれば、もう子供を生んでいる頃だ。

突然、彼女を置き去りにして逃げた自分の不実に思いが至る。償おうにも、もはやなす手段は断たれていた。

13

「ちょっと具合が悪うて、風邪かもしれません」

朝飯にも少し手をつけただけで、野田は身体を横にした。風邪にしては咳《せき》もなく、昼近くなって寒がり出した。額に手をやると高熱があった。

「明坂さん、チフスかもしれん。二日前に、病人用天幕で患者の世話をしましてん」

野田は赤い顔をして言った。

「とにかく医者に診てもらいましょう」

チフスでなくても、素人《しろうと》よりは医者の判断を仰いだほうがましだ。民団の役員たちがいる天幕に行った。

「熱のある人がいて、自分ではチフスではないかと言っています。一昨日チフス患者の世話をしたそうです」

報告すると、役員の顔色が変わった。すぐに奥に引っ込み、医師を連れてきた。

「先生を案内して下さい」

もう六十歳近い小柄な医師は無精髭《ぶしょうひげ》をはやしていた。着ている白衣も肉屋のように汚れている。

「チフスだったら隔離でしょうか」

並んで歩きながら訊《き》いた。

「もちろん。収容所中に病気が拡《ひろ》がったら一大事だ。全員体力が落ちているから抵抗力がない」

医師はボソボソと答える。「それに、薬だってここにはろくにない」

天幕にはいると、医師は鞄《かばん》を開けて聴診器を取り出し、野田を診察し始める。胸をひろげさせて、皮膚を診、喉《のど》の中も覗《のぞ》き込んだ。

「発疹《はっしん》チフスだね。すぐに入院しなさい」

医師は断言し、診察用具をしまい込む。「あとで人をよこす」

そう告げると逃げるように出て行った。

「明坂さん、もう私はあかん」

すがるように野田が言った。

「そんなことはありません。必ず回復しますよ」

「いや、私はこの眼で、病人が死んでいくのを見たんやから」

野田は首を振った。

「それぞれ病状は違うのですから、野田さんくらいの病状ならすぐ治まります」

チフスがどんなものかは知らなかったが、勇気づけるためには嘘《うそ》も方便だ。

民団の手配で、マスクをした男性二人が担架を運んできた。

「この天幕の中で、発熱された方は他にもいますか」

男性のひとりが叫ぶ。何人かが不安気に顔を見合わせ、手を額にもっていく。

二人は野田を担架に載せた。

「荷物はどうしますか」

「あとで届けて下さい」

男が答えた。野田は一瞬ひるむ。荷物を片づけられるのは、帰って来ないことを意味するとと思ったのだ。

一身の回りの物だけ持っていきます」

そう答えたものの、野田の荷物も、厚紙に布を張った鞄に押し込めば足りるほどの量ではある。

「野田さん、心配無用。この場所はちゃんと取っておきます」

ことさら明るく言うと、野田は担架の上で頷いた。

毛布を片づけ始めると、反対側にいた二家族は、寝具から出る埃《ほこり》がまるで黴菌《ばいきん》の塊で

あるかのように顔をそむけた。

チフスがどういう感染経路をとるのか知らなかった。食べ物でうつるのか、蚤《のみ》や虱《しらみ》を

介するのか、あるいは空気が悪いのか。天幕の中の住人が、野田の寝ていた場所を遠く

から恨めしそうに見るのはそのためだろう。

端の方がすり切れた毛布を天幕の外に持ち出し、陽当たりの良い草の上に広げた。

また天幕に戻って、敷布団《しきぶとん》を畳む。枕《まくら》を取ろうとしてかがみ込んだとき、白いものが

眼にはいった。写真が裏返しになっていた。野田はいつも布団の下にこの写真を置いて

いたのだ。

写真には、中国服を着た女性と洋服姿の男の子が写っている。どこにも文字はない。

五歳くらいの男児は、どことなく野田に似ている。女性のほうは三十歳を少し越えたく

らいだ。美人でも不美人でもなかった。白い歯を見せて笑っている。

写真を布鞄の中に入れる。鞄の中味は食器や衣類で、それ以上見てはいけない気がした。

敷布団も陽だまりに広げた。

鞄を持って、病人収容用の天幕まで行った。本部の裏の方にあるのは知っていたが、どの天幕に収容されているのかは分からない。民団の役員に訊くと教えてくれた。

「伝染病の病棟になっているので気をつけて下さい。荷物はここに置いておいてもいいですよ。あとで取りに来させますから」

「いや、私が持っていきます」

野田の収容されている天幕を見たかった。

赤十字の印のはいった天幕が四つ並んでいた。一番奥の二つだけが、二十メートルほど離され、鉄条網のすぐ傍まで珠江の河岸が迫っていた。

天幕の入口に、マスクをした看護婦らしい女性がいた。

「さきほどここに収容された野田さんの荷物を持って来ました」

「それよりも、患者の布団はどうしました」

看護婦がつっけんどんに訊いてくる。

「日当たりのよい所に干しています」

「あなたが干したのですか」

「はい」

「そこの虱があなたにうつったらどうしますか。もう触れないようにして下さい。あとで焼却処分にさせます。発疹チフスは虱が媒介するのです。飛沫《ひまつ》伝染もありますが」

看護婦は厳しい口調で言った。「とにかく、ここから先は入ってはいけません」

野田の布鞄を置いて立ち去りかけたとき、天幕の中から大きな声が聞こえた。内容は判《わか》らないが、酔っぱらいがくだをまいているのに似ている。

「発疹チフスの脳症です。リンゲル液やピラミドンがあればいいのですが、無いので手の施しようがありません」

「野田さんは軽症でしょうか」

看護婦は分からないと首をかしげた。

隣の天幕から、瘦《や》せこけた患者が二人、ふらつきながら出て来た。病棟専用の便所まで自力で行くのだろう。必死の形相だ。

「本当はひとりひとりわたしたちが付き添ってやれるといいのですが、人手が足りません。どんなに衰弱した患者でも自分で行くしかないのです。這っていく患者もいます。回復するかどうかは、精神力にかかっています」

看護婦は便所の方を見ながら、ひとりごとのように言う。

「患者が出た天幕は、虱駆除しなくていいのでしょうか」

「どうやってしますか」

苛立《いらだ》ったような視線がつき刺さる。「駆除するにも薬品がないのです」

「いえ、虱が病気を媒介するのなら、虱つぶしをしたほうがいいと――」

「それは、しないよりしたほうがいいでしょう」

「分かりました」

暗澹《あんたん》とした気持で天幕まで戻ると、民団から来た男たちが、外に干していた野田の布団と毛布を持ち去っていた。

虱駆除をするといっても、全員の衣服を集め、沸騰《ふっとう》した湯の中で消毒するしかない。しかしそのドラム缶と燃料がないのだ。身体《からだ》の弱った者から斃《たお》れていく光景が、香港での惨状と重なった。

香港で伝染病が蔓延《まんえん》したのは占領の翌年で、一日五百人の患者が発生した。まさに死《し》屍累々《るいるい》、路上に死体が溢《あふ》れた。

当時、香港総督府は住民の移住に力を入れ始めていた。二百万人の人口を養っていく食糧は、とても確保できないと見込んでいたからだ。伝染病による人口減は渡りに舟で、積極的な防疫《ぼうえき》対策に腰を上げなかった。

憲兵隊の野間大佐はそうした考えに真向から反対した。総督府の任務は人心の安定をはかることであり、病死による人口減などもっての他だと、総督府に怒鳴り込んだ。軍医部長の江口中佐と桐林衛生課長が野間大佐と意見を同じくして、さっそく伝染病対策が講じられるようになった。

天然痘《てんねんとう》、コレラ、発疹チフス、腸チフス、赤痢など、死体を迅速に集める仕事が急務とされ、医務部と憲兵隊が連携をとった。

街中の多くの死体が丸裸だった。衣服はいつの間にか住民によって剝《は》ぎとられていたのだ。死体は午前中に清掃夫が収容し、すべて死体検案所に運び込ませた。

死体検案所では、剖検に付された死体から病原体の検索が試みられた。やがて、コレラは中環《チュンワン》地区、腸チフスは湾仔《ワンチャイ》という具合に地区ごとの汚染状況が明らかになった。

次の施策は、伝染病の予防だった。防疫班が製造したコレラワクチンと痘苗《とうびょう》を、全住民に注射することになった。

「予防注射など不可能だと、前の衛生局長セーリング・クラークは言うのです。イギリス人は、東洋人を牛か豚のように思っていますな」

憲兵隊に協力を要請に来た江口軍医部長は苦笑した。「牛や豚には衛生観念がない。予防注射など豚に真珠という口ぶりには、怒りを覚えましたよ。アジア人でも日本は違うということを、この際彼らに見せつけてやらねばなりません」

軍医部長の訴えに野間大佐も同意し、香港在住の全住民に対して厳しい処置がとられるようになった。五名から十名の防疫班と同人数の憲兵が市内の要所要所に駐在し、予防注射を強制的に実施した。予防注射証明書を発行し、それを所持しない者は、付近の道路通行を許可しない方針をとった。

効果はてきめんだった。臨時の防疫所には市民が列を成して集まった。

憲兵隊としては、そうやって全住民を表に出させることで、住民の把握をしようという目論見《もくろみ》もあった。怪しい人物を予防注射であぶり出すのだ。

特高課の憲兵は中国服のまま要所要所を巡回し、住民の会話に耳を傾けた。

「こんな注射はまやかしだよ。あいつらは、注射の中に毒を入れて、病人をつくり出しているんだ。騙《だま》されちゃいけない」

そんな反日的な言辞を吹聴《ふいちょう》している人物がいたら、後をつけ、背後関係を洗った。

密出入国者も多いので、全住民に予防注射をするまでには至らなかったものの、八割方の実施率は達成した。

年二回の予防注射の成果はすぐに出た。それまでコレラ、ペスト、天然痘の発生しなかった年はないと言われていたのが、予防注射を実施した年から罹患《りかんしゃ》者は激減し、ついには発病者がいなくなった。もっとも赤痢や腸チフスは撲滅されず、毎年何十人かの患者が発生したが、港町である以上仕方なかった。

予防注射を契機として、香港総督府の衛生課と憲兵隊のつながりは緊密になった。昭和十七年の八月、慰安所をつくるための強制立ち退《の》きも、衛生課の江口軍医部長の依頼によるものだった。九龍地区では旺角《モンコツク》と彌敦道《ネイザンコード》、香港島では湾仔と駱克道《ロツクハーロード》の一帯が慰安区の候補地としてあげられた。

対象地区が決まると、通達なしで早朝に道路を封鎖し、そのあと三日以内の立ち退き命令を出した。立ち退き料や補償金などはもちろんない。

住民はうわべだけは黙々と従った。親類や知人のところに転がり込む部屋を見つけ、家財道具を運び出していく。

荷馬車や洋車《ヤンツェ》を雇う余力のない者は、山のような荷物を背負い、子供にも袋包みを持たせ、何回も往復した。

そうやって住民を追いたてた街に、軍の慰安所や一般の慰安所、ダンスホールなどが進出してきた。一ヵ月後には、前にもまして賑《にぎ》やかな界隈《かいわい》と化した。

慰安所の性病検査には、制服憲兵が立ち会わされた。婦人科の医師、看護婦とともに予告なしに慰安所に踏み込み、診察を強行した。

現地の大工に作らせた検診台は木製で、独特の形をしていた。手前に段があり、一メートルくらいの高さで慰安婦が横になる。背中は三十度くらいの傾斜で、両脚の間に切れ込みがあった。机二つ分の大きさで、持ち運びにも便利だった。

係の憲兵は部屋の外に待機し、慰安婦たちが騒がないように監視した。

彼女たちの服装はさまざまで、和服もあれば洋服もあり、中国服や朝鮮服の女性もいた。

「日本人女性は玄人筋《くろうと》が多い。股《また》のつけ根に手術の跡があるつわものもいるよ」

休みの一服をしながら、軍医が語ってくれる。「そこへいくと、朝鮮女性や中国女性は健康そのもの。太鼓判が捺《お》せる」

将校クラブのほうに朝鮮人女性が多かったのもそのためだろう。

広東でも軍関係の慰安所には切符売場があり、注意書が掲示してあった。入場券に記された番号の部屋にはいること、室内での飲酒は厳禁、時間は三十分に限る云々《うんぬん》の規定だ。入場者には〈突撃一番〉と書かれた衛生具が渡された。

「兵隊のなかには避妊具の使い方を知らぬ田舎者もいるよ」

これも軍医から聞かされた話だ。「一回使った避妊具を裏返しにして、また使えばいいと思っている者がいた」

湾仔の慰安区でコレラ患者が出たこともあった。老人がひとり、下痢と嘔吐《おうと》と痙攣《けいれん》で死亡したという町医者からの通報があり、衛生課の担当員と憲兵が現地に急行した。同じ屋根の下に住む二百人近くを強制的に検診させた。死んだ老人の息子の嫁と孫のひとりからコレラ菌が検出され、潜伏期が過ぎるまで隔離した。

その二日後、今度は通りをひとつ隔てた道路脇《わき》で、行き倒れが見つかったという報告がはいった。死体は筵《むしろ》で包まれ、口の中に蛆《うじ》がわいており、医師はそれを見るなり首を振った。周囲に立入り禁止の縄を張り、屍《しかばね》引取人に処理するように頼んだ。しかし連絡の手違いから、屍引取人が駈《か》けつけたのは翌朝だった。息絶えていたはずの死体は筵を抜け出して、夜のうちに降った雨の水溜《みずたま》りまで移動して、口を水の中に浸していたという。前の晩はまだ生きていたのだ。

湾仔のコレラ患者発生はそれが最後となり、その後伝染病は下火になった。

14

「明坂さん、この天幕でも何か出し物をしなくてはいかんそうです。困りました」

野田のいた場所はまだ空けてあり、その向こう側から木下が言った。まだ五十歳前のはずだが、上の前歯が二本欠けたままになっており、ものの言い方がモグモグとして老人じみていた。野田の横にいた家族連れが移動を希望し、代わりにそこに移ってきたのだ。

年の暮を迎えるための演芸大会は、チフスや赤痢騒ぎで、収容所が暗い雰囲気になっているのを一掃しようと、民団の幹部あたりが思いたったのだろう。

「私はレコード盤だけは十枚ばかり持っています。蓄音機でこれをかけても、芸にはなりませんしね」

「レコードがあるのですか」

「あります。割れないように持って来るのに苦労しました」

木下は木箱を開け、薄紙に包まれた円盤を取り出した。「本当はもっとあったのですが泣く泣く厳選したのがこれです」

木下は銀行の元支店長か副支店長かで、単身赴任のまま敗戦を迎えていた。レコードの薄紙をはがして中味を点検していく。〈青い背広で〉〈サーカスの唄《うた》〉〈新妻鏡〉〈緑の地平線〉という具合に、古賀政男の曲が多い。その中に一枚だけ〈軍艦マーチ〉があった。

「よくこんなものを持っておられましたね」

「余程捨てようかと迷ったのです。軍国ものでしょう。収容所にはいるとき検査で見つかったら、ひどい目にあうかもしれませんしね。でも、持ってきました」

木下は歯の欠けた口を開けて笑う。「実を言いますと、うちの銀行では朝の開店時に、この音楽をかけていたのです。職員の志気高揚のためにです。だって我々銃後の者も、前線の兵隊さんと同じ気持で働くことが大切でしょう」

「それなら、曲はしっかり頭にはいっていますね」

「それはもう。チャンチャ、チャン、チャン」

木下は身体全体でリズムをとり始める。

「これに決めましょう」

「この曲でどうするのですか」

「踊るのです。振り付けは私がします」

木下は口をあんぐり開けたまま、信じられないという顔をする。

「もちろん見よう見真似《みまね》です。男性六人での踊りですよ」

「軍艦マーチでいいのですか」

「もう戦争は終わったのです。軍艦マーチをかけたって、文句を言う者はいないでしょう」

「しかし──」

木下は心配気に口ごもる。

「それならレコードをかけるのは本番のときだけにしましょう。練習は木下さんの手拍子でいきます。そうすれば横槍《よこやり》もはいりません」

「衣裳《いしょう》はどうしますか」

木下は身を乗り出した。

「黒いものであれば浴衣《ゆかた》でも襦袢《じゅばん》でも、羽織でもいいです。私も他をあたってみます」

「人数は六人ですね」

木下は丸眼鏡の奥の目を光らせて確かめる。「私たちの他に四人集めなければなりません。素人《しろうと》でもいいですよね」

「素人しかいりません。玄人だと却《かえ》って困ります」

「人選は私に任せて下さい」

木下は胸を張った。

「それから扇子があればなおいいです。黒っぽいのを六本」

「分かりました」

木下は安請けあいをしたが、黒い着物や扇子を持っている女性など、そういるはずはなかった。

可能性があるとすれば、野田の店で働いていた女たちだろう。彼女たちの天幕は、何度か野田と一緒に訪ねたことがあった。

若い女性の多い天幕の周囲は、紐《ひも》が幾重にも張られ、色とりどりの洗濯物がかかっている。

天幕のそばに、ワンピースにサンダルばきの女がしゃがんでいた。いつか野田と話していたときも、その青いワンピースを着ていたのを思い出す。

「あのう」

声をかけると、女は煙草《たばこ》を口からはずして上眼づかいに見た。「野田さんの天幕の者ですが、演芸会の出し物の件で、お願いがあるのです」

「野田さんが病気になって隔離されたそうだわね」

ぞんざいな口調が返ってくる。「その後の具合は？」

「あまり楽観はできないようです」

病棟は覗《のぞ》けず、看護婦に容態を尋ねるのがせいぜいだった。

「そう。可哀相《かわいそう》ね。ひとりになって気落ちしたのが原因ね、きっと」

意味ありげに彼女は答えた。野田の枕《まくら》の下にあった写真の女性と子供を、遠回しに言ったのかもしれない。

「それで用事って、何」

「黒い着物があったら借りられないかと思って来たのです。浴衣でも何でもいいです。六枚揃《そろ》えば」

「黒？　また変わった趣味ね」

「姉さんたちも何か出し物をやるのでしょう」

「そうね、話はもちかけられたけど」

「姉さんたちは本職だから」

「馬鹿《ばか》ね。本職が舞台に上がったら、演芸会にならないの。だからあたしたちは見るだけ」

女は煙草を手にして立ち上がる。「いいわ、あたしは着物持っていないから、みんなに訊《き》いておく。明日またいらっしゃい」

「ありがとうございます」

思わず頭を下げた。

「お兄さん、着物はあんたたちが使うの？」

「そうです」

「ふーん」

女は感心したように頷《うなず》き、煙草をふかした。

天幕に戻ると木下がそっと耳打ちした。

「人数は揃いました。みんなやる気でいますよ」

天幕の中を見渡して、志願者の名を挙げる。視線が合うと、何人かが会釈《えしやく》をした。二十歳代はおらず、三十歳代が二人、四十歳代が二人、五十歳代が一人で、背丈もまちまちだ。

「軍艦マーチにあわせて踊るというのが気に入ったようです」

木下は当初の不安など忘れたという顔だ。「で、踊りの練習はいつからですか。みんな今夜からでもいいと待ち構えていますよ」

「急いで振り付けを考えますから、それからということで」

「それもそうですな」

「扇子と着物はありましたか」

「雑賀《さいが》さんの奥さんが喪服を一着もっているようです。扇子は色を考えなければ三本はあります。紫や灰色なら黒にも似合うでしょう」

木下はもう色の釣合までも考えていた。

黒の着物というよりも、ひとこと喪服と言ったほうがよかったのに気づく。喪服なら、野田の店の女性たちがいる天幕でも何着かは見つかるはずだ。

「舞台の大道具などいらないのですか」

木下が訊く。

「いりません。小道具も扇子だけです」

「髪型もこのままですね」

木下が五分刈りの頭をなでた。

「髪も今のままで構いません。要は振り付けをしっかり覚えることです」

「なるほど」

木下は感心したように頷く。

鉛筆も紙も手元になく、天井を眺めながら案を練った。

九龍《カオルン》に海軍将校がよく集まる料亭があった。嵯峨野《さがの》花壇と言い、熊谷曹長や水上憲兵隊の久藤軍曹たちと一緒に招かれた。西安号を無事外洋に導き出した仕事に対する慰労会のような感じだった。

そこで海軍中尉《ちゅうい》から聞かされた話と、軍艦マーチに合わせて踊った芸者たちの一糸乱れぬ動きは忘れられない。

居合わせた海軍中尉のひとりはルンガ沖夜戦の体験者で、その話は強烈に胸をうった。海戦を一度も経験していない陸軍憲兵にしてみれば、戦艦による戦いは想像をはるかに超えていた。

「制空権を失った艦隊は、蛇に睨《にら》まれた蛙《かえる》同然です」

白皙《はくせき》美男子の海軍中尉は言った。

昭和十七年、彼の乗った艦隊は、ブーゲンビル島からガダルカナル島に向かう途上にあった。両島の距離は約二百マイル、時間にして約一日の航程で、陸軍の兵士と小兵器をガダルカナル島に運ぶのが目的だった。

ガダルカナル島は、海軍が人夫三千人を使い、機械なしの人力で飛行場を造成し、その完成直前に米軍に占領されていた。飛行場奪還にあたり陸軍に助力を頼み込んだ手前、海軍は周辺の島からの陸軍部隊の移送を引き受けざるを得なかったのだ。ミッドウェー海戦で母艦や航空機を失った海軍にしてみれば、陸軍兵の輸送に戦艦を使いたくなかったのが本音だろう。

艦隊がちょうど航程の中程まで来たとき、味方の偵察機が「敵艦見ゆ」の無線を送ってきた。敵兵力は巡洋艦六隻《せき》、駆逐艦八隻という情報に味方は色めきたった。こちらの戦力は駆逐艦八隻のみ、しかも全艦に陸軍兵士と兵器を満載しており、動きは極端に鈍かった。

おそらく敵艦隊はこちらの行動を知って待ち伏せしていた公算が強い。

〈敵艦と遭遇すれば揚陸中止、全艦突入あるのみ〉司令官はそう判断した。

敵艦隊は駆逐艦を先陣にしてゆっくり前進していた。味方の駆逐艦は「親潮」「黒潮」「陽炎」「巻波」「長波」「高波」「涼風」「江風」の八隻。彼我の戦力を考えれば、活路をひらく方法は全艦体当たりしかなかった。

八隻は一直線となり、ジグザグ航法をとりながら敵艦めがけて突き進んだ。陸軍の兵士は全員艦底に入り、海軍要員だけが戦闘部署についた。ルンガ沖に着いたのは二十二時、付近の海は漆黒の暗闇《くらやみ》だったという。

敵艦隊は既にこちらの動きを捕捉し、偵察機が次々に飛来し、照明弾や吊光投弾《ちょうこう》を落としていく。周囲は真昼の明るさになり、時折味方の八隻の姿が海面に浮かび上がった。敵の姿はどこにあるのか全く判《わか》らない。八隻はエンジン音を唸《うな》らせ、眼前の闇に向かって進んだ。命令を下達する将校の力強い声と、復唱する兵士の声が耳に響いた。

ジグザグ航法は、敵の落とす照明弾の明るみの中に艦隊の全容を露呈させない、巧妙な作戦だった。暗闇に紛れ、ひたすら相手の出方を待つのだ。

やがて敵艦が砲撃を開始した。こちらの思うつぼだった。砲弾の飛跡によって、敵の戦闘配置が明らかになった。

しかし味方はただの一発も発射しない。黙々と前進するだけだ。エンジン音とスクリュー音が耳をつく。

「親潮」を先頭にした八隻の駆逐艦は、一匹の海蛇のようにひとつながりになり、敵陣めがけて突き進む。

敵の砲弾が至近距離で破裂し、爆風が渦巻く。距離が縮まるにつれて、敵機が落とす吊光投弾が、敵艦をも浮かび上がらせた。甲板上の敵兵の右往左往ぶりが、手にとるように判った。

距離は一万から九千、八千と縮まっていく。あと数分で体当たりだった。

駆逐艦は、前部と後部に弾薬を詰めた砲塔をもち、中部に九三式魚雷八本を積んでいた。魚雷一本で戦艦を撃沈させるだけの威力があり、船そのものが火薬庫だった。

その海軍中尉は艦橋にあって、敵艦を睨みつけていた。体当たりとともに、敵味方は跡形なく爆発してしまう。手の骨が砕けんばかりにこぶしを握りしめ、両眼を見開いていたという。

「おもかじ一杯」

艦長の声が響き渡る。「魚雷発射！」「撃て」

八隻の僚艦は、各々狙《おのおのねら》いをつけた敵艦に向かって魚雷を発射した。

シュルシュルという音を残して、魚雷が闇の中に消えた。続いて第二弾。

前方の暗闇に稲妻が走り、大音響とともに敵艦が真二つに割れた。

突然の出来事に敵艦は慌《あわ》てふためき、彼我の区別なく砲弾を撃ち始める。そこへ僚艦が第二、第三の魚雷を撃ち込んでいく。

敵艦が動きを止める。無傷の巡洋艦が味方を助けようとして、燃えさかる艦に接近してくる。それがまた恰好《かっこう》の餌食《えじき》になった。

魚雷を発射し終えた八隻の駆逐艦は、敵とすれ違ったあと、戦闘隊形を変えて、再度魚雷戦に出た。傾きかけた敵艦に狙いを定め、ありったけの魚雷を発射する。手傷を負った巨象の群れに襲いかかる八匹の狼《おおかみ》さながらの光景だった。

しかし、左側にいた「高波」が舷側《げんそく》に魚雷を受けて傾きはじめる。火を噴きながら船尾から徐々に沈没し出した。艦橋から将兵がばらばらと落ちていった。

「全艦直ちに基地に帰港せよ」

命令が下り、ショートランド島に向けて艦首を返した。

味方の損害は「高波」一隻、敵方被害は巡洋艦四隻が撃沈大破、駆逐艦八隻撃沈だった。

「実に捨身の勝利です。こういうこともあるのかと、私は感激しました」

海軍中尉は言ったが、それは話を聞かされた全員の感想だった。

さらに胸を衝《つ》かれたのが、そのあとに芸者たちが披露した軍艦踊りだ。総勢六人、黒の着物に白い足袋、揃いの紫色の扇子といったいでたちが、まず一同の眼をひきつけた。曲が軍艦マーチというのも変わっていた。

年増の芸者を先頭に、六人が横並びになったり、縦一直線になったりしながら勇壮に移動する。次々と広げられる扇。また閉じながら左右に分かれていく。

その動きは、先刻耳にしたルンガ沖海戦を思い起こさせた。扇子の開くときが、魚雷発射であり、ジグザグ行進は駆逐艦の動きそのものだった。

踊りが終わると、芸者たちは整然と畳に坐《すわ》り、頭を下げた。思わず力一杯の拍手を送っていた。

海軍関係者が利用する料亭だけに、海戦の模様を聞いた女将《おかみ》が、さっそく振り付けを命じたのだろう。

木下から軍艦マーチのレコードを見せられて思い出したのも、その踊りだった。もちろん芸者たちの細かい動きは忘れてしまっている。その空白の部分は適当に補えるような気がした。

しゃがみ込み、枯草の茎を把《つか》んで地面に線を描く。はじめは六隻の駆逐艦が基地を出港する場面だ。将兵と弾薬を満載し、運を天に任せて、夕闇のなかをしずしずと出ていく。夜の海は静かだ。敵機に遭遇しないように、警戒しながら前進する。

突然の通報。動転する乗組員たち。しかし旗艦の落ちついた動きは、他の僚艦にも沈着さをもたらす。

あとはジグザグ航法をとりながら前進あるのみ。暗闇の奥の敵艦隊を目ざして、刺し違えるだけなのだ。

軍艦マーチの曲を頭に浮かべながら、半分以上の振り付けが出来上がっていた。

出演者は、最年長が五十過ぎで頭が薄くなっている鶴見、上背があり枯木のように瘦《や》せている三沢が三十代半ば、林も四十歳前かもしれないが、豆タンクのように背丈が低かった。木下と石井は同じ四十代だが、木下は前歯が欠け、石井は太鼓腹を突き出し、まさに五人五色だ。

「着物を着るなら、足袋もいるだろうと、白足袋も三足ばかり借りるめどがつきました。残り三足はよその天幕から調達してきます」

天幕に戻ると、木下が報告しにくる。

「着物と足袋と扇子、それにレコード。これで道具は揃いますね。あとは練習あるのみ、いつから、稽古《けいこ》にはいりますか」

待ちきれないという調子で訊いてくる。

「夕飯が終わってからにしましょうか。まだ始めの部分だけですが」

「はい。さっそく皆に言っておきます」

すっかりその気になっている木下をみて、調整役は彼に任せようと思った。最年少が偉そうに指揮をしても反感を買うだけだ。舞台でも五人に重要駆逐艦になってもらい、こっちは端の方、あるいは最後尾についておくべきだ。

夕食は、臭気の強い赤米に、わかめと菜っ葉が申し訳ていどにはいった塩汁だけだった。時間をかけて咀嚼《そしやく》し胃の中に入れても、空腹感は一向に減らない。天幕の中を見渡してみると、木下も鶴見も三沢も、みんな真剣に椀《わん》をみつめて顎《あご》を動かしている。

踊りの稽古をするにしても、体力を消耗させるのは禁物に違いなかった。

後片づけを終えてから外に出る。西の空が赤く染まりかけ、微風があった。

集まった五人を前にして挨拶《あいさつ》をした。

「年忘れ演芸会に何か出し物をという達示《たつし》があったそうで、木下さんの手持ちのレコードを拝見したとき、ふと思いついたのがこの踊りです。もとより踊りの専門家ではありません。村の盆踊りさえろくに参加したこともないくらいです。でもこのくらいの素人が却ってよかろうかとも思います」

そのあとは木下が言い継いでくれた。

「曲が軍艦マーチなので、初めは迷いました。戦争に負けたのに軍艦マーチとは何事かと、民団の進歩派や中国軍から苦言が出るかもしれないと心配したのです」

銀行員らしい、そつのないしゃべり方だ。「しかし、あの曲は日本人ならほとんどが知っています。いやこの収容所のなかでも、知らない人間はいないでしょう。老人も子供も、男も女も、社長も人力車ひきでも、みんな知っている曲です。それで選びました」

あとの四人も分かったというように頷く。

これはいけそうだという気がしてきた。

15

演芸大会の日は朝から、どことなく気持が騒いだ。稽古した日数は約十日間、一回につき短くて三十分、長いときは二時間をかけていた。黒の喪服と白足袋は三日前に衣裳《いしょう》合わせしただけで、それを身に着けての稽古はしなかった。汗で他人の持物を汚したくなかったのだ。

「あたしたちのためにも、しっかり踊ってよ」

四枚の着物と帯、五本の扇子を貸してくれた野田の知り合いの女たちが言った。

「かつらはかぶらなくてもいいの？」

と訊かれて、鶴見の顔を思い浮かべた。地肌の出ている頭頂部を、側頭部の髪がかろうじて覆《おお》いつくしている。

「いいんです。首から下は女形でも、顔と頭は男のままにしておきます」

「着付け役は誰かいるの？」

「それはもうちゃんと」

着物に関しては石井の女房が詳しかった。

「じゃ、大丈夫ね」

「ええ」

そう答えて、やっと彼女たちからは放免された。

手書きのプログラムは、天幕に一枚ずつ配られていた。九時半から始まって十二時になるまで、おおよその出演時刻が演目の脇《わき》に添書きしてある。〈第十七天幕：踊り〉とだけ記されているのは、最後まで踊りの題名が浮かばなかったからだ。〈軍艦踊り〉や〈海ゆかば〉、あるいは〈守るも攻めるも〉という案が踊り手のなかから出されたが、どれもいまひとつだった。音楽がかかり、踊り始めれば、観客も分かってくれるだろうと見込み、単なる〈踊り〉として提出したのだ。

出し物は全部で三十二、ひとつの天幕で二つ演じるところもあった。中ほどの出演だったから、はじめの一時間くらいは観客席でゆっくり見物できるはずだ。

仮舞台は山裾《やますそ》に作られていた。熊谷曹長が隠れ住んでいた掘建《ほったて》小屋の下の方だ。小屋はいつの間にか片づけられ、日蓮宗の尼僧《にそう》とその付き人が住む草庵《そうあん》だけが、中腹の大木の下に見える。その右方には、棒杭《ぼうくい》の立ったにわか作りの墓地が眼にはいる。収容所で病死した邦人の墓で、全部で二十基くらいはあるだろう。その大半は餓死した老人や子供のものらしかった。

観客は、なだらかに傾斜した草むらの中に腰をおろしていた。観客席が階段状に高くなる劇場とは反対に、舞台が高台にある。

「収容所の半分は集まっているのじゃないですか」

木下が周囲を見回した。「ある天幕など全員が見に行くというので、泥棒がはいらぬよう見張りを三人ずつ、一時間交代で残すようにしたらしいですよ」

舞台の右袖《そで》にスピーカーは置いてあるが、一番後ろの席からだと、役者の顔は見えない。

前の席から拍手が起き、少しずつ後方に広がっていく。司会役に立ったのは、民団の役員だった。ついで、民団の会長が挨拶する。

——収容所内での不自由な生活を続けているうちに、昭和二十年も残すところわずかとなりました。私たちの帰心は矢の如《ごと》しであります。来年こそは、必ず祖国の土を踏めるものと信じております。

しわがれた声で、ひと区切りずつ言ううちに、会場は静まり返った。祖国という言葉が観客の胸にまっすぐ突き刺さったかのようだ。

――その希望を決して忘れず、私共がこうやって無事にこの年を送れることを感謝して、本日この晴天のよき日に、演芸会を催すわけです。どうぞ今日ばかりは、日頃の苦労を忘れ、大いに楽しんで下さい。

また拍手が湧《わ》き起こった。

舞台の左にある紙がめくり上げられて、プログラムの第一番にかわったとたん、敵性音楽がスピーカーから響いてきた。ジャズだかブルースだかは判らないが、少なくとも日本の音楽ではない。

背広に革靴、中折れ帽という粋《いき》な姿で男が一人舞台に飛び出してくる。タップダンスだ。両手を前後に振り、足だけはさざ波を立てるようにこまめに動かす。上体を前傾させたかと思うと、足踏みをしながら後退する。

「器用ですな」

タップダンスを初めて見たのか、鶴見があんぐり口を開けた。

踊りながら舞台袖に引っ込むと、一斉に拍手が上がる。毛色の違ったハイカラな出し物のおかげで、会場はいっぺんにお祭気分になっていた。タップダンスの男は、もう一度舞台に出てきて投げキッスをした。

二番目はハーモニカの合奏だ。中年の男が二人、立ったままで〈緑の地平線〉を吹く。

「ぬれし瞳《ひとみ》にすすり泣く。リラの花さえ、なつかしや」

傍にいた三沢が口ずさむ。

そのうち舞台の左側の男がハーモニカを口からはずして独唱を始める。

　なぜか忘れぬ　人ゆえに
　涙隠して　踊る夜は

テノールがかったいい声だ。

「久しぶりですな。日本の歌を聴くのは」

顔を上向けて鶴見が言い、横にいた林も感激したように頷《うなず》く。

三番目の出し物はギターの弾き語りで、これも素人離《しろうとばな》れしていた。

　ぼくが心の良人《おっと》なら
　君は心の花の妻

「この人、流しをやっていたのじゃないですか」

木下が耳打ちした。

「収容所の中でも、流しで食っていけますよ」

三沢がうっとりした顔で太鼓判を捺《お》す。

二曲目の〈影を慕いて〉も絶品といってよかった。会場が静まり返り、涙を浮かべたまま眼を舞台に釘《くぎ》づけにしている女性さえいる。

「しんみりしすぎるのも良くありませんな」

鶴見が酔いを醒《さ》ますように首を振った。

そんな思いが届いたのか、四番目の演目は勢いが良かった。

マイクの前に三人の女性が立ち、〈おてもやん〉を弾んだ声で歌い出す。舞台の両袖から出てきた女性六人は、みんな絣《かすり》の着物を身につけ、手ぬぐいを頭に被《かぶ》っている。顔はおしろいをつけて真白で、唇と頬が極端に赤い。

途中で爆笑が起こった。女性だと思っていた真中の二人が、着物の裾をひょいとからげたのだ。毛深い脚が丸見えになった。ついでに手ぬぐいもとる。ひとりはつるつるの禿《は》げ頭で、もうひとりも半禿げに近い。

それでも踊りの手つきは他の女性に劣らずあでやかだ。

笑いと拍手が渦巻く。

いつの間にか肩に力がはいっていた。出し物が踊りなので、つい自分たちの踊りと比べてしまう。

「何か、腕が鳴りますね」

木下が震える声で言う。

「そろそろぼくたちも準備をしましょうか。本物の衣裳で軽くおさらいをしておきたい気がします」

出演時刻が迫るにつれて心細くなったのか、三沢が催促した。

まだ一時間ほどの余裕は残っていたが、六人連れ立って天幕まで戻った。

天幕には十数人残っていた。老人と子供が多く、その付き添いで家族も傍にいることを余儀なくされていた。

「演芸会も賑《にぎ》わっているようですね」

衣裳番をしていた石井夫人も落ちつかない様子だ。〈軍艦マーチ〉の準備完了までは、天幕で待機していると言ってくれたのは彼女のほうだった。

六人はそれぞれに着物を着始める。石井夫人が忙しく立ち回って着付けを手伝った。心配していた三沢の着物も、ちゃんと足首が隠れる長さはあった。短軀《たんく》の鶴見も、黒装束に身を固めると恰幅《かっぷく》良く見える。白足袋だけは、本番前にはくことにした。

「ちょっと練習してみましょうや。何かこう緊張してくると、どんな振りだったか、頭のなかが空っぽになって思い出さんのです」

石井の提案に他の連中も同意する。手回しの蓄音機はあったが、レコードはもう進行係に渡してしまっていた。本番そっくりの練習はできない。

「いいですよ。もう全員が音楽は覚えていますから。口でやればいいです、口で」

林が言ってくれる。

天幕の入口の少し空いた場所に整列した。

先頭が石井、次が三沢、三番手が木下、続いて鶴見と林。振り付け役は最後尾だ。

木下と鶴見は、横一線に並んだとき舞台の中央に来るので主役気取りでいた。それが稽古熱心さを生み、鶴見など一番年長者にもかかわらず、完璧《かんぺき》なまでに振りを覚え込んでいた。

軍艦マーチを唱えながら、しずしずと登場する。先頭の石井の動きを、夫人が心配気に見守っている。旗艦となる彼の動きの按配《あんばい》で、後続の動きも決まってくる。役割重大なのだ。

動きは、水が湧き出るように身体《からだ》が覚えてしまっていた。一直線になり、あるいは二つに折れ、また集結して円陣を組む。扇子を広げる音も、何度も練習したおかげで、さまになっている。

五分近い予行練習は、一度の途惑いもなく終了した。天幕のあちこちで、にわか観客が手を叩《たた》いていた。

「思いがけない踊りを見せてもらって、みんな喜んでいますわ。やっぱり黒装束で勢揃《せいぞろ》いすると見映えがしますねえ」

石井夫人が言い、鶴見から「ご主人に惚《ほ》れ直したでしょう」と冷やかされて顔を赤くした。

「覚えているかどうか心配でしたが、石井さんや鶴見さん、三沢さんのあとについていたら、手足が自然に動くのです」

林が晴れ晴れした表情で首をかしげる。

五人には、海軍中尉《ちゅうい》から聞いたルンガ沖海戦の事実を話してはいない。ただ漠然と、目的地に向かう六隻《せき》の軍艦が敵艦隊に遭遇し、捨身の戦術で窮地を切り抜け、手傷を負いながらも母港に引き返す有様を表わしたものだと伝えたに過ぎなかった。もともと六人とも海軍の軍役についた経験もないし、三沢や林などは、それぞれ肺と心臓の持病があって兵役を免除されたくらいだ。しかしそれだけに、この踊りには熱を入れてくれた。ひとときでも兵士になった気持を味わえるのだろう。

軍艦マーチを口にしながら振り付けをするたび、身体の中が熱くなるのを感じた。初めは意識しなかったが、自分が軍人であることを改めて思い知ったのだ。絶体絶命のなかで、敵艦隊に体当たりしていくひ弱な船団に、いつの間にか自分の身の上を重ねていた。

稽古を終えて、石井夫人と一緒に天幕を出た。今度は舞台裏で出番を待った。中国服を着た女装の男がトランプの手品を練習している。そのむこうで、ハンチング帽の男がギターを小さくつまびいていた。

緑色の山肌が眼に快い。一瞬熊谷曹長を思い起こした。収容所を脱出して、どこかに無事身を隠しただろうか。

死んだ田中軍曹と郭泉《グオッチユン》の面影も脳裡《のうり》に浮かぶ。演芸会など無視して、目立たぬ生活を送るべきではなかったかという気もする。元憲兵が偽名で紛れ込んでいるという状況は、全く変わっていないのだ。私服を着ているとはいえ、素顔のまま、大勢の観客の前に姿を見せるのも冒険ではあった。

「そろそろ足袋をはきましょうか。その前に厠《かわや》にも行っておかないと」

丸眼鏡をはずした木下がもちかける。二人連れ立って、灌木《かんぼく》の陰で用を足した。

ひとつ前の出し物は寸劇だ。貫一お宮の別れの場面を、男役と女形《おやま》が演じている。見せ所は二人の演技よりも、海辺にころがる岩や波、月といった大道具だ。ひとりずつが大道具になって、主人公二人を引き立て、悲しい物語なのに笑いを誘っていた。

「さあ、行きますよ」

鶴見が立ち上がる。張り切りぶりが動作にも出ていた。

舞台には幕がなかった。

司会者が演目を紹介するのを、舞台の袖に並んだまま耳にした。レコード係がじっとこちらを見ながら間合いをはかっている。司会者がマイクを片づけて引っ込んで来る。

「よろしく頼みます」と、先頭の石井にささやいた。

石井が後ろを振り返り、目配せをする。レコード係に向かって頷くと、蓄音機の針が落とされた。

予想した以上に大きな音がスピーカーから流れ出した。これまで口の中で唱えた音楽とは違う堂々たる音響に、身体の筋肉までが奮い立った。

六人は石井を先陣にして、しずしずと出港する。

舞台の上に出ると、なだらかな傾斜の上に密集している観客が一望できた。確かに居留民の半分、二千人は優に超える人数で、一番手前の天幕のすぐ傍まで人で埋めつくされている。どの眼も真直《まっす》ぐこちらに向けられていた。

身体はひとりでに動いた。

三人ずつ二手に分かれていくとき、背の低い鶴見の白足袋が眼にはいった。しっかりした足取りで、迷いは微塵《みじん》もない。白足袋の動きは駆逐艦が蹴《け》たてていく波頭だった。のっぽの三沢は、さしずめ新型の駆逐艦だ。中央に立って遥《はる》か海のかなたまで見通している。横幅の広い林は、輸送力に秀《ひい》でた艦船といった趣きがある。

六人六様の身体つきと年齢が、歴戦を重ねてきた艦隊を具現していた。

三沢が前方の敵艦隊を発見する。はたと足を止める六隻の船。扇子を震わせて、乗組員の動揺が伝えられる。左に右に、船体が揺れる。多勢に無勢、勝負は明らかだ。全速力で逃げても、船足の遅い船から次々に撃沈されていくだろう。

先頭の石井が扇子を高らかに天に突き上げる。全船玉砕の指令だ。軍艦マーチにのって、しずしずとジグザグ前進が始まる。あるときは上体を丸め、あるときは小走りのすり足となる。身長の高低、肩幅の大小、年かさの違いはあっても、手の動き、足の運びは、見えない糸で連動しているように一寸の狂いもない。敵艦隊からの砲撃はすさまじく、扇子でそれを左右に払い落としながら進む。

敵艦隊の布陣が暗闇《くらやみ》に浮かび上がる。扇子の開く音とともに、先頭の石井が魚雷を発射させ、右に旋回する。続く三沢も扇子を勢いよく開いて左に航跡を描く。三番手の木下も足の踏み込みと同時に雄々しく扇子を開き、右へ旋回。そのあとを鶴見、林と続いた。

六番手だった。魚雷を発射するため舞台の中央に来たとき、観客席の右側に眼が行った。

椅子《いす》が十数個並べられ、白衣の看護婦と医師の姿が見えた。

右旋回をして再び縦一列に態勢を整え直し、第二魚雷を発射する。そのとき、もう一度、右方の観客席を見やった。

中ほどの椅子に腰かけているのは野田だった。灰色の病衣の上にちゃんちゃんこを羽織っている。

野田が生還した。嬉《うれ》しさがこみ上げる。踊っている他の連中にも知らせてやりたい気持だった。

魚雷は命中し、敵艦は炎上、真二つになって沈んでいく。

味方の損害はない。勝利だ。横一直線に並んで、敵の戦いぶりに敬意を表し、冥福《めいふく》を祈る。そして再び海原の上をしずしずと、帰港地を目ざして進んでいく。

音楽が止《や》むと、間髪を入れずに拍手が沸き起こった。ワーッという叫び声さえ混じっている。

六人とも肩で息をしていた。石井の額には玉の汗が吹き出ている。

「舞台挨拶しないと、おさまりがつきません」

手を叩きながら司会者が来て催促した。

「出ましょう」

座長のような力強さで言ってくれたのは鶴見だ。誘われるようにして舞台に出、横一文字に並んだ。鶴見が膝《ひざ》を折り、正座する。他の五人もそれにならった。扇子を前に置き、お辞儀をする鶴見の動作も、その通りになぞられる。まるで初めから何回も練習したような挨拶《あいさつ》の仕方だ。

再び舞台裏に引っ込み、司会者が次の演目を紹介して、ようやく拍手の波はひいた。

「野田さんがいます」

「えっ、どこに」

五人は顔色を変えた。

「観客のなかにいました」

白足袋のままズックや草履をはいて、楽屋裏から出る。石井夫人も一緒だ。

看護婦に支えられて、野田が向こうから歩いてくる。間違いなかった。

「野田さん、無事だったのですね」

七人で取り囲んだ。野田の痩《や》せこけた頬が痙攣《けいれん》し、凹《へこ》んだ目から大粒の涙が溢《あふ》れ出す。

「プログラムを見て、どうしても見にいくと言われるので、特別に主治医の許可をもらいました」

いつか見た付き添いの看護婦が言った。「でも、皆さん本当にお上手。胸がじんとしましたよ」

「良かった。見に来てほんまに良かった」

野田が手をさし出し、六人の手をかわるがわる握りしめる。

「野田さん、もう大丈夫なんだろ。全快したら、私ら六人でまた踊ってやりますよ。快気祝い」

鶴見が顔をくしゃくしゃにしている。

「あと少し体力が回復すれば、天幕に戻る許可も出ます」

看護婦が言い添える。

「良かった、良かった」

言いあっていると、後ろで女性の声がした。野田の知人の女たちだ。彼女たちも野田を取り囲み、口々に喜びをぶつけあう。

「野田さん、この人たちに着物を借りたのです」

「よかったわ。見ていて涙が出ちゃった。あんな踊り、あたしたちには逆立ちしてもできない」

「明坂さんの振り付けの賜物《たまもの》です」

木下が言ってくれた。

野田と看護婦を病棟天幕に送る途中で、民団の役員から呼び止められた。

「いや、あの踊りは私どもを勇気づけてくれました。どんな難局でも乗り切り、祖国を目ざして進んでいこうという気概が伝わってきました」

そういう意図をこめたつもりはなかったが、讃辞《さんじ》は嬉しかった。

首尾よくいったことは誰かが知らせたらしく、野田たちと別れて天幕に戻ると拍手が起きた。

「汗臭くならんうちに着物を脱がないと」

鶴見が率先して帯に手をかける。まだ身体の芯《しん》が火照《ほて》っていた。

16

野田は年が明けた八日、天幕に戻ってきた。もともと痩せていた身体は骨と皮だけになっていたが、退院の嬉しさが、頬骨のつき出た顔いっぱいに表われている。

「おめでとう」

天幕の全員が代わる代わる野田に声をかけに来る。

「両側のベッドの患者が死んだときは、私もあかんと思いました」

野田は、細くなった足をさすった。「せっかく収容所まで来て、日本に帰り着く前に死ぬなんて、口惜《くや》しかったですわ。若い頃さんざん悪さをした報いかなという気もしました。高熱で視力も落ち、耳も悪くなっていたとき、医者が、今までの患者で四十歳以上の者は助かったためしがないな、と言うのが聞こえたんです。自分は丁度四十やから五分五分や思いましたね」

一生還の原因は、やっぱり気力ですか」

木下が真顔で訊《き》く。

「演芸会です」

野田がみんなの顔を見回して答えた。「看護婦が、出し物を書いた紙を持って来たので見せてもろたんです。そしたらうちの天幕が踊りをやると出てるやないですか。八木節か炭坑節か、それとも黒田節か、それは分からん。しかし、死ぬ前に見たいもんや、と思いました。それからです。演芸会を見るまでは死ねない、何が何でも生きるんやと自分に言いきかせたんは。

すると、翌日から熱が下がり、下痢もおさまってきました。食欲も出てきて、二、三日すると医者も峠を越したなと言うてくれて。だから看護婦の肩を借りて病棟から出たときは夢のようでした。それで、あの軍艦マーチでしょう。涙が出ました」

「明坂さんの指導のおかげです」

木下が言う。

「いや、実のところ、あそこまでやれるとは思いませんでした。一番後ろで踊っていて、胸が熱くなりました」

「私なんか、自分が軍艦になった気がして。禿《は》げ頭の軍艦なんかないのに」

鶴見がつるりと頭を撫《な》でる。

「貫禄《かんろく》のある巡洋艦でしたね」

野田が頷《うなず》く。

「病棟でも、目をつぶると舞台の踊りが頭に浮かぶのです。扇子のパシッパシッと開く音も聞こえてくるようで、頑張らなあかんと気合を入れました」

結局〈軍艦マーチ〉が団体の部の一等賞になり、賞品こそつかなかったが藁半紙《わらばんし》に書かれた賞状を貰《もら》ったのだ。収容所で軍艦マーチをかけるなど不穏当だ、という中傷は、ついに聞かなかった。

白足袋は洗い、着物はきちんと畳んで、女性たちに返しに行ったとき、「あんた、あたしたちが日本に帰ったら、踊りの振り付けを頼むわ」と冷やかされた。

「ほんまに明坂さん、まさかここに戻って来れるとは思ってもみませんでした」

寝入る前になって、野田がしんみりと言った。「天幕を出るとき、もう諦《あきら》めてたんです」

「一度、病棟まで訪ねて行ったのです。面会謝絶と言われて戻って来ました。でも安心しました。また以前の通り話ができて」

「今考えると、あの病棟は黄泉路《よみじ》への待合所みたいなもんでした」

野田は深々と息を継ぐ。「やっぱり病気になる前に、春巻や蟹《かに》を食べて体力をつけてたのが良かったんやと思いますよ」

「まさか」

「いや、ほんまです」

まだいくらか香港ドルは残っていた。野田の快気祝いに何か買ってみる気になった。

「もう大丈夫と一般病棟に移されたとき、憲兵が捕まりました」

「憲兵が？」

喉《のど》の中がひきつった。

「病人になりすまして収容所にはいってたんです。医者と示し合わせていたんでしょうが、看護婦が変に思って民団の幹部に密告したらしい」

「そうですか」

平静を装《よそお》ってはいたが、天幕の全員が耳を澄ましているような心地がした。

「しかし、よく考えたもんです。頭に包帯を巻いていれば、乗船のとき首実検をうまく切り抜けられるでしょう。足にギブスもつけていたので、担送になります。包帯に担架やと中国軍も見逃しますよ」

「その男、いつから病棟にいたのですか」

さり気なく訊いた。

「さあ、私が移されたときにはもういてました。でも偽患者《にせ》が、何ヵ月も見つからずにすむはずはあらへん。多分、十二月に入ってからやないですか。年が明けたら、収容所の邦人を内地に送還させるという情報を摑《つか》んだんでしょう。収容所の医者はときどき、支那人の治療のために収容所の外に駆り出されています。広州市ではコレラが流行しているようです。それでうまく連絡をとりあったんですよ。必死なんですね。そこまでせんならんとは、考えてみれば哀れですな」

広東の憲兵であれば、密偵を使ってでも往診の医師に接近できる。あるいは、収容所の中に手引きをする者がいたのだろうか。

「医者に付き添って行った看護婦から聞いたんですが、中国軍はいよいよ憲兵狩りを始めたそうです」

憲兵狩りという異様な語が耳につき刺さる。野田に話をした看護婦が使った表現なのだろうが、冷酷な響きだ。

「どうするんですか、憲兵狩りとは」

「広州市内や周辺に潜伏した元憲兵をしらみつぶしに捜索していく一方で、集中営にいる憲兵の顔写真を撮って、街頭に貼《は》り出しているそうです。顔に見覚えのある住民は、軍に届け出ればいいという訳です」

野田も気が重そうに息を継ぐ。「看護婦は、憲兵が十人ばかり街角に整列しているのを見た言うてます。後ろ手に縛られ、腰は数珠《じゅず》繋《つな》ぎです。顔写真の代わりに、実物を展示して、告発させるやり方でしょう。しかしそうなると、実害を受けていない支那人も、こいつからやられたと言い出しかねません。坊主《ぼうず》憎けりゃ、袈裟《けさ》まで憎いというやつでっしゃろ。だって、日本人、いや日本軍から被害を蒙《こうむ》らなかった支那人はいないでしょう。仮におかげで甘い汁を吸った支那人がいたとしても、黙っているより、害を受けたと騒ぎ立てたほうが、住民の非難をかわせますからね。人身御供《ひとみごくう》です」

病気で生死をさ迷った体験がそうさせるのか、野田は同情するように口を噤《つぐ》む。

「軍のほうでも、それでよしとしているのでしょうね」

「軍とは?」

野田が訊き返す。

「日本軍です」

「そうでしょう。蜥蜴《とかげ》の尻尾《しっぽ》切りです。軍が何十万という大人数に比べて、憲兵は数百人くらいやないですか。人身御供には手頃な人数です。それに住民たちにしてみれば、普通の兵隊は顔も知らへん。そこへいくと、憲兵は日頃から接しているから、顔も覚えてる」

「患者になりすましていたその憲兵は、中国側に引き渡されたのですか」

「恐らくそうでしょう」

中国軍に引き渡されていれば、他の憲兵と同じく、首実検のために街頭に立たされているはずだ。

「〈恨みに報ゆるに暴をもってせず〉というのが蔣介石主席の命令やったでしょう。あれは空約束やったんですかね」

野田は自問するように言った。

「中国軍の司令官もまちまちでしょう。地方での方針は、その司令官の胸三寸で決まるのではないですか。戦争中、日本軍に痛めつけられた弱い師団の長ほど、恨みにこり固まっているはずです」

「なるほど」

暗がりのなかで野田が納得する。

広東の繁華街に立たされた元憲兵たちの姿が眼に浮かぶ。胸を張り、まっすぐ前方を睨《にら》んでいる彼らに、通行人たちが唾《つば》を吐きかける。

「告発された憲兵はどうなるんですかね」

「戦犯です」

野田の問いに、あたりさわりのない返事をする。

「死刑ですか」

「裁判次第でしょう」

「しかし、見せしめとしては、死刑が一番効果的でしょうね」

身体《からだ》が冷えていくのを感じた。市内で憲兵探しが始まっていれば、この収容所に探索の手がのびてくるのは時間の問題だ。

「明坂さん」

野田が呼びかける。「おやすみなさい。病棟で、すっかり早寝の癖がついてしまいました」

屈託なく言う。

暗い天幕の中は静かだ。やがて野田の寝息が聞こえはじめる。

目を閉じてはみるが、寝つけそうになかった。

収容所内から逃げ出すべきか迷った。逃げるとしても、誰かの庇護《ひご》は絶対に必要だ。馬桂英《マーグァイイン》しか知らないが、彼女にしても、もうもとの店にはいないだろう。

憲兵でなければ。――そんな思いが突きあげてきた。普通の兵隊であれば、集中営でじっと復員の日を待てばいいのだ。たとえ戦闘で中国兵やイギリス兵を何十人何百人あやめようが、咎《とが》められはしない。

昭和十五年の正月は、まだ賓陽《ひんよう》作戦の最中だった。国民党軍との死闘の末に、ようやく南寧《なんねい》を占領した。敵兵の去った城内は廃墟《はいきょ》さながらだった。師団はそのあと大隊毎《ごと》に、付近の拠点に駐留した。

「守田、貴様憲兵に転科してみないか」

中隊長に突然言われた。「去年転科した垣替上等兵が教習隊で見事な成績を収めた。俺も実に鼻が高い。同じ中隊から二年も続けて憲兵候補者を出すのは惜しいが、皇軍全体を考えれば、これは損失ではない。お前なら垣替に劣らず、良い成績を収めてくれると思う。考えておけ。返事はあとでいい」

中隊長の言葉は渡りに舟だった。しかしいざとなると嬉しい反面、果たして試験に受かるのか、たとえ受かったとしても無事に教習隊を卒業できるのか、自信はなかった。とはいえ兵隊にとどまっている限り、いつか目撃したように中国人の農民を殺し続けなければならない。

「ありがとうございます。憲兵志願致します」

翌日、中隊長に伝えた。

「よし。我が中隊三百人のなかから選《よ》りすぐった兵が守田、お前だ。試験に受かれ、教習隊では首席を通せ。分かったか」

励ましと脅迫の混じった言葉が返ってきた。

試験に落ちれば中隊全体の面汚《つらよご》しになる。汚名はあとあとまでついて回る。何が何でも試験だけは合格しなければならなかった。

受験課目は国語、数学、歴史、地理、作文だった。さらに、出身地の憲兵隊に素行調査の依頼が行き、応召前の思想行動も点検される。前科こそないものの、何が掘り出されるか分からなかった。

連隊からの受験者は五名で、二年兵が二人、初年兵が三名、軍曹の引率で広東憲兵隊まで出向いた。二日がかりで浥江《ゆうこう》、潯江《じんこう》、そして西江《さいこう》を下った。南国の陽射《ひざ》しは強く、上陸し、中学校の校庭の木陰で小休止したときはほっとした。涼しい日陰で休んでいると汗もひいた。

案内された教室には四、五十名の兵隊がいた。各連隊から志願してきた受験者たちで、どの顔も戦闘時とは違う緊張感を漂わせていた。

鼻髭《はなひげ》を生やした憲兵准尉《じゅんい》が受験票を配り、試験の説明をした。

その准尉の話で、憲兵には通常兵のような満期除隊はなく、職業軍人と同じく、最後まで国に奉職することを初めて知った。兵隊なら、三、四年務めている間に予備役編入になるが、憲兵は、いわば永久就職なのだ。

准尉はまた、憲兵組織が極めて異質の権力をもっている点を強調した。憲兵は陸海軍の軍人と軍属を取締ることもできれば、一般国民をも管理する。言い換えると、大日本帝国の領土内、いや皇軍の赴くところは地球上のいかなる場所ででも、捜査、押収、逮捕の権限を持つ。こういう機関は他国にも例がなく、日本独自の組織だと、准尉は大きな目をむいて教室内を睨み回した。

受験の重要性を思い知らせたかったのだろう。准尉の訓辞の効果はてきめんで、緊張していた受験者はますます表情を硬くした。

試験は難しかった。比較的やさしかったのは数学のみで、ほぼ全解答できた。休み時間に、同じ連隊からの受験者と話をしたとき、ほとんどの者が代数の問題は一問も解けなかったとぼやいた。彼らは、逆に国語や常識問題のほうが易しかったのだという。となんでもないへまをやらかしたのではないかと、隊への帰途、気持は重かった。

「どうだった。出来たか」

中隊長に実行報告に行った際、首尾を訊かれた。

「全力を尽くしましたが、全く自信はありません」

「全力を尽くした？　なら、よし」

笑顔で放免されたあと、同年兵もいろいろ訊いてきた。

「憲兵になったら、万が一のときは大目に頼むぞ」

早合点する兵隊もいた。

夏が過ぎ、十月になっても返事は来なかった。不合格の通知だけは遅れるのかと心配になる。それを中隊長に確かめるのは、なおさら気がひける。十一月にはいると、半ば諦《あきら》めかけていた。

合格通知が届いたのは十一月五日だった。連隊から受験した五名のうち二名が合格していた。中隊長に誉《ほ》められ、同年兵は口々に祝いの言葉をかけてくれた。

憲兵学校の入学許可はさらに遅れて到着した。通達によると、十一月末日までに北京の憲兵学校に着かねばならない。もう幾日と残っておらず、十二日が出発と決まった。

「連隊から行くもうひとりの兵隊は初年兵だから、守田、広東までは貴様が引率者となる。いいな」

中隊長は地図を机の上に広げて、全行程を示した。受験に行った時の要領で川を下って広東まで行き、そこから先は南支派遣軍からの候補者五十数名が一団となって北京を目指す。黄埔《こうほ》港から上船し、珠江を下って外海に出、途中台湾に寄港後は、北上していったん内地の宇品《うじな》に入港、さらに大陸に向かって秦皇島《しんこう》で上陸、あとは陸路北京を目ざさねばならない。九州から北海道までの距離の二倍は優にある。通過するのは未知の土地ばかりだった。

「憲兵学校にいる間の給料や昇進は、もちろん原隊が決める。あくまでお前の部隊は俺のところだ。帰ってくるのも、ここ。武者修業に出ていると思えばいい。だから、決して原隊の名を汚《けが》すような真似《まね》はするな」

中隊長は訓辞を垂れ、思い出したようにつけ加えた。「北京は寒いぞ。防寒服の用意だけはしておけ」

中隊長の命令は小隊長に下り、被服係の兵長のところに申告に行かされた。

「防寒服はあったかな。まあ、外套《がいとう》を三枚重ねればいいだろう」

兵長は首をかしげた。

「それでは他の部隊の連中に笑われます。中隊長殿によれば、候補者の恥は原隊の恥になるそうです。外套の重ね着では、原隊に恥を塗ることになります」

屁理屈《へりくつ》を言うと、兵長も苦笑いし、被服倉庫のあちこちを探し回ってくれた。しかし防寒服は結局みつからず、通常の外套を二枚持っていくことになった。

「その代わりと言ってはなんだが、軍衣と短袴《たんこ》、脚絆《きゃはん》は新品と取り替えてやろう。俺からの餞別《せんべつ》と思ってくれ」

出発の日、脚絆を念入りに巻いた。雑嚢《ざつのう》を左、水筒を右にかけ、帯革を締めて銃剣を吊《つ》る。小銃は持って行かない。外套二枚とフードは背嚢に入れた。

もうひとりの候補者の久藤二等兵と一緒に、大隊副官に申告しに行き、二人揃《そろ》って営門を出た。

駐屯地から滙江の渡し場まで一時間歩いた。途中、二、三度道に迷いそうになったが、中国人に道を訊かずにすんだ。小隊長が描いてくれた地図は案外正確だった。

営門から出て、中国人に混じって歩いたときの心細さといったらなかった。軍服は着ているものの、わずか二人連れ、武器は銃剣のみだった。言葉も解せず、時々立ち止まっては地図を確かめる。久藤二等兵はすっかり任せきっている様子で、頼りにはならない。

やっと広東珠江埠頭《ふとう》に着いたときは、まだ行程の十分の一も来ていないのに骨の髄まで疲れを覚えていた。

17

天幕の中は、ほとんどが寝入っている。野田の寝息は規則的で、その向こうからは大きな鼾《いびき》も聞こえてくる。

息を整え目を閉じていたが、寝つけそうもなかった。

寝床を抜け出して、天幕の外に立った。寒くはない。満月に近い月が中天にかかっている。歩くと足元の星影も動いた。

同じ月と星が、日本の内地からも眺められると思うと、不思議だ。地上の距離は、気が遠くなるほどかけ離れている。

北京の憲兵学校に行ったときも大行程だったが、今度も途中までは同じ道のりだ。果たして帰りつけるだろうか。考えれば考えるほど、不可能に思えてくる。教習隊を離隊してこの収容所にはいるまでは、順調といえた。少なくとも素姓を疑われるような目には一度だって遭っていない。演芸会で舞台にさえ立ったくらいだ。別行動をとった田中軍曹は見破られて撲殺され、熊谷曹長は収容所から追い立てをくらった。怪我人《けがにん》を装って収容所の病棟にはいった憲兵も、密告されて検束された。彼ら三人と比較すれば、いかに幸運だったか分かる。

しかしこれまで順調に来た分、これから先は苦難が待ち受けているのではないか。

草の上に大の字になり、星を眺めた。

北京に到着したのが昭和十五年の十一月末だった。あれから五年たっている。境遇の変化には愕然《がくぜん》とする。

広東からは候補者四十九名が、本部付曹長の引率で病院船三笠《みかさ》丸に乗船し、黄埔を出港した。途中で台湾の高雄と基隆《キールン》に寄港し、五日後宇品に着いた。似島《にのしま》の検疫《けんえき》所で徹底的に消毒され、やっと上陸許可が出た。

二日間の外泊許可のあと再び出港して秦皇島に到着したが、岸壁はイギリスの権益下にあり、沖合で下船準備をした。大急ぎの接岸上陸後、三笠丸は直ちに離岸した。

秦皇島駅から先は有蓋《ゆうがい》貨車だった。天津《テンシン》駅では、たすきを掛けた国防婦人会の女性たちからうどんをふるまわれた。豊台《ほうたい》を通過して北京の正陽門《せいようもん》駅に着いたときには、全員の顔が煤《すす》で真黒になっていた。

駅のホームは長く、改札口まで他の下車客に混じって歩いた。乗客の話す北京語の調子は広東とは全く違う。外套を二枚着込み、頭にはフードを付けていたものの、改札口を出ると寒さに震えあがった。

右側に二層の城楼が長々と続いていた。正陽門を北にはいると、東側に東交民巷《とうこうみんこう》が見えた。石畳は凍りついていて、軍靴《ぐんか》が滑った。

教習隊は北京の西北にある崇元門《すうげんもん》の近くに設けられていた。到着の申告を受けてくれた憲兵准尉は「貴様たちは、命が惜しくて憲兵に志願してきたな」と突き放すように言った。内心むっとしたが、全員気をつけの姿勢を崩さなかった。

准尉は申告の用紙を眺めて原隊を確かめたあと、真顔に戻り、「現地に残る戦友たちの苦労を忘れずに教習に励め」と激励した。

あのとき確かに、命を惜しんで憲兵を志願したのではなかった。取り替えのきく兵隊駒《ごま》で一生を終わりたくはなかったのだ。同じ国のために戦うのであれば、守田征二個人として命を捧《ささ》げたかった。

しかし今、命が惜しい。何故《なぜ》か。

それは国府軍に捕らえられ、戦犯として処刑されるのは、国のためとは言えないからだ。戦争は終わった。終わったあと死ぬのは犬死にではないか。

いや、戦争中に死んだ兵士たちも、同じ犬死になのかもしれない。国が敗けてしまえば、命を落とした兵士は一体何だったのだろう。

憲兵教習隊に入隊した時点で、果たして日本が勝つと信じていただろうか。入営して以来、負け戦を体験しなかったせいもある。

だからこそ、あのとき国が勝つためには命を惜しまぬ気でいたのだ。

北京憲兵教習隊の第五期生は、三個中隊から成っていた。各中隊は百二十名、第一中隊と第二中隊は北支派遣軍、第三中隊が南支派遣軍を原隊とする候補者で占められていた。

中隊は区隊とも称し、一区隊は四班編成であり、区隊長は憲兵少尉、班長は憲兵曹長があたり、補佐に軍曹がついた。

学科は、憲法、国際法、刑法、刑事訴訟法、陸海軍刑法、陸海軍刑罰法、軍法会議法、行政法、民法、特別高等警察、司法警察、測図、天体観測、秘密戦、法医学、憲兵服務規定、代数、広東語などに分かれていた。

術科と実務には、捕縄術《ほじょうじゅつ》、馬術、射撃、変装術、野外騎乗、検索、検証があった。

日課は六時の起床ラッパで始まり、舎前に整列して点呼を受けた。日本の方向を向いて皇居遥拝《ようはい》をし、体操となる。それが終わると洗面、厠《かわや》、掃除をすませ、食事当番は食堂に向かった。

朝食は七時からで、充分な咀嚼《そしゃく》が推奨された。班長は特に食事についてうるさかった。食事中は水分をとるな、食事後も二十分間は茶や水を遠慮せよ、それがコレラや赤痢に罹《かか》らない防禦策《ぼうぎょ》だと主張した。胃内容物が胃酸によって酸性にされてしまう間に、コレラ菌は死滅してしまう。逆に余計な水分をとってしまうと、胃酸が薄められて殺菌力が失《な》くなるのだという。

実際、他の部隊にコレラ患者が出たときも、水分厳禁を実行した部隊はひとりも罹《り》患《かん》者《しゃ》を出さなかったらしい。幸か不幸か、これまでコレラの危険にさらされたことはないものの、食事中と直後に水や茶を飲まないという癖だけは身についてしまった。今でも、水分をとるのは食後一時間弱たってからだ。

朝食が終わると、教程や帳面を揃え、各班毎に駈《か》け足で教室に急いだ。八時から十二時までが学科で、休み時間はわずかしかない。こんなに頭に詰め込まれたのは生まれて初めてといってよかった。人がしゃべるのを真剣に聞いたのも、かつてなかったといえる。

講義の内容はなるべくその場で覚えるようにした。教室こそが死ぬか生きるかの戦場だと思い、頭のなかに叩《たた》き込んだ。

一度社会に出、戦場に駆り出された二十五歳の男にとって、学ぶ場を与えられたのは思いもかけない僥倖《ぎょうこう》だった。小学校でも商業学校でも、机に坐《すわ》って講義を聞くのは苦痛以外の何ものでもなかった。授業中、眼は黒板に向けられていても、意識は宙をさまよっていた。

今度は違った。炎天下を重装備で歩き、泥の中を匍《ほ》匐《ふく》前進させられ、捕虜の胸板に銃剣を突き刺すよりは、詰め込み式の授業のほうが何十倍も楽しかった。しかも、法律という、それまでの人生で無縁な学科は、一字一句が耳新しかった。

昼食のあと、午後一時からは術科か実務だった。体術は柔道着、剣道と馬術は白の作業衣を着た。教練と射撃のときは、制服の上に軍刀と拳銃《けんじゅう》を吊《つ》るした。

体術ではよく投げられた。昼飯の当番にあたったときなど、着替える時間もあらばこそ、柔道着に腕を通しながら、道場まで走った。息が静まらないうちに乱取りが始まり、畳にたたきつけられた。

剣道は商業学校時代にやっていただけに得意課目だった。区隊中、一、二番ではなかったか。あるとき、専門学校でラグビーをやっていたという候補者と試合を組まされた。二十貫目はある大男で、竹刀《しない》を振り回すというよりも、体当たりで攻めてきた。ぶち当たって相手をよろけさせ、メンを一本取る魂胆だったのだろう。まともに体当たりを受けると吹き飛ばされるので、風に柳がなびくように、身体《からだ》の中心を外してよけているうち、相手は息があがってきた。居ついた瞬間メン打ちをして飛び込み、そのまま体当たりをすると相手は羽目板までふっ飛んだ。そこへまた連続技のメンを打ち込む。さすがのラグビーの猛者《もさ》も、床に手をついて参ったと降参した。教官はえらく感心し、これこそ剣道の見本だとまで言ってくれた。

四時からは被服や兵器の手入れだった。軍刀と十四年式拳銃はまだ借り物で、前の候補者の手入れは、感心するほど行き届いていた。そのあと洗濯と入浴を終え、班に帰って、夕食までのわずかな時間を手紙書きなどに当てた。軍用葉書に万年筆で絵をかき文章を添えて送る候補者もいて、絵心のない身には羨《うらや》ましかった。

夕食は六時に始まった。このときも水分をとらぬよう訓練され、七時近くになり、反省録を毛筆で書く前に、ようやく麦茶を飲んだ。

毎日の反省録には閉口している者が多かったが、入営前まで十年近く日記をつけていただけに苦にはならなかった。一頁《ページ》を毎日違った内容で埋めるのには工夫が必要だった。授業中に疑問に感じた点を復習も兼ね、微に入り細をうがち書き連ねると、頁も埋まった。それでも書く材料が思い浮かばない場合は、憲兵学校の生活と原隊での生活の比較をした。実際屋根の下で起居ができ、ちゃんと寝床もあり、三度三度の食事が食え、風呂《ふろ》だって毎日はいれるのは、天国と地獄の差といってよかった。それを思えば、学科の授業で頭が割れんばかりに知識を詰め込まれ、実技でしぼられるのも苦にはならない。原隊の兵を代表してここに学びに来ている以上、期待にこたえなければならない。そんな具合に結語をつけると、班長や区隊長の朱筆も丸や二重丸となり、添削されなかった。

七時から八時半の日夕点呼までの九十分は、自習時間にあてられた。その日の帳面を取り出して頭を整理し、ここぞと思われる箇所は暗記した。

しかし、重量にして六貫、二十キロは超える教科書を頭に入れ込むのに、一時間半の自習時間では不足した。勝負は、九時の消灯ラッパのあとにかかっていた。厠に行くふりをして、そのまま終夜灯の光の届くところに腰をおろし、翌日の教科の予習をした。見回りの班長に見つかることもあったが、「風邪だけはひくなよ」と大目にみてくれた。厩《うまや》での勉強を好む者もいた。寝藁《ねわら》の上にころがって本が読め、湯気の出る馬糞《ばふん》が少しばかり周囲を暖めてくれたというが、確かめたことはない。

夜の厠は特にストーブがあるわけでなく、零下十度に達する夜もあった。完全な防寒服を着込み、手袋とフードも付けて、足踏みをしながら、教科書を読んだ。同じような夜更《よふか》し組が他にもいたが、各自の居場所は自ずと決まっており、縄張り争いが生じた記憶はない。

寒ければ寒いほど、頭は冴《さ》えわたり、眼に焼きついた教科書の記述も容易に消えない。あの項目はあの頁のどのあたりにあったかが、まるで写真をめくるようにして記憶から取り出せるのだ。確かに人生のなかで、あれほど勉強した期間はなかった。

学科の講義は、憲兵隊本部や官舎から乗用車や馬で乗りつけた教官が担当した。講談調の怪気炎、通夜《つや》のように静かな講読、退屈極まる念仏風の授業など、内容は十人十色だった。

なかでも面白かったのは、老軍医が受け持つ法医学だった。内地での経験も相当に深いことが、言葉の端々に窺《うかが》われた。

水中死体は、どのくらいの重しをつければ浮上してこないか、と訊《き》かれて候補者はさまざまな答えを出した。漬物石くらいが適当だろうというのが大方の意見だったが、小柄な老軍医は白髪まじりの髪をかき上げて、苦笑いした。

「憶測でものを言ってはいかん。世間の常識も、えてして憶測のかたまりに過ぎんときがある。諸君は、本当の事実から学ぶ精神を身につけて欲しい」

軍医はじろりと生徒たちを見渡す。「腐敗ガスによる死体の浮力は、想像以上に大きい。私が見た例でも、自転車をくくりつけた死体が五日後に浮き上がったのがあった。六十五キロのコンクリート塊をつけて入水《じゅすい》自殺をした死体が、二日後に浮上した報告もなされている。

次に問題となるのは、死体が浮上するまでの日数であるが、今のところ目安としては、夏季で二日、冬季で四週間と覚えておけばいい。もっともこれは東京での話で、南方や満洲では異なってくる。諸君は赴任した先で、現地の法医担当の医師を訪れ、教えを乞《こ》うて欲しい。常識は玉石混淆《こんこう》、間違った常識を鵜呑《うの》みにしてはいかん」

候補者のひとりが手を上げた。常識では、浮き上がる死体のうち、男は俯《うつぶ》せ、女はあおむけになっているといいますが、本当ですかと質問した。

「それはどこの地方の常識なのか」

と老軍医は笑いながら訊き返した。

「自分は茨城の出身であります」

候補者は訛《なま》りのある言葉で答えた。

「それも、馬鹿《ばか》げた信じ込みのひとつだね」

軍医は我が意を得たりとばかり、教壇から降りて彼の傍に行った。「茨城といえば、河川が多いから、水死体も他の地方よりも多かろう。誰か統計をとってみれば、事実がどうなのかすぐ判明する。少なくとも私の経験では、大部分の水死体は俯せになっていた。もちろん性別には関係ない。ところが潜水夫の話では、水底にある死体はあおむけの場合が多いらしい。統計をとったことがないので、確信をもって諸君に言えないがね」

そのあと軍医は、浮上と水深の関係についても説明を加えた。淡水と海水とにかかわらず、水深四十メートル以上になると、もはや死体は浮上しないという。従って、海の深い場所で撃沈された艦船上の死体は浮上することなく、船内あるいは海底に横たわったまま朽ち果てるらしい。

老軍医は、常識的な迷妄《めいもう》をひっくり返すような話を好んだ。今から思えば、他人が当然と思う事柄をそのまま信じ込まず、自分の眼で確認し思料する実際を講義してくれたのだ。

そのひとつに握り飯の講義があった。

「梅干し入りの握り飯と、何も入れない白米の握り飯と、日持ちがするのはどちらか」

老軍医は悪童じみた笑いを浮かべながら、候補者全員に手を上げさせた。

天邪鬼《あまのじやく》の軍医のことだから、どうせ常識の反対が正解だろうと思ってみたものの、理由を尋ねられたら立ち往生するので、梅干し入りのほうに挙手した。案の定、白米派はひとりもいなかった。

「腐りやすいのは梅干し入りのほうだ。梅干し握りが腐敗に強いというのは、全くの迷信に過ぎん。天下の憲兵候補者が全員落第とは実に情ない」

軍医はわざとらしく天井を仰いで慨嘆した。「もちろん、握り飯を最も長持ちさせる方法はある。酢入りの水で飯を炊きあげれば、二週間から三週間はもつ。だが、一番の方法はやはり玄米の飯だ」

教室内の全員が目を皿にして聞き入っているのを確かめ、老軍医は重々しく言い添えた。

「玄米食も腐敗はする。しかし、これを捨ててはいけない。初めはすえ臭いが、じっと待っていると中が糖化してきて、やがて甘酒になる。さらに我慢していると青カビが出てくる。この段階で食べても、食中毒は起こさない。鼻から青カビの煙が出るだけだ。これを通り越して最後の段階に来ると、諸君が待ちに待った立派などぶろくが出来る」

候補者は全員が手を叩いて喜んだ。老軍医は「これで終わり」と一礼し、教室を出て行った。

コレラ予防のために食中食後に水分を摂取させない班長は、その軍医と仲が良かった。彼の信念の出所も、老軍医の教えだった可能性がある。

日曜日の外出は、前期の試験が終わるまで禁じられていたが、唯一《ゆいいつ》、軍法会議を見学に行った。法廷を見たのは初めてで、何から何まで儀式がかっていた。被告席の二等兵は受け答えがしどろもどろで、要領を得ない。酒保から物品を三度盗んだのも、どうやら誰かに唆《そその》かされたとしか思えなかった。検察官は法務大尉《たいい》、裁判長が大尉、その両脇《わき》の判士は少佐だった。どういう刑を受けたのか覚えていないが、法務准尉に引き立てられて退廷していく被告は涙を流していた。

酒保から饅頭《まんじゅう》を盗んだ泥棒でさえも、あんな仰々しい裁きを受けるのに、皇軍兵士が中国農民の食糧を掠奪《りゃくだつ》した罪は問われない。妙なものだと思った。

三月に前期の試験が終了し、日曜日の外出が解禁された。

市内に出てみて、白壁と門の多さに驚いた。永定門、正陽門、中華門、天安門、順貞門、神武門、地上門と、記憶しているだけでも十は下らない。しかもそれぞれの門には雄大な城楼がついていた。例えば正陽門のそれは壮大な三重の屋根をもち、高さも幅も、日本内地の寺院建築の大きさを優に凌《しの》いだ。しかし大通りは舗装されているものの、胡同《フートン》の裏小路にはいると、泥道になる。乞食《こじき》も多かった。大通りを行き交う人力車や裏通りの乞食を眺めていると、彼らの祖先がこの大建築物を造営したのだとは、とうてい思えなかった。

かつて皇帝専用だったという、中華門と天安門を結ぶ平坦な石畳の道も、日本人の想像を超えた広さで、真ん中に立っただけで溜息《ためいき》が出た。

正陽門前駅近くの東交民巷付近には、各国の大使館が密集していた。日本大使館は、三角形の屋根が門の上を覆《おお》い、破風《はふ》の部分に菊の紋章の彫刻が施されていた。

フランス大使館の正面も、日本大使館と同じように両側に狛犬《こまいぬ》が配置されていた。しかし門自体は四角い城砦《じょうさい》のような造りで、中世の城を思わせた。それに対してオランダ大使館は、左右の白い柱が瀟洒《しょうしゃ》で、破風の飾りが西欧風の趣味を漂わせていた。スペイン大使館は中国の大邸宅をそのまま使っていて、ぶ厚い木の扉が門を閉ざしていた。四方を鉄柵《てっさく》が囲うだけのソ連大使館は中の庭園が丸見えだった。赤煉瓦《れんが》と白大理石の組合わせが美しいベルギー大使館、凱旋門《がいせんもん》に似た正門をもつイギリス大使館、現代彫刻のように力強いイタリア大使館、橋のたもとにあって堅牢《けんろう》なアメリカ大使館などにも、それぞれの大使館員が出入りし、大使館巡りをするだけで、北京が大都市であると実感できた。

正陽門と永定門の中間にある天橋には、様々な露店が出ていた。線香屋はろうそくも売っていて、表面に書かれた文字を読んで歩いた。お面屋は、おかめやひょっとこではなく、馬や猿の面を並べていた。その他、小さなおもちゃを扱う店、数珠《じゅず》や勾玉《まがたま》を並べたガラス細工屋、燭台屋《しょくだい》、はたきと箒《ほうき》売りなどが連なっていた。玩具《おもちゃ》か祭り用かは分からないが、独楽《こま》屋もあり、日本の独楽よりはへその長い物を売っていた。奴凧《やっこだこ》売りや造花屋、風車屋などを見て回っているうち、内地の縁日に迷い込んだ錯覚にかられた。

手品や曲芸にも行き合わせた。手と足を使って棒を回す熊《くま》の芸、子供が頭の上に茶碗《ちゃわん》を次々と載せていく雑芸、剣舞に似て大きな刀を振り回す武芸など、一日中見物しても飽きがこない。

一人芝居や四、五人で演じる露店芝居も、観客を集めた。科白《せりふ》は北京語だが、大体の筋書きは動きで理解できる。戦争で親子が引き裂かれる筋や、親の反対で若い男女が別れていく悲劇が手際《てぎわ》良く演じられた。

ギターと三味線を合わせたような楽器を父親が弾き、娘が歌う。その脇で街頭の医者が患者の脈をとり、舌をみて診察している。飴《あめ》細工屋が飴で鶏や馬などを作ってみせる。表通りを日本の軍隊が通っても、群衆は談笑《にぎ》をやめなかった。

小売店の多い地区も、露店とは異なる賑わいぶりだった。い草や麦藁で編んだ帽子を売る店、丸や四角の提灯《ちょうちん》、魚の形の灯籠《とうろう》を店頭いっぱいに並べた店、小間物屋、水がめと鉢を売る店、柳と籐《とう》で作った器を売る店、古着屋、豆腐屋、落花生屋、餅《もち》屋、牛の臓物屋、揚げた海老《えび》売り、煙草《たばこ》屋、扇屋、すだれ売り、染物屋。

妖《あや》しい色や不思議な形をした凧、絵入りの灯籠、豆太鼓のついた風車、蝉《せみ》の脱け殻細工など、店頭のすべてが物珍しかった。

市内には、日本語を教える日語塾があちこちに見られた。日本語ができれば、それだけ商売にも有利なのだろう。

糞夫《ふんぷ》を見たときは驚いた。背中に白く糞夫と染め抜かれたはっぴを着て、糞車を押していく。細長い桶《おけ》を担《かつ》いで、棒の先につけた椀《わん》で路上の糞をすくっては桶の中に放り込む。あっという間の早業だ。

空地にはごみ捨て場があった。十尺くらいの高さになっていて、文字通り、塵《ちり》も積もれば山となるの見本だった。塵車《じんしゃ》がその丘の上にごみを捨てると、犬や豚、そして人間の老若男女が競って集まる。紙と瓶、缶と選別して袋に入れ持ち帰るのだ。

凍った糞尿を、一輪車が運んでいくのを見たこともある。冬の間、岩塩のにがりを撒《ま》いた庭に並べておくのだ。春が来ると、糞尿は煎餅《せんべい》のように固まる。それを驢馬《ろば》に引かせた石臼で粉にするのだという。実際、畑の中で農夫が、柳の枝で編んだスコップでその粉を散布している姿を目撃した。

兵隊として大陸を転戦しているときには分からなかった中国の実像がそこにあった。日曜日ごとの自由な外出は、中国の人と文化に直接触れる貴重な機会だった。それは必然的に現地住人と交わらねばならない戦地憲兵の教育には、不可欠な体験だったと言える。

広東語の授業は厳しかった。教師は日本の大学を卒業した老中国人で、やる気のある候補者を堂々と依怙贔屓《えこひいき》した。発音はローマ字表記を使い、短い『ア』はa、長い『ア』はaaという具合に教えられた。しかし同じuやoでも、日本語と違って唇をつき出したり、口を大きく開かねばならず、üに至っては、口笛を吹くように唇をすぼめて発音する。そのときの老教師の顔つきは、その後üの音を口にするたびに思い出された。

逆に、日本語の音で広東語と同じ発音があることも教えられた。ngという音は『天狗《てんぐ》』と言うときの『ング』だという。音尾のp・t・kも無声の閉鎖音で、何のことはない、日本人が「一本」「一等」「一回」と発音するときの詰まったip・it・ikを取り出して使いさえすればいい。広東語の教師から、それまで何の気なしに使っていた日本語の隅々まで指摘されたのは新鮮な驚きだった。

しかし、一番頭を悩ませたのは何といっても声調だ。上がったり下がったりする音楽的なアクセントは、僧侶《そうりょ》が読むお経に似ていた。しかもその種類が九つもあるときては、たいていの候補者は悲鳴をあげ、初めから学習意欲を失っていた。

寒い厠《かわや》の中の予習、復習で一番時間をさいたのは、この広東語だった。他の法律関係の学科は、なるべく授業中に頭のなかに叩《たた》き込むようにして、要所要所は自習時間におさらいした。暗い裸電球の下で、広東語の粗末な教科書を広げ、片端から文章を丸暗記した。昼間教室で老教師が発音した抑揚を思い出しながら、何度も小声で言ってみる。そのうち、ある状況を想像すると簡単な広東語が頭に浮かぶようになった。漢字の看板を眺めても、自然に発音が口をついて出る。

しかしそうやって覚えた広東語も北京市内では役に立たなかった。道端に荷車を置いて行商をしていた老人から、ゆでた落花生を買ったときも、広東語は通じず、手真似《てまね》でやっと用を足した。

寒さがいくらか緩んだ頃、兵長に昇進した。第三中隊で兵長になったのは二人しかいなかった。原隊の指示によるものだったが、教習隊内では候補者は一律同等待遇とみなされていたから、兵長になったからといって変化はない。

三月半ばになると急に春を感じた。畑の麦が緑色になり、杏《あんず》や桃の花が咲く。そして有名な蒙古《もうこ》風が訪れる。北の方角に黄色い雲が現れ、やがて塵が降り出す。陽の光も遮られ、塵埃《じんあい》は閉めきった室内にもはいり込む。大気は乾燥しているので、風に向かって歩くと、目が乾くうえに埃《ほこり》もはいる。外出から帰ると、洗顔とうがいを厳しく命じられた。

塵が道路にたまった頃、雨が降れば、たちまちぬかるみになる。乾くと灰のように舞い上がるので始末が悪い。

昭和十六年の六月にいよいよ最終試験が行われた。卒業席次によって任地も部署も決まるので、試験期間だけはどの候補者も目の色を変えた。

卒業の席次は、第三中隊百三十名中、一番だった。広東語がずば抜けて良かったのが幸いしたと、班長が耳打ちしてくれた。

卒業式では各中隊からひとりずつ首席の候補者が挨拶《あいさつ》した。北支派遣軍司令官から懐中時計を下賜《かし》された。憲兵学校長の大佐も訓辞をしたが、どういう内容だったか、もう忘れてしまった。首席代表の挨拶では、教習隊で体得した経験を生かし、原隊に戻っても憲兵の職務に邁進《まいしん》したいと、当たり障りのないことを言った。

卒業前に候補者全員で太和殿まで赴き、記念写真を撮った。教官たちと一緒に撮った写真も内地に送ったから、戦災にあっていなければ二枚とも残っているはずだ。

南支組のうち半数は中支に転属となり、約六十名が広東まで帰ることになった。北京から秦皇島に出て、航路を上海、台湾と回って黄埔に着き、広東にはいった。

中隊長は首席卒業という結果に満足し、二期連続して首席を出した中隊などどこの師団を探してもあるまいと鼻高々だった。一ヵ月間の特別訓練を受けたのち、席次順に憲兵拝命となった。そして最初の配属が南支憲兵隊本部だったのだ。

18

一月中旬、邦人収容所第一回目の帰国者が決まった。病人や老人、婦女子が優先された。

「お先に帰ります。どうぞご無事で。内地で待っております」

鶴見夫妻が挨拶に来た。夫より年上の夫人は半年の収容所生活で、髪の毛が大方白くなっていた。

「私共もあとで帰ります」

野田が元気に答えている。

「明坂さん、あなたには感謝しています。軍艦マーチもいい思い出です」

まだ踊りは覚えていますよ、と鶴見は上体を真直《まっす》ぐ立てて、斜め前に足を踏み出してみせた。

夫妻の郷里は紙片に書いてある。滋賀の大津で、夫人の実家に身を寄せるという。味《み》噌《そ》屋をやっているらしかった。

「空襲で焼けていれば、一から出直しです」

鶴見は言ったが、子供のない身で、五十歳過ぎから事業を興すのは並たいていの苦労ではなかろう。

しかし前途の苦難も、内地に帰る嬉《うれ》しさのまえでは影をひそめていた。

天幕からは十八人が帰国第一陣に選ばれていた。出ていく者と残る者の間には、微妙な感情のずれができた。どうしてあの一家が優先されるのか、民団の幹部に袖《そで》の下を使ったのではないかと、陰口をたたく者もいた。ある天幕では、殴り合いの大騒動にもなり、監視兵が来て、やっとおさまった。

帰国組の荷物を持って、収容所の入口まで歩いた。野田の知り合いの女性たちも、何人か第一陣にはいっていた。ひとかたまりになると、旅芸人の一座のように見える。野田はひとりひとりと名残りを惜しんだ。

鶴見夫妻は、着込めるだけの洋服で着ぶくれしていた。荷物は布製のスーツケースと革のボストンバッグ、それに風呂《ふろ》敷包《しきづつ》みが二個だけだ。

他の連中はたいていそれよりも荷は少なく、身ひとつだけの者もいた。

収容所の出口で、厳重な検閲が行われていた。身体検査と荷物の点検を中国兵が実施し、民団の役員が名簿と入念な照合をする。

点検を終えた鶴見夫妻が収容所の外で、深々と頭を下げた。何か叫んだようだったが、周囲の喧噪《けんそう》にかき消された。二人は桟橋《さんばし》まで歩き、待機していた十数隻《せき》の軍用艇に乗り込んだ。軍用艇は黄埔の港までピストン運行をしているようだ。

見送ったあとしばらくそこに立って、検閲の進み具合を眺めた。首実検をされている様子はなく、列から離されて連行されていく邦人もいない。

「次の帰国船は、来月早々らしいですな」

天幕に戻る途中で野田が言った。

「またほんの一部しか帰れないでしょうね」

「こういうやり方やったら、あのままチフス患者で病棟に残っていれば、今度の船に乗れたんですやろね」

病人は重病人をのぞき、真先に収容所を出ていた。歩ける者は自力で、起き上がれない患者は担架に載せられていた。

「いや、半病人が船に乗っても、内地に辿《たど》り着く前におだぶつという可能性だって高いですよ。ピンピンした身体《からだ》で帰国するほうが賢明です」

「冗談です。担架で乗船しても生きた心地がしません。焦《あせ》らずにじっくり待ちます。あまり待たされると、栄養失調がこうじて、船のタラップを登れなくなりますが」

「収容所の人数が減れば、食事も少しは良くなるのではないですか」

「そう願いたいですわ。来る日も来る日もわかめとメリケン粉のだんごのはいった塩汁では、身体がもちません」

野田は細くなった腕をさすった。

「次の船も病人を優先するとなると、船が着く前に仮病《けびょう》を使って病棟にはいる者が出ますよ」

「私の知り合いの女たちがいたでしょう。彼女らのうち、今度帰国になったのは半分です。そのうち二人はどうも妊娠らしいです」

「妊婦は優先的に帰れるのですか」

「そうらしいですな」

野田も呆《あき》れたという顔をする。

「収容所にはいる前に子供ができていたのですか」

「いや、あとからですわ」

「身持ちが悪いほど得をするわけですね」

「そうなりますかね」

野田は苦笑いする。

「柵越《さくご》しの商売も、この頃は減りました。こちら側の人間に、もう金も品物もなくなってしまったのでしょうね」
四、五日前に見に行った。柵の外に集まる中国人も少なく、少環《シュウワン》の姿もなかった。
「いやいや、まだまだ景気のいいのがいますよ、きっと」

野田は首を振る。「ある銀行員なんか、黒い香炉を五個持っていましたよ」

「黒い香炉ですか」

「ええ、表面は黒漆を厚く塗ったやつですが、中味は純金です。敗戦と同時に金庫から持ち出したそうですが、本当かどうか。敗戦を見込んで、そんなものを作らせておいたんやないですか。今度の船で帰っていきました。もともと民団の幹部と親交があったのか、香炉をひとつ犠牲にして、中国側を買収したのか。要領のええ人間は、どこにでもいるもんですな」

山の中腹にある木がうっすらと白い花をつけている。何の木かは知らないが、冬に咲く花は珍しい。その周辺だけがぼんやり浮き上がり、おとぎ話の絵のようだ。

「明坂さん、こんな収容所があちこちにあるんでしょうね」

野田が風の方向に顔を向けて言った。

「ここはまだいい方です。南にありますから。北支や朝鮮、満洲などはこの季節、寒さを防ぐだけでも大変です」

北京の冬を思い出していた。候補者があやまって井戸の中に落ちた。もちろんすぐに引き上げたが、大騒ぎしたのはそのあとだ。一分もしないうちに、その候補者の防寒服がかちかちに凍り出した。全身の筋肉も動かなくなり、顔面筋も硬《こわ》ばり、口もきけなくなってしまった。急いで家の中に運び込み、暖をとらせて、ことなきを得た。人間の冷凍になりそうだったと、その候補者は手を合わせて感謝した。

「少なくともここは、凍え死《こご》にしないだけでもましです」

「そうですなあ。食い物もろくにないうえに厳寒ときたら、ほんま、かなわん」

野田は溜息《ためいき》をつく。「いったい、こんな収容所が幾つくらいあるのか」

見当がつかなかった。樺太《からふと》から満洲、朝鮮、北支、中支、南支、フィリピン、インドシナ、インドネシアと、日本人は鳳仙花《ほうせんか》がはじけたように住んでいたのだ。

「百ではきかないでしょう」

「小さい収容所やと、現地人に襲撃される恐れもあるし、まずその収容所に行き着くまでが大変です。私はここで良かった。他の所だと死んでいましたよ」

野田は枯草の上に腰をおろす。

東アジアの北から南まで散在している収容所から、着のみ着のまま、あるいは荷物ひとつの日本人が、本土に向かう光景を思い浮かべた。

「野田さんは大阪でしたね」

「そうです。しかし街は戦災で焼けているでしょう。焼け残ったとしても、実を言えばおいそれとは帰りにくいんです。勘当同様にして外地に出て来ましたから」

野田は枯草を一本むしり取って、掌《てのひら》にのせる。風がほどなく吹きとばしていった。

「どうやって食べていきますか」

思わず訊《き》いていた。他人事《ひとごと》ではなかった。

「東京に出ます。この齢《とし》では、もう新しいことはやれません。広東でしていたような商売を見つけるだけです。水商売というのは、人が集まるところ、どこでも成り立ちます。それには東京が一番や。女たちにも言うてやりましたよ。食いっぱぐれそうになったら東京に出て来いと。この世界は狭いですから、すぐに連絡がつくはずです。明坂さんは?」

「さて、どうしますか」

言い澱《よど》んだあと、本当の自分と明坂圭三としての身分を使い分けねばならないことに気がつく。

「明坂さんは醤油《しょうゆ》屋さんの勤めでしたね」

ああそうだったと思った。

「醤油屋なら、また始めればいいですよ。大豆は畦道《あぜみち》だってどこでもできるでしょう。醤油がなくては日本人は生きていけません」

「資金が問題です」

「残っている醤油屋に就職してもいいし、何人か集まって金を出資し、小さな会社から始めてもいい。これからは、先を読んだ者が勝ちや」

自分に言いきかせるように野田は言った。

先を読む――。

離隊して以後これまで、先を読まない日はなかった。しかしそれはいかに逃げのびるかで、いかにして生活していくかではなかった。

瑞枝と善一はどうしているだろうか。

おそらく瑞枝の実家に身を寄せているだろう。瑞枝は三人同胞の長女で、弟と妹がいる。父親は半町歩ほどの田と、少しばかりの桑畑を持っていた。帰国後、親子三人がそこに世話になるのは不可能だ。

結局、郷里に身を寄せるしかあるまい。

兄の洋一が無事復員していれば、頼みこもう。両親もまさか出て行けとは言うまい。問題は兄嫁だ。もともと気の合う間柄ではなかった。いずれにしても、実家に居られる期間はたかがしれている。早晩自力で妻子を養っていかねばならない。

入営前に勤めていたクリーニング店が焼け残っていても、敗戦後のこの時代、洗濯物を頼む人間などいるだろうか。

クリーニング屋も、もともと好きで働いていたのではなかった。商業学校が面白くなくて退学し、ぶらぶらしているときに人から勧められた商売だ。ヨーロッパやアメリカでは、クリーニングは重要な業種で、日本でも東京や横浜、神戸では流行しはじめたと言われ、ふんぎりがついた。

住み込みで朝八時から夜の八時までの仕事には度胆を抜かれた。しかも立ちづめだ。アイロンがけも最初はシーツや枕《まくら》カバーなどの簡単なものだったが、腕がだるくなり、坐《すわ》りたくなる。夏には汗がしたたり落ちた。扇風機をつけるのは御法度《はっと》だった。音と人工の風が集中力を殺《そ》ぐというのだ。窓を開け放ち、自然の風を入れるしかなく、前の大通りから丸見えになった。下着一枚で、女のするようなアイロンがけ姿を通行人に見られるのは、自尊心に傷がついた。

真黒に汚れたシャツやズボン、毛布も、当初は汚らしくて、素手で扱うのに抵抗があった。

それでも一年間、見習い職人として勤めおおせたのは、意地を張りつくした賜物《たまもの》かもしれない。同じ時期に雇われた二人の同僚が三ヵ月目と五ヵ月目に辞めて、結局はひとり残ってしまったせいもある。

店主はもうひとり腕のよい職人をどこからか連れてきた。営業に回ってくれと頼まれたのはそのあとだ。鍛えても上達の可能性がないと見切られたのか、手よりは口のほうが達者だと見込まれたものか。

自転車の後ろに小さな荷車をつけて、町の中を歩き回った。これまでの得意先の他にも、気軽に声をかけ、新たな注文をとった。冷たく断られるとがっかりしたが、溶鉱炉のような暑い仕事場で働くと思えば、苦痛のうちにはいらなかった。

半年後に得意先が五割方増え、店主は喜び、給金も上げてくれた。見習い職人も新しくはいり、営業はこっちで一手に引き受けた。将来はのれん分けしてやろうと店主は口にしたが、それにはどうしても腕の良い職人と組まなければいけない。そういう信の置ける職人が見つかるまでは、営業に専念しておこうと、頭のなかで算段していた。

見合い話が舞い込んで来たのはそんな矢先だった。玄人《くろうと》筋の女性に給料の大方をつぎ込んでいるのを店主が知り、両親の許《もと》に知らせたのが見合い話が降ってきた理由だろう。

写真の女性は中肉中背、ふっくらとした顔つきで、さして不美人でもなかった。長女でいかにもしっかり者という印象が、目もとや口許に出ている。

顔合わせは、彼女の郷里で行われた。父親の源太郎と一緒に、電車の駅から一時間近く歩いた。稲田と桑畑の中に、五十軒くらいの集落があった。町の賑《にぎ》やかさに慣れた眼には、相当な田舎に映った。

「学校は高等小学校しか行っていないが、読み書き算盤《そろばん》はよく出来て、今は村役場に働きに出ているらしい。まず、その役場に行ってみるか」

その言い方に、見合いの相手を気に入っているのは、源太郎自身ではないかという気がした。

「なに、本人が役場にいなくても、上役か同僚に会って、直接評判を聞くこともできる」

源太郎はその村に近づくと、村役場の場所を訊いた。

小学校の正門前に小さな役場があった。

村人ではない男が二人はいって来たので、部屋の中にいた四、五人が一斉に顔を上げた。写真で見た女性を探したが、若い女はひとりだけで、彼女とは違った。

「すまんが、時田瑞枝さんはおられませんか」

源太郎が手前にいた女職員に訊いた。どちらさまで、と問い返され、守田と言う者ですと答える。

そそくさと職員が奥の部屋に消え、出てきたのが瑞枝だった。

「ここにおいでになったのですか」

彼女は源太郎に向かって深々と頭を下げ、こちらには目礼をした。

そのあと瑞枝は再び奥の部屋に行き、早退の許可をもらってきたらしく、帰り仕度を始めた。風呂敷包みひとつを手に持ち、同僚に声をかけ、土間に出てくる。同僚たちはその後ろ姿に、心配気な視線を投げかけた。

「家までご案内します」

瑞枝は気丈な口調で言った。

「いや、邪魔してすまんことです」

「家のほうにお見えになったら、弟が呼びに来てくれることになっていました」

「あなたがどんな所で働いていなさるか、見たかったもので」

源太郎は弁明したが、瑞枝は頷《うなず》いたきりだ。

源太郎を真中に、三人並んで歩く恰好《かっこう》になっていた。何か声をかけなければいけない気がしたが、きっかけがつかめない。父親の陰に隠れた見合いの相手を彼女が見下しているようで、なおさら気がひける。

源太郎から訊かれるままに、瑞枝は村の人口や、小学校の規模などについて、てきぱきと答えた。村を視察に来たよその村の村長に説明するような、理詰めの返事だ。

そういう女性は初めてだった。源太郎と彼女のやり取りを聞いていると、何か自分が世間知らずのぼんぼん息子に思えてくる。奇妙な緊張は、彼女の家に上がってからも続いた。

瑞枝の両親はどちらも寡黙《かもく》で、源太郎だけがしゃべりづめだった。

「親の口から言うのも何ですが、娘はわしらには出来過ぎでございます」

瑞枝の父親が、ようやくぽつりと言った。同じ科白《せりふ》は源太郎の口からは絶対出ないだろうと思い、ますます気後れしてきた。

「お仕事は大変でしょう。クリーニングというものを、うちらは全然知りませんもので」

母親が訊いてきたので、顔を上げ口を開いた。

「はあ、辛《つら》いもんです。立ち仕事ですし、夏は蒸し風呂のようなところでアイロンをかけます」

自分の辛抱強さを誇張するあまり、雇われた当初の感想を述べた。

「いずれ、親方からはのれん分けをしてもらうつもりで、これも頑張っておるようです」

傍で源太郎が補足した。商業学校を中退し、定職につかず親の脛《すね》かじりをしていた次男が、二年以上も同じ所で働いてくれているのは、実際感嘆ものだったのだ。

瑞枝は茶を運んだり、柿《かき》の葉寿司《ずし》を持って来たりで、話には加わらなかった。同居しているはずの妹と弟も顔を出さないままに辞去した。

後日瑞枝から聞いたのだが、弟と妹は襖《ふすま》の隙間《すきま》から座敷を見ていて、見合いに来た男が、白いハンカチを出して何度も口にもっていくのを面白がったそうだ。緊張すると喉《のど》の奥が痒《かゆ》くなる。咳払《せきばら》いをするため、ハンカチで口を隠すのが癖になっていた。見合いの席で、それがひどくなっていたのだろう。

瑞枝の印象では、白っぽい背広に革靴をはき、頭髪も長い恰好が、にやけた様子に見えたという。服装と、クリーニング屋という職業が釣り合わないうえに、喉をつまらす癖があったので、いよいよ滑稽《こっけい》さが増したらしい。

帰りも源太郎と一緒に、一里の道を駅まで歩いた。

「いや、来た甲斐《かい》があった。嫁をもらうときは母親を見ろ、という諺《ことわざ》があるが、あの婆《ばあ》さんはなかなかしっかり者だ」

源太郎は興奮冷めやらぬ口調で言った。「途中でわざと中座して厠《かわや》に行ってみたが、廊下も桟《さん》も便器も、ピカピカに磨かれていた。廊下には機織《はたおり》機があった。織りかけの紬《つむぎ》を見たが、良い腕のようじゃった。瑞枝さんは、顔は父親似だが、性格はあの母親譲りらしい」

息子本人の意見など確かめるには及ばないといった態度に、もうこれで決まりだなと内心思った。

挙式のあと、博多に出てクリーニング屋の近くに部屋を借りた。独身時代に住んでいたところは手狭だったが、今度は長屋を二つに仕切ったような造りで、二間あり、台所と風呂場がついていた。

間もなく瑞枝は、近所から着物の仕立ての注文をとってきて、縫物の内職を始めた。腕はいいらしく、注文は切れなかった。得た金で、今度は中古のミシンと編物機を買った。訊くと、ミシンの経験はあるが、毛糸編みは初めてだという。手引き書を読んで、何日もしないうちに習得してしまった。

和裁や洋裁、セーター編みで得る収入は、家賃くらいにはなった。

その年の暮妊娠し、春になるとそれと判《わか》る身体つきになった。内職を減らし、代わりに赤ん坊用の着物を縫い出した。

源太郎が一度新婚家庭をのぞきに来て、家の中が片づいているのに満足し、瑞枝が席をたったとき、「おれの眼に狂いはなかった」と、ひとりごとのように言った。

瑞枝は正月も実家に帰らなかったが、お産は母親のもとでするつもりらしい。

五月になって赤紙が届いた。昭和十三年のことだ。

19

「明坂さん、先に行ってすんませんなあ」

野田は困惑気味な顔をしていた。木下や石井夫妻、林も第二陣の帰国組にはいっていた。女性と子供の他は、年長順に帰国者を優先させた結果だろう。

「お互い無事に内地の土を踏みましょう。先に帰るのも後で帰るのも、生きて帰れば、同じことです」

居残り組の三沢が言ったが、狼狽《ろうばい》は隠せない。

「半年前、病棟で寝ていたときは、帰国できるとは思いませんでした。高熱にうなされながら、夢ばかりみていました。俊寛《しゅんかん》と同じで、みんなが船に乗り込むのに、自分だけひとり取り残されているのです」

　野田がしみじみ言う。

「苦労した分、帰国したら大いに働けますよ。私も帰って一段落したら、野田さんを東京に訪ねて行きます。その頃には、キャバレー王になっているかもしれませんね」

　わざと明るく言ったものの、残される不安は紛らわせようもなかった。

「明坂さん、これ着て下さい」

　別れ際《ぎわ》に、野田が白っぽいレインコートをさし出した。「お世話になったお礼です」

　ありがたかった。すり切れた軍衣とズボンだけでは、寒さがこたえる日もあった。

　三沢と二人で、野田たちを桟橋前まで見送りに行った。野田は軍用艇の中で最後まで手を振り続けた。

「みんな帰りましたね」

　天幕に戻りながら三沢が言う。思い詰めた表情だが、彼とても収容所で待っていさえすればいつか帰れるのだ。

　元憲兵にとって、収容所に留まる期間が長くなればなるほど、危険度は増してくる。民団の役員の話では、広東市内の新聞に、日本兵の顔写真が載せられているらしかった。大部分は憲兵で、被害を受けた中国民衆に訴え出るように勧めていたという。

　そこに顔写真が載らなくても、芋づる式に逃亡憲兵の名前が出てくる恐れがあった。

疑いたくはないが、捕らえられた同僚の憲兵が、罪をなすりつけたり、そうでなくても、苦し紛れに名前を漏らすことは充分考えられる。

敗戦からやがて半年になる。香港での戦犯追及もちょうど山場ではないのか。香港での追及の手が広東まで伸びてくる可能性はそれだけ高くなる。

香港憲兵隊に協力した密偵たちの顔を、よもや香港住民は忘れはしまい。逃げおおせなかった密偵がイギリス軍に捕らえられ、訊問《じんもん》を受ける。彼らが、上司だった憲兵の名を完全に黙秘し続けられるとは思えない。

密偵たちとは人間と人間の付き合いをしたが、やはり現実的な利益を基盤にしなければ主従関係は成り立たなかった。彼らが最も欲しかったのは、憲兵隊の権威だった。例えば拳銃《けんじゅう》の携帯許可証。戦時下の香港での武器所有は、すぐさま反逆行為として逮捕の理由になる。拳銃保持が許可されていれば、大変な強みなのだ。

許可証は憲兵隊のなかの警務課が発行した。特高課の憲兵たちは警務主任の許可を得て証明書を入手し、本当の懐刀《ふところがたな》になる密偵だけを選んで渡した。

拳銃を所持する密偵とそうでない密偵はおのずと重みが異なり、住民への睨《にら》みにも差が生じる。いきおいどの密偵も許可証を欲しがったが、乱発すればその拳銃を笠《かさ》にきた犯罪が表沙汰《おもてざた》になりやすい。

拳銃を使って住民を脅かし、一方で憲兵隊が欲しがる情報をとり、他方で私的な利益を得る。これが密偵のやり口だった。密偵の私欲が表に出れば、雇った側の憲兵の顔がつぶれる。二つの兼ね合いをうまくさばける密偵を使うのがコツで、特高憲兵もその飴《あめ》と鞭《むち》を上手に使い分ける必要があった。

特高課の憲兵に特別な機密費は支給されない。資金調達は、個人の才覚と裁量に任された。

資金をつくるには二つの方法がある。ひとつは商売上の取締りを見逃してやることであり、いまひとつは密輸あるいは物品の横流しだった。資金づくりに関係させる密偵は、捜査や情報収集のための密偵とは区別し、裏密偵と称していた。

隠れ家の世話から身辺の警護も、この裏密偵に任せた。

軒尼詩道《ヘネシーロード》の二階の家を見つけてきたのは、近くで大衆飯店を営む唐子方《トンズフォン》で、五十近い年配だったが、忠実に仕事をこなした。取り扱う品は阿片だった。阿片の売買は御法度になっており、見つかれば現品は押収されたし、密輸行為も摘発された。もともと唐子方は、密売事件で逮捕したのを釈放して、裏密偵として雇ったのだ。彼が行う密売を見逃し、また他で押収した阿片を、表向きは廃棄処分とみせかけて彼のもとに運び込んだ。月々彼が上納してくる金は、軍票で五百円近くになった。

もうひとりの裏密偵は、湾仔《ワンチャイ》のキャバレー支配人侯承志《ハウセンジ》で、年齢は三十五歳、長身の無口な男だった。この男に対しても、店での賭博《とばく》行為を大目にみたり、密輸品として押収したウィスキーや煙草《たばこ》を横流しして買い取らせた。

　そうやって得た金を黄佐治《ウォンジョージ》他の主な密偵たちに給与として渡した。貢献度に応じて額に多寡《たか》はつけたが、密偵たちにお互いの連絡はなく、不満は出なかった。

　昭和二十年の二月、香港憲兵隊から広東憲兵隊に配置換えになったとき、それぞれの密偵を個別に労《いたわ》った。

「守田先生は本当によい憲兵でした。広州に行っても中国人に好かれるでしょう」

　唐子方は涙を流した。

「いやもう特高課ではなく教習隊勤務だから、中国人との接触はなくなる」

「それは惜しいことです」

　唐は残念がった。「特高でしたら、広州にいる友人を紹介してやれましたのに」

「香港の憲兵は、よその地域の憲兵から妬《ねた》まれていたんだよ。重大事件の摘発はするし、昇進も早い。それに私生活も憲兵にあるまじき派手さ加減だとね。今度の大異動も、その妬みが原因だ」

「守田先生の行かれる教習隊というのは、憲兵をつくる学校ですか」

　唐は真面目《まじめ》な顔で訊いた。「それなら、守田先生はうってつけです。立派な憲兵を、中国人に好かれる憲兵を育てて下さい」

　気味が悪いほどのもち上げぶりだった。

「あんたはどうする？」

「守田先生がいなくなれば、ただの飯店の主人に戻ります。もう充分に儲《もう》けさせていただいたし、息子二人にも店を持たせました」

その唐子方が漢奸《かんかん》であることは、おそらく表沙汰にならないだろう。敗戦後の今も、昔通り、下町で餃子のうまい店を続けているはずだ。

そこへいくと、侯承志のほうは変わり身が早かった。

「守田先生、怒らないで下さい。この戦争、日本が負けるような気がします」

侯承志は声を潜めた。「いえ、中国軍が日本に勝つのではありません。イギリスとアメリカが日本に勝つのです」

「そうかもしれん。少なくとも、香港憲兵隊が総督府を離れて二十三軍の麾下《きか》にはいるのは、旗色が悪いからだ」

「どうか、ご無事で」

侯承志は目に涙をためていた。ドアひとつ隔てたダンスホールでは、楽器の音と人のざわめきがかまびすしい。

「お前はどうする」

「守田先生がいなければ、この商売も難しいです。店を譲渡して、よそに行きます」

「どこへ」

「情勢次第です。ひょっとすると、台湾になるかもしれません。日本が負ければ、中国はまた内輪喧嘩《げんか》を始めます。八路軍と国府軍です。八路軍のほうが郡部の住民の心をしっかり摑《つか》んでいますから、やがて中国は赤化するでしょう。そうすれば、こんな商売などやれません。劣勢になった場合、国府軍は台湾のほうに逃げる算段をしているようです。アメリカとイギリスがあと押しをしているので、八路軍も台湾までは攻めて来れないでしょう。攻めようにも艦隊を持ちませんから」

いつの間にそこまで考えていたのか。改めて、侯の機をみる頭の良さに感服させられた。

「守田先生、戦争が終わったら、台湾に来て下さい。台湾の一番大きな町に私は居るはずです。電話帳には必ず名前を載せます。侯の姓はたくさんあっても、承志というのはいくつもありません。電話下さい。守田先生から受けた恩義は決して忘れません」

侯は送り出す前にこちらへ視線を釘《くぎ》づけにした。騒音が一瞬耳から消えた。そのあと侯は、「再見《ツァイヂェン》」と重々しく言って扉を開けた。店の外までは決して送ってこない彼だったが、そのときだけは違った。店先に立って、いつまでも見送ってくれた。

唐子方も侯承志も、お互いを知らず、盧瑞蓮《ローシュイリン》の存在も知らなかったはずだ。もちろん彼女とて、他の密偵については、何ひとつ知りはしない。

彼らのような裏密偵は、通常の密偵と違って、住民から名指しで密告される危険性は少ない。

それに対して黄佐治のような、拳銃の所持も許可された最上級の密偵では、逐電《ちくてん》しようにも不可能だ。英国人捕虜やスパイの訊問には必ず立ち合ったため、在香港の英国人からも顔と名前を覚えられている。

日本の降伏とともに入港してきた英国艦隊が、真先に行うのは捕虜の解放だ。自由の身になった捕虜たちは、密偵たちの名とそれを使っていた憲兵の名前を口々に訴えるに違いない。

広東に進軍して来た国府軍と違って、英軍の訴追手続きは手慣れたものだと考えてさしつかえない。黄佐治ら、主な密偵たちの運命は定まったも同然だ。

「明坂さん。こうまで減ってしまうと、以前の手狭さがなつかしいです」

三沢が背中を丸めて傍に寄って来た。「天幕をたたんで、半分にしようという話もあるらしいです」

「しかし、三分の一になって、ようやく人間らしい広さですからね。今さら縮小することもないでしょうに」

「まあそうですね。以前は寝返りもできないくらいで、ぼくなんか両隣の鼾《いびき》で悩まされました」

「いやこればかりは、人のことは言えません。私なぞ迷惑をかけているほうです」

実を言えば、野田の鼾には相当苦しんだ。しかしあるとき彼から「明坂さんは鼾をかきますね」と指摘され、お互いさまだと悟った。

鼾については瑞枝や瑞蓮からも注意されていたが、酒がはいったときだけだとばかり思い込んでいたのだ。

「しかし妙ですね。肩をくっつけあい、足の裏と足の裏が触れるくらい混み合っていた頃のほうが、何だか安心感がありました。みんな一緒だという連帯感でしょうかね。櫛《くし》の歯が抜けるようにみんなが行ってしまうと、残された者は落ちつきません」

三沢が肩をすぼめる。「迎えの船が来るようで来ない夢ばかりみます。昨夜もそうで、野田さんではないが、なんか自分が傻寛になったような感じでしたよ。船が近くまで来ていながら、知らん顔で遠去かっていきました」

「復員船かなにかですか」

「いや病院船のようでもあるし、客船のような、はっきりしない船でした」

三沢は青ざめた顔を向ける。

「弱気になったら駄目です。船が来るまで、ここで待ってやるぞという気構えをもたないといけません。一年でも二年でも待てますよ。ただし病気だけは禁物です」

三沢は黙って頷《うなず》く。

「明坂さんが羨《うらや》ましい。滅入《めい》った顔など一度だってしないでしょう。ぼくなんか、肋膜《ろくまく》をやって死ぬ目にあってからは、万事が後ろ向きです」

「大病を克服したのだから、もう大丈夫ですよ。そう立て続けに病気はやって来ません」

根拠のない話ではあったが、瘦《や》せぎすの三沢の姿をみていると、出まかせでも言って励ますしかなかった。

「動じない明坂さんを見ていると、何か特別な仕事でもしていたのかと思うときがあります」

三沢がぽつりと言った。さり気なく彼の顔をみやる。

「性分です。取り越し苦労と、持ち越し苦労はしないことに決めています」

陽気に言った。「すんだことは気にしない、先のことも思い悩まない」

「本当に。それができればぼくももう少し太れます」

「いや、ここでの食事では、太れといっても所詮《しょせん》無理ですよ」

「そうですよね」

「内地に帰り着いたら、三沢さんは何を真先に食べたいですか」

「食べたい物ですか」

三沢は宙に視線を浮かす。「真白い御飯に烏賊《いか》の塩辛をのせたお茶漬です」

ごくりと喉《のど》をならさんばかりの顔になる。「そのあと、鰻丼《うなどん》でも食べられたら、もう死んでもいいです」

三沢の顔に生気が戻ってくる。

「郷里で乾物屋をやっている伯父がいるのですが、毎日三食、鰻重でした」

「冗談でしょう」

「本当ですよ」

三沢はむきになって答える。

「三食とも鰻《うなぎ》ばかりだと栄養が偏《かたよ》って、病気になりますよ」

「いやそれがピンピンしていました。もっとも、今はどうか分かりませんが。三十年間ずっと鰻だけ食べるので、町でも評判でした。新聞にも載りましたし」

「鰻の肝なんかも吸物にするのでしょうね」

「それはそうです」

「だったら栄養のほうは大丈夫かな」

「本人が元気なのですから、大丈夫のはずです」

三沢は強調する。「少年時代に大阪で丁稚《でっち》奉公していた頃、毎日鰻屋の前を通ったらしいです。金持ちになったら、鰻重を食べてやるのだと、それればかり考えて働いたと言うんです。一軒店を持ち、結婚し、もう店は大丈夫というときになって、鰻を食べ始めたのです」

「それまでは一度も口にしなかったのですか」

「そうなんでしょう。鰻を目標にして頑張ったのですから」

いつの間にか三沢は余裕を取り戻している。「明坂さんは、何を食べたいですか」

「いや、たいしたものではないです」

「教えて下さいよ。ぼくにだけ言わせるのはずるいです」

「芋がらのはいった味噌汁《みそしる》かな」

「芋がらというと、あの里芋の茎ですか」

「そうです。芋を深く植えて盛り土を厚くしておくと、白い芽が出ます。それが柔らかくてうまいのです。芋も具にして、味噌も程よく濃くして、麦入りの御飯で食べると、さっきの鰻重ではありませんが、毎日でも飽きません」

「明坂さんは田舎の出ですね」

三沢が微笑した。「そういうものが好きだなんて、実際に百姓をやった人でないと」

黙って頷いた瞬間、眼の前に故郷の田園が開けたような錯覚があった。宝満川《ほうまん》が流れ、四方を見渡しても、遠くに宝満山と背振《せぶり》山系が低く見えるだけで、付近の小高い山は花立山ひとつだった。そこはちょうど筑後《ちくご》平野の中程にあたり、陸軍が飛行場を造営したのも平らな地形のためだ。四方に水の豊かなクリークが走り、土質も肥え、稲でも麦でも、菜種でも野菜でも、育たないものはなかった。いちじく、桃、梨《なし》などの果樹園から、蓮根《れんこん》畑までもあった。

少年時代、クリークには魚採りに行った。三尺にも満たない溝川《みぞがわ》に手網《たも》を入れ、水草の下から掬《すく》い上げると、ドンポやシイビンタン、小鮒《こぶな》がはいった。もう少し大きな獲物《えもの》を得たければ、仲間ひとりに溝にはいってもらい、四、五間先から音をたてて魚を追わせ、最後のところで手網をすくう。大鮒がはいることもあった。さらに大漁をねらうなら、秋口になって水が少ない時期を選び、溝干しをした。上流と下流を堰止《せきと》め、バケツで中をかき出すのだ。これには人手が必要で、上級生が指揮をとった。流れを止める土手を作るのが一番大切だった。下手をすれば水圧で堰が崩れ、干し上げた所に水が流れ込んで万事休すとなる。バケツで汲《く》み上げる速度も肝腎《かんじん》だ。速ければ速いほど、土手が崩壊する危険度は少ない。二人がかりで汲み出し、疲れると途中で交代した。次第に水が少なくなり、鮒の背びれや銀色の腹が見え始めると胸が高鳴る。干上《ひあ》がった溝は、泥の中や横穴まで丁寧に点検した。鯰《なまず》や鰻が泥に紛れているし、穴の中には蟹《かに》がひそんでいるからだ。

魚採りは、昼間だけでなく、夜寝ている間の楽しみでもあった。夕方、竹ひごで編んだ筌《うけ》を持ち出して、入口を川下に向けて溝の底に沈めるのだ。筌の両脇《わき》は土で固めて、魚が筌の中だけしか通過できないようにしておく。夜中に雨が降り、水量が増すと必ず目隠しの水草を払いのけ、雨合羽《あまがっぱ》を着て、畦道《あぜみち》を一目散に走り、目ざした場所にたどり着く。目隠しの水草を払いのけ、筌を上げると、中の魚が勢いよく音をたてた。スッポンがはいっていたりすると、源太郎が喜んでその生血を吸った。

貸し針を作る方法も覚えた。孟宗竹《もうそうちく》を割り、幅半寸、長さ四尺の竿《さお》を作る。先端の半尺くらいは薄くして、しなるようにしておく。糸の長さは三尺、先に大きめの針をつけた。餌《えさ》は山ミミズで、箸《はし》くらいの太さのやつをだらりと垂らしておく。夕方、クリークの土手にずらりと二十本くらい仕掛ける。少々当たりが強くても抜けないくらい、竿の根を土手に突き刺しておくのがこつだ。筌と同じで、夜中は胸が騒いでよく眠れなかった。明け方とび起きて、暗いなかで一本一本上げていく。大鰻や鯰、鮒などがかかっていた。

獲物を抱えて田の畦を駈《か》けていく少年の姿がはっきり見える。広東にいたときも、香港で勤務していたときも、脳裡《のうり》には浮かばなかった光景だ。

涙がにじんできた。三沢の視線を避けるようにして立ち上がり、背を向けた。

「ぼくは漁村の生まれなんで、百姓仕事はあまり経験がないのですが、父が畑は作っていました。時々、肥桶《こえおけ》を担《かつ》がされましたよ」

三沢がしみじみと言う。「あれは難しいですね。親父《おやじ》は桶をひとりで両天秤《てんびん》式に担いでいましたが、ぼくにはできません。ぼくが前、親父が後ろで担いだのはいいんですが、桶がぴちゃぴちゃ音をたてて、踵《かかと》にかかるような気がするのですよ」

「肥桶担ぎは難しいです」

後ろを向いたままで答える。同じような体験を何度もした。

「畑についてからがまた大変でした。苗に直接かけると枯れるというので、少し離れてかけるのですが、風がさっと吹いてきて、屎尿《しにょう》のしぶきが自分の顔にふりかかるのです」

「あれは低い位置で、そっとかけないといけません」

「そんなこと分からんでしょう。いや、もう一遍でいやになりました」

三沢は乾いた声になる。「明坂さん、実家が百姓なら内地に帰っても食べるのには不自由しませんね」

「そうですかねぇ」

「そうですよ。自分の食い扶持《ぶち》だけでも作っておればいいのですから」

三沢は確信ありげに言った。

百姓とて食糧難だろう。家を飛び出し、寄りつこうとしなかった次男坊を、親兄弟が快く受け入れてくれるだろうか。

「三沢さんはどうします」

「ぼくは山口県の山陰側です。漁村ですから、拾い仕事はあります。肺の病気で一度死にかけた身体《からだ》です。死んだつもりで働けば何とかなるでしょう」

そうは言ったものの、頭をもたげてくる不安はおさえきれない様子で、三沢は口を一文字につぐんだ。

「死にさえしなければ何とでもなります」

そんな言い草が自然に口を出た。

「民団の人から聞いたのですが、広東の総領事は中国軍に連行されたまま、まだ戻って来ないらしいです。このままだと収容所が空になっても釈放されないだろうと、心配していました」

「戦犯で捕まったのですか」

「そうなんでしょうか。軍人でもないのに戦犯というのは変だと思うのですが」

三沢は首をひねる。「でも、広東にはいった中国軍の言うことをきかなかったのが災《わざわ》いしたらしいです。総領事館を接収しに来た将軍が、金塊と女性の提供を強要したと聞いています。それを断ったのですね」

広東に凱旋《がいせん》した国府軍の第二方面軍は、張発奎《チョンファアッフェイ》を司令官にいただいていた。その配下の将校が日本領事館で掠奪《りゃくだつ》を試み、失敗したのだろう。ありそうな話だった。

「黄埔にある集中営からも、随時復員がなされているそうです。こうやって帰国の船を待っているだけでも心細いのに、皆が引き揚げて行ったあとも、残らねばならぬ人たちはどんな気持でしょうね」

三沢の声がしんみりと胸を打った。

20

帰国が決まったというのに、眠れなかった。

天幕のあちこちで鼾や寝息がし、耳に障った。気がつくと歯をくいしばり、眉間《みけん》にも皺《しわ》を寄せている。これでは眠れるはずがないと、顔の筋肉をゆるめ、肩と腕の力を抜いて、静かな息をした。しかし努力すればするほど、頭は冴《さ》えていく。

これからの航海が果たして無事に終えられるのか、怯《おび》えが去来する。船内にはいってしまえば、もう逃げも隠れもできない。無線で、帰国邦人のなかに元憲兵がいるらしいとの連絡がはいれば、どうやって知らぬ存ぜぬを貫けるか。明坂という偽名はそうたやすく見破られないとしても、齢恰好《としかっこう》や人相などが一致すれば、しらを切るのは難しくなる。

なるようにしかならない。そう思ってまた目を閉じる。さまざまな顔が浮かんでくる。盧瑞蓮《ローシュイリン》の嬉《うれ》しそうな顔、殺される前の三次の悲愴《ひそう》な表情、黄佐治《ウオンジョージ》の機敏な身のこなし、郭泉《グオッチユン》と一緒に手を振って出ていった田中軍曹の思いつめた眼、馬桂英《マーグアイイン》の泣き腫《は》らした顔。それらが浮かんでは消える。

明け方になって少しは眠ったようだ。六時に起きて、配膳係として粟粥《あわがゆ》と塩汁を取りに行った。

「広東での最後の朝食ですよ。みんなおいしくいただきましょう」

誰かがおどけて言ったが、笑う者はいなかった。帰国の船上での食事が収容所よりも良い保証はないのだ。

バケツの中の量は人数分にしては少し多めだった。当番にさせられた初めの頃、ひとり分の量がなかなかつかめず、残り十人分がほんの少しになり、文句を言われ、とうとう自分の取り分はなくなった。その後やりくりにも慣れて、僅《わず》かながら最後の連中のほうに多めに分配してやれるようになった。

「船の中では御飯が食べられるでしょうか」

三沢が訊いた。いくつか天幕をたたんでひとまとめにしようという計画は立ち消えになり、人と人との間に空間ができている。いきおい、会話の声も大きくなりがちだ。

「さあどうですか。御飯はもしかすると出るかもしれませんが、おかずは毎日同じだと思いますよ。船の上ですから、なま物は積み込めませんし」

誰かが答えている。

「何でもいいです、口にはいりさえすれば。少しずつ内地に近づいていると思えば我慢のし甲斐《がい》があります」

別の誰かが言い、同意の声がおこった。

朝食後、民団の役員が麻縄を持って来た。風呂敷《ふろしき》や鞄《かばん》がない者は、縄を使って荷造りしろという。毛布もなるべくなら持っていったほうがいいと言うので、丸めて縛りつけた。信玄袋と、少環《シュウワン》から貰《もら》った柳籠《やなぎかご》、それに丸めた毛布の三つが自分の荷物だった。

九時頃、収容所の出口に集まった。二千人近くはいるだろう。年配者や子供、女性は少ない。柵《さく》の向こう側にも中国人たちが数十人待機している。収容所に駐留する兵士たちも出口付近に集結していた。そのうちのひとりと民団の役員が話をしている。兵士が笑う。役員がお辞儀をした。

「やっぱり総領事は戻って来ませんでしたね」

風呂敷包みを肩に担いだ三沢が言った。

「非軍人が拘束されるくらいですから、軍人で居残った連中は多いでしょう」

それだけのことを平然と言えるくらいにはなっていた。

「彼こそ俊寛ですね、全く。同情します」

出口での荷物検査は形式的なものだった。兵士たちも「一路平安《ヤッロウペンオン》」と口にし、邦人のなかには「多謝《ドオジェ》、多謝《ドオジェ》」と広東語で答える者もいた。

中国人たちも手を振っている。柳籠をくれた少環の姿を探したが、人の波が余りに多くて見分けられない。少環からは、野田の快気祝いの時と、第二陣の帰国日が決まった際に魚と卵を買っていた。手渡した香港ドルも法幣も少なかったが、それ以上の品物を持ってきてくれた。

半年前、収容所ができたときには、罵声《ばせい》を浴びせられたり、石を投げられたり、リンチにまであう邦人が続出した。今はそんな気配はない。好奇心だけでなく、むしろ別れを惜しむかのように集まって来ているのだ。収容所の柵越しにやりとりをしている間に交流が芽生えたのか、敗戦時の憎悪《ぞうお》が時間とともに洗い流されたのか。それとも、悲惨な収容所生活を目《ま》のあたりにして同情が湧《わ》くようになったのか。

船で対岸に渡ったところにも、物見だかい住民の姿があった。軍服を着た兵士が睨《にら》みをきかしているので、むやみに近づいてはこない。

土手上には、軍用トラックが二十数台並んでいた。一度に多くのトラックが集結するのも、住民にはもの珍しいのだろう。前二回の帰還では、黄埔港まで船での輸送だったはずだ。各地で日本軍から接収したトラックが集められたらしい。

天幕毎の班構成は乱さないように注意を受けて、トラックに乗り込む。まだ若い二十歳前の兵士が身体を支えてくれる。ここでも「多謝、多謝」「一路平安、一路平安」のやりとりが聞かれた。荷物があるので、どんなに詰め込んでも、一台のトラックには三十人くらいしか乗れない。

「もう二度と来ることはないでしょうね」

トラックが動き出したとき、三沢が言った。

川向こうに、収容所の天幕が低く見えていた。遠くから眺めるのは初めてだ。柵の外に出られなかったので、島の大半が収容所になっていると思っていたが、大きな島のほんの一角を占めていたに過ぎなかった。

もう二度とは来るまい。——同じ気持で珠江《しゅこう》の上流、広東の方向に視線を移した。憲兵試験を受け、最初に憲兵の道を歩き始め、そして憲兵の身分を捨てた町が広東だった。確かにもう再び来ることはないだろう。視野が涙でぼやけ、胸に熱いものがこみ上げてくる。泣いている者は他にもいた。誰もが万感の思いで、外の景色を眺めている。

黄埔港の倉庫前には既に千人あまりが到着していた。港にはいっている船で一番大きいのは恵山丸、貨客船だろうが確かに日本の船だ。あれに乗るのだろうとみんなが話をしている。

乗船前に、ひとり一個の麦入りおにぎりと沢庵《たくあん》ひと切れが配られた。収容所にはいって以来、まともな米の飯には一回もありつけなかった。飯粒が形をとどめていない粥だったり、赤米、粟粥、きしめんに似た河粉《ホーファン》のこともあった。沢庵の味も懐《なつ》かしい。口のなかに入れて、どろどろになるまで噛《か》む。ひと粒、ひとかけらも未消化のまま終わらせたくはなかった。

「いったい誰がこんなもの作ってくれたのですかね。ひとり一個でも、二千個はいるのです。大根だって一樽《たる》は使いますよ」

三沢がしきりに感心している。材料は中国軍が運んで来たのに違いないが、作ったのは民団の役員連中かもしれない。とすれば昨日のうちから船に出向き、厨房係《ちゆうぼう》と一緒に飯を炊き、握り飯を用意したものか。

大きな薬罐《やかん》の中味は単なる白湯《さゆ》ではなく、焙《ほう》じ茶だった。

身体検査と所持品検査は、先頭の列から始まった。二列に並ばされた。両側に中国軍の兵士がいて、乗船名簿と名前を確認する者、荷物を検査する者と、かなり厳重な点検だ。少し離れた所に中国軍の憲兵が三人、隊列のほうに視線を送っている。そのうちのひとりは、まだ二十歳を少し過ぎたばかりに見えるが、将校服を着ていた。

長い列は少しずつ前に進む。

「慌《あわ》てなくていいですよ。全員が乗船するまでは出航しませんから」

係員が叫んでいる。

列から外される者がいないか、さり気なく観察した。何人かは、十メートルくらい離れたバラックの中に連れて行かれた。しかし検査が終わって列に戻ってくる。邦人たちの持っている荷物は食器や衣服が主で、金目の品はない。金塊などは、帽子の縁か、上着の襟に縫い込んでいる可能性が高い。検査の兵士はそれを知っていて、衣服の襟、下《げ》駄《た》の鼻緒や歯、革靴の底、ズボンのベルトの中、帽子のひさしなども細かく調べている。憲兵のひとりは書類を手にしていた。人相書か戦犯容疑者の名簿が回送されて来ているのだろうか。

「日本にもまだあんな船が残っていたのですね。何トンくらいでしょうか」

三沢が船の方を見やる。

「さあ、四、五千トンではないですか」

うわの空で答える。船のトン数だけは苦手だ。西安号事件のときの船体と比べて推測するしかない。

乗船は少しずつ進行している。天幕毎《ごと》の班構成は崩さないようにと、民団の役員が触れまわっている。

一時間ほどして順番が回ってきた。三沢を先に立たせた。なるべく憲兵の方は見ないようにし、毛布の包みもほどいて待機した。

兵士は荷物の中に手を突っ込み、かきまわす。後ろに置いた袋には、そうやって探し出した万年筆や腕時計、指輪のたぐいが投げ込まれている。大部分は、兵士や憲兵たちの分捕り品となるに違いない。貨幣や貴金属、宝石類は一品たりとも中国大陸の外に持ち出させないという執拗《しつよう》さで、検査は続いた。

信玄袋も柳籠の検査も無事にすむ。毛布を広げさせたあと、兵士は野田がくれたレインコートの襟、ポケットの中を調べ、編上靴も脱がせた。兵士は、右足の下に隠していた懐中時計を見つけ、無雑作に押収物入れに放り投げた。

抗議しようとして顔を上げたとき、偶然、憲兵将校と視線があった。彼のほうでもこちらを眺めていたのだ。顔をそむけ、諦《あきら》めて靴をはき直す。

「名前は？」

横にいた兵士が流暢《りゆうちよう》な日本語で訊《き》いた。

「明坂圭三」

すらすらと口から出た。

兵士は、行けというように顎《あご》をしゃくる。憲兵将校はまだ視線をこちらに向けているようだったが、構わずにタラップの方に一歩踏み出す。後ろから声はかからない。三歩目、四歩目と歩いても無事だった。三沢が先の方で待っていた。

「取られる物のない者は気楽です」

屈託なく言われ、頷《うなず》き返した。

船内は、大きな船室の前方から順に、各班毎に占拠されていた。茣蓙《ござ》の上に荷物をおろすと、疲れが一度にふき出てくる。

他の乗客も早々に身体を横にしていた。動きたくもないといった表情で、天井を睨みつけている。

「やれやれですね」

三沢がほっとした顔を向ける。

「やれやれです」

答えながらも、まだ安全な場所に行き着いたのではないと内心で言いきかせる。船内にもぐり込めはしたが、いつ不審な者として追及を受けるか分からないのだ。

小一時間も、そのままの姿勢でいただろうか。上甲板の方から銅鑼《どら》の音が響いてきた。汽笛とは違う時代がかった音色だ。

「出航ですかね」

言うと、何人かが立ち上がった。

三沢が行こうという顔をする。荷物は気になったが、上甲板まで上がった。船はもう岸壁から数メートル離れていた。岸には見送りなどいない。港湾関係者が五、六人、船の動きを事務的に見守っているだけだ。

黄埔の港と珠江のうねりが一望できる。広東の街の方向だけは見当がついた。船首を向け直す船の周囲で、黄色く濁った水が渦を巻く。

誰もが口をつぐんで陸の方角をみつめている。

二度目の黄埔からの出港だった。一度目は北京の憲兵学校に入学する際、病院船に乗って黄埔を出、台湾経由で広島の宇品まで行った。憲兵生活は、ちょうど一度目と二度目の黄埔出港に挟まれていた。

「こうやっていると、嫌な思い出は消えて懐かしさだけが浮かんできます。変ですね。苦労ばかり、特に最後の長州島では苦労の連続だったのですが」

三沢が顔を陸に向けたままで言う。

どんな生業《なりわい》で身を立てていたか、彼に訊いたことはなかった。肋膜《ろくまく》で命拾いした身体で外地に来た背景には、それなりの理由があったのだろう。

船はやがて珠江の中ほどに出た。このあたりは、河なのか入江なのか見分けがつかない。

広東付近でも、珠江の川幅は相当なものだった。北京の憲兵教習隊にいた頃、南京政府の幹部が日本に行って驚いた話を聞かされた。船は関門海峡から瀬戸内海にはいり、宇品に向かったのだが、その中国人官吏は「日本は小さい国だと思っていたのですが、揚子江より大きな川があるのですね」と感嘆したらしい。

船室で横になると、エンジンの音が心臓の鼓動のように規則正しく響いてくる。うとうとしかけたとき、付近が騒がしくなった。

「内地の罹災《りさい》状況を示した地図です。ほとんどやられています」

三沢が知らせてくれる。ひとりの男が手にした紙片を中心に、人垣ができていた。

「三沢さんの田舎は大丈夫ですか」

「ぼくのところは小さな漁港ですから大丈夫ですが、姉が嫁いだ下関は相当の被害らしいです」

人垣が少なくなった頃合いをみて、人の肩越しに地図に眼をおとした。赤い印だらけだ。細長い日本の海岸沿いにある都市は、ひとつ残らず赤く塗りつぶされている。福岡、小倉、八幡、久留米、その横にある赤印は太刀洗《たちあらい》飛行場だろう。名のある都市で無傷で残っているものはない。まるで虱《しらみ》つぶしだ。

「内地の人口が半分になったそうです」

「それではちょうどいい。引揚者の分で帳消しだ」

誰かが言ったが、笑う者はいない。

「被害の大きかったのは東京、広島、長崎です。広島と長崎は原子爆弾でやられました」

その二都市に新型爆弾が落とされたことは、広東で聞かされていた。二都市は一瞬にして灰になったという。

男は地図を折り畳み、甲板に上がっていく。服装からして乗務員らしかった。

「ぼくたちはまだ良いほうだったのですね」

三沢が嘆息する。「少なくともひどい空襲には遭っていないですから」

香港でも広東でも、英米機の来襲があるにはあった。しかしせいぜい十数機の編隊がバラバラと爆弾を投下していくだけで、一面火の海というのではなかった。

「広東の第一回空襲を知っていますか」

三沢が訊いてくる。

「いや、知りません。広東を離れていました」

「私は広東に着いてすぐですから、よく覚えています。昭和十七年の十月二十日です。もう暗くなってからですよ。Ｂ29が十機ばかり北の方角から侵入して来ました」

「白雲山の方向からですね」

「そうです。そこの上空から東へ向けて降下して、天河《てんが》飛行場に猛撃を加えたのです。攻撃が済むとまた北の方に反転して行きました。民間の被害は大したことなかったのですが、日本人の動揺は大きかったですよ。真珠湾攻撃からまだ一年も経《た》っていないのに、敵機の襲撃ですからね。何か不吉なことが起こる前触れのような気がしたものです」

憲兵となって広東に戻り、日米開戦となる十六年の十二月上旬までの半年間しか、広東にはいなかった。

「初めて広東に来たときは、どんなでしたか」

三沢に質問してみた。

「着いたのが夏でした。やはり暑いなと感じましたね。まず先輩に案内されたのが恵愛《けいあい》中路《ちゅうろ》にある広東神社です。いやあ、驚きました」

「またどうして？」

「どこを見回しても中国人の街なのに、そこだけ日本の鳥居があって、社務所には神主や巫女《みこ》がいるじゃありませんか。しかもお守り札まで売っていました」

そうした異和感はなかった。逆に異国の地で日の丸を見たときのような心強さを覚えたものだ。

「現地の広東人にしてみれば、決していい気持ではないですよ。その証拠に、中国人は誰ひとり神社の方を見ようともしませんでした。全く無視して通り過ぎていきます。日本人だけがお辞儀していくのです。

それからもうひとつびっくりしたのは、朝のラジオ体操です。中国人の子供を何十名と集めて、日本語で体操をさせているではありませんか」

「そうでした。あれが妙に感じられたのですか」

ひょっとすると三沢はかなりの教育を受けた男ではないかと思った。大学か専門学校に在籍したことがあり、左翼思想に染まった過去でももっているのかもしれない。

「中国には固有の体操があるでしょう。わざわざラジオ体操をさせなくてもよさそうなものです。もうひとつ嫌だったのは海珠《かいしゅ》橋のたもとで行っていた検問です。銃剣を手にした日本兵が、橋を渡る中国人の荷物をひとりひとり調べるでしょう。見るたびに気が沈みましたね」

「いけなかったですか」

　あれは日常の光景ではなかったか。

「日本人と中国人の融和といいながら、征服者が自分の力をひけらかしているようなものです。老婆《ろうば》が担《かつ》いだ荷物の中味を調べたり、馬車に山と積んだ柳行李《ごうり》の中をひとつひとつ開けさせたり、現地人はおどおどしていました」

「阿片の密輸を取締る目的もあったのでしょうがね」

　実際に街の要所要所で、住民に睨みをきかせておくことが、秩序維持には不可欠だった。検問は一種の威力誇示だったのだ。

「日本人は西の方に集まって住んでいたでしょう。豪賢路《ごうけんろ》あたりが多かったですよね。ぼくは六二三路の少し北側に住んでいました」

　六二三路は河沿いの道で、フランス租界とイギリス租界が橋向こうにあり、北側は雑多な市場が密集していた。まさに中国人の体臭でむせかえるような場所で、日本人がそこに住むのは並たいていの勇気ではない。

「清平路《せいへいろ》に立つ市を見るのが好きでした。漁港育ちで、朝の港のごったがえす活気が好きだったせいもあります。広東語もろくにはできません。でも、街や住民の暮らしぶりを眺めるのは本当に楽しかった」

三沢は目を細める。「中国では豚を猪《いのしし》と言うでしょう。確かに毛も長くて黒く、鼻も長いですよね。猪市も見ましたが、飼い主が五、六匹の豚を一本の鞭《むち》で引き連れていくのが見事です。肉屋の店先には、子豚の頭がお面のようにぶら下がっているし、一歩路地にはいると、石畳の両側に、人が重なるように住んでいるでしょう。自転車があったり、竹籠《たけかご》の中にひよこが飼われていたり。日本とは大違いです。

建物がまたびっくりします。六榕寺《ろくようじ》花塔《かとう》は九階建か十階建でしょう。日本の五重の塔など、あれに比べればおもちゃみたいなものです。聞いてみると六世紀の建造物だとか。日本の六世紀といえば、まだ掘建《ほったて》小屋に毛が生えた家しかなかった時代でしょう。鎮海《ちんかい》楼《ろう》が十四世紀でしたか。五階建で、大きさは百貨店並です。肇慶《ちょうけい》に行ったときも驚きました」

「七星岩《しちせいがん》公園ですか」

「明坂さんも行きましたか」

三沢が目を輝かす。「あの雄大さは公園の域を超えていますよね」

見渡す限り広がる湖のあちこちに大小の島があり、細い散策路がうねりながら湖を幾つかに仕切っている。橋を渡り、湖の中に突き出した東屋《あずまや》まで歩くうちに、水鳥にでもなった錯覚にかられる。

「どこを取っても、中国というところは日本の寸法を超えている。これがぼくの第一印象でした。それなのに広東神社を作り、その前を通るときお辞儀をさせたり、橋のたもとで検問をしたり、ラジオ体操をさせたり、何だか小さな風呂敷《ふろしき》で大きな象を包み込んでいるような気がして」

三沢は珍しく顔を紅潮させた。「こうやって命からがら身ひとつで帰国の船に乗っていると、あのときの初めの印象が正しかったのだなと思います。気を悪くしないで下さい」

三沢に反発する気にはなれなかった。民間人として広東で暮らし始めた印象は、軍人のそれとはまた違っているのが当然だろう。

しかし彼の眼で見直してみれば、現地の住民を威嚇《いかく》する行為は、香港でも繰り返し行ってきたのだ。

その手始めが、人口調査ではなかったか。

香港の人口を正確に把握するのを名目に、中国人の家宅を徹底的に強制捜査した。香港島と九龍《カオルン》の両方で同時に、道路を行く車を停車させ、海上では小型船舶まで停泊を命じた。時刻はきっかり午前九時、その家の主を先頭に、家族全員が戸口の前に整列した。四、五名の兵を連れた下士官が戸籍簿を手にして、ひとりひとり点呼していく。寝たきりの老人や身動きのできない病人も、寝台の上にとどまっていることは許されなかった。這《は》ってでも、杖《つえ》にすがってでも玄関の前に姿を見せなければ、不正住民として検挙されるのだ。出産直後の産婦も例外ではなく、乳呑み児《ちのご》を抱いて立たねばならない。夜中に外出していて、ひとりでも帰宅が遅れた場合、家族全員を引っ張って勾留《こうりゅう》した。

第一回の人口総精査は、昭和十七年の九月中旬の実施で、このときの調査をもとにして、入口に掲げた。標札には、単身者用の一号と、同居者用の二号があり、出産や死〈戸口標札〉ができた。各建物や各世帯は、居住人数と戸主の姓名を一枚の木札に記載亡、転居の届出は厳重に義務づけ、死後の変更を報告しない場合は処罰の対象にした。さらに各地区に隣組制をもうけ、班長を複数名おいて町内の事務連絡をさせた。日本の隣組制を香港にそのまま持ち込んだのだ。

翌十八年の五月にも、香港島地区で人口再調査を行い、十九年三月には再度人口総精査を実施して、住民の締めつけを計った。

七十歳を越えた老夫婦が、お互いをいたわりながら玄関前に立っている光景が眼に残っている。老夫人のほうは喘息《ぜんそく》の持病でもあるのか、苦しそうに咳込《せきこ》んではしゃがみそうになる。それを腰の曲がった夫と戸主である息子が両側から支える。孫も結婚したばかりで、まだ二十歳前と思われる妻は腕に赤ん坊を抱いていた。周囲のものものしさを感じてか、赤ん坊が突然泣き出す。日本兵が銃剣を突きつけて、泣きやませるように孫夫婦に迫る。赤ん坊が刺し殺されるのではないかと心配した戸主の女房が、赤ん坊を受け取って一心にあやす。

日本軍が来なければ、あの四世代が一緒に暮らす一家も、屈辱と恐怖を味わわなくてすんだのだ。

北京の憲兵教習隊で繰り返し叩《たた》き込まれたことのひとつに宣撫《せんぶ》工作があった。中国人のための行動が日本への敬愛心を生み、日中融和が実現するという教えだった。憲兵になるまでの二年間を大陸で転戦し、戦争の実態は、他人の畑にずかずかとはいり込み、作物を分捕っては移動するようなものと感じはじめていた身にとって、その教えは新鮮に響いた。なるほどそれこそが、民族解放と大東亜建設の近道だと思ったのだ。

しかし香港総督府が出した人口総精査は、現地住民のためと称しながらそうではなく、各検問所で道行く中国人に最敬礼をさせた日本軍の強圧的な態度と、根を同じくしていた。

軍部には果たして、本当の意味での宣撫工作の精神はあったのだろうか。

北京の教習隊には、憲兵畑を長く歩んだ教官に混じって、陸軍から転科してきたばかりの高級将校もいた。彼らは候補者たちに、何も教えるものを持っていなかった。行進と整列、敬礼だけを威張りくさった態度で強要するだけだ。彼らが幼年学校、士官学校、陸軍大学で学んできたものは、それらの動物的基本動作のみだったのだろう、と候補者たちは陰口をたたいた。

21

「香港が見えます」

三沢が甲板から降りてきた。

珠江を下ると珠江口にはいり、香港島の沖合を通る。それを眺めるかどうか決めかねていた。このまま船倉に横たわり、香港島や九龍半島の姿を眼に入れずに夜を迎えたい気もした。

しかしこれが見納めだと思うと、足は階段の方に向いていた。

船は香港島のちょうど南側に来ていた。西陽を受けて奇力山《ケレット》が橙色《だいだいいろ》に染まっている。その左側に重なって見えるのは扯旗山《ビクトリアピーク》だ。

「明坂さんは、香港に行ったことがあるのでしょう?」

三沢が島影を見やりながら尋ねた。

「二、三度行きました」

「そうですか、ぼくはとうとう行けずじまいです。いいところでしょうね」

「広東もいいですが、香港もまた違った良さがありました」

奇力山の後方に、扯旗山が少しずつ隠れていく。

あの山頂公園には二度登った。一度目は赴任早々同僚たちと一緒だったが、二度目は中国服を来て、盧瑞蓮《ローシュイリン》と一緒だった。その後、彼女と連れ立って外出するのを避けたので、登ったことはない。

萌黄色の中国服に身を固めた瑞蓮の姿は、眼に焼きつけられたままだ。

彼女を銅鑼湾《トンローワン》の港で見送ったのがちょうど一年前、扯旗山のトラムウェイに乗ったのが四年前の夏だった。三年弱、彼女と過ごしたことになる。

母親を東華医院に入院させたあと、彼女は頻繁に隠れ家を訪れ、こちらからも週に一度は彼女の家に足を運んだ。肩を並べて街を歩きはしなくても、ほとんど毎日顔を合わせていた。

彼女は密偵であると同時に、身の回りの世話をしてくれる阿媽《アマ》の役も果たし、また一方で広東語の教師でもあった。

「香港の食べ物で一番好きなものは？」

料理を作り出した頃、彼女が訊《き》いた。

茘枝《ライチー》だと答えると、目を丸くした。

「日本にはない果物なんだ」

実際、あの無骨な外見からは想像もできない白い肌の実は、見かけも美しく、味も歯ごたえも日本では決して味わえない珍味だった。初めて口にしたのは、バイヤス湾に上陸し、大陸内部に向けて進軍していた時で、誰が持ってきたのか、兵隊に一個ずつ配布された。ピンポン玉に象の皮をかぶせたような外観には、食欲をそそられなかった。しかし皮をむき、白く滑らかな果肉を見たとたん、世の中にこんな美しい木の実があるのだろうかと思った。渇いた喉《のど》に甘ずっぱい味がしみ入り、ただ一個で水筒一杯の水を飲んだ気にさせられた。

「先生が好きだったら、毎日でも買ってきます」

瑞蓮は約束を守り、買物に出た日は必ず、茘枝の実が十個ばかり手籠の隅にはいっていた。

「もう誰もわたしの作った料理を食べてくれる人がいないので、先生が食べて下さい」

彼女は来るときにもう買物をすませている。家で干し上げ、アイロンもかけた洗濯物を箪笥《たんす》にしまい込むと、持参の緑色のエプロンを首から掛ける。初めは、備えつけの貧弱な中華鍋《なべ》だけで料理をしていたが、「料理の半分は道具で決まる」と言って上質の中華鍋や片手鍋、包丁を買い揃《そろ》えた。

「広東料理はひとりで食べるようにはできていません」

出来上がった料理をテーブルに並べるときの瑞蓮は、本当に嬉《うれ》しそうな顔をした。

茸《きのこ》のスープに魚の蒸しもの、豆腐入りの酢豚、海老《えび》の湯葉巻き、蟹《かに》しゅうまい、蟹とにらの餃子《ぎょうざ》、餡《あん》まん。瑞蓮がテーブルにのせた皿に、ひとつとして同じ品はなかったような気がする。しゅうまいや餃子、スープにしても、材料を変えて違う味にしていた。

戦時中でありながら、テーブルの上だけはそれが微塵《みじん》も感じられなかった。百姓の家に生まれ育っていたから、料理は煮物とほぼ決まっていた。独身時代も定食屋の限られた献立しか選ばず、短かった新婚生活では、食うだけが精一杯だった。兵隊や教習隊時代は、口にはいるものさえあればよしとしていた。香港に来て、初めて人間らしい食い物にありついたのだ。

「守田先生ほどではないかも知れませんが、わたしもそんなにいろいろな物は食べていません」

瑞蓮は言った。「裕福ではなかったので、料理は限られていました。でも母は、この料理にはこういうものを入れるともっと味に深みが出るとか、違った味になるとか、教えてくれました」

「現実の味に、想像の味を加えるのだね」

「買物に行くときも、買えない材料だって、よく見ます。いつか買えるときが来たら、こんな料理をしてやろうと考えながら、しっかり品選びをするのです」

瑞蓮は遠くを見る眼つきになる。

「守田先生と知り合って、病気の母にいろいろな料理を作ってやれました。想像の味が現実の味になったのです。最後の親孝行でした」

　しみじみ彼女が言ったとき、三次のことが頭をかすめた。彼女も同じだったろう。二人とも口をつぐんだ。

　瑞蓮と一緒にいればいるだけ、殺した三次の声が耳に蘇《よみがえ》った。「母と姉を頼みます。守田先生がそれを約束してくれれば、喜んで死んでいけます」。三次が家族思いだったことを口にすると、瑞蓮は静かに言い継いだ。

「弟がいれば、親子三人と守田先生で食卓を囲むことができたのにと時々思うのです。でも戦争がなかったら守田先生は弟とも知り合わなかった。戦争は恨みます。でも守田先生とご一緒できるようになったのは、嬉しい」

　瑞蓮は時折、夕食後も帰らずに泊まっていった。泊まれと言っても頑《かたく》なに拒み、帰るときがあった。それが生理中だと分かったのは大分あとになってからだ。

　机で特務日誌を書いていると、瑞蓮が物珍しげに後ろから覗《のぞ》き込んだ。

「これが日本語なのですか。中国語も混じっていますね」

　日誌の中の漢字を指して面白がる。何行か漢字だけを拾い読みし、内容をあてずっぽうに言った。当たらずとも遠からずなので、「この日誌を読まれたら大変だ」と大仰に閉じてみせる。

「わたしのことは書かないのですか」

「書かない。私的な事柄は書いてはいけない。週一回、班長に提出し、重要箇所は付箋《ふせん》がつけられて分隊長まで届けられる。瑞蓮と茹《ゆ》で海老をたらふく食べたなどと書けば、不謹慎だといって銃殺刑かもしれない」

「でも今日みたいに何もしなかった日は、何を書きますか」

彼女はもっともな質問をしてくる。

「服務異状なしと書けば無能者と思われるから、世情でも書く。憲兵隊の中でも、お偉いさんになると隊内ばかりに居て、外の空気がどうなっているかは分からなくなる。我我特高憲兵は、いわば高級参謀たちの触角にならないといけない」

確かに特務日誌は、犯人検挙や内偵、テロ事件の捜査ばかりを書く場ではなかった。街で見かける住人の暮らしぶり、物価の推移、店先の品物の多寡《たか》、人々の表情など、占領政策が奏効しているかどうかの判断材料になりうる。

さすがに野菜や果物の値段まで報告している特務日誌は少ないらしく、あるとき分隊長から直接呼び出しをくらった。何の叱責《しっせき》かと訝《いぶか》りながら中国服のまま顔を出すと、「世情、とくに住民の暮らし向きを知るには物価にしくものはない。よいところに眼をつけた」と逆に誉《ほ》められた。

特務日誌を面白がる瑞蓮の皮肉はその後も続いた。

瑞蓮の着ているガウンをはぎ取り、ふくよかな乳房に唇をおしつけると小さな叫び声をたてる。

「盧瑞蓮という香港人が守田征二という日本人を愛していると、日誌に書いて。これも大切な出来事よ」

「じゃ書いてやる。瑞蓮がしたことと言ったことをすべて」

首筋から二の腕、すべらかな脚まで、唇と舌を移動するたび、彼女は声をあげ、身をよじった。

「これも書くのね」

「書く」

答えると、彼女はうっとりした表情で背中に爪《つめ》を立てた。


「だんだん遠ざかりますね」

三沢が言う通り、香港島が次第に小さくなっていく。

西陽が波の穂先を赤く染め上げた。

「行きましょうか」

もう少しその場に残りたかった。海風は冷たく、甲板に出ている人影はまばらだ。

三沢と別れ、甲板に腰をおろす。目を閉じると、初めて香港に足を踏み入れた占領当時が思い出された。

南支派遣第二十三軍約四万の将兵に香港攻撃の命令が下ったのは、真珠湾攻撃と機を同じくする昭和十六年十二月八日、午前四時だった。日の出とともに、広東の天河飛行場から二十三軍の爆撃機三十四機が離陸、一路香港の啓徳《カイタック》飛行場に向かった。待機中の英軍機十四機に銃撃を加え、十二機を炎上、二機を大破させた。これを境に、香港上空の制空権は完全に日本軍が握った。

一方、深圳《サムジャン》に待機していた地上部隊は、三手に分かれて進撃を開始した。正午には左翼隊、右翼隊、迂回《うかい》隊ともに中英国境線を突破した。

二十三軍の指揮下にあった憲兵隊に対する命令は、香港にいる中国人要人の身柄拘束だった。彼らを重慶政府との和平工作に利用するという軍の魂胆があった。直ちに特高課と警務課を中心にして要人工作隊が編成され、地上部隊の進軍に続いて、香港島突入が企図された。

右翼部隊に従った工作隊は久保曹長を班長とする十二名で、いずれも中国服、あるいは黒木綿の短衣に股引《ももひ》きの唐装《トングチョング》に身をやつしていた。

国境に配置されていたはずの英軍の姿はどこにもなかった。中国人の姿もなく、道はすべて日本軍の兵と馬、車輛《しゃりょう》で埋めつくされている。畦道《あぜみち》でさえも一列縦隊となった兵士の進む光景が見られ、まさしく電光石火、破竹の進撃といってよかった。

沙頭角《さとうかく》から国境を突破した左翼隊は午後六時には太和《たいわ》市に到着、新田《しんでん》より突入した迂回隊は午後九時に安岡《あんこう》まで進出、中央の深圳付近を出発した右翼隊は午後八時に竹坑《ちくこう》に到った。つまり開戦の即日、日本軍はほぼ無血のうちに、九龍半島深く侵入したといえる。

この間、香港の海上は支那派遣軍第二艦隊によって完全に封鎖され、英海軍は袋の鼠《ねずみ》も同然の状況におかれた。

翌十二月九日、小雨模様のなかを各部隊は進撃を続けた。

九日の夕刻、他の先遣支隊に遅れて前線に到着した歩兵第二百二十八連隊の一部が粉《ふん》嶺《れい》を越え、鉛鉱《えんこう》峠付近まで進攻した。その先に城門貯水池、さらに南側の高地には英軍の陣地が築かれ、五ヵ所にある堅牢《けんろう》なトーチカは地下交通壕《ごう》が連結していた。

この高地陣地に対して第二百二十八連隊の第三大隊が夜襲をかけた。小雨のなかの戦闘になった。第九、第十中隊の尖兵《せんぺい》がついに地下交通壕の無《む》掩蓋《えんがい》部を発見、飛び込みざま手榴弾《しゆりゆうだん》でたてこもる英兵を襲撃した。別隊は、トーチカの銃眼を閉ざして沈黙する英軍に対し、トーチカ換気孔に爆薬を突っ込み、銃眼に破壊筒を投入してとどめを刺した。

この夜襲が奏功した十日以後、英軍は戦線の縮小を計らざるをえなくなった。

他方、左翼部隊の一部は潮水湾《ちようすいわん》の渡海を決定、十日の日没とともに乗船を開始した。折畳舟五十隻《せき》、操舟機十五隻を使って対岸の大水坑《だいすいこう》に渡った。この渡海は英軍の虚をついたもので、さしたる抵抗も受けないまま、十二日正午まで不眠不休の渡海作業が続けられた。渡海終了後、九龍半島の東側に布陣していた英軍を敗走させながら、香港島に近づいた。

一方右翼隊は、金山《きんざん》付近で新陣地を築きはじめた英軍の反撃に悩まされた。高地を占領しかけると、九龍半島の西側にあるストンカッター島にある六インチ砲と、香港島西に位置する九・二インチ要塞《ようさい》砲が砲弾を射ち込んでくる。しかし砲弾下の進撃の結果、十一日午後までに金山南西部一帯は日本軍のものになった。

この地点における日本軍の進攻は、英軍にとっては致命傷になりかねなかった。さらに後方に回られれば、前方から攻撃してくる左翼隊の本隊と挟み撃ちにされ、もはや九龍半島、さらには香港島への退却が不可能になるからだ。

英軍司令官が全軍に対して香港島への撤退を決定したのは十一日正午だった。

この間、新田を出た迂回隊は安岡を通り、西側寄りに掃討しながら、青衣島《せいいとう》に渡った。しかしそこには英軍の軍事施設はなく、十二日午後、上陸して来た海軍陸戦隊と交替した。

海軍側は、「青衣島には海軍陸戦隊が上陸、占領す」と報告したが、実情を知る陸軍将兵の失笑をかった。

沙田《さでん》海《かい》潮水湾を渡海した左翼支隊は水牛山《すいぎゆうざん》に到着、啓徳飛行場まで十キロの地点に迫った。二キロ先に飛行場を防禦《ぼうぎよ》すべく英軍の石塚陣地が設けられ、周辺の道路には地雷原が敷設《ふせつ》されていた。十二日の早暁、地雷を避けて用心深く行動した第一大隊の肉迫攻撃班が英軍の鉄条網とトーチカを破壊、時を同じくして第二大隊は中央山と九龍山を占領した。翌十三日、東側に展開していた第三大隊は将軍澳《しょうぐんおう》半島を掃討、第二大隊は悪魔《あくま》山《ざん》要塞を攻略、第一大隊が啓徳飛行場を掌握後、九龍城《カオルンセン》付近に集結した。

こうして、開戦から六日後には九龍半島全体の攻略が完了した。

降伏勧告の軍使が派遣されたのは十三日で、午前九時、白布を掲げ、案内役に英婦人を同乗させた小艇が香港島に向かった。正午まで爆撃は猶予《ゆうよ》されていた。

軍使を迎えたヤング総督は、「英軍は未《いま》だ大英帝国国王に対する忠誠の義務を果たしていない」と降伏勧告を拒絶した。

二十三軍はやむなく香港島上陸作戦を決定、島内の英軍軍事施設に対し、航空隊による爆撃を再開した。

九龍半島に残っていた重慶政府の要人たちの逮捕が開始されたのがこの時期であり、香港憲兵隊の実質任務はこのとき始まった。

久保軍曹を班長とする工作隊第三班が目標とする人物は胡文虎《ウーマンフ》だった。万病に効くとされる茶色の塗り薬〈萬金油《マンジンユウ》〉の製造販売で巨万の富を築き、南洋華僑《かきょう》最大の富豪といわれていた。

彼の邸宅の有様は、広東から連れてきていた久保軍曹の密偵の調査、および九龍で入手した情報からほぼ判明していた。

工作隊各班は香港島に渡る機をうかがい、馬頭角《マータウコック》の安ホテルに滞在し、毎日外出をしては街の情勢把握に努めた。

街は混乱の極みにあった。

九龍市街の水道は止められ、水のあるところには長蛇の列ができていた。大半の店は掠奪《りゃくだつ》を恐れて戸を閉めている。米さえ手にはいらず、木炭や石炭も欠くありさまで、日を追うごとに、道を行き交う住民の表情が暗くなっていくのが分かる。夜盗の横行も頻繁だった。彼らは日中堂々と民家に押し入る。二階のテラスに身を隠した住人が金だらいを叩《たた》いて非常事態を知らせ、隣家の住人もそれを聞きつけて、同じように金だらいを叩く。あたり一帯、騒々しく金だらいの音が鳴り渡るものの、取り締まる警官がいないのだ。強盗は悠然と金目のものを集め、去っていく。

閉店している店ばかりの街中で、唯一《ゆいいつ》賑《にぎ》わっているのが大小の賭博《とばく》場だった。赤や青、色とりどりの旗をひらめかせているので、それとすぐ分かる。

大通りにはごみが山積みに放置され、赤い蠅《はえ》が飛び回っていた。その上には、砲撃で切断されたままの電車の架線がだらりと垂れさがっている。

香港島に面した九龍埠頭《ふとう》には、連日、軍の宣伝隊の放送自動車が姿を見せた。車にはインド人や英軍の捕虜も乗せられ、マイクで降伏と投降を呼びかけていた。

宣伝隊も市内を回り、一般住民には何の危害も加えない、平常通りの生活を営むようにと叫んでいた。しかしこれも空念仏に終わった。

大通りからそれて、一歩路地にはいり込むと、いたる所ごみ溜《た》めになっていた。狭くてじめじめと暗いうえに、雑多な物で溢《あふ》れている。塵芥《じんかい》の集積の中から、白く小さな足が出ているのを見たときは、てっきり人形かと思った。しかし指の形があまり精巧なので気になり、新聞紙を払いのけた途端、声をあげそうになった。産後一、二ヵ月の赤ん坊だった。眠っているような表情で、皮膚も変色していないから、死後さして日数は経《た》っていない。

英軍の抵抗が長引けば長引くほど、住民の惨状は続かざるをえない。降伏勧告になかなか応じない英軍に腹が立ったのを覚えている。

第二回の降伏勧告は十七日にも行われた。午前十一時を合図に砲撃を停止し、軍使を香港島の皇后碼頭《クィーンズフェリーピア》に送った。回答は午後三時まで延期され、軍使はいったん九龍側に戻り、頃合いをみて再び海峡を渡った。返事はしかし今度も「否《ノウ》」だった。

この英軍の抵抗は日本軍にとって予想外だった。事前の作戦では、九龍半島を制圧してしまえば英軍は総崩れになるとみていた。九龍攻撃に全力を傾けたのもそのためだ。参謀たちの頭には、香港島攻撃作戦はなかったといっても過言ではない。

上陸敢行は、十八日夜九時と決定された。

進撃後に判明したのだが、英軍は香港島全山を要塞化し、強力な防禦線を幾重にも張りめぐらせていた。上陸に適した海岸が多いため、島周全域にわたって五十ヵ所におよぶ海岸陣地を設置、その各々は、鉄条網、地雷原、海浜探照灯、機火銃特火点からなっていた。さらに、摩星嶺《マウントディビス》、ベルチャー角、白沙湾《ツイードベイ》、鶴咀《ダグラー》半島、赤柱《スタンレー》半島、香港仔《アバディーン》西部に要塞があり、全方向射向変換できる最新式の加農《カノン》砲を擁していた。

また島内各所に配置された高射砲は、対地攻撃に転換可能だった。島内に二十ヵ所以上の射撃修正点があらかじめ設定されており、その命中精度も驚くほど高かった。山腹や山峡には、道路の要所要所を狙《ねら》って島内陣地があり、周辺の一般家屋もコンクリート製で、緊急時にはトーチカとして使用ができた。

日本軍の上陸地点は、香港島の北側、銅鑼湾から東の北角《バツゴツク》、水牛湾と定められた。右翼隊は西に展開し、二十日には競馬場東側高地や聶高信《ニコルソン》山を占領した。左翼隊は山地を抜け、黄泥涌《ウオンネイチヨン》貯水池に達し、二十日朝には、さらに南進して、浅水湾《レパルスベイ》にのぞむ香港ホテル周辺に出ていた。この別館には、英軍将兵の家族が多数避難しており、英軍にとっては死守すべき地点であり、そこを奪われることは、香港島を東西に分断されることでもあった。

最も英軍の砲兵力が強力だったのは赤柱半島方面で、半島突端の九・二インチ砲三門と六インチ砲二門は、連日の爆撃にもかかわらず健在だった。しかも半島は、その喉元《のどもと》における幅はわずか二百五十メートル、平坦地のため侵入には不利な地形を成していた。三キロにおよぶ半島奥部には多くの兵営群と高射砲陣地があり、海岸はすべて鉄条網で囲繞《いにょう》されていた。この堅固さゆえ、日本軍の赤柱半島攻略部隊は二十日の午後になってもその手前で釘《くぎ》づけになっていた。

憲兵隊要人工作隊の上陸は二十一日の未明と決まり、その前日から蛋民《たんみん》船の調達を始めた。密偵たちが九龍東端の海岸にたむろする蛋民に話をつけ、二十隻ばかりが稼働《かどう》できる段取りになった。

二十一日の午前三時、上陸の命令が下った。前夜から待機させておいた蛋民船に三名ずつ分乗し、工作隊分隊長が点滅させる懐中電灯を目印に岸を離れた。

夜の海は凪《な》ぎ、前方の香港島も灯火管制のために黒いかたまりに見えた。蛋民船の櫓《ろ》の軋《きし》みだけが不気味な音をたてる。

午前四時近く、東の海上がわずかに明るみかけてきた頃、前方にコンクリートの岸壁が現れた。ちょうど引き潮に至る時刻で、岸壁は頭上高く聳《そび》え立っている。その瞬間、前を行く蛋民船が慌《あわ》て始めた。周辺の海が奇妙に波立つ。驟雨《しゅうう》だと思ったのは錯覚で、機銃掃射だった。

咄嗟《とっさ》に分隊長が上陸地点を東側に変更、援軍の集結するブレーマー角寄りに接岸した。その間、北角からの英軍の攻撃はすさまじく、先陣隊に数人の犠牲者が出た。

夜明けとともに明らかになった香港は、まさに死の街になっていた。道路には擱坐《かくざ》した英軍装甲車が何台もころがり、北角にある石油タンクから黒煙が上がっていた。

「急ぐぞ」

久保軍曹からせかされて、香港島上陸第一歩の感慨は瞬時に消えた。「時間が経てばたつほど胡文虎との接触は難しくなる」

軍曹以下四人の私服憲兵は、二人の密偵の案内で小さな路地にはいった。左右の家屋は人が住んでいるはずなのに、物音ひとつしない。時折、海岸と山頂の両方向から砲撃音が届いた。

曲がりくねった坂道を三十分も歩いただろうか、山腹に抱かれるようにして建つ邸宅の前に出た。門の両側の哨兵《しょうへい》所に守衛の姿は見えない。そのまま門内にはいり、舗装された道を数百メートルつき進む。丘陵一帯が邸宅の敷地になっており、右側に湖をもつ庭園が広がり、樹木の向こうに五重塔の上層部がのぞいている。

久保軍曹は玄関の前に密偵二人を残すと、拳銃《けんじゅう》を手にしてそのまま中にはいった。

屋内は重厚かつきらびやかな調度品が整然と並んでいた。家具は紫檀《したん》と黒檀ずくめであり、鏡台には水晶が散りばめてある。庭に面したテラスに作られた欄干は龍《りゅう》の透かし彫りが施されていた。

寝室には、渦を巻く唐草模様の紫檀細工で作られた寝台があり、赤い絹地に金糸の刺《し》繍《しゅう》のある天蓋《てんがい》がかかっている。

壁に金文字の掛け物のある仏間を抜けると応接間があり、大テーブルで子供三人を含めた一家が朝食をとっていた。

「怪しい者ではありません」

憲兵隊のなかでも指折りの広東語の使い手である久保軍曹は丁重に言い、憲兵の身分を記した名刺を主人に渡した。

相手は笑顔になり、席を譲って茶をもって来させる。小学生くらいの子供たちも、広東語で話しかけてきた。

「我々は胡文虎先生とその一族の方々を保護するために参りました」

久保軍曹は手短に言う。

「私は息子の胡好《ウーホウ》で、父は告士打酒店《グロスターホテル》の八階に避難しています」

相手が答えた。

「それは却《かえ》って危険かもしれません。日本軍が占領した地域に逃れたほうが安全です」

「それでしたら明日の朝にでも、私が告士打酒店に行き本宅に連れ戻してきます」

胡好の提案に久保軍曹は一応賛成し、いったん引き上げることを決めた。

邸を出る際に、日本憲兵隊の保護下の家屋である旨《むね》を大書し、玄関口に貼《は》らせた。この処理で、日本軍の掠奪からは免れる。

また坂道を引き返し、憲兵分隊のいる場所まで戻った。北角にたてこもる英軍の抵抗は衰えをみせず、軍は夕刻までにわずか二百メートル市街地を前進できただけだった。二十一日の夜は、コンクリート家屋に避難、毛布一枚で夜を明かした。夜通し、どこかで砲撃音が続いた。

夜明けとともに英軍の一斉攻撃が開始されたが、久保軍曹は分隊長に申告して別行動の許可を得た。

「息子の胡好から情報がはいれば、胡文虎が別な場所に潜伏する恐れがあります」

思いつめた顔で言った久保軍曹に、分隊長も拒絶はできなかった。

その時点では、香港島の市街地は英軍の支配下にあった。建物には銃器をもった英兵やインド兵が潜み、幹線道路では戦車がにらみをきかせていた。

密偵の案内で、大通りを避け、山沿いの道を西の方に急いだ。拳銃を中国服の下に隠し持っているだけで、見かけはあくまでも香港住民だ。英軍の検問所が見えると迂回《うかい》し、湾仔《ワンチャイ》の方角を目指した。

両側の民家は固く戸を閉ざして、道行く人間もいない。密偵は路地から路地へ渡った。一時間半ばかり歩き続けたあと、電車通りに出た。さすがに電車は走っていないが、中国人の姿がちらほら見え、茶楼も何ヵ所か店を開け始めていた。

六、七階建のビルが増え、いかにも香港らしい佇《たたず》まいになった。告士打酒店は、目抜き通りにひときわ高く、周囲を睥睨《へいげい》するように建っていた。

久保軍曹は目配せをして、密偵二人をそこで帰した。久保軍曹と二人でホテルの周囲を何気なく歩き、非常口や侵入可能な入口があるかどうかを探った。

「守田、密偵をどうして帰したか分かるか」

久保軍曹が訊《き》いた。

「六人だと人目につきやすいからではないですか」

「いや、それよりも英軍に捕まったとき、我々二人だけのほうが憲兵だと見破られずにすむ。いいな、不審訊問《じんもん》にあったら、ひと言も日本語は使うな。知っている限りの広東語を口にしろ。そうすれば、北京人か上海人くらいに思ってくれる」

久保軍曹の肚《はら》はもう決まっているらしかった。正面玄関から悠然とした足取りで中にはいった。

薄暗いロビーにいる客は二、三人で、英人警察官がひとり、柱を背にして立っている。

フロントには中年の中国人女性が二人いた。

久保軍曹は臆《おく》せずに近づき、広東語で話しかけた。

「八階にお泊まりになっている胡文虎先生に会いに来ました」

案内の女性は少し驚いた顔になり、もうひとりの女性と相談するようにして、宿泊者名簿をめくった。胡文虎が泊まっているのを承知で、時間稼ぎをしている様子が見てとれた。

　英人警察官が何事かという表情で近づき、五、六メートル先でこちらを見つめる。案内の女性が警察官に訴えないか、一瞬身構える。

　こちらは二人、もしものときは拳銃を突きつけて警察官を縛り上げ、フロントの女性に八階まで案内させるしかない。

　女性は警官の方は見ずに、また二人で何か相談し、意を決したように顔を上げた。

「確かにお泊まりです。ご案内致します」

　ひとりがそう言ってフロントから出る。「あいにく停電でエレベーターが使えません。こちらです」

　彼女は階段の方に足を向けた。策略ではないかという気がした。階段の途中で待ち伏せをくうこともありうる。懐《ふところ》の拳銃に手をやった。

　その思いは久保軍曹も同じらしく、万が一のときに備えて、女性にぴったりとくっついている。襲撃にあえば彼女を人質にとるつもりなのだ。

　階段の途中で女性は小休止し、息を継ぐ。挟み討ちにあうのを警戒して、階段の上下にそれとなく眼を配った。

　彼女は再び上りはじめ、八階まで上がった。

　絨毯《じゅうたん》を敷きつめた広い廊下の両側に客室があった。扉には部屋番号がうたれていない。

彼女は一番奥の扉の前に立って、ノックをした。

扉が開き、顔を出したのは昨日会った胡好だった。

「どうぞ、どうぞ」

胡好が招き入れた。「昨日久保先生から勧められたように、父にも自宅に帰るよう説得しているところです」

その後ろに胡文虎のにこやかな姿があった。憲兵が闖入《ちんにゅう》してきたというのに、うろたえた様子は全くない。年齢は六十代半ばだろうか、黒縁の眼鏡をかけ、てかてかと光る肌をもつ、見るからに偉丈夫だった。

「昨日、胡先生に万が一にも危害が及んではならないと自宅に参上した者です」

久保軍曹が丁重な言葉づかいで言った。

「息子から聞きました。ご好意に心から感謝します」

胡文虎は二人に握手を求めたあと、窓辺に誘った。

八階からの眺望は何も遮る物がない。眼下にビクトリア・ハーバーの海峡が横たわり、その向こうに九龍半島、さらに大陸の山々を一望できた。西方の海上に白い航跡を描いているのは帝国海軍の巡洋艦だろう。

「ここから、私は日本軍の進撃をじっと眺めていたのです。まるで津波が押し寄せるような勢いでした」

そう言って胡文虎は、また反対側の窓辺に連れていく。香港島の山麓《さんろく》が箱庭のようにさまざまの色をみせている。うっそうと繁《しげ》る樹木や明るい緑の芝生の間に、赤や青い屋根、白壁をもつ別荘が点在していた。

「九龍半島の戦闘のあとは、この背後の山の攻防戦です。日本軍の攻撃にイギリス軍が敗走していく様子が、手にとるように見えました」

窓から望める範囲内では、砲煙もなく、砲撃音も聞こえない。

「日本軍は本当に強い。私は生きている間に、イギリス軍が敗けるのを見られるとは思っていませんでした」

「胡文虎先生は、日本にとっても大切なお方です。それを理解しない日本軍兵士が、先生に狼藉《ろうぜき》を働かないとも限りません。先生御一家の警護は私共にお任せ下さい」

久保軍曹が申し出る。「先生のご親戚《しんせき》やご友人で、保護を要する方がおられればお教え下さい。出来得る限りの助力を致します」

「ありがとうございます」

胡文虎は率直に言い、二人を坐《すわ》らせた。いつの間にかこちらが客人扱いされていた。

「中国と日本は二千年の昔から兄弟の関係にあります。現在は双方で争っていますが、一時的な熱病のようなものです」

胡文虎は教師が生徒に諭すような口調になっていた。息子の胡好も神妙な顔で聞き入っている。

「皆さんは蔣介石主席を憎んでいるかもしれませんが、彼は青年時代日本に渡り、陸軍士官学校で学んだ人間で、本当は日本が好きなのです。私個人からみても、人格の抜きんでた高潔の士です。話して分からぬ人間ではありません」

そう言って胡文虎は、他に保護してもらいたい人物を四、五人書き添え、メモを久保曹長に渡した。

本来、そうした人物は、保護というよりも逮捕に近い処遇を考えていたのだが、胡文虎の堂々たる態度から、こちらも文字通り要人を保護する気持にさせられていた。

二十二日以後は、胡文虎が書いてくれた人物を住所に訪《おとな》い、保護ないし軟禁の処置をとった。

その間、香港島の東と西に分断された英軍は、懸命に東西合流をはかっていた。赤山《せきざん》への逆襲、南部海岸ホテル周辺への進出、聶高信山《じょうこうしんざん》の奪回、南部海面からの英砲艦シカラ号とロビン号の応援など、死闘が続いた。しかしいずれも成功せず、二十二日、海岸ホテルでの戦闘は終了した。

二十三日と二十四日、英軍は総崩れになった。二十四日夕刻、英軍と共にあった重慶軍軍事使節団長らは香港仔から船で脱出、五隻《せき》の魚雷艇で九龍半島東部に上陸し、東江遊撃隊の援助で重慶に逃げ帰った。

憲兵隊の要人工作隊は各班毎に分かれ、それぞれ担当要人の逮捕・軟禁にやっきになっていた。二十四日のクリスマスイブも、市内の各所の建物には英軍将兵が武器をもって潜んでおり、日本軍が鎮圧するには至っていなかった。日本軍は小隊を要所要所に配置し、事あれば建物内への銃撃をすべく待機した。

胡文虎の邸宅には二人一組となって毎日顔を出し、様子をうかがっていた。軟禁を強いているのは憲兵隊の側だったが、行くたびに客人としての接待を受け、心理的には主客転倒になった。

あれは二十五日の午後三時過ぎだったか。応接間の電話が鳴った。

「守田先生、すぐ久保先生に知らせて下さい。イギリス軍は降伏しました。間違いありません」

受話器を耳からはずした彼が、感慨深げに言った。隣室にいた久保軍曹に知らせると、駈《か》け寄って来て本当かどうか確かめる。

「間違いありません。おめでとう」

胡文虎は、がっしりした手をさしのべ、握手を求めてきた。外は陽が翳《かげ》りはじめ、確かに耳を澄ましても、もう砲撃の音は聞こえてこなかった。

なった。

22

十二月二十五日が香港陥落の日であったため、その日は黒色聖誕節《ブラック・クリスマス》と称されるように

十二月二十九日、第二十三軍は軍政庁を九龍《カオルン》南端にある半島酒店《ペニンシュラホテル》に設けた。さらに翌十七年一月十九日午後五時十五分、香港占領地総督部が成立、軍司令官に代わって、総督が赴任した。総督部そのものは大本営直轄《ちょっかつ》となった。

香港憲兵隊は二十三軍から離れ、総督部の指揮下にはいった。憲兵隊総本部を徳輔道中《デボロードセントラル》の旧高等法院に置き、東区、中区、西地区の各分隊をもち、九龍憲兵隊総本部は加士居道《ガスコインロード》の南九龍裁判所を接収して拠点とした。

久保軍曹は西地区憲兵隊に配属されたあとも胡文虎《ウーマンフ》との交流を続けた。一時は胡文虎の熱意に動かされて、一緒に重慶まで飛び、蔣介石主席に日中和平を勧めようとしたが、却って上層部の叱責《しっせき》にあった。重慶に逃亡を企てようとする胡文虎の悪だくみに過ぎないと、憲兵隊上層部は判断したのだ。

香港総督府は香港を次々と日本化していった。その手始めが地名変更だった。

扯旗山《ビクトリアピーク》が香ヶ峰、浅水湾《レパルスベイ》が緑ヶ浜、九龍城《カオルンセン》区は元区、九龍塘《カオルントン》が鹿島区となった。主な通りの呼称も変わった。太　子　道《プリンスエドワードロード》は鹿島通り、皇后大道《クイーンズロード》は明治通り、堅尼地道《ケネディロード》は大正通り、徳輔道《デボロード》は昭和通りとなり、さらに彌敦道《ネイザンロード》が香取通り、宝雲道《ボウエンロード》が霧島通りと改変された。

しかしこの変更は月日がたっても市民の間には浸透せず、密偵たちも以前のままの呼び方を使い続けた。

香港憲兵隊がまだ第二十三軍の隷下《れいか》にあって総督府直轄となるまでの一ヵ月あまりの間に、香港島攻略に際しての日本軍の逸脱行為については多くの報告がもたらされた。いずれも英軍捕虜や密偵たちの証言によるものだった。戦闘行為から逸脱したそれらの犯罪行為は、勝利した第二十三軍の陰の部分を物語っていた。

英軍が中英国境を放棄し、新界《サンガイ》から九龍市街区に退却したとき、新界の農村は日本軍兵士によって多大の被害を蒙《こうむ》った。豚や鶏などの現地調達は、これまでの日本軍の大陸における進攻につきものだったが、意気軒昂《けんこう》な将兵は、多数の農村婦女子を強姦《ごうかん》していた。ある村では、若い女性の半数がその狼藉にあっていると報告された。

やがて日本軍が九龍市街地にはいると、英軍兵士隠匿《いんとく》の探索を目的に、民家の一戸一戸が兵士たちによって強制捜査された。その際、金目の物があれば強奪、拒めば射殺、若い女性を見れば凌辱《りようじよく》した。

日本軍が夜盗なみの残虐《ざんぎやく》性をもっているという噂《うわさ》はすぐに香港島にも伝わり、住民たちは中環《チュンワン》、湾仔《ワンチャイ》、北角《パツゴツク》一帯から山あいの跑馬地《ハッピーバレー》に逃げ込んだ。しかし日本軍の左翼方面隊が筲箕湾《シャウケイワン》に上陸し、山沿いに香港島中央部をめざしたので、跑馬地区はたちまち戦場になった。日本兵が最も凶暴に振舞ったのは病院の中だった。英軍将兵が傷病者に化けて紛れ込んでいないか見回りながら、無抵抗の看護婦たちを次々に襲った。跑馬地の競馬場に設けられた野戦病院では、英国籍の看護婦のほぼ全員が暴行を受けた。日本兵は隣接した養和病院にも押しかけ、院長を捕まえ、紙と筆を持って来させて〈看護婦〉と大書してみせた。院長が首を振り、彼女たちはもう帰宅させていないと答えると憤慨し、代わりに金品を強奪していった。

最も悲惨な目にあったのは、赤柱《スタンレー》の聖ステファン中学内に設けられていた野戦病院だった。赤柱半島を死守する英軍にとどめをさそうとして、日本軍がこの病院に到着したのは二十五日明け方だ。日本軍兵士は、英軍負傷兵と看護婦、職員を物資貯蔵室に詰め込み、命令に従わずベッドに残っていた兵士や動けない重症患者を見つけると、片端から銃剣で刺殺していった。その後看護婦たちを連れ出し、残った負傷兵から腕時計や指輪、香港ドルを強奪した。

連れ出された看護婦は全員裸にされた。ベッドの上で刺殺された二人の英軍兵士の上に次々と横たわるように命じられ、日本軍兵士の輪姦を受けた。

二十六日朝、病院内の部屋で、ばらばらに切断された病院長と副院長の死体、抵抗したために耳・鼻・舌を切り取られ、眼球をくりぬかれた英国兵士の死体が発見された。病院の庭からは、首を切断された看護婦三人の死体が見つかった。この野戦病院全体での死者は合計二百人にのぼった。

しかし香港島住民の災厄は、黒色聖誕節が終わったあとも続く。第二十三軍司令部が住民に対して、〈英軍は降伏したので安心して正常の生活に戻るべし〉の告示を出したにもかかわらずだ。

十二月二十八日、日本軍は戦勝祝賀パレードを実施し、香港入城を名実ともに果たした。そのあと、将兵たちに三日間の特別休暇が与えられた。言うなれば公認の無礼講で、憲兵隊も、将兵の乱痴気騒ぎを大目にみるよう指示を受けた。

憲兵隊はこの三日間を利用して、重慶分子や抗日分子の摘発と逮捕を行ったので、日本軍将兵の取り締まりは実質上不可能だった。

年末までの三日間、日本兵は酒と女を求めて、街中を闊歩《かっぽ》したと言っていい。三人ないし五人ひと組になって民家の戸を叩《たた》き、開けないと銃を乱射した。家人が玄関に姿を現すと、懐中電灯で各部屋を探し回り、押入れに女性を隠していないか点検した。

日本兵たちが特に狙《ねら》いをつけたのは、ホテルと女学校の寄宿舎だった。女性たちは夜の蔭に紛れて屋根の上に身を隠したり、床下に潜んで難を逃れたり、それでも暴行される女性はあとを断たなかった。逃れられないと観念し、階上から身を投げて自殺した犠牲者も出た。

凌辱と掠奪《りゃくだつ》、惨殺《ざんさつ》がまがりなりにも影をひそめたのは年が明けてからで、軍司令部は遅ればせながら軍紀の粛正を通達した。

憲兵隊に寄せられた住民からの苦情や捕虜の証言は、形だけ受理された。明らかに軍律を逸脱した将兵の行為については、当該部隊長あてに憲兵隊長の名で質問書が出された。しかし回答の内容は極めて形式的で、当部隊には該当する兵は見あたらない、あるいは徴用して連れてきた台湾人や朝鮮人軍属の仕業ではないか、というお粗末な文面だった。

日本軍将兵が犯した逸脱行為は、香港の支配が第二十三軍の手を離れ、香港総督府に移行した時点で、一切不問になった。残虐行為は日本軍の公式文書には記載されず、その代わり香港住民の記憶のなかに深く刻み込まれたと言っていい。

香港は、これまで日本がその歴史上占領した都市のなかで、最も富んだ宝の街ではなかったか。いうなれば、金銀財宝のぎっしりつまった金庫をそっくり手に入れたようなものだ。香港総督府の政策の骨格は、その富の穏便な収奪にあった。全住民に対して〈安民布告〉を公布したが、初めから空手形だった。

旧香港政庁の公用車はもちろん、イギリス人、中国人所有を問わず、トラック、バス、乗用車などの車輌《しゃりょう》をすべて没収し、帝国陸軍管理のもとにおいた。ロールスロイス、スチュードベーカー、パッカードなどの高級車以下、総数は二万台に達し、一部は内地に、一部は南洋に、残りは中国大陸各地で転戦する陸軍部隊に送られた。

香港はまた、対アジア貿易の拠点であり、商品物資の一大貯蔵所でもあった。品々は九龍港湾に林立する倉庫群の中に納められていた。サンキストのオレンジ、ヴァンホーテンの板チョコレート、ネッスルのココア、デルモンテの缶詰、ゴルゴンゾラ・チーズ、ジョニーウォーカーやシャンペンなど、大半は英国人商人の私有財産であったが、これもまた敵性財産として没収された。

旧香港政庁が備蓄米として保管していた五万トンの米も、香港総督府が管理下におき、うち四万トンを軍用米として南方および大陸方面に拠出した。

その他デパートや主な工場も、日本の内地の企業に払い下げる処置がとられた。

こうした富の流出が、戦火で疲弊した香港住民をさらなる窮乏に追い込んだ。百五十万人におよぶ住民全体を賄《まかな》う米さえ不足してくる。打開策として米の配給所を各地区に設けたが、配給日になると、どこも長蛇の列になった。一人約半キロの割り当てであり、並んだ者しか貰《もら》えない。割り込みが当然の行為となり、女子供、老人はいつも後回しになった。

食糧不足を補うため、総督府は人減らしに腐心した。中国人たちが大陸の方へ帰る〈帰郷生産運動〉を奨励した。しかし住み慣れた香港をにわかには去りたがらず、大陸に故郷をもつ住民も少なかった。仮に故郷があったとしても、そこは日本軍の占領下にあるか、戦場になっていたのだ。

自由意志による人口減らしが不成功なのを見て取った総督府は、ついで強制疎散《そさん》に踏みきった。浮浪者や定職をもたない者を捕まえてトラックに乗せ、九龍の京士柏《キングスパーク》に設置した難民収容所に入れた。この方法は次第に強力になり、捕獲の対象は、身なりの汚い者、検問所で最敬礼をしなかった者、立入禁止地域にはいり込んだ者、早朝あるいは夜遅く路上を歩いている者にまで拡大された。

被収容者たちは、鉄道やトラックで新界の北まで輸送され、そこで放免された。持ち金は没収されており、食糧もないので、あとは乞食《こじき》でもして食いつなぐしか、生きるすべはなかったろう。

もうひとつの強制疎散の行く先は、香港周辺に無数にある大小の島々だった。僅《わず》かな食糧を与えて、百人、あるいは五百人単位で送り込む。有人島か無人島かは考慮されず、いずれにしても老人や子供の行きつく先は飢え死にしかなかった。

最大の島送り先は海南島だった。鉄鉱石の産地であり、多くの鉱夫を必要としていた。香港の若い労働力はそれに最適で、人口減らしもできる。一石二鳥の策で、高給と待遇の良さを餌《えさ》に、一万人近くの青年が苦力《クーリー》募集事務所にかき集められた。香港総督府の占領政策の第一が敵性資産の没収、第二が人口疎散とするならば、第三の最重要課題が、香港ドルの吸い上げだった。

香港陥落直後の十二月二十八日、軍は飛行機で大量のびらを撒《ま》き、通貨が軍票になる旨《むね》を告示した。横浜正金銀行と台湾銀行の香港支店が軍票交換所になった。当初の交換レートは二香港ドルに対して軍票一円だったが、十七年の七月から、四香港ドルが軍票一円になった。水道代や電気代も軍票でないと受けつけなくなった。

この香港ドル回収事業は強制的で、人口総精査と同じく、ドル隠匿摘発のための捜査が事あるごとに行われた。

香港ドルを隠し持っているという時計商が密告されたのは、昭和十七年の十二月だったか。

警務課の塩沢伍長ら数名が、中環にあるその時計屋に急行した。

時計屋は突然の憲兵の出現に仰天した。奥の部屋には中学生くらいの息子と小学生くらいの娘、六十半ばの老母がいて、女房はベッドに寝ていた。

「お前のところは、これまでさんざん稼いできたくせに、軍票に替えたのはわずかではないか。ちゃんと調べはついている」

塩沢伍長の言葉を、中国人の憲査が通訳すると、時計屋はますます顔を硬《こわ》ばらせた。

「わたしどもはそんなに儲《もう》かってはおりません。この不景気では、時計は商売にならぬのです」

腰の曲がった母親が、店主を助けようとして間にはいってくる。

「とにかく家中を捜させてもらう」

塩沢伍長は、店内にあった一番大きな掛時計を日本刀の先で突いた。文字板を覆《おお》うガラスが大きな音をたてて砕け散る。それでも塩沢伍長は構わず、第二第三の時計に立ち向かう。

時計が壊れるたびに店主は悲鳴をあげ、老母はおろおろし、子供二人も泣き出した。

「いいか、香港ドルが見つかるまではこうやって、ひとつずつ調べていく」

通訳させながら、塩沢伍長は日本刀の鞘《さや》を振り回した。たまりかねた老母が家の奥に引っ込み大きな缶を抱えて来た。蓋《ふた》を開けると、香港ドルの紙幣がびっしり詰まっている。

「いくらあるのだ」

訊《き》かれて、店主はか細い声で答える。

「一万ドルです」

「そうか」

塩沢伍長は頷く。「この他にはもうないだろうな」

「ございません。私たちがこの十年間で貯《た》めたすべてのお金です」

「十年間でたった一万ドルか」

塩沢伍長はせせら笑った。

当時、普通の会社員の月給が十香港ドルであり、一万ドルは、その百年分近い額になる。文字通り、一族の血と汗の代償といえる。

「本当です。これだけしかありません」

店主はまっ青な顔で訴えた。

「それでは香港ドル隠匿の罪で逮捕する」

塩沢伍長の言葉を憲査が通訳すると、店主は泣き出した。

「私が引っ張られれば、この店はやっていけません。子供が二人と病気の妻がおります。母は年老いて、身体《からだ》の自由が利《き》きません。一家が飢え死に致します」

「そんな事情は、俺は知らん。お前が総督府の命令を守らなかったのが悪かったのだ。香港ドルを隠すのは抗日行為で、お前たちはみんな反日一家なのだ」

「とんでもございません。反日分子ではありません。息子だけは引っ張らないで下さい」

老母は膝《ひざ》をついて哀願していたが、塩沢伍長の態度が変わらないのを見てとると、足にすがりついた。「香港ドルを隠したのはわたしです。息子ではありません。ですから、わたしを連れて行って下さい」

老母の発言に店主は驚いた顔をし、肩を寄せあって泣き始める。

「それなら、お前たち二人とも逮捕する」

塩沢伍長は二人を長靴《ちょうか》で蹴《け》やった。

捕縄《はじょう》をちらつかせて脅すと、店主と母親は床に這《は》いつくばった。子供たちも泣き出し、伍長は舌打ちをした。

「まずこの金だけ没収していく。逮捕するかどうかは、今後のお前たちの態度いかんで決める。いいな」

重々しく言い残して、軍曹は金のはいった缶を小脇《こわき》にかかえ、部下とともに店を出た。

塩沢伍長は押収した金の一部しか憲兵隊に届けなかった。

その行為が明るみに出たのは、部下が別の中国人憲査に洩《も》らし、班長の耳にはいったからだった。

しかし、事件が表沙汰《おもてざた》になれば香港憲兵隊に汚点がつく。塩沢伍長は隊長の叱責を受けただけで南方に転勤になった。その後の彼の消息は伝わってこなかった。

総督府が回収した香港ドルが、最終的にはいかなる額に達したかは知らない。軍は香港ドルを使って、マカオでラジウムやタングステン、ゴム、錫《すず》、マンガンなど大量の軍需物資を買いつけているとは噂されていた。

闇の香港ドルが禁止され、軍票のみが流通するようになるにつれ、物価は高騰《こうとう》していった。例えば、占領初期の米の値段は、二十四キロが一香港ドルで買えていたのに、三年後香港から広東に移る頃には一万二千円にもなっていた。

日本が敗れたとき、香港の住民が手にしていた軍票は、いくら少なく見積っても十億円を下るまい。それらはすべて、軍の解体とともに、ただの紙片になってしまったのだ。

23

「守田軍曹、胡好《ウーホウ》が湾仔《ワンチャイ》の憲兵隊に捕らえられたのを知っているか」

西地区憲兵隊の大道西分遣隊長になっていた久保曹長は、湾仔区の日本旅館の一室で声を潜めた。

香港占領以後は勤務地が別々、しかも久保曹長は警務課なので日頃顔を合わせる機会はほとんどなかった。その彼が、わざわざ駱克道《ロックハートロード》にある日本人街に呼び出し、奢《おご》ってくれるという。何らかの依頼事ではないかと覚悟はしていた。

「知っています」

「罪状は？」

「自分の担当ではないので詳しくは分かりませんが、重慶政府への通牒《つうちょう》容疑です」

「確かな証拠はあるのか」

「いえ、誰かの密告によるものでしょう。いちおう逮捕してからじっくり攻め落とす手立てだと思います」

「担当の特高は誰だ」

久保曹長は酒で赤くなった目を光らせた。

「藤木軍曹です」

「知らんな」

「新しく広東憲兵隊から派遣されて来た男です」

「なるほど、それで何とか実績を上げようとやっきになっているわけか」

久保曹長は腕組みしたまま眉《まゆ》をひそめた。

部屋の外で嬌声《きょうせい》がする。久保曹長がこの旅館を相談の場所に選んだのも、日本人の出入りが激しく、一応は顔の知れた私服の憲兵が来ても目立たないためだ。抱えている娼《しょう》妓《ぎ》の数は百人にのぼると言われていた。

「胡好は現在、香島日報の社長だ。憲兵隊に拘束されれば社業に翳《かげ》りが出る。その間隙《かんげき》に甘い汁を吸おうというのが密告者の魂胆だろう。無実だって何だっていい。検挙されればなおよし、無罪放免になっても、密告者には損害は出ない」

久保曹長は唇を不快げに切り結んだ。「守田軍曹は、胡文虎《ウーマンフ》を覚えているだろう？」

「覚えています。世話になりました」

「彼とは今も行き来している」

胡文虎の名を口にしたとき、久保曹長の表情がいくらか和んだ。

胡文虎は本来の製薬事業の他に新聞発行もしており、香島日報の社長の椅子《いす》を息子の胡好に譲っていた。新聞や雑誌業界は占領下にあっても賑《にぎ》わいをみせていた。邦人向けには香港日報、中国人向けには華僑日報、南華日報、東亜晩報や大成報などがあり、それらの内容を探るのも特高課員の任務だった。なかでも胡文虎が築いた星島日報は香島日報と改称して最も人気があり、その内容も反日の色彩が濃いとは言えなかった。しかし、報道の性格上、記事に抗日の難癖をつけようと思えばいくらでもできる。胡好が重慶政府と通じているという嫌疑も、そうした事情を背景にしていたはずだ。

「胡文虎は単なる金持ちではない。政治家といっていい人物だ」

久保曹長は真剣な顔になった。「彼は本気で日中和平を考えている。日本がこの戦争で英米に勝つためには、何よりも重慶政府と手を結ばなければならないと言うのだ。そうなれば大陸に散らばっている百万の日本軍を、全部南方に振り向けることができる。しかし、現状のままでは蔣介石は決して和平を結ばない。誰か仲介役をしなければならない。その役を胡文虎が買って出ようと、俺に相談してきた」

久保曹長が胡文虎と共に重慶に飛び、和平の直談判をするという計画は、上層部からも漏れ伝えられていた。久保曹長らしい壮大な目論見《もくろみ》だとは思ったが、憲兵上層部の反応は冷やかだった。

「いわば意見具申だが、まだ何の返事ももらっていない。一憲兵曹長が政治的な動きをするのだから、憲兵隊長の許可は絶対に必要だ。たとえ一度で駄目でも、二度三度と意見具申してみるつもりでいる」

久保曹長はますます顔を赤くし、目を光らせた。

「胡好が逮捕されて、胡文虎も心配しているのではないですか」

「そこだ。胡文虎は、あの大人しい息子が重慶政府と通諜行為など出来るはずがないと言っている」

「確かに、初対面の印象からして、表と裏を使い分けられる人物には見えませんでした」

「胡文虎が心配しているのは、憲兵隊の拷問《ごうもん》なんだ。水責めや爪《つめ》はがしのことを、人づてに耳にしたらしい」

久保曹長は言い置いて、居住いをただした。

「そこで守田、頼みがある。胡好の釈放は無理だとしても、拷問だけはしないように手を回して欲しい。俺が直接口を出すと、胡文虎との関係をますます勘ぐられて立場が悪くなる。察してくれ」

久保曹長は深々と頭を垂れた。

「分かりました。できるだけのことはしてみます」

約束して、その日は深酒もせず早々と別れた。

胡好は、湾仔分遣隊の留置場に放り込まれていた。

私服のまま地下に降りていき、独房の格子《こうし》の前に立った。香港占領時に会ったときのふくよかな顔が、げっそりやつれている。怯《おび》えた眼をこちらに向けた。

「覚えていますか。久保曹長と一緒にいた守田です」

広東語で話しかけると、胡好の表情が変わった。こちらの正体を見極めようとする猜《さい》疑《ぎ》心《しん》が顔に出ていた。

「安心して下さい。あなたがここにいると聞いて、来てみたのです。何とかしてみます。決して自暴自棄にならぬようにして下さい」

話しかけると、胡好は立ち上がり、格子に近づいて来た。じっとこちらを眺める目に涙が溢《あふ》れてくる。

「ありがとう、守田先生」

「いいですね。私が何とか手を尽くしてみます。それまでは頑張るのです」

胡好は格子の間から手を出して握手を求めてきた。

次の日の夕方、胡好を担当している藤木軍曹と会った。

「胡好とは香港攻略戦以来の知り合いなので他人事《ひとごと》とは思えんのだ。どういう容疑がかかっているのか教えてくれんか」

「自分の経営している香島日報を使って、重慶政府と連絡をしあっているらしいのです」

軍曹になって間がない藤木は先任に対して丁重なもの言いをした。

「具体的には？」

「それがまだ吐かせるに至っていません。求人欄や尋ね人欄を使って、毎日通信文を作成していたようですが」

「どこから出た情報なのだ？」

「それはちょっと」

藤木軍曹は返事をしぶった。どうせ欲の皮の張った密偵か、新聞業界のライバルの密告には違いない。

「胡好が胡文虎の息子だというのは知っているだろう」

「それはもう」

「胡文虎は香港経済界の大立者だ。取調べはいいが、胡好の身体に傷をつけるようなことはしないほうがいい。分かっていると思うが、老婆心《ろうばしん》で言っておく。悪く思わんでくれ」

藤木軍曹は同僚から横槍《よこやり》を入れられたのが、不満らしく歯切れの悪い返事をしたままだった。

あとは、留置場を監視しているインド人や中国人の憲査を買収すればよかった。密偵の黄佐治《ウォンジョージ》の力はここでも偉大だった。

「守田先生、何とか手筈《てはず》は整えます」

相談をもちかけると、黄佐治は手を顎《あご》にやって答えた。顎なでは得意なときの癖だ。

補助憲兵や憲査に対する工作は賄賂《わいろ》が一番だった。オメガの腕時計、パーカーの万年筆、ツァイスの望遠鏡、ウィスキーなどが絶好の贈り物になった。

胡好の留置場における待遇はそれ以来、眼にみえてよくなった。家族からの衣類や食物のさし入れも届き、藤木軍曹が使っている中国人通訳も胡好を庇《かば》うようになった。

「胡好は吐いたか」

藤木軍曹には、会うたびに訊いた。彼自身、捕らえてはみたものの手に負えないと分かり、嫌気がさしている様子だった。

「進展がなければ、いったん泳がせて新たに証拠を摑《つか》むという手もある」

藤木軍曹の心証を悪くしない程度に、助言を与えた。

その間、久保曹長は、胡文虎による重慶政府との和平工作を、重ねて上層部に意見具申していた。久保曹長の計画は分隊長から隊長へ、さらに香港総督にまで伝わっているはずだった。

胡好が逮捕されて二ヵ月後、憲兵隊長の訓示が全憲兵に向けてなされた。〈憲兵たるもの軍人の本分を忘れ、任務以外の行動をとるべからず〉という趣旨で、言外に久保曹長の政治的な動きを戒める内容になっていた。

皇后大道《クイーンズロード》の飯店に呼び出されて会ったとき、久保曹長の落胆ぶりは傍目《はため》にも同情を誘った。

「守田軍曹、胡好の処遇については恩に着る。さし入れも面会も自由になり、家人が本人に会った印象でも、健康を取り戻したようだと安心していた」

久保曹長は感謝してくれたものの、胡文虎との和平工作については、何ひとつもち出さなかった。

「藤木軍曹にも、いったん釈放して泳がせてみたらどうかと、それとなく注意しておきました」

「そうか、すまん。釈放は難しいだろうが、もしそうなれば、もう香港から逃げ出したほうがいいだろうな」

久保曹長は声を低め、視線を床に這わせた。

「しかしそれだと却《かえ》って嫌疑をかけられます」

「だから、逃亡は決死行だよ。捕まったときはおしまいだ」

「逃亡がはっきりすれば、胡文虎に迷惑がかかりませんか」

「胡文虎は総督府に連行された。一昨日のことだ」

　胡文虎の逮捕はまだ耳にしていなかった。憲兵上層部と総督府高官だけが知っている内密の処分なのだろう。

「何か疑われるようなことでもしたのですか」

「たぶん、俺が画策していた日中和平のための重慶行きと関係がある。一憲兵下士官と重慶への逃亡を策動した、というような嫌疑がかけられているはずだ」

　久保曹長は出された酒にも手をつけず、勧めても首を振った。「胡文虎を捕まえるくらいなら、自分を捕まえて下さいと、分隊長に申し出たのだが反対に怒鳴られた」

「それはそうでしょう」

「今、俺にできることといえば、胡文虎の留守宅を守ってやるくらいしかない」

　別れ際《ぎわ》の久保曹長は、肩を落として寂しげだった。

　身柄を拘束された胡文虎は、やがて東京に連れて行かれたという噂《うわさ》が立った。

　胡好のほうは湾仔の分遣隊に幽閉され続けた。藤木軍曹もそれ以上の取調べは諦《あきら》め、他の新聞雑誌に対しての睨《にら》みをきかせる方便として、胡好を飼い殺しにしている様子がみえた。

日本の軍政下では、映画や演劇の検閲とともに、新聞や雑誌の統制は、重要課題のひとつだった。総督府自身も総督府公報や写真情報などの雑誌を発刊し、宣伝に努めた。なかでもグラフ雑誌の大同画報は、日本軍の統治を正当化する意図のもとに発行された。その他、占領以前から人気の高かった大衆周報や亜州商報も健在だった。

中国人の経営になる新聞雑誌が反日的な記事を載せないためには、業界の象徴である胡好の身柄拘束は重みがあったのだ。

「守田先生が望むなら、胡好を逃がすこともできます」

あるとき黄佐治が自信たっぷりに告げた。

「逃がすというのは、留置場からか」

驚いて問い質《ただ》すと、黄佐治は目で頷《うなず》いてみせた。

「今はまずいかもしれん。胡文虎が東京でどんな扱いを受けているか見極めないことには、却って災《わざわ》いを生むことになる」

一応は久保曹長にも伺いをたてる必要があったので、そう答えておいた。

久保曹長に接触をしようと考えていた矢先に、内地転勤の命令が出されたのを知った。表向きは栄転だが、広東語に堪能《たんのう》な彼の資質は香港だから活用できるはずで、内地送りはいわば左遷と解せた。その背景に、重慶政府との和平工作があるのも疑いがなかった。

さっそく久保曹長に連絡を取った。お互いに私服とし、会う場所は思い出深い告士打酒店《グロスターホテル》にした。

「あんたも芯《しん》から特高らしくなった。支那服が似合うよ」

背広姿の久保曹長はそう言って目を細めた。

「今夜は奢りです」

予約していたホテル内の飯店で、テーブルをはさんで坐《すわ》った。

「いよいよ内地に帰るとなると、寂しいね。広東、香港と大陸生活が長かったからな」

「しかし、この時期に突然の人事ですね」

久保曹長は頷き、黄酒の盃《さかずき》をつき合わせて乾杯をした。

「これはもう、胡文虎と縁を切れという含みだよ。胡文虎に付き添って重慶に行き、蔣主席に日中和平を直談判する計画が、上層部の癇《かん》に障ったのだ」

「ええ、耳にはいっています」

「俺が胡文虎の口車に乗せられていると、総督も憲兵隊長も判断したのだろう。実に了簡《りようけん》が狭い。胡文虎は人を騙《だま》して逃げるような人物ではない。本心で日中和平に身を捧《ささ》げようと考えている。そのためには巨万の富をそっくり捧げてもいいとさえ言っていた」

久保曹長は憤懣《ふんまん》やる方ないという顔で、一気に盃を傾けた。「人を信じない奴《やつ》に、人を統《す》べることはできんよ。その意味で、総督も隊長も政治家失格だ。無論、二人とも自分が政治家だとは思っていまいが」

久保曹長は身を乗り出し、声を低めた。「しかし、この香港の頂点に立つのは総督。香港住民を統治しているのだから、これはもう政治なんだよ」

正論に、頷くしかなかった。忌憚《きたん》なく怒りをぶちまけるのは初めてなのだろう。黙って聞いていれば、上層部批判はとどまるところを知らぬ気配だった。

「日本に連れて行かれた胡文虎はどうなったのですか」

重苦しい空気を払うようにして言った。

「胡文虎の親日的な気持だけを利用して、あちこち連れ回しているらしい。日本軍による香港軍政を、胡文虎の口から美化して語らせようという魂胆だ。胡文虎は日中和平を心から望んでいるから、日本を非難するような行動や発言はしない。政府はそれを利用しているだけなのだ。胡文虎の純粋な気持と比べたら、利用する連中の魂は腐りかけている。利用価値がなくなったところで、ぽいと放り出されなきゃいいが」

その夜、久保曹長は黄酒《ウオンツアウ》の盃を傾けるのを拒まなかった。あたかも香港最後の酒宴を楽しむかのように、盃を何度もつき出した。

「野間隊長も了簡が狭いと思わないか」

「自分たちにとっては、憲兵大佐など雲の上の人です」

「いや俺だって付き合いはないさ。俺が言いたいのは、ああやって毎朝、白い馬に乗って出勤する態度だよ。本人は憲兵隊長の威厳を示しているつもりかもしれんが、住民の反発を煽るようなものだ。英軍政庁の警察署長だってあんな目立つ行為はしなかったはずだ。野間大佐は若い頃、ロンドンの陸軍武官事務所に留学していたというじゃないか。白い馬に乗った恰好《かっこう》を見ると、俺はイギリス人よりも偉いんだとひけらかしているように思えるね。

イギリス人捕虜に対する扱いにしてもそうだ。飛行場の拡張や道路工事にこき使う割には、食事量が少ない。やつら図体《ずうたい》がでかいから、日本人や中国人よりは食べなきゃならんはずだが、隊長はそれでいいという考えだ。ロンドン時代、余程イギリス人から馬《ば》鹿《か》にされたんだろうな。今はその反動がもろに出ている」

傍に人がいたら口を手で塞《ふさ》がねばならないほどの痛言を、久保曹長は並べた。

「胡好はどうしましょうか」

話題を逸《そ》らすために訊いた。「逃がそうと思えば出来ます」

「本当か」

久保曹長はぐっと目を据えた。

「ただその時期を何時《いつ》にするかです」

「俺がいなくなったあと、胡好が酷《ひど》い目にあわされるのじゃないかと心配していたんだ。釈放願いをずっと隊長に出していたから、俺がいるうちは手荒なことにはならんだろうと思ってはいたが」

「では、久保曹長が香港を離れた直後にということにしましょう。ただ、東京の胡文虎に迷惑はかかりませんか」

「かからんだろう。いや、かかったとしても、胡文虎は喜ぶさ」

「分かりました。やらせてもらいます」

「すまんな。しかしあんたにとばっちりが掛かるといかん」

「大丈夫です。そこは密偵がうまく立ち回ってくれます」

黙ったまましばらく黄酒をくみ交わした。久保曹長の表情には、日本に帰れる安堵感《あんどかん》と、志半ばにして香港を去らねばならない無念さが混在していた。

「妙なものだ。内地に帰る段になって、香港攻略時のことをよく思い出す」

「胡文虎と会った頃のことですか」

「いや、九龍《カオルン》に入城したての頃だ。あのとき日本軍を恐れた住民も当然いたが、まるで凱旋《がいせん》将軍を迎えるような連中も大勢いたのは確かだ。日本が米英に宣戦布告したこと自体、住民にとっては驚きだったろうし、同じアジア人が香港のイギリス人を追いやったのが嬉《うれ》しくもあったのだろう」

久保曹長は酒のはいった盃をじっと眺めた。

「九龍城《カオルンセン》の窓から、即製の日の丸が振られていました」

「そこなんだ。あれから二年たった今、日の丸を窓に飾る中国人がいるか」

問われて思わずかぶりを振った。

「住民の最初の期待と熱狂は、日本の軍政下でいつの間にか消えてしまったんだ」

「言われるとおりです」

「大多数の住民は騙されたと思っている。こんなことなら、イギリスの政治のほうがましだったと感じているだろう。どうしてそういう結果になったのか。俺はあの憲兵隊長が白馬に跨《また》がって出勤することと、今回の胡文虎と俺の和平工作を握りつぶした点に表われていると思うのだ」

久保曹長はまだ言い足りないというように、おもむろに口を開いた。「ひと言でいえば、威張り過ぎと、思いやりのなさだよ」

最後の言葉は、周囲にも聞こえる大声になった。

久保曹長の出港は見送らなかった。翌日、黄佐治を呼んで、胡好の逃亡はいつでもいいと言い渡した。

「湾仔から逃がしたあとは、どうする?」

「重慶まで行かせるしかないと思っています」

黄佐治はいとも簡単に答えた。

「その手筈も整っているのだろうな」

「もちろんです」

自信たっぷりの顔からは、彼がこの仕事に対して多大の報酬を胡好の一族からせしめていることがうかがわれた。胡好の逃亡幇助《ほうじょ》は、彼にとって大きな金づるになっているはずだった。

胡好が逃げたという知らせは、それから四日後に聞いた。拘禁を続ける利点も失われていたのか、担当の藤木軍曹もさして口惜《くや》しがらず、監視役の補助憲兵たちも大して叱《しっ》責《せき》を受けなかった。

*

「内地の被害で最も大きかったのは、広島と長崎だそうです」

三沢が〈金鵄《きんし》〉をふかしながら言った。〈金鵄〉はどこからか一本貰《もら》ってきたものだろう。いかにもうまそうに喫《す》っている。

「例の新型爆弾でしょう」

「原子爆弾です。たった一発の爆弾で、何もかもがまっ黒焦《くろこ》げになったといいます。コンクリートも石も焼けて灰になったくらいだそうです」

そう言われても想像はしにくく、三沢の吐く煙をぼんやりと眺めやった。

その瞬間、久保曹長と最後に交わした会話が蘇《よみがえ》った。

「内地はどこの勤務になるのですか」

「広島憲兵隊だ」

「広島ですか。郷里の近くですね」

岡山出身なのを思い出して言った。

「憲兵隊でも、その辺の便宜は計ってくれたのだろう。田舎を出てもう九年だよ。兵隊にとられてすぐに満洲、朝鮮、中支、そして南支と、大陸を駈《か》け巡らされた」

久保曹長は溜息《ためいき》をついた。もう戦争は嫌だというように首を振った時の、やるせない表情が眼に焼きついている。

広島憲兵隊に勤務しているとすれば、原子爆弾の犠牲になったのは間違いない。大陸を転戦し、やっと内地に帰って原子爆弾とは、何という不運か。

しかし、仮にあのまま香港島に残り、西地区の分遣隊長で敗戦を迎えていたとしたら、戦犯で逮捕されていたこともまた間違いない。

「内地もどうなっていることか」

三沢は呟《つぶや》き、短くなった〈金鵄〉を手製の金串《かなぐし》に刺し、最後の最後まで吸い続けた。

24

「上陸は鹿児島だそうです」

三沢が言った。夕食は麦飯にけずり節少々、小魚とわかめの醬油汁《しょうゆじる》がついていた。

「そこから先は汽車があるんでしょう」

「ええ、鉄道はおおかた復旧されていて支障はないようです」

「運賃はどうなりますか。円なんか持っていません」

「郷里までの切符くらい、引揚者の援護事務所が何とかしてくれるのではないですか。考えてみれば、この船だって運賃も食費もただです。鉄道も船の延長ですよ」

三沢は自信たっぷりに答える。収容所ではどこか頼りなげで目立たない存在だったが、日本が近づくにつれて、三十五歳の分別をもった男に戻りつつあった。

「内地は極端な婿《むこ》不足だそうですよ」

三沢は細面の顔を向けた。「戦地で傷を負った復員兵にも、帰郷したとたん、入り婿の話があると言います」

「三沢さんはまだひとり身ですね」

「ええ、まあ」

「楽しみでしょう、どんな縁談が持ち込まれるか」

「病気がちだったし、身を固めるなど考えてもいなかったですよ。明坂さんは？」

「女房子供がいます」

「そうですか。独身かと思っていました」

「独身みたいなものです。結婚してすぐ、外地出張になりました。女房が妊娠していたので、置いてきたのです」

適当に嘘《うそ》を混じえて答えた。

「子供さんはいくつです」

「確か、七つです。もう五年くらい会っていませんから」

「それは可哀相《かわいそう》ですね。帰ったらしっかり可愛《かわい》がってやらないと」

「ええ」

生返事になっていた。赤ん坊の善一の顔さえ思い浮かんでこない。

不思議なことに妻の瑞枝の顔も、おぼろげにしか頭のなかに残っていなかった。その反面、彼女の身体《からだ》の感触は、微妙に覚えている。しかも内地が近づくにつれて、その感覚が生々しく思い返された。

瑞枝と瑞蓮《シュイリン》、奇《く》しくも、二人とも瑞という字を共有していた。それに気がついたのは、瑞蓮と親しくなってしばらくしてからだ。

「瑞蓮の瑞という字は、何という意味なんだい」

瑞枝のことは伏せて、訊《き》いた。

「おめでたいの意味です」

瑞蓮は笑った。美しいとか清いとかの意味を期待していたので、意外だった。

瑞枝の身体がふくよかで弾んでいたとすれば、瑞蓮のそれは細くなめらかだった。

「守田先生はジャンクに乗ったことがありますか」

あるとき瑞蓮が謎《なぞ》をかけるような顔をして訊いた。

「一、二度ある」

と答えたが、香港攻略のときと、西安号の錨《いかり》を切りに行く際に乗ったくらいで、船の生活を味わったというほどではない。

「乗りに行きませんか。知合いに頼めば、おいしいものを食べさせて、ひと晩船の中で眠らせてくれます」

「あんな狭いところでか？」

「狭くはないです。ホテルくらいの広さはあります」

誇張ではあろうが、瑞蓮は微笑しながら言った。

ジャンクは香港仔《アバディーン》に繋《つな》いであった。貝殻が岩にとりつくように、陸地と海の境目に、びっしりと大小のジャンクが繋がっているのは壮観だった。

瑞蓮は薄紫に白い水玉模様の中国服を着、白いサンダルをはき、白いバスケットを手にしていた。長い髪は後ろで束ね、髪留めで上にかかげ、首筋を見せている。白い開襟《かいきん》シャツに白いズボン、白靴、淡青の上着、白の中折れ帽といういでたちも、精一杯の盛装のつもりだった。

「わたしたち、どんなふうに見えるかしら」

香港仔まで行く一号線のバスの中で、瑞蓮が言った。

「隣のおばさんに訊いてみればいいさ」

答えると、彼女は肘《ひじ》で脇腹《わきばら》を突いて笑った。

どこかの商家の御曹司《おんぞうし》とその婚約者というのが、見た目の相場だろう。

話をつけていたジャンクは思った以上に大きく、四、五間《けん》の長さがあった。五十がらみの夫婦が迎え入れてくれ、すぐさま船は岸を離れた。

青く澄んだ海から、香港島の山腹に点在する家々が望めた。陸からは想像できないほど美しい眺めだ。帆を上げたあと、船の主は操舵《そうだ》をしながら瑞蓮に話しかける。早口なのでよく聞きとれないが、春の沿海で獲《と》れる魚を説明している様子だ。女房のほうは狭苦しい厨房《ちゅうぼう》に出入りして、料理の仕度に余念がなかった。

甲板の下はいくつかに仕切られ、それぞれに漁具や食料品が納められている。水槽《すいそう》もあり、主《あるじ》はわざわざ蓋《ふた》を開けて、泳いでいる魚を見せてくれた。

船尾から船首に移動するとき、両舷《げん》に取りつけられた狭い渡り板を通った。手すりを握り、波の揺れ具合をみながら、おっかなびっくりで足を運んだ。

瑞蓮は全く恐《こわ》がる様子は見せず、渡り板の上に立ったままで、周囲の島々を眺めやった。

「この船の中で寝るのか」

船尾の甲板に腰をおろしたとき、先刻からの気がかりを口にした。

「そうよ、どうして」

「部屋はひとつだろう」

「ひとつよ」

瑞蓮は当然のような顔をして答える。

「それじゃ、あの夫婦はどこに寝る？」

「わたしたちの隣よ」

「仕切りでもあるのか」

真剣な顔に、瑞蓮は突然笑い出した。

「仕切りなんてありません」

言ったあとも、おかしそうに含み笑いをした。

「あのざるは何だか知っている?」

瑞蓮が訊いた。舳先に、竹で編んだざるがかぶせてある。衝突よけにしては、いかにも貧弱だ。

「魔除《よ》けなの。ざるには目がたくさんあるでしょう。だから悪魔を見張っていて、この船を護《まも》ってくれるの」

西風がかすかに吹いていた。帆をかかげた船が進んでいるのかどうかは分からない。遠くにある同じようなジャンクも、海上に停止しているように見える。

夕陽が大嶼山島《ダイユサンドウ》の向こうに沈みかけていた。島全体が色を失いつつ次第に黒ずんでくる。

夕陽は沈みながら大きさを増し、やがて下縁を島影に接触させた。

「守田先生、まだ寝る場所の心配をしているのでしょう」

瑞蓮が笑いをこらえながら言った。もうどうにでもなれという気持になっていた。

陽が沈んでしまうと、ジャンクは香港仔の方角に戻り始めた。夕食ができたからと、女房に告げられて、船室に案内された。

六畳ぐらいの広さはあるだろう。窓べりに折り畳み式のテーブルがつけられ、二人分の食事の用意ができていた。あの無愛想な女房にこんな腕があるのかと思うほどの料理が、次々に運ばれてきた。

最初は、大皿に山盛りになった小海老《こえび》の蒸し物だった。瑞蓮の手つきを真似《まね》て、まだ熱い海老の殻を手でほぐしていく。淡白な味が、醬油風味のたれで引き立ち、いくらでも腹におさまる気がした。

「守田先生、どうぞ。今夜はわたしの奢《おご》りですから、どんどん食べて、飲んで下さい」

瑞蓮は紹興酒《しょうこうしゅ》を勧めてくれた。「寝る場所の心配はもうしないでよいです」

改めて言われると、この何の変哲もない部屋に寝るのがまた気になった。

「次の料理は鱶《ふか》ひれのスープ」

瑞蓮が言ったとおり、女房は二つの器をテーブルに並べた。

深皿には、まるではるさめかと思うほどの量の鱶ひれが入っていた。

「あの小母さんの腕は、香港の有名な酒楼のコック並みという評判なの。値段は三分の一。一度こうやって食べてみたかった」

小窓のガラスを通して、海岸の明かりが見えている。薄闇《うすやみ》の向こうで、光の構図がわずかずつ移動していく。

スープのあとの金目鯛《きんめだい》の丸蒸しも、醬油味のたれが絶妙の味を出していた。やや遅れて出てきた鮑《あわび》の煮込みの重たい味と、ほど良く釣り合う。

普段はアルコールを口にしない瑞蓮も、紹興酒を拒まなかった。もともと強いのか、あまり顔色が変わらず、話し振りにも酔った様子はない。料理を味わいながら、時折顔を出す女房に、調理法を尋ねたりした。

「守田先生にも、いつかこんな料理を作ってあげられるようになりたい」

そう言って、じっとこちらに眼を据えたとき、初めて酔った気配を感じた。

最後の料理はあえ物で、歯ごたえがあるなまこともう一種類、白っぽい薄物が混じっていた。

「これは一体何だろう」

「花膠《ファガウ》」

瑞蓮は答え、紙片にその漢字を書いてみせた。

「分からない」

かぶりを振ると、彼女は魚の絵を描き、その腹のあたりに二個の飛行船のようなものをつけ加えた。

「魚の浮き袋？」

「そうです」

浮き袋までが料理になるとは、驚きだった。

食事を終え、用足しに部屋を出た。外は真暗で、ジャンクは岸から三十メートルくらいの位置に錨をおろしていた。岸辺に繋がれた船から、石油ランプの明かりが漏れ出て、水面に揺れている。

夫妻は船尾にいて、食事の後片づけをしていた。

「料理はどうでしたか」

船主のほうに訊かれ、おいしかった、今まで食べた広東料理のうちで一番だ、と答えた。無口な女房がそのとき初めて表情を崩した。

便所は、女房がたち働いている料理場の反対側にあった。船体の外側に四角い箱がくくりつけられている。箱の底にしゃがんで用足しをすると、板の隙間《すきま》のかなり下方で、海面が不気味に光った。

「驚いたでしょう」

部屋に戻ると瑞蓮が言った。「ジャンクの船尾は、二階建くらいの高さになるの」

「崖《がけ》の上から放尿しているみたいだった。毎日あんなことをしていると、気分がおおらかになるだろうね」

答えながら、便所の下に豚を飼っているという南洋の話を思い出していた。ジャンクも同じで、豚と魚が入れ替わっただけだ。

「厨房が右側にあって、左側は便所というのはどの船も同じ。つまり、右舷側は神聖で、左舷は不浄ということなの。この部屋もそうよ」

瑞蓮は部屋の右端に祀《まつ》られている神棚を指さした。

船はかすかに揺れている。波音以外は聞こえず、別世界にいるような錯覚さえした。

女房がテーブルの上を片づけ、部屋の隅に寝具を敷き始める。糊《のり》のきいた白いシーツに、これも白いカバーのかかった薄手の掛布が二組、きれいに並べられた。枕許《まくらもと》には、水差しのコップがのった盆が置かれた。

「用事のときは、この呼び鈴を振って下さい」

女房は、こぶしほどの大きさの鈴を入口にかけ、出て行った。

「守田先生、安心したでしょう」

瑞蓮の目の端が笑っている。

「船の上は俺たち二人だけになるのかい」

「まさか。あの人たちもちゃんと乗っていてくれます」

「この部屋以外、どこに寝る所があるのだ」

「そこまで心配する必要はありません。しばらく、海風に吹かれていましょう」

湾内はまるで蛍籠《ほたるかご》のようになっていた。停泊している何千という大小のジャンクが、それぞれ明かりを灯《とも》し、それが暗い海面に揺れ、光の数は二倍にも三倍にもなっている。

瑞蓮はキャビンの壁に身体をもたせ、腕をからませてきた。船と船のこすれあう音がする。時折、風に人の声が混じった。

ここは香港なのだ、自分に言いきかせた。こんな時間は二度と訪れないだろう。それがはっきりと頭の隅で確信になっていく。

「守田先生、今日はわたしの願いを叶《かな》えてくれてありがとう。一生に一度、こうしてジャンクを借り切ってみたかったの」

瑞蓮が言った。

「香港の表玄関のビクトリア湾も美しいけど、香港仔が本当の香港よ。ジャンクで生まれてジャンクで一生を終える香港人の故郷」

瑞蓮はそのとき、不思議と過去の話も将来の話もしなかった。眼の前の海と風を感じ、二人でジャンクに乗っている時間を黙って味わった。

小一時間して部屋に戻り、ジャスミンの香のする茉莉花茶《モーレイファチャ》を飲んだ。石油ランプを消して、瑞蓮は服を脱いだ。バスケットから出した絹のガウンを全裸の上に羽織った。髪留めをはずした髪は、肩まで広がった。

「守田先生」

瑞蓮は叫び、顔を胸に押し当てた。

船が揺れ、波のはじける音が気持を昂《たかぶ》らせる。抱き合ったあと、渇いた喉《のど》を茉莉花茶で潤《うるお》した。

夜半過ぎに、どちらともなく目が覚め、再び求めあった。瑞蓮の髪の下に腕を入れ、抱いて眠った。

気がつくと、瑞蓮と主人夫婦の声が外でしていた。身づくろいをして戸を開ける。新たに潮の香を含んだ空気が身体を包み込んだ。入江にはうっすらと靄《もや》がかかり、その奥に無数のランプが揺れていた。

「早晨《ヅオウサン》」

瑞蓮の声が明るく弾んだ。長い髪を束ね上げ、前日とは違う桃花色の中国服を身につけていた。

25

船尾の方に人が集まっていた。子供を抱いた女性が涙を流している。その傍《かたわ》らで六歳くらいの男の子が泣きじゃくり、周囲の何人かがもらい泣きしていた。死んだのは彼女の夫らしかった。破れの目立つ毛布は、太巻きの丸太の形になっていた。

四、五人がかりで船べりまで抱え上げ、両端にゆわえつけた縄をもって、遺体を少しずつおろしていく。

毛布の包みが水面近くまで来たとき、男たちは一、二の三で縄を持つ手を放した。小さなしぶきを上げて遺骸《いがい》は落ち、斜めになりながら沈んでいく。

「口惜《くや》しいでしょうね。ここまで内地に近づきながら、死ななきゃならないなんて」

傍に寄っていた三沢が言った。

「まだ若かったのじゃないですか。子供も小さいし」

船は遺体の沈んだ付近を中心に、旋回している。誰もがその方向に手を合わせた。汽笛が長く短く響き渡る。

「長州島の収容所にいたときから、心臓が悪かったらしいです。こんなことなら、早く引揚船に乗っていたほうが良かったかもしれません。内地だったら、手当てのしようもあったでしょうに」

船は再び速力を上げた。

親子三人は船尾に残って、まだ海面を眺めている。子供は裸足《はだし》で、母親の着物は汚れ、もとの色さえ判《わか》らなくなっていた。彼女がはいているのは、夫が残した革靴だろうか、ぶかぶかだった。

船底では、もう夕食の配給が始められていた。甲板に集まっていた人の数がいっぺんに減ったのもそのためだ。

麦飯の炊《た》き上がった匂《にお》いが、沈んだ気分をいくらか和ませてくれた。

「明坂さん、今日から、この子の面倒をぼくがみることになりました」

三沢が坊主《ぼうず》刈《が》りの子供を紹介した。白いシャツは垢《あか》で黄色くなり、ズボンの膝《ひざ》が破れている。ゴム靴だけがまだそれらしい形を保っていた。

「名前は?」

「マツモト・マモル」

子供は上眼づかいに答えた。

「恐がらんでもいい。このおいちゃんとは、ずっと収容所でも一緒だったんだ」

三沢は無理に笑顔をつくった。

子供は黙ってわかめの醬油汁を吸い、飯盒《はんごう》の中蓋によそってもらった飯を口にした。

「マモルはいくつだ」

「九歳」

訊《き》かれたことのみ答えると決めているのか、無駄口も叩《たた》かなければ、にこりともしない。

「この子の身寄りが山口県だと聞いて、ぼくが責任をもって連れて行くことにしたんです」

三沢が説明しても、子供は他人事《ひとごと》のように黙々と飯を食べた。

子供の荷物は、白い布で包まれた四角い箱とアルマイトの食器、飯盒の中蓋だけだ。

箱は遺骨箱で、隅に松本と記されていた。

「母親のものです」

声を低めて三沢が言う。「収容所の病棟で、後の引揚げが決まる直前に亡《な》くなったそうです。それまでは引揚船に移せる状態ではなく、居残って少しでも回復するのを待っていたんでしょう」

「父親は？」

三沢は、その話をしてはいけないというように黙って首を振る。

「坊やも、大変だったな」

耳の後ろに黄黒い垢がたまっているのを眺めた。子供は返事もせず、階段の横の隙間に身体《からだ》を入れ、しゃがみ込んだ。まるで、白い遺骨箱を守るのが、自分の任務だと考えている様子だ。

「父親は、収容所にはいる前、物盗《ものと》りに襲われて殺されたらしいです。敗戦前のつもりで、強盗に立ち向かっていったのだと思いますよ。相手は拳銃《けんじゅう》を持っていて、父親は即死、母親も腹部に傷を負って収容所に運び込まれたのが、今年の一月といいますからね。あわよくば、そのまま広東市内で商売を続けていくつもりだったんですかね」

食事配給の鍋《なべ》を返しに行くとき、三沢が耳打ちした。

「何の商売をやっていたのですか」

「さあ、それは聞いていません。死ぬ間際《まぎわ》になって、母親が自分の実家の住所を書いて残し、世話人がぼくの郷里に近いことを知って頼まれたのです」

「鹿児島から山口までは遠いですね」

「引揚船が着く港は決まっているそうです。そこに引揚援護局というのがあって、それ以外の港では駄目だといいます。ぼくやあの子にとっては山口県仙崎の港がすぐそばで都合がいいので、そこに回してくれるよう頼んだのですが、馬鹿者《ばかもの》と怒鳴られました。引揚船は貸し切りの遊覧船じゃないのだと、まあ、もっともな話です」

　三沢はそれでも残念そうな顔をした。

「他にどんな港があるのですか」

「そうか、明坂さんは福岡県でしたね。博多や佐世保、下関なども載っていました」

三沢は内地の地図を頭に浮かべるようにまばたきをする。「その他にも、函館や名古屋、舞鶴、宇品などですか」

　兵隊も含めて、日本人が敗戦時にどのくらい外地にいたのか、正確な数は知らない。おそらく全人口の一割は内地を離れていたはずだ。アジア全体を共栄圏とするという国策に従い、この十数年というもの、日本人は続々とアジア全域に散っていた、いや散らされたのだ。その数は総数五百万人を下るまい。敗戦と同時に、生き残った連中は、この船の邦人のように垢だらけの身体にボロをまとい、内地をめざして帰っていく。

　引揚者のなかには、乳呑み児《ちのみご》も、マモルと同じ年恰好《としかっこう》の子供もいた。マモルは同年配の子供たちと交わろうとせず、むしろ避けている風だった。かといって、大人たちにもうちとけない。

黄埔を出たときから世話をしていた大人たちが、途中でマモルを三沢に押しつけたのも、人なつっこさを欠き、もてあましていたからだろう。階段の下に母親の遺骨箱を据え、滅多に動こうとしない。その場を離れるのは、便所に行くときくらいだ。

途切れ途切れの会話のなかで、マモルが生まれたのは広東ではなく、母の故郷らしいと分かった。しかしその土地のことは全く覚えていないと言う。

「お母さんの古里に帰ったら、しっかり勉強しないといけない。広東では日本人の学校に行ったのか」

訊くと、うんと頷《うなず》く。試しに平仮名片仮名と、数字を床に書かせてみた。簡単な漢字も駄目で、足し算、引き算は、二桁《けた》になると首をひねった。

他にすることもなく、暇にまかせて読み書き計算を教えた。ミズを眼にすれば〈水〉と、鉄錆《てつさび》のついた床に針金の先で書きつける。ウミを見れば〈海〉、ソラには〈空〉だ。足し算と引き算も針金で書かせてみる。余白がなくなると、階段の裏側も使った。どうせ錆がついて、いずれは塗り直さねばならない箇所だ。黒板がわりに使っても文句は出ない。

新聞紙の切れはしを見つけて、それも一緒に読んだ。ほんの四十行、三段程度の大きさだったが、四、五回で読み方を覚えた。ぼそぼそと口ごもりながら、間違えずに読む。

難しい漢字は丸暗記なのに違いない。

「マモル、お前は頭がええぞ。死んだ親父《おやじ》さんやおふくろさんも頭が良かったんだろう」

その時だけ彼は嬉《うれ》しそうな顔をした。

「明坂さんは、臨時教員か何かなさっていたのですか」

宮崎まで帰るという中年男性から尋ねられて、慌《あわ》てて否定する。

マモルが相手だと、他の大人たちと違い、身の上をあれこれ詮索《せんさく》されずに済んだ。大人たちとの話になると、召集はされなかったのか、何か持病はあるのか、南支での商売は何だったのかと、質問の矢をはぐらかすのに骨が折れた。

引揚船内での乗客名簿改めは、その気配さえなかった。乗組員も世話人の日本人も、引揚者を一日も早く内地に送り届ける以外考えていないようだった。

「着いたぞ、今度は本当に陸地だ」

六日目か七日目の朝、甲板から叫ぶ声が聞こえた。それまでも何度か同じような科白《せりふ》を耳にしたが、全《すべ》て島影ばかりで、本当の内地ではなかった。

「佐多岬の突端が見えますよ」

三沢も降りて来て言う。

船倉の乗客のほとんどが甲板に出ていた。人の肩越しに海の向こうを見た。長い陸影の先に、ほんの一点だけ白くなっている。灯台らしい。

「大隅半島だ」

「桜島も見えるぞ」

船首の方で誰かが叫び、人が移動する。

珠江を見慣れた眼には、鹿児島湾が海ではなく河の流れのような錯覚がした。

もう半島の山がはっきりと見分けられる。緑が眼にしみた。

同じ九州に生まれ育ちながら、桜島を眺めるのは初めてだ。

「あれが城山です」

ひとりが感無量の声を出す。白い鳥居は照国神社だと、周囲の者に説明している。

船内で見た被災地一覧地図には鹿児島もはいっていたような気がするが、遠目には全滅からはほど遠く、四、五階建のビルも点在している。

「県庁や山形屋も無事だぞ」

先刻城山を教えてくれた男が、憑《つ》かれたように叫び続ける。

湾内には、海軍の駆逐艦や巡洋艦など十数隻《せき》が停泊していた。甲板に出ている兵士は復員兵だろうか。間違いなく陸軍の服装だ。艦同士で手旗信号を送り合っている。

かすかに歌声が聞こえた。港のスピーカーからレコードの音が流され、切れ切れに船まで届く。

この道はいつか来た道
ああ　そうだよ
あかしやの花が咲いてる

いつの間にか、甲板にいた一同が歌い出していた。

あの丘はいつか見た丘
ああ　そうだよ
ほら　白い時計台だよ

三沢が歌いながら泣いている。その顔をみると急に胸が熱くなった。

あの雲はいつか見た雲
ああ　そうだよ
山査子《さんざし》の枝も垂れてる

全員が泣き、終わると大きな拍手が湧《わ》き起こった。

船は入港したが、上陸は明日と分かり、落胆の声が上がった。それも夕食時になるとおさまり、却《かえ》って楽しみが増えたとでもいうように、声高な話し声になった。

夕食は、いつものわかめの醬油汁《しょうゆじる》の中に、小魚が混じっていた。ぶつ切りなので何の魚かは分からないが、船が港にはいったので入手できたのだろう。

夜がきてもなかなか寝つけなかった。

船のエンジンは切ってあるので、耳に響く雑音もない。にもかかわらず頭は冴《さ》えていくばかりだ。

内地に帰り着くのが何よりの夢ではあった。しかしそれが実現されると、これから先の不安が重くのしかかってきた。本名を隠しているから上陸できるが、いつまでも偽名のままでは生きて行けない。

離隊したのは正しかったし、邦人収容所に潜り込んだのも間違ってはいなかった。しかし根本のところで他の引揚者とは決定的に違うのだ。

寝息をたてている三沢にしても、もう何も心配するものはない。母親の遺骨箱を抱え込むようにして熟睡しているマモルとて、生活の苦労はあろうが、堂々と顔を上げて生きていけるはずだ。

目下の敵は誰だろう。改めて考えてみる。

香港を統治していたのはイギリスだ。それは中国が日本に勝った今も変わらない。住民の大部分が中国人であっても、彼らは英国民なのだ。

イギリスはヨーロッパでドイツを破り、太平洋でも日本を倒した。今度の大戦で戦勝国の筆頭は、と問われれば、その歴史性からいってイギリスなのかもしれない。

そのイギリスが全力を挙げ、戦犯をひとりひとり炙《あぶ》り出すのだ。

そう考えると、いかに草の間に隠れ、山の中に分け入っても、見つけ出されるような気がしてくる。相手は大国、こちらはひとり。日本という国は、決して楯《たて》になってはくれまい。

それどころか――。突然の思いに震えが走る。

敗けた日本という国も、これから先はイギリスに味方するのではないだろうか。そうなれば内地とて安全な場所ではない。広東や香港といわば地続きになってしまう。

言い換えると、これは敵前上陸あるいは敵前逃亡と同じだ。いつの間にか暗がりのなかで目を開き、歯をくいしばっていた。

26

下船は正午頃になると伝えられ、引揚者たちの不評を買った。内地の陸を眼の前にしながら、丸一日足止めをくらうのだから当然だろう。

しかしその不満は、九時過ぎに配られた朝食で一掃された。

「赤飯じゃないか」

最初についでもらった男が言った。

「本当だ。赤飯だ、赤飯だ」

他の連中も気がつき、叫ぶ。

確かに米に麦が混じっているのはいつもと変わらないが、そこに小豆が加わっていた。汁も、醤油汁から、正真正銘の味噌汁《みそしる》に変わっていた。中味はわかめだが、量が多い。もう一品、高菜の漬物が三口程度添えてある。

「赤飯というものがあるなんて、忘れていました」

三沢が目をしばたたいた。「口にするのは何年ぶりでしょうかね」

邦人収容所ではもちろん口にはいらなかった。教習隊にいたときも覚えがない。香港島の勤務のとき、日本料亭で口にした記憶があるくらいだ。

「マモル、よく嚙《か》んで食べるんだぞ」

言うと、こっくり頷いた。北京の教習隊で躾《しつ》けられた癖が、とくに予想外のうまい物を食べるときに蘇《よみがえ》る。

「嚙めば嚙むほど、滋養になる」

「高菜飯というのがありましたね、内地には」

三沢が漬物に箸《はし》をやる。

「ありました。田舎に帰ったら食べられますよ」

「さて、食べられますかね」

自信がないというように言い澱《よど》む。

「高菜くらいはあります。白飯だってあるはずです。そんな高級料理でもないですよ」

こんな問答になること自体、長く普通の生活から遠去かっていた証拠には違いなかった。

船が動き出し、乗客が浮き足立ち始める。食事をそこそこに切り上げる者もいた。

「どうせ今日は港のどこかに留めおかれますよ。出発は明日です。慌てても同じです」

三沢が悟り顔で言い、悠然と箸を動かす。

長い汽笛が響いた。

船体が岸壁に横づけになったときには、ほとんどの乗客が甲板に群がっていた。船着場が見えた。もんぺ姿に白い割烹着《かっぽうぎ》をつけた女性たちが二十人近く集まり、日の丸の旗を振っている。

「マモル、おじちゃんたちについて来るんだぞ」

手を握った。列は少しずつ進んでいく。

「まず帰還者名簿に名前を記入し、矢印の検疫《けんえき》所の方に進んで下さい」

引揚援護局の腕章をした係員がメガホンで叫んでいる。

船着場と検疫所は二、三百メートルくらいしか離れていない。

列に従って歩いているうちに、足元の地面に瓦《かわら》の破片が散らばっているのに気づく。よく見ると、焼けた土や灰も混じっていた。もともとそこには建物があったはずで、戦火で焼け落ちて原っぱになったのだろう。

二、三百メートル離れた場所に、急拵《きゅうごしら》えのバラックが五、六軒建てられている。そのあたりも以前は港に隣接した飲み屋街だったのかもしれない。

検疫所の入口に、引揚者名簿が五、六冊置かれていた。

「マモル、住所も名前も、漢字で書けるだろう。立派な字で書いてみろ」

マモルは頷き神妙な顔で鉛筆を握った。

〈明坂圭三〉の次に、本当の住所を書くべきか迷った。隣村の住所を書き、番地だけは適当につけた。

検疫所の前でしばらく待機させられ、中の引揚者がはける毎《ごと》に、次の何十人かが招き入れられた。

バラックの中には、医学生らしい白衣の若者が十人ばかり待ち構えていた。水鉄砲を大きくしたような筒を袖口《そでぐち》や襟首に突っ込み、白い粉を吹き込んでいる。

「蚤《のみ》や虱《しらみ》を退治する薬だから心配しないでいい」

三沢がマモルに説明している。

襟元に白い粉を吹き込まれたとき、強烈な臭《にお》いが鼻をついた。

女性は頭から粉をふりかけられ、仮装行列のような恰好になっている。誰も笑う者はおらず、神妙な顔で先に進んだ。

次の部屋で、男性は上半身裸になっておくように言い渡された。よれよれになった軍衣とシャツを脱いだ。虱が巣くった衣類だが、捨て去る訳にはいかない。他の連中より頭ひとつ高い三沢も、洗濯板のような胸をさらし、所在なげに突っ立っている。栄養失調は誰も彼もお互いさまだ。

男女別々に部屋に呼び入れられた。白衣を着た三人の医師が、それぞれ身体《からだ》の具合を訊《き》き、瞼《まぶた》や口の中を診、胸と背中に聴診器をあてた。

「鹿児島駅から汽車に乗られる方は、明日臨時列車が出ます。それまで小学校の講堂でお過ごし下さい」

援護局の係員がメガホンで知らせてくれる。小学校までは二、三十分の道のりだと言う。

再び受付に戻って、引揚者に特別支給される外食券をもらった。郷里までの列車の乗車券は、駅構内の引揚事務所で発行してくれるという。

小学校をめざして歩いた。

焼け跡がまだ至るところに放置されていた。急造のバラックにはまだ障子などは嵌《は》められておらず、中は丸見えだ。板張りに坐《すわ》った子供が珍しそうに行列を眺めている。

松林だけが戦火を免れていた。樹木の間はきれいに掃かれて、樹根が露《あらわ》になっている。紛れもない日本の松原だ。

小学校は松林の脇《わき》にあった。学校の事務員らしい中年男性が、引揚者の列を講堂の方に誘導してくれた。

講堂の入口に古毛布が積み上げてあり、ひとり一枚あて配付された。

「長い船旅、お疲れさまでした。今日はゆっくり休養なさって下さい」

女事務員が頭を下げ、労《いたわ》ってくれた。

講堂は隅々まで整頓《せいとん》され、塵《ちり》ひとつ落ちていない。

「マモル、この辺に陣をとろう」

まごまごしているマモルを板壁の脇に連れて行く。マモルを真ん中にして、川の字に毛布を敷き、荷物をその上に載せた。

講堂の壁には洗面所と便所を示す矢印が貼《は》りつけてある。三沢とマモルを洗面所に行かせ、荷物の番をした。

〈おかえりなさい〉

〈皆さま、無事のご帰国おめでとうございます〉

〈鹿児島も焼けました。でも私たちは負けません。木々も芽吹いています。お互いに頑張りましょう〉

それぞれの文句の下に、生徒の名前が書いてある。稚拙な字もあれば、大人顔負けの達筆もあった。

習字の横には水彩画が二十枚ほど貼られている。田舎の田植え風景や水車小屋、花瓶に活《い》けられた花の絵。どの絵にも戦争のあとの暗さはない。

「胸にジーンと来ますね。よくここまで生徒を指導していると感心します」

三沢が盛んに頷《うなず》く。「校庭にもごみひとつ落ちていません。日本人はこうなんだと何だか勇気が出てきました」

濡《ぬ》れタオルで首筋を拭《ふ》いた。

講堂の後ろにある便所も、三沢が言ったように、床板が磨かれていた。花瓶代わりに吊《つ》った牛乳瓶には、たんぽぽの花がさされている。

洗面所の水道の蛇口の前には、列ができており、仕方なく校庭に出た。

目の前を黒い線が流れた。つばめだ。運動場で反転して、すぐに見えなくなった。講堂の軒下にでも巣を作っているのだろう。人を恐れる風でもなく、校庭の一角から姿を現したかと思うと、さっと宙でひるがえり、どこかに消える。広東でも香港でも、つばめは見た記憶がなかった。

空いた蛇口の前に行き、栓をひねる。冷たい水がほとばしり出た。

「水道って、いいもんですな。こんな便利なものがあるのを、忘れかけていました」

脇で身体を清めていた男が言った。

収容所では水汲《みずく》み、水運びは男の仕事だった。井戸が浅くて水質が悪く、井戸水にミョウバンを入れ、さらに濾過《ろか》して使った。石油缶に縄をつけてバケツを作り、天秤棒《てんびんぼう》で前後ひと缶ずつ下げて運搬した。

石鹸《せっけん》を手にするのも久しぶりだ。泡立ちは悪かったが、ぬめりが快い。隣の男を見倣《みなら》って上衣《うわぎ》を脱ぎ、頭から水をかぶる。頭と首筋、肩、腕と石鹸をぬりつける。白い粉を洗い流したかった。錆《さ》びついた剃刀《かみそり》でひげを剃《そ》るには時間がかかる。いつまでも蛇口を占拠するわけにはいかず、明朝に延ばした。

つばめは講堂の中にもはいってきていた。引揚者を歓迎するかのように、はつらつと飛び回り、窓から去っていく。

「明坂さん、講堂横の教室に臨時の案内所が開設されています。汽車の乗車証明書や行先案内もしてくれるそうです。ぼくはマモルを連れて行ってきます。交代で行きましょう」

三沢が言った。何かと目ざとい彼の存在はありがたかった。

講堂の中は、船倉と同じようなすし詰め状態だが、もう床は揺れず、沈みもしない。

〈皆様これからもお元気で〉

〈私たちも、心をあわせてがんばります〉

壁に貼られた文章と絵をもう一度眺める。担任の教師から勧められて書いた言葉とは分かっていても、ひどく胸を打つ。水彩で描かれた花や野菜や村の風景が、忘れかけていた日本の風土を呼び醒《さ》ましてくれる。

他の引揚者も、食い入るようにして日本の子供の文字に見入っていた。

三羽の兎《うさぎ》を描いた絵があった。丸々と太った兎が、一羽ずつ箱に入れられている。左側の兎はすっくと立ってこちらを見ている。右側の上段の兎は横向きで休んでおり、下段のは背中を下にひっくり返して眼を閉じている。三羽とも囚《とら》われの身だが、食事の心配はなさそうで、狭い檻《おり》に安住しているように見える。

「仙崎も、その付近の町も空襲にはあっていないようです」

戻って来た三沢は、晴れ晴れした顔をしていた。マモルはまだ船の中と同じ暗い表情のままだ。

「マモル、三沢のおじちゃんがちゃんと親類を探してあげるから、心配しなくていい。落ちついたら、学校に行くんだぞ。学校はいいぞ。ここのように大きくて、運動場も講堂もある。習字も絵もかけるし、算数も習う。先生の言うことをよく聞いて、友達とも仲良くするんだ。ひょっとしたら、学校で兎も飼っているかもしれん」

兎の絵の前にマモルを連れていく。「そしたら、兎の世話をしてやるといい。草でも何でも食べるぞ」

マモルの坊主頭《ぼうずあたま》を撫《な》でてやった。

臨時事務所の中では、十人ほどの係員が引揚者の対応をしていた。中年の女性の前に坐った。

「本当にご苦労さまです」

丸眼鏡越しにその女性は言った。「お名前と年齢、帰省先の住所をお願いします」

「明坂圭三、三十三歳」

仮の住所まで澱みなく答える。

「お国の被災状況はもうご存知ですか」

「いえ」

係員はガリ版刷りの九州地図を机の上に置く。

「どのあたりでしょうか、お国は」

「久留米の近くです。軍の施設としては太刀洗飛行場もありました」

「ああ、そうですか。久留米も焼けていますね。太刀洗も空襲を受けています。家は飛行場の近くですか」

彼女は気の毒そうに訊いた。

「いえ、だいぶ離れてはいます」

「でしたら、直接の被害は出ていないかもしれません。明日の汽車は門司港まで行きます。どこで下車されますか」

事務員は別の書類を見ながら訊いた。

「鳥栖《とす》の先の基山《きやま》で降ります。万が一のときは久留米で下車するかもしれませんが」

「それでも結構です。でもいったん下車しますと、その先は使えません」

「分かりました」

「所持金はありますか」

「全くありません」

事務員は頷き、十円札を一枚、一円札を五枚数えて渡した。

「判こはないでしょう？　でしたらここに署名なさって、人差指で捺印《なついん》して下さい。受け取り証代わりです」

「本当に貰《もら》っていいのですね」

久しぶりに見る日本銀行券だ。それも大そうな額に思える。

明坂圭三で署名をし、人差指の指紋を捺《お》す。何かの証拠にされる懸念《けねん》はあったが、他に方法はない。金と乗車証明書を受け取って事務所を出た。

洗面所で女性たちが十四、五人集まって芋を洗い、米を研いでいた。人の頭よりも大きい白い蕪《かぶ》は、桜島大根だろうか。葉も洗って揃《そろ》えている。二十歳くらいの、頬の赤い女性が、大釜《おおがま》を抱えて前を通り過ぎた。もんぺ姿だが、いかにも清潔そうな装《よそお》いだ。思わず後ろ姿に見とれた。

「旅費として十五円貰いました」

三沢に言った。

「日本円を持っている引揚者には出ないようです。ぼくも持っていないと言えば良かった」

三沢は苦笑する。「明坂さんにも、金は無いと言ったほうがいいと入れ知恵しようと思いましたが、ここではそんなことをしてはいけないような気がしたもので。でも良かった。明坂さんは、収容所でもぼくらのためにずい分出費してくれたのに、お金はなかったのですね」

「持っていたのは儲備券《ちよびけん》と法幣《ほうへい》でした。内地では使いものにならないと思って、みんな使ったのです」

香港ドルを使ったとは言わなかった。

「すみませんでした」

三沢は頭を下げた。

「十五円といえば大金のようですが、物価が変わっているのでしょうね」

「そうらしいです。金鵄《きんし》一本が一円するといいます」

「すると煙草《たばこ》十五本分ですね」

それでも無一文よりはましだ。

「銀行の貯金も今は封鎖されて、ひと月百円しか引き出せないそうです。物価がどんどん上がるので、預けていた者は馬鹿《ばか》をみているようですよ」

三沢は抜け目なく、そんな情報も何処《どこ》からか手に入れていた。

暗くなる前に夕食が配られた。大根と薩摩芋《さつまいも》のはいった雑炊だ。だしは鰹節《かつおぶし》でとってあるらしく、削り身のかつおが混じっている。沢庵《たくあん》が二切れずつ添えられた。

邦人収容所でも雑炊が出たが、水っぽく、だしなど入っていなかった。それに比べると、米の粘りもよく、大根の葉の緑が美しかった。

「雑炊って、本当はうまいのですね」

三沢が言った。「ぼくの田舎では、イリコでだしをとりますが、鰹節もなかなかのものです」

沢庵を音をたてて嚙みくだく。

マモルも腹をすかしていたらしく、黙々と口に運んだ。

もんぺ姿の女性たちが、薬罐《やかん》に入れた番茶をついでまわる。声にも張りがあり、動作も機敏で、笑顔がまぶしい。

暗くなって、講堂に明かりがついた。消灯は八時と知らされた。

「勿体《もったい》ないくらい明るい電灯ですね」

三沢が心地よげに毛布の上に横たわる。「明坂さん、戦争に負けたといっても、全《すべ》てが無くなるのじゃないんですね」

「敗戦から八ヵ月でしょう。そのせいもあると思います」

答えながら、畑に播《ま》いた野菜の種を思い浮かべる。大根でも白菜でも大豆でも、土地と水と光がある限り、またたく間に芽を出し、黒い大地を緑で覆《おお》ってしまうのだ。

「本当にこれからですね」

三沢が呟《つぶや》く。

「そう、これからが正念場です」

答えたが、肚《はら》の中での思いは三沢とは異なっていた。本格的な逃亡が始まるのはこれからのような気がした。

腹がくちくなって疲れがいっぺんに出たのか、二人の間で横になっていたマモルが静かな寝息をたてていた。

27

翌朝、臨時列車の鹿児島発は十時半になると、メガホンの男が触れ回った。

講堂脇に床屋が二軒、出張していた。収容所にいるとき、鋏《はさみ》で適当に切ってもらって以来、まだらのいがぐり頭のままになっている。料金が四円だと聞いて、列に並んだ。バリカンで刈るだけで、他の髪型は一切できないと断り書きがしてある。

椅子《いす》に坐ると、首の回りに布が巻かれた。

「苦労されましたね。髪が相当傷《いた》んでいます」

中年の床屋が言った。確かに離隊して以来、頭にポマードの類を塗りつけたことはなく、櫛《くし》を入れるのさえ稀《まれ》だった。

「どこまでお帰りですか」

「福岡の方です」

「それだと着くのは夜ですね。でも、明日の今頃は、熱い風呂《ふろ》にはいってさっぱりできますよ。ずい分はいっていないでしょう?」

「風呂は半年以上はいっていません」

答えたとき、風呂場の情景が突然思い出された。胸に熱いものがこみ上げてくる。湯に浸って心ゆくまで身体をほぐせればどんなにいいだろう。鏡には泣き笑いの顔が映っていた。

散髪は五分もせぬうちに終わった。講堂に戻ると、おにぎりが配られていた。ひとり三個、中には梅干か紫蘇《しそ》がはいっているらしかった。番茶も沸かされ、水筒に詰めてもよかった。竹製の湯呑《ゆの》みは持ち帰り自由だという。一個だけマモルの袋の中に入れてやる。

運動場から生徒たちの歓声が届く。始業のサイレンが鳴ると、子供たちの姿が校庭から消えた。

九時半を過ぎて、講堂を出た。入れ違いに女子青年団員たちが、バケツと箒《ほうき》を手にしてやってくる。

「お世話になりました」

「お元気で」

引揚者と団員との間で言葉が交わされる。

校門に、団員や教師、近くの住人たちが集まっていた。拡声器から〈蛍の光〉の旋律が流れ出し、門の周辺にいた人々が手を叩《たた》き始めた。

遺骨箱を下げたマモルの姿に、ひときわ大きい拍手がおこった。腰の曲がった老婆《ろうば》が出てきて、マモルに何か言う。強い方言なので内容は分からないが、激励の言葉には違いない。マモルも神妙に頷いている。

「ありがとうございました」

三沢が代わって礼を言った。

松林を過ぎ、海岸に出ると桜島が見えた。白煙を惜し気もなく吐いている。

「マモル、ようく見ておけよ。大きくなったら、また鹿児島に来ることがあるかもしれないからな」

三沢が立ち止まる。マモルも桜島に顔を向けた。

駅までの道筋でも住民と行き合う。乞食《こじき》同然の引揚者との服装の差は歴然としていた。住民たちは道を譲り、「ご苦労さまです」と言葉をかけてくれた。

駅には湯茶接待所が設けられ、七、八名の婦人が番茶をふるまっていた。

切符売場の掲示を見上げ、汽車賃がいくらぐらいになっているか調べた。鳥栖までが二十円五十銭。それに比べると、先刻の床屋の料金は高すぎる気がした。

新聞を真中にして人垣ができていた。何人もの肩越しに紙面を覗《のぞ》いた。古新聞の切れ端は船内で読んだが、一面全部を眼にしたのは初めてだ。野球チームが発足したらしかった。婦人代議士が政治について語っている囲み記事もある。一日中眺めていても、読み飽きないような内容で、驚くことばかりだ。

改札口が開けられ、ホームに横づけになった列車に乗り込む。席を取れなかった者は、床にそのまま腰をおろした。

ホームに見送りの人たちがいる。援護局の係員や婦人部の女性、青年団、女子青年団に混じって、年寄りもいる。引揚者たちは窓を開けて手を振る。

「どちらまでですか」

向かいに坐《すわ》った男が訊《き》いた。引揚者にしては整った身なりで、網棚の荷物も、大きな革鞄《かわかばん》だ。

「福岡と山口です」

三沢が答える。

「そうですか。私は熊本です。山口だとまだ長旅ですね」

男は気の毒そうに三沢を見た。

「熊本も焼けたのでしょう」

三沢が訊く。

「焼けたようです。家は焼けても、女房と子供が生きていれば、何とかなるでしょう。

ひと足先に内地に帰しておいて良かったと思います。あの収容所暮らしに女房が耐えられたかどうか分かりませんから」

男の顔には、それでも不安気な様子がたちあらわれる。「あ、あれが西郷隆盛の墓ですよ」

このあたりの地理に詳しいらしく、男は小高い丘を指さした。

墓石が並び、どれが西郷の墓かは判然としない。一部は、爆撃によるものだろうか、崖《がけ》の土がえぐりとられていた。

「日本全部が焼け野原になったかと心配したのですが、田畑や田舎の村は、昔と同じですね」

男の言葉には実感がこもっていた。

窓の外の景色に眼が吸い寄せられる。菜の花畑やれんげ畑、少し色づいた麦畑が入り乱れ、青々とした樹木の陰には、ひっそりと人家があった。

中国大陸の泰然とした大地に比べると、土地の隅々まで人の手がはいっている。

「筍《たけのこ》が出ていますね」

竹藪《たけやぶ》を通り過ぎるとき、三沢が窓に顔をくっつける。

「出てます、出てます」

「田舎に着いたら、筍飯でも炊いてみます」

三沢は嬉《うれ》し気な声をあげたが、すぐに口を噤《つぐ》んだ。大人たちがはしゃぐのとは反対に、マモルは歯をくいしばって窓の外を眺めるだけだ。

大人たちが帰るべき土地と人を知っているのに対し、マモルは全く未知の場所に向かっている。

「この子は?」

マモルが二人のどちらの子供でもないと気づいたらしく、男が訊いた。

「ぼくと同郷なので、連れて帰るところです」

「すると網棚に乗っている遺骨箱は、両親のうちどちらかのものですか」

「母親が収容所で病気で亡《な》くなったもので」

「お父さんは?」

「収容所に入る前に亡くなっています」

「そうですか」

男は斜め前に坐ったマモルをじっと眺める。唇を噛《か》んでいたマモルの頬を、涙が一粒二粒つたった。

肩を抱いてやる。マモルは声を抑えながらしゃくりあげた。

「マモル。泣いてもいいけど、挫《くじ》けてはいけないよ。この戦争で親を亡くした子供はたくさんいる。学校にはいったら、一生懸命勉強するんだ。それから家の手伝いも。お父さんを忘れていないだろう。お母さんのことも覚えているだろう」

マモルは顔を伏せながら頷《うなず》く。

「忘れていないなら、お父さんもお母さんもじっと空から見守っていてくれる。いいな、悲しくなったら空を眺めて、お父さんとお母さんを呼び出すんだよ。空はどこに行ってもついてくる」

夢中で言ってしまう。

「明坂のおじちゃんの言うとおり」

三沢もマモルの頭を撫《な》でる。

「すまんことを言いました。坊や、頑張らんといかんな。これをやろう」

男は膝《ひざ》の上に置いた信玄袋を開け、中から新品の鉛筆を一本取り出した。

貰っていいのか迷って、マモルはこちらの顔をうかがう。

「学校に行くと要るようになる。貰って大事に使いなさい」

マモルはおずおずと手をさし出して受け取り、背嚢《はいのう》に入れた。

汽車は、二十分に一回の割で停車した。

引揚者が乗っている列車であることは連絡が入っているのか、伊集院駅でも川内《せんだい》駅でもホームに青年団や女子青年団が待ち構えて、番茶をふるまってくれた。

「こういう親切も、今日までかもしれませんね。村に帰ってしまうと、引揚者は白い目で見られるといいますから」

男が熱い茶をすすりながら言った。

「余計者なんでしょうね」

三沢が同調する。

「しかし引揚者は、国にとっては宝物ですよ」

反発を感じて言い返した。「戦争で死んだ兵士や民間人の埋め合わせをするのが引揚者です。そうじゃないですか」

「ま、あなたの言われるのが正論ですが、実際は厳しいでしょう。ほら、嫁に行った女が離縁されて実家に帰って来たようなものです。小姑《こじゅうとめ》が敬遠されるのと同じですよ」

男はやんわりと言った。

山裾《やますそ》に畑が広がっている。鍬《くわ》を持った老婆がじっと鉄路を見ていた。畦道《あぜみち》の子供が手を振る。乗客も手を振って応じ、老婆も緩慢に手を上げた。

「まもなく熊本です」

男が目を輝かせた。昼はとっくに過ぎている。収容所でも船の上でもずっと一日二食だった。それで不足はなかった。内地に戻って来たとたん、昼食抜きを苦痛に感じる。引揚者のなかには、おにぎりを食べ始める者もいた。夕食をどこかで食べられる確信があるのだろう。そうでなければ、まだ握り飯に手が出せない。

「明坂さんは、今日のうちに家にたどり着けますか」

三沢が訊いた。

「久留米あたりに着くのが真夜中ですかね。駅で明け方まで過ごしますよ」

「ぼくたちも、門司着が深夜過ぎのはずで、朝まで船待ちをしなければと観念しています」

だから握り飯は大事にとっておかねばならない、と三沢は言外に含みをもたせた。

「熊本も大変なやられようです」

棚から荷物をおろしながら、男は窓外に眼をやった。

大きな建物が所々に残っているだけで、バラックが軒を並べている。

駅舎も急拵《きゆうごしら》えの粗末な造作だ。列車の放送が、五分間の停車を告げた。

「それでは、お先に」

男は丁重にお辞儀をし、前後の振り分け荷物を器用に担《かつ》いで列車を降りた。

「便所に行ってきます」

三沢に告げて席を立つ。車外の空気を吸ってみたかった。駅員に便所の場所を聞くと、線路を渡った改札口の隣にあると教えてくれた。

降車客に混じって線路を横切る。

便所でも列に並んだ。停車時間は五分あるので大丈夫だろうとふんだ。

自分の番が来たとき、後方で誰かが鋭く叫んだ。「また無駄飯食いの連中が帰って来た」

確かにそう聞こえた。

後ろを振り返る勇気はなく、そのまま排尿を終える。誰が誰に対して言ったのかは定かではない。逃げるようにして便所を出た。

車輛《しゃりょう》に戻ると、向かい側の席には別な引揚者が坐っていた。先刻の男よりは少し若く、訊くと荒尾までだという。シャツの袖口《そでぐち》が汚れている。

——また無駄飯食いの連中が帰って来た。

発車したあとも、便所で耳にした科白《せりふ》が耳の底で反復した。

鹿児島で受けた手厚いもてなしと、先刻の冷語は天と地の開きがある。それはお国柄の違いではなく、内地の人間の建前と本音なのだろう。表向きは「ご苦労さま」と言っても、腹の中では「穀つぶしが増える」と思っているのだ。

「本当に夢のようですな」

男は三沢に話しかけた。「鹿児島の港には満洲からの引揚者も着いたようですよ。援護局の人の話では、私たちの広東での苦労は、苦労のうちにははいらんようです」

「いや、ぼくはあれでも二度とごめんです」

三沢が首を振る。

「しかしまあ、邦人収容所までは案外簡単にたどり着けましたからね。満洲はそうはいかなかったみたいです。満人の農民に子供を売れと脅されて、手放した親もいたといいます。男の子が三百円、女の子が五百円だったそうです。零下十何度という地を歩いて逃げて、女性は途中でロシア兵に強姦《ごうかん》されたり」

一心に話していた男は途中でマモルのほうを一瞥《いちべつ》する。話の内容を子供には聞かせたくないと思ったのだろう。マモルは素知らぬ顔で、窓からはいってくる風に目を細くしていた。

「寒い所だから、南の方と違って食べ物もろくにないでしょうに」

三沢が気の毒げに応じる。

「そりゃそうです。赤蛙《あかがえる》を食べたり、収容所にたどり着いてもコーリャン飯だそうです。あれは下痢すると赤いのが出るらしいです。服もないので、零下三十度で夏服一枚ですよ。おまけに、赤痢や発疹《はっしん》チフスでばたばた亡くなったといいます」

男の口調には、内地に無事に帰りついた興奮が感じられた。「死んだら死体はコチコチになり、埋めようにも地面は凍っているし、収容所の隅に積み上げておくより仕方なかったらしいですよ。それに比べると、長州島の収容所はましでした。運が良かったです」

「とにかく、こうやって生きて帰れましたからね」

三沢は袖をまくり、痩《や》せた腕をなでた。

「マモル、鯉《こい》のぼりだ」

肩を叩いて知らせた。

汽車はなだらかな山裾を走っていた。遠くの農家の庭先に、高々と鯉のぼりが掲げられている。

「吹き流しに、真鯉に緋《ひ》鯉に子供鯉」

鯉は風を充分にはらみ、ちょうど列車の向きとは反対に、口を向けていた。マモルの眼がそれを追いかけている。

戦争の間、簞笥《たんす》の奥深くしまっていたのだろうか、鮮やかな色彩だ。

誰もが立ち上がり、片側の窓に寄って鯉のぼりをみつめる。

「いらかの波と、でしたね。鯉のぼりの唄《うた》は」

三沢が顔を向ける。

「高く泳ぐや、鯉のぼり、です」

故国に帰りついた思いをかみしめるように、男が下手な節回しであとを継いだ。

汽車がトンネルにはいると、窓の外の景色は一変した。海が遠くに見え隠れする。有明海だろうか。

海岸まで迫る山の斜面は深い緑に包まれていた。眼をこらすと、緑のなかに金色に光るものが見えた。

「夏蜜柑《なつみかん》です。このあたりは産地ですよ」

男が懐《なつ》かしげな声をあげた。

いったん金色を見慣れた眼には、葉の裏からのぞく無数の夏蜜柑が容易にとらえられた。口の中が思わず甘酸《あまず》っぱくなる。

「夏蜜柑なら、ぼくたちの所にもあります」

三沢が言った。「そうですね。もう夏蜜柑の季節か」

香港でも広東でも、めりはりのきいた四季の移り変わりはなかった。

これからは確実に四季が訪れる。春のあとは夏、夏のあとは秋、そして冬という具合に季節を越えていかねばならない。

夕陽が赤く染まっている。

疲れたのか、マモルが時折舟を漕《こ》ぐ。車内の床に寝ころがった者からも、大きな鼾《いびき》が聞こえてくる。

トンネルをくぐるたびに窓を下ろすのは三沢の役だ。開けておくと煤煙《ばいえん》が車内に入り込む。そのうち面倒になったのか、閉めたままで放置した。

家々に明かりが灯《とも》り出す。列車内の電灯も、ようやくうっすらと点《つ》いた。

線路脇《わき》の家は、窓ガラスや障子の間から中をうかがうことができた。裸電球の下の丸い卓袱台《ちゃぶだい》、柱時計。机についている少女の姿。

どのくらい眠ったろうか。緊張しきっていた神経が夕闇《ゆうやみ》とともに緩んだようだ。

「もうすぐ降りますので、ここで失礼します」

向かい側の男から肩を叩かれて目を覚ます。汽車は荒尾駅で数分停車した。男の他にも下車した夫婦連れがいた。

マモルは完全に眠り込み、身体《からだ》をもたせかけてくる。目を開けているときの険しい表情は消え、無邪気な子供らしさが顔に出ていた。

大牟田《おおむた》でも、汽車は十分近く停車した。駅に掛かった時計を見ると、九時五十分だ。腹が減っていた。十二時間ほど、腹には水とお茶だけしか入れていない。

「腹が減りました。一個おにぎりを食べさせてもらいます」

「ぼくも同じことを考えていました」

三沢が言った。

マモルを起こし、握り飯を一個ずつ口にする。ひと口を何十回も噛んだ。マモルも同じように噛み続ける。

握り飯の残り二つは、また丁寧に包み直した。いくらか空腹がおさまっている。

新たに向かい側に坐《すわ》った男は五十歳くらいだろうか。頭髪はほとんど白くなりかけている。ズボンの膝がすり切れたままだ。

男も眠り、三沢とマモルも目を閉じている。

家に帰るのではなく、まず小隈《おぐま》の瑞枝の実家に行ってみよう。

突然そう思った。

マモルの頭越しに窓の外を見やる。明かりが眼にはいるだけで、どのあたりを走っているのかは判らない。久留米を過ぎ、基山に着くのは、十一時を過ぎるはずだ。甘木線《あまぎ》に乗り換えるにも、その時刻では接続はなかろう。夜を徹して何時間も歩く気力は残っていない。

直接、実家に帰るのは憚《はばか》られる。香港から手配が回っている可能性があった。瑞枝と善一がどちらにいるのかは分からないが、彼女の両親に会って様子を訊《き》き、万が一の場合はそのまま姿をくらますべきなのだ。

引揚者の中で逃げる算段をしているのはひとりだけだろう。三沢も郷里に帰れば心おきなく家業を手伝える。他の引揚者も似たようなものだ。当初の苦労は並たいていではなかろうが、懸命に生きていけば必ず突破口はみつかる。

こちらはそれとは根本的に違う。一生懸命に生きても、ある瞬間すべてが御破算になってしまうのだ。

停車して開いた扉から、クリークの匂《にお》いが漂ってくる。外の景色は見えないが、田畑の中をクリークが縦横に走っている光景が想像できた。筑後《ちくご》平野の匂いかもしれない。

一時間ほどして久留米駅に着いた。駅の造りが以前とは変わっていた。駅の向こう側は、ところどころに明かりがついているだけで、街の輪郭はほとんど判《わか》らない。降りたくなる衝動を抑えた。

汽車が鉄橋を渡り始める。間違いなくこの音だ。博多方面から汽車で久留米に近づくたびに耳にする鉄橋の音は、久留米到着の予告でもあった。

幅広い暗闇が奥まで延びている。闇に重なって筑後川が横たわっている。川と鉄橋だけは昔通りだ。

渡りきったのを合図に立ち上がり、網棚の荷物を取った。

「明坂さん、降りますか」

目を醒《さ》ました三沢が言った。

「あと四つめの駅です」

坐り直して答えた。

「お世話になりました。本当に」

三沢が頭を下げた。

「いえ、こちらこそ。ご苦労さまでした」

思いとは裏腹に、簡単な言葉しか出なかった。

「マモル、明坂のおじちゃんがもうすぐ降りるぞ」

三沢がマモルの身体を揺する。マモルは目を開け、ぼんやりしていたが、すぐに引き締まった顔になった。

無言のまま、窓の外の暗がりを眺める。肥前旭《ひぜんあさひ》を過ぎ、鳥栖《とす》と田代《たしろ》で何人かが降りた。ほとんどの乗客が眠り込んでいた。

列車が速度を緩める。荷物を持って立ち上がる。

「それじゃ」

三沢とマモルに声をかけた。

「本当にお世話になりました。お元気で」

三沢が顔を上げ、無理に笑った。「ご恩は一生忘れません」

「恩なんて。お互いさまです」

言い置いて乗降口まで移動した。胸がいっぱいになっていた。

列車が停まり、ドアが開く。ホームに降りて、すぐ窓際《まどぎわ》に寄った。三沢が窓を押し上げていた。

「おじちゃん、ぼく勉強するよ。勉強して早く大人になる」

まっすぐ眼を向けたマモルが、ひと息に言った。

「元気でな。挫《くじ》けちゃいかんぞ」

マモルはこっくり頷き、こぶしで流れる涙をぬぐう。顔についていた煤煙が黒い筋になった。三沢も目を赤くし、深々と頭を下げる。

離れる汽車に手を上げた。赤い尾灯が見えなくなるまでホームに立ち尽くした。

28

明け方、寒さで目が醒めた。駅構内には誰もおらず、豆電球がひとつ点いているだけだ。駅員も仮眠をとっているのか、窓越しにみる事務室にも人けはない。柱時計を見ると、三時を少し過ぎていた。尿意を感じて、便所に行った。星が満天に散っている。

昨夜、基山《きやま》駅に降りた乗客は五人で、引揚者は他にはいなかった。改札口まで出て、時刻表を確かめた。案の定、甘木線にはもう列車はなかった。翌朝六時二十五分が始発だ。駅舎を寝床にしようと決めて、ベンチに腰をおろす。十一時を過ぎて、握り飯の二個めを食べていると駅員が出てきた。

「もう最終は出ましたが——」

「ここで眠らせてもらいます」

「引揚げの方ですか」

駅員はみすぼらしい身なりを見てとったのか、態度をやわらげた。「熱いお茶でも持って来ましょう。待っといて下さい」

三十代後半の駅員は事務室に引っ込み、しばらくして急須《きゅうす》と湯呑《ゆの》みを真鍮《しんちゅう》の盆にのせて運んで来た。

「事務所の中で寝てもらいたかですが、規則がやかましくてすみません。困ったことがあれば何でも言って下さい」

駅員の訛《なま》りが耳に快かった。

夜汽車が通過するたびホームに出ていた駅員も、真夜中を過ぎると事務室に引っ込んだ。

便所から戻って、再びベンチの上に身体を横たえる。裸電球に照らされた駅の天井を眺めた。焼け残った資材を利用したのか、天井板にも柱にも焦《こ》げめがついている。大きな蛾《が》が電灯近くの板壁にとまって動かない。

あと数時間で瑞枝と善一の顔が見られる。考えただけで胸が高鳴った。最後に瑞枝に会ったのは、北京の憲兵隊教習隊に赴任する途中の広島だったから、昭和十五年の末だ。あれから五年半たっている。

宇品着が何日になるかは手紙で知らせていたので、瑞枝と岳父がわざわざ来てくれた。広島の手前にある横川駅前の旅館で一泊した。岳父は憲兵がどういうものかたいして分かっていなかった。瑞枝には、憲兵になれば簡単には帰って来られないと告げた。

その夜、瑞枝を抱いた。岳父は襖《ふすま》を隔てた隣の部屋に寝ていた。瑞枝は懸命に声を押し殺しながら、しがみついてきた。もしかしたらこれが最後の夜になると感じていたのかもしれない。

港で別れるとき、必ず元気で帰って来るからと言ったのを覚えている。瑞枝は泣かずに少し笑った。その後ろに無口な岳父が無表情で突っ立っていた。

あのとき何故《なぜ》か、本当に帰って来られるような気がしたのだ。帰って来るのが何年後かは分からないが、外地で果てるとは考えもしなかった。

あの第六感がいま現実のものになっている。身体髪膚のどこも損なわれずに郷里にたどり着いたのだ。

しかしこの先、確実に生きていけるかは自信がない。戦争で死ななかったつけが、これから廻ってくるような気がする。奇妙な予感だ。

兵隊も引揚者も、郷里まで帰ってくれば、あとはもう命を保証されたようなものだ。そこが違った。戦いは終わっていないのだと思うと、帰りついた故郷も戦場さながらに感じられる。

まんじりともせずに、通過する列車の音を聞いた。

六時近くになって、乗客が集まり始めた。顔を洗い、ベンチに坐り直して握り飯の残り一個を頬ばった。

駅に集う乗客の服装はさまざまだ。戦闘帽に兵隊服の男、もんぺ姿に風呂敷包《ふろしきづつ》みを担《かつ》いだ女性、おかっぱにゴム靴の少女、半ズボンにわらじをはいた少年。勤め人だろうか、開襟《かいきん》シャツに背広の中年男もいる。

そんななかで、よれよれのレインコート、紐《ひも》の切れた編上靴は人眼をひく。視線をはねつけるようにしてベンチに坐り続けた。

甘木までの切符を二円五十銭で買い、六時に改札口にはいった。甘木線の列車は三両編成で、席は悠々と取れた。

朝陽が窓に射《さ》し込む。れんげ畑の赤、麦畑の緑、菜の花の黄が眼を奪う。

クリークに沿う柳も青々とした枝を垂らしている。川はたっぷりと水をたたえ、水草の間に釣り糸を垂れれば、今にも鮒《ふな》や鯰《なまず》がかかってきそうな気配だ。

線路脇の農家はほとんど戦争前と変わっていない。田畑ももとのままだ。もう野良《のら》に牛が出ていた。

小郡《おごおり》駅からは、低い円錐《えんすい》形の花立山が眺められた。麓《ふもと》にある太刀洗飛行場は徹底的に爆撃を受けたと聞いていたが、車窓からその被害は分からない。頂上の社《やしろ》も元の形を保っていた。

小郡で降りても良かった。両親のいる家までは一時間も歩けばいい。胸の高鳴りを抑え、乗って来る乗客に顔を見られぬよう、窓の外ばかりを眺めた。

農夫が茄子《なす》畑に、長い柄杓《ひしやく》で下肥《しもごえ》をかけていた。懐かしい風景だ。大根畑も見える。胡瓜《きゆうり》やごぼう、トウモロコシも見分けられた。

小さい頃から、百姓仕事が嫌いだったのを思い出す。暗いうちから起きての草刈《くさか》り、牛の世話、藁《わら》切り。朝飯をすますとまた畑に行き、水かけや下肥汲《く》み、畦打《あぜう》ち、草取りをした。午後は牛とともに遠方の田に出かけ、暗くなるまで畦をすいた。夕食後も、納《な》屋《や》の中で筵《むしろ》を編んだ。日曜も休日もない日々だった。

子供心にも、労力の割に報われることの少ない仕事だと思った。もっと楽な職業があるはずだった。次男坊であるのをいいことに、商業学校に進ませてはもらったが、所詮《しよせん》簿記や算盤《そろばん》も性に合わなかった。結局は退学になり、食うためにクリーニング屋にもぐり込んだ。

生涯のうちで唯一《ゆいいつ》、一心不乱で勉強したのが北京の教習隊だった。憲兵を職業として考えるなら、百姓やクリーニング屋の仕事よりは性に合っていた気がする。

しかしこれからは、農家の下働きでも文句は言えない。人の間を泳ぎ、人の裏を詮索するのが商売だった特高憲兵と比べれば、百八十度の変化だ。農作業の一部始終は見よう見真似《みまね》で、身体にしみついている。妻子を食わせていくだけの貰《もら》い扶持《ぶち》はあるだろう。

そういう眼で沿線を眺め直すと、畑の作物のひとつひとつが身近に感じられる。畑の作物の全《すべ》てが、口にはいるものだという感慨も湧《わ》いてくる。

長州島の収容所にいたとき、頭の半分は食い物で占められていた。今日は何を食べ、明日も果たして何か食べられるかが、一日の関心事だったのだ。百姓をしている限り、飢えはしない。

太刀洗を過ぎて車内が混んでくる。乗客の雑多な服装は、戦前とも戦時中とも異なっていた。詰襟服や、小さく仕立て直した軍服、袖のすり切れたセーター、絣《かすり》の着物、縮めたセーラー服と十人十色だ。頭も丸刈りに軍帽、あるいは捻《ねじ》り鉢巻と脚絆《きゃはん》、よれよれの中折れ帽をかぶったのもいれば、変形したベレー帽の男もいる。比較的似たような服装は女性で、概《おおむ》ね絣のもんぺに上着といういでたちだ。

邦人収容所の服装もまちまちだったが、例外なく薄汚れていた。いま眼の前にいる乗客が身につけている服は、どんな古着でも洗濯されている。下駄《げた》をはいている子供の足をみても、汚れてはいない。

何より、乗客の表情が明るかった。粘りっこく、抑揚のある方言が懐かしい。

憲兵時代、方言とは無縁だった。たまに同郷の同僚とは、わざとお国言葉を使ったが、それ以外では努めて訛りを抑えた。憲兵ほど、各地方の出身者が入り乱れていた集団も少なかったろう。一般の兵科は、同じ地方の出身者で連隊が構成されていたので、むしろお国言葉が幅をきかせていた。

ばってん、どげんか、そげんか、げな――。

方言の断片が、いま快く耳にはいってくる。久しく耳にしなかった言葉のうねりだ。

「どちらまでですか」

前に坐ったもんぺ姿の女性が訊く。乗車して来たとき、背中に風呂敷を背負い、両手には籠《かご》をぶら下げていた。こちらの風体がよほど気になるのか、何度か横眼で眺め、ようやく決心して質《ただ》したのが見てとれた。

「甘木で降ります」

「そげんですか」

「引揚げて、帰るところです」

相手が訊きたそうなのを先回りして答えた。訛りをわざと入れなかったのが拒絶のしるしになったのかもしれない。相手は話の継ぎ穂を失ったように窓の外に眼を逸《そ》らした。

「卵は売り物ですか」

こちらから訊く。籠にかぶせた新聞紙の隙間《すきま》から卵がのぞいている。

「町に持って行って売るとです」

女は籠の下の風呂敷包みにも眼をやった。「この時間なら、やかましか人もおらんですし」

声を潜め、口許《くちもと》を歪《ゆが》めた。

そういう眼で車内を見回すと、生徒や勤め人以外は、ほとんどが買い出しか闇米《やみごめ》運びのようだ。

「見つかったら、厳しかとですか」

方言を交えて訊いた。

「そりゃ、署に連れて行かれて、品物は没収ですけん、丸損です」

女はにっと笑った。何回か捕まった経験があるに違いない。

「ですけん、乗るなら一番列車に限るとです」

「よか金になりますか」

憲兵時代と似た細かい訊問《じんもん》になっていた。

「そげんは儲《もう》かりません」

返事とは逆に満足気に笑った。

瑞枝の実家は米も作っている。他の農家から米や卵を買い入れて、久留米や鳥栖、いや博多あたりまで売りさばきに行ってもいい。百姓仕事をするよりは楽だろう。そこまで考えたあと、巡査に捕まったときの危険性に気づく。当分は身をひそめておかねばならなかった。

終点の甘木で、もんぺの女性は闇米の包みを背負い、籠を両手に下げてホームに立った。同じような恰好《かっこう》をした女たちが他にも七、八人いて、足早に改札口を抜ける。駅員も何も言わない。それぞれ目的地があるらしく、女たちはすぐに四方に散った。

駅前に仮店舗ができている。地面を固めて安普請《やすぶしん》の平屋を建て、板で四つに仕切っただけで、入口の戸などない。暖簾《のれん》がかかり、〈うどん三円〉の張り紙が出ている。

店の中には客がひとり、止まり木に腰かけてうどんをかき込んでいた。空腹を我慢した。金はあったが、もう少し辛抱すれば食い物にはありつける。

甘木からの道は大方覚えていた。バスは通っているはずだが、乗る気はなかった。一里半くらいの道のりだから、二時間あれば着ける。

駅前の水汲場《みずくみば》で、ポンプの柄を押して水を飲んだ。

道は乾き、馬車や小型トラックが通るたびに埃《ほこり》が舞い上がった。

バスが追い越していく。汽車と違ってがら空きだ。

途中に金物屋があり、鍋《なべ》や釜《かま》、漬物用の壺《つぼ》や弁当箱、はたきや箒《ほうき》まで店先に出していた。いずれも新品だ。汽車賃やうどんの値段と比べても、相当な値がついている。

鎮守の森の手前で脇道《わきみち》にはいった。鳥居が以前のままの風情《ふぜい》で立っている。うっそうとした楠《くすのき》や樫《かし》、椎《しい》の木も昔と変わらない。

神社の周囲は相変わらず桑畑が多かった。瑞枝の実家も蚕を飼っていたのを思い出す。カサカサカサという得体の知れない音が桑を食《は》む音と知ったのは、だいぶあとだ。蚕棚は、土間や縁側、天井裏にまで置かれ、人はその隙間で生活していた。

桑畑は荒れてはいない。戦争中も蚕が飼い続けられた証拠だ。あちこちの都市が空襲にあうのをよそに、ここでは昔からの生活が成り立っていたのだろう。

青々とした桑畑を眺めていると、百姓のしたたかさを見せつけられる思いがする。中国大陸の農民もそうだった。日本軍が攻めてくれば、村を空にして山の中に逃げ込む。日本軍が去れば、山から降りてきて農耕を再開する。あたかも嵐《あらし》の過ぎるのを待つように、敵の襲撃を避ける知恵は、農民が何千年にもわたって受け継いできたものなのだ。

桑畑の切れたところで、道は小川を跨《また》いでいた。水量は豊かで、ぶ厚い水草が底のほうでなびいている。水の澱《よど》みに、アメンボウが三匹、動かなかった。覗《のぞ》き込んだ自分の姿が水面に映った。丸坊主《まるぼうず》に、頬のこけた顔。

小石を拾って落とす。懐《なつ》かしい音がして波紋が広がる。もう一度石を投げ入れ、音を聞いた。内地に帰ってきたのだという喜びが身体《からだ》の内に湧き上がった。

橋の上に立ち尽くした。

桑畑の陰に、菜の花の黄色が帯のように走り、その奥に村のたたずまいがあった。

その村にはいると、独特の匂いが鼻をついた。瑞枝の村から半里ばかり離れ、初めて訪れたときも藍《あい》の匂いに圧倒された。あちこちにある大瓶《おおがめ》や、藍色に染まった糸の束が物珍しかった。文字通り藍色の村で、縁側にたたずむ老婆《ろうば》の手も紺色に染まっていた。

今は、当時ほどの活気は漲《みなぎ》ってはいない。小さな子供がこちらを見、怯《おび》えたように家の中に駈《か》け込んだ。軒先の竿《さお》に、染められた糸が五、六束ぶらさがっていた。

ゆるい坂から瑞枝の村が見えた。記憶と寸分変わらない家の配置だ。右側に竹藪《たけやぶ》があり、中央の杉木立《すぎこだち》は村一番の篤《とく》農家の屋敷で、黒い屋根の一部が見えている。

一本道では誰にも会わなかった。三叉路《さんさろ》で、溝沿《みぞぞ》いの道にそれる。藁葺《わらぶ》きの瑞枝の家がはっきりと認められた。鶏小屋が畑の方に張り出し、土壁の横には薪《まき》が軒下まで積み上げられていた。

溝を跨いで畦道にはいり、近道をした。畑には、大根と蕪《かぶ》が青々とした葉を繁《しげ》らせていた。身をかがめて、さり気なく周囲をうかがう。

裏口から出てきた女性が、物干竿に洗濯物を干し始める。瑞枝だった。手ぬぐいをかぶり、もんぺに絣を着ていた。こちらには気づかず、洗濯物を広げている。小肥りの身体を見つめながら近づく。

小屋の中の鶏が音をたて、瑞枝はびっくりしたように眼を向けた。

「あんた」

そのまま凍りついたように動かなかった。

「帰って来らっしゃったと」

「帰ったぞ」

答えると、瑞枝は洗濯物を落とし両手で顔をおおった。

「馬鹿《ばか》、泣かんでいい」

胸が詰まるのを必死でこらえた。「誰か俺を訪ねて来なかったか」

瑞枝は顔を上げて、かぶりを振った。我に返ったように、袖口を引っ張り、玄関の方に回った。

「せっかく帰らっしゃったとに、裏からでは縁起が悪か」

持ち前の気丈さが戻っていた。

「おとっしゃん、征二しゃんが戻らっしゃった」

震える声で呼びかける。

家の中で応じる声がして、平作とマサが飛び出して来た。

「よう帰らっしゃった」

「ほんに」

マサが目をしばたたく。

「おい、すぐ風呂ば沸かせ」

平作がマサに命じ、「さ、家の中にはいりゃんせ」と招いた。

「いや、着とるものが蚤《のみ》の巣ですけん」

答えると、三人は改めてこちらの身なりに眼をやる。

「こげな服ば着て、よう帰らっしゃったな」

平作が絶句した。「しかし良かった。瑞枝が毎朝、神社にお百度踏みに行ってな。もう明日から行かんでよか。今日は祝いぞ」

皺《しわ》の多い顔をくしゃくしゃにする。

「病気も怪我《けが》もなかったと？」

瑞枝の声はまだ上ずっていた。

「五体は満足。ただ食い物がなかった。痩《や》せてしもうた」

「そうじゃろ、そうじゃろ。帰って来たとなら、もうひもじか思いはさせん」

平作は盛んに頷《うなず》く。「守田のおやじさん、おふくろさんとこには行かんで、ここに直接帰ったとですか」

「はい、一昨日鹿児島に着いて、汽車でのぼって来たとです」

「源太郎さんは病気らしか。今日はゆっくりして、明日行ってやんしゃい」

「病気ですか」

平作はそれ以上答えない。

「あんた、風呂にはいる前に」

瑞枝が縁側から招いた。盆の上に小皿と箸《はし》が載っている。皿の中は里芋の煮つけだ。

「ゆうべの残りですけん」

マサが言った。

匂《にお》いが空腹を蘇《よみがえ》らせた。

縁側に腰かけて、かぶりつく。芋が口の中でとろける。一個食べても、まだ何個も皿の中に残っている。続けて食べる。黙々と食べる。

瑞枝が涙をためた眼で眺めていた。

29

「あとで焼きますけん、このままにしといて下さい」

裏庭でふんどしひとつになり、平作に言いおいて風呂場にはいった。

裸になって湯をかぶる。新しい手ぬぐいと石鹸《せっけん》が用意されていた。

「湯加減は良かですか」

外の焚《た》き口から瑞枝が訊《き》いた。

「熱いのより、このくらいでよか」

八ヵ月ぶりの風呂だ。熱いのにはいれば身体がふやけそうな気がする。

手ぬぐいに石鹸をつけて身体を洗う。いくらこすっても垢《あか》がはげ落ちる。金だらいの湯に手ぬぐいを入れると黒く濁った。

頭から湯をかぶり直す。かさぶたのように体表を覆《おお》っていた汚れが流され、肌を刺す。

底板を沈めて、用心深く上に乗った。湯が肌にしみ入る。

「どげんですか」

また瑞枝の声が届く。

「ちょうど良か」

つるりと顔を撫《な》で、大きな息をつく。「何ヵ月も風呂にははいっとらん」

「ゆっくりはいって下さい。風呂ぐらい、毎日でも沸かします」

鉄釜に触れぬよう、首だけを出してしゃがみ続ける。一分ともたなかった。

湯釜から出て、火照《ほて》った身体を冷やした。

「背中を流しまっしょ」

戸口を開けて瑞枝がはいって来た。手には糸瓜《へちま》たわしを持っている。腰かけたまま、背中を彼女の方に向けた。

「痩せなさった」

瑞枝はこすりながら言った。

「戦争に負けてからは、食べ物との戦いじゃった。毎日、食うことばかり考えとった」

頭を垂れていると、瑞枝の力に押されて身体が揺れる。食べること、そして逃げること、その二つが内地に帰り着くまでの仕事だった。空腹については誰にでも言えるが、逃亡に関してはまだ瑞枝にも話せない。

「食べ物は、何とか手にはいります」

足を踏んばり、瑞枝がたわしを押しつける力に抗《あらが》った。

瑞枝は背中の泡を湯桶《ゆおけ》で洗い流した。

「生き返った」

前の部分を洗わせるのは、さすがにはばかられた。

瑞枝が出て行ったあと、糸瓜たわしで首から腕、胸とこすった。丸刈りの頭にも石鹸をぬりつける。

「髭《ひげ》も剃《そ》るとでしょう。忘れとりました」

瑞枝が新しい剃刀《かみそり》を持ってくる。動作の端々に、世話をやきたい気持がにじみ出ている。

「善一《よしかず》は？」

「学校に行っとりますけん、じきに戻って来ます。びっくりするでしょ」

壁にかかった鏡の傍に寄り、髭を剃る。風呂場《ふろば》から出ていく瑞枝の裸足《はだし》が生々しく鏡に映った。

湯釜にはいり直す。瑞枝たちが台所で動く気配がした。昼飯の用意でもしているのだろう。

固く絞った手ぬぐいで身体を拭《ふ》き上げる。

板張りには、真新しいふんどしと浴衣《ゆかた》、羽織りが出されていた。

下駄をはき、裏庭に行く。瑞枝に新聞紙とマッチを持って来させ、脱ぎ捨てた衣服の上で火をつけた。脂《あぶら》の焼ける臭《にお》いが鼻をつく。火の勢いが盛んになったところへ、野田から貰ったレインコートと軍衣、ズボンも投げ入れる。革の信玄袋と編上靴だけはとっておいた。紐《ひも》を替えればまだ使える。灰色の煙が上がり、レインコートが焦《こ》げるにつれてねじれていく。

「八ヵ月間、着替えもなかった。スコールが来たとき、ふんどし一枚になって身体を洗い、天気がよければ、水洗いしたシャツば干した」

「そうですか」

瑞枝はしゃがみこみ、感無量というように、棒の先で半焼けの軍服を転がした。

「柳の籠《かご》も持ってきてよか。あれも燃やそ」

少環《シュウワン》から譲ってもらった籠だった。

「柳で編んだ物ですか。まだ使えんことはなかですけど」

瑞枝がしげしげと眺める。

「よか。もう充分使わせてもらった」

火の中に放り込むと、炎は勢いよく燃え移る。これでいい、広東から持ち帰った品は、垢や虱《しらみ》も含めて、燃えるすべてを灰にしたのだ。

「父さんが待っておられるけん、座敷にあがって下さい。火の始末はあたしがしときます」

瑞枝から言われて、家の中に戻った。

座敷には卓袱台《ちゃぶだい》が用意され、平作が小ぎれいな服に着替えて下座《しもざ》に坐《すわ》っている。

「さ、さ、どうぞ」

座蒲団《ざぶとん》を勧められたが、仏壇の前で膝《ひざ》を折り、手を合わせた。無事に帰れた御礼だけを胸の内で唱えた。

「守田の実家の方には、電報を打たせましたけん」

向かい合ったとき、平作が言った。

「そげんですか。ありがとうございます」

多分、マサを郵便局まで行かせたのだろう。

「無事に帰らっしゃって、ほんによござした」

マサがとっくりを卓袱台の上に置き、お辞儀をした。

「瑞枝と善一が、えろうお世話になりました」

二人に向かって深々と頭を下げる。

「ささ、こげなご時勢で何もなかばってん、今日はどげん祝っても祝い過ぎることはなか」

銚子《ちょうし》をとり、平作が勧めた。

「酒ですか。ほんの少しで良かです」

飢え寸前の胃には、酒と聞いただけで目がくらみそうだ。

「よう手にはいりましたね」

「百姓のとこには何でもある」

平作の陽焼けした鼻が、そのときだけ得意気にうごめいた。

瑞枝が鍋を運んできて、下敷の上に置いた。かしわの水炊《みずた》きだ。風呂にはいっている間に、平作が鶏を絞めて手早く料理したのだろう。

「こげなご馳走《ちそう》に、胃がひっくり返ります」

「胃にも、褒美をあげにゃいかんでしょう」

瑞枝が笑う。

清酒のひとすすりが喉《のど》と食道、胃に沁《し》み入った。

湯気の出ている水炊きに箸をのばす。かしわの肉と皮が、口の中でとろけた。酢醤油《すじょうゆ》の味が懐かしい。

「ゆっくり食べてよかですよ」

知らず知らずがつがつしていたのだろう、瑞枝が言い添えた。

「戦争ちいうもんは、五体満足で帰って来た者が勝ち」

酒に弱い平作は、もう顔を赤くしていた。「大将に出世しようが、金鵄《きんし》勲章を貰《もら》おうが、命を落とせば何もならん。この村だけでも、戦死したのが三人、まだ帰らんで、どげんなっとるのか分からん者が二人。なかには、二人の息子のうち一人が戦死、もう一人がシベリアに抑留されとる家もある。親父《おやじ》は、息子が何か勲章もらって中尉《ちゅうい》になったときは威張りくさっておったが、今じゃ傍目《はため》にも可哀相《かわいそう》なごと肩落としとる。畑に出とる姿も、なにか幽霊が鍬《くわ》かついでいるごたる恰好《かっこう》でな。声もかけられん」

「兄貴は無事帰ったじゃろうか」

瑞枝に訊いた。

「義兄《にい》さんは去年の秋に帰ってこらっしゃった。足に傷を受けて、少し不自由なとこがあるけど、元気にしとられます」

「足は、敵の弾が当たったとか」

「弾じゃなくて、小さな傷口から黴菌《ばいきん》がはいったと言われとった」

「そりゃ良かった。破傷風とかガス壊疽《えそ》にならんで、不幸中の幸い」

「わたしたちも、義兄さんが復員される前までは、守田の家にお世話になっとった。義《と》父《う》さんの具合も悪かったし」

瑞枝は顔を曇らせた。守田での生活が快適でなかったのは分かる。もともと兄嫁のサカエとは、そりが合わなかった。

「善一の学校は？」

「善一もほんに可哀相じゃあります。向こうで入学して、ようやく友達もできたころに、またこっちに転校ですけん」

「二年生になったばかりやの」

「そげんです」

「善一は心配せんでよか」

平作が横あいから言った。「こっちでもすぐに友達ができたごたる。もうすぐ帰ってくる頃じゃろ。元気がよか」

「おじいちゃんには初孫じゃけ、目に入れても痛くないとです」

座敷の隅に坐ったマサが言った。

「赤ん坊のときに会ったきりじゃけ、もう顔も忘れた」

「征二しゃんによう似てござる」

マサが言い添える。

「こん前、征二しゃんと会うたのはいつじゃったかいな」

平作が瑞枝に問うた。

「昭和十五年の十一月二十三日です」

瑞枝がすらすらと答える。「北京の憲兵学校に行かれる前に、広島の宇品に船で寄られたときです」

「そげんじゃった。あんときは、もうこれが最後かという気になっとった。見送って汽車で帰るとき、瑞枝が不憫《ふびん》でならんかった」

平作はしんみりした口調になった。

「あたしにも、そげん言いなさったんで、縁起の悪かこと口にしちゃならんと叱《しか》ったとですよ」

マサが笑った。「おじいちゃんは何でも悪か方に考える人やから」

「わたしは、反対に思うとった。戦死なんか絶対になかと信じとった」

瑞枝の口調には力がこもる。

「いや、本当なら、死んどってもおかしくはなか」

盃《さかずき》を飲み干して、平作にさし出した。「こげんして帰って来られたとが、夢のごたるとです」

平作は盃を受け取り、銚子を受けた。

表で子供の声がし、瑞枝が立ち上がる。

「善一が帰りました」

マサが言った。

ただいま、という声が途中で切れた。しばらくして障子が開く。

善一が、長ズボンに五つ釦《ボタン》の上着を着て立っていた。

「お父さんが帰ってみえたとよ。はい、挨拶《あいさつ》ばせんね」

恥ずかしがっている善一に手招きをした。瑞枝に促されて前に出てくる。

「善一、よう大きくなったな」

頭を撫でたが、身をくねらせて照れ笑いをした。

「ほらお帰りなさいは?」

「おかえりなさい」

蚊の泣くような小声が唇から漏れた。

「はいただいま。大きくなったのう。もう二年生か」

善一は顎《あご》をひいた。

善一の体格は、引揚の途中で会ったマモルに比べても上背があり、顔の血色もよかった。

「学校はどげんか」

訊いたが答えない。

「もう遊びに行って良かよ」

気まずさを察したのか、瑞枝が言った。善一は無罪放免されたように、部屋を勢いよく出ていく。

善一にしてみれば、見知らぬ男を父親と思えと言うほうが酷だろう。召集されたあとに生まれ、昭和十五年に戦友の遺骨を抱いて一時帰国したときは、ヨチヨチ歩きをしていた。

戦地ばかりにいた不在の重みを、今さらながら思い知らされる。

酒も水炊きも、初めの勢いほど身体《からだ》が受けつけなかった。動くのも億劫《おっくう》になり、平作と二人、縁側に胡坐《あぐら》を組んだ。

道を通る村人が頭を下げ、「婿《むこ》さんが帰らっしゃったですの」と声をかけた。瑞枝の婿が復員してきた知らせは、数時間のうちに村中に広まっているらしい。

「去年の暮にあった農地改革で、このあたりも大騒ぎでした。源太郎さんのとこも、わしのところも大した影響はなかが、不在地主はやせてしもうて」

進駐軍が強行した改革で、田畑は実際に耕作している小作人の所有になったという。

もし守田家が祖父の代の土地をそのまま地主として所有しておれば、この改革でごっそり土地を手放していたに違いない。実際には、源太郎が家作を受け継いだあと、保証人倒れで田畑の三分の二を失い、自作農同然になっていた。

「言うなれば、戦争に負けた時点で、何もかもが御破算になって、ヨーイ・ドンの競走が始まったようなもの。それまで良か目をみた者も、運のなかった者も、並んで走り出したと思えばよか。頭の良か連中は、うまいこと考えて、もう先のほうを走りよる。わしなぞ才覚のなかけ、相も変わらず畑を耕すだけ」

平作は煙管《きせる》に刻み煙草をつめ、火をつけた。「その点、征二しゃんは頭が良かけ、これから、どんどん仕事ができる」

「私は出遅れとります」

「戦争が終わって、まだ一年もたっとらん。こんなもの出遅れのうちにはいらん。外地で養った眼で世の中ば見て、どんどん泳いで行けば良か」

平作は励ますつもりで言ったのだろうが、このままこの家に居ついては困るという具合にもとれた。

「ほんに、瑞枝と善一、お世話かけました。何とかしてみます」

答えたものの、物の値段さえ分からない身で、どこから手をつけるべきか見当もつかない。

「そう慌《あわ》てることもなか。じっくり考えて動き出しゃいい。征二しゃんならできる」

平作が庭先を見やった。絣《かすり》のもんぺを着た瑞枝の妹が庭先にはいって来る。痩《や》せぎすだった身体が、見違えるように女らしく丸みを帯びていた。

「芳子、あんしゃんが帰らっしゃったぞ」

平作に声をかけられ、彼女は縁側に近づきながら頭を下げた。

「お帰りなさい」

「ああ、心配かけたのう」

「大変だったでしょう。本当にご苦労さまです」

型通り言い終えると、そそくさと玄関にはいった。

「瑞枝の勤めとった役場に、臨時で雇われとります」

「幾つになりましたか」

「もう二十一です。どこか貰ってくれるところがあればと思っとっても、この頃じゃ嫁五人に婿ひとりという有様で」

平作は言い、煙管の首を灰皿の縁にぶつけた。

どこかで藁《わら》か籾《もみ》を燃やしているのか、焦げた臭いが漂っていた。

「ほんに、よう五体満足で帰って来てくださった」

新たに刻み煙草《たばこ》を詰めて平作が言う。

「身体さえありゃ、どげんでんなる。征二しゃんは、まだ若か」

生返事をするしかなかった。

平作の言葉とは裏腹に、一文無しの身の上が重くのしかかってきた。

陽が傾きかけた頃、瑞枝の弟の正春が善一と連れ立って帰ってきた。隣村まで薩摩《さつま》芋《いも》の苗を貰いに行き、途中で善一に会ったのだ。顔は童顔だが、胸も腕も大人並みに成長していた。

夕食は、板張りに七人並んでとった。昼飯の豪華さとは違って、麦入りの飯に、里芋の煮しめ、棒鱈《ぼうだら》の煮つけ、沢庵《たくあん》がついた。

誰もが黙々と食べる。善一は終始下を向き、正春と芳子も日頃と勝手が違うのか、自分からは口をきかない。

「正春は、確か芳子と二つ違いだったから十九かの」

訊《き》くと、背筋を伸ばして「はい」と、答える。

「正春と同級の者で、陸軍の少年戦車兵になった者がおったが、のう」

平作が正春に言った。

「頭も良か奴《やつ》で、体格も立派でした」

正春は律儀《りちぎ》に答えた。

「少年兵に合格したときは、村をあげての祝いごとでした」

マサが言い継ぐ。「なにせ戦車兵ちいうと、正春たちにしてみれば、花形役者のごたるもんですけ。学校は富士山の麓《ふもと》にあったとでしょ。一度休暇で村に帰ってきたときは身体もひとまわり大きくなっとって、軍服姿もそれは立派じゃった」

「それで、どげんなったとですか」

「昭和十九年の暮、フィリピン方面に向けて輸送船で南下しとったそうです。そこで潜水艦の魚雷攻撃を受けて、乗っていた船が沈んだとですたい。戦死の通知が届いたのは二十年の一月。そんとき村中で葬式し、正春たち同級生も参列しました。親父さんもおふくろさんも涙は見せんで、気丈でした。この頃になって、あん人たちもめっきり元気がなくなって別人のごたるとです」

マサが気の毒がる。

「いくら名誉の戦死ち言うても、生きて帰ってくるとが一番の親孝行」

平作がぼそりと言う。

戦争に負けても勝っても、戦死はつまるところ死に損なのだ。その事実を覆《おお》い隠すために、さまざまな儀式が存在する。戦地から続々と復員兵が帰郷するにつれて、事実は露《あらわ》になり、遺族の無念さは増していく。

土間に蚕が飼われていた。種から出たばかりの蚕らしくまだ小さい。羽毛で小さな蚕を掃き立てているのは以前ここで見たことがある。あれも春先だった。

正春から教えられた通り、善一が桑の葉を刻んで蚕に与える。すっかりここでの生活に慣れている様子がうかがわれた。

外が暗くなると、早くも睡気《ねむけ》が襲ってきた。空腹を忘れるためにも、早寝は習い性になっていた。

瑞枝が座敷に布団《ふとん》を敷いてくれた。

「余分な布団があるのか」

「町の人が布団を担《かつ》いで、食糧ば買いに来たことがあったとです。薩摩芋ひと袋と交換しました。綿打ち直して洗濯したけん、新品同様です」

瑞枝は新旧の布団を二つ並べた。

「他の者の寝る所はあるとか」

「板張りに母さんと芳子が寝るけん、心配なかです」

瑞枝は淡々と言い、襖《ふすま》を閉めた。

布団に身を横たえる。白い敷布と、カバーのかかった掛け布団。糊《のり》の匂《にお》い。天井の電球。四方を閉ざしてくれる障子と襖。すべてが何年も遠去かっていたものだ。

空腹も感じず、明日の食い物の心配もなかった。

雨露のしのげる家、風呂《ふろ》と着る物と食い物、そして清潔な布団。まさしく内地の生活のまっただ中にいた。

昭和十三年に応召してから八年、齢《とし》で言えば二十三から三十一までを外地で費やしていた。身ひとつで出かけていき、身ひとつで帰って来た。

八年の歳月は、果たして何だったのか。無に等しかったとなれば、悔やんでも悔やみきれない何かが残る。戦地で斃《たお》れた友を思えば、むしろ運が良かったと考えるべきだろう。しかしその運は、あくまでも他と比較しての結果だ。戦争を生きぬいたこと自体は幸せでも何でもない。むしろぶ厚い不幸のかたまりなのかもしれない。

暗黒のような不幸が、ようやく終わったのだ。

目を閉じる。香港の日々は忘れよう。涙が瞼《まぶた》を押し上げ、目尻《めじり》から流れた。明日から、雨露をしのぐ場所に親子三人が住み、飢えず、布団に寝られればそれでいいのだ。いからせていた肩のあたりが急にほぐれる。

家の音がする。低い話し声や畳の上を歩く音が心地よく耳に届いた。

目を醒《さ》ましたとき、その音は消えていた。頭を左に巡らすと、傍らの布団に瑞枝が身を横たえている。

瑞枝の傍に寄った。

「隣に寝とらっしゃるけ」

喘《あえ》ぐように口にした言葉が、却《かえ》って呼び水になった。寝巻の紐《ひも》を取り、両の乳房と下腹部を露にした。

充実した自分のものを瑞枝のそこに重ね合わせた。小さな叫び声を聞いたような気がした。

十年前に着ていた背広とズボンが、真新しくさえ見える。胸回りも腰回りもだぶだぶで、革靴だけがすんなりとおさまっている。

しかし、小一時間の道のりを歩くうち踵《かかと》にマメができた。十年前に馴染《なじ》んだ靴でも異物になっていた。

30

本郷駅で料金を確かめ、大保《おおほ》までの切符を三円二十銭で買った。物の値段がすんなり頭におさまらない。電車代にと、瑞枝から無造作に三十円貰ったときは驚いたが、切符の値段からすれば大した額ではない。

一時間に一本の電車は満員に近かった。乗り換えの宮ノ陣で半分の乗客が降りた。ほとんどが担ぎ屋で、荷物を両手に抱えている。

ホームの端から、昔と同じように筑後川が眺められた。向こう岸にあるはずの久留米の町並だけが消えていた。敗戦直前の八月十一日空襲にあい、めぼしい建物の大半は灰燼《かいじん》に帰していた。

筑後川の土手は、豊かな水量をはぐくむように、両側から葦《あし》やすすきの群生をせり出している。川舟が一艘《そう》出ていた。男が悠長に投網《とあみ》を繰り返した。

福岡行きの電車も混んでいた。乗客と同じくらい荷物が多い。風呂敷包みからは、スルメや魚の干物《ひもの》がはみ出している。禁制のはずの米の包みも、一見してそれと判別できる。

実家への土産は、竹籠《たけかご》に入れた卵十個だ。病床についている源太郎の見舞いにと、平作が持たせてくれた。

大保で電車を降りる。

駅の西側に広がっていたゴルフ場が、青々とした畑に一変していた。そこは昭和の初めに造営されたゴルフ場で、松の木立と芝で覆われた丘陵が、田舎には珍しい洋風の景観を呈していた。戦時色が強くなるにつれて開店休業の状態になっていたが、今は一面の芋畑に変わっている。

「征二しゃんじゃなかですか」

後ろから追いついた中年の女性が、わざわざ前の方に回って声をかけた。「復員しなさったとですね」

名前は忘れたが、兄の洋一と同じ齢で、久留米に嫁いだのは覚えていた。

「週に一度、実家に食糧を貰《もら》いに帰るとです」

彼女は言った。

「空襲は無事でしたか」

「命だけは助かりました。今は、雨露をしのげるくらいの仮住まいを建てとります。征二しゃん、よく帰ってこらっしゃった」

彼女は何度も言い、実家に通じる路地で別れた。

人通りもなく、白く乾いた道が静かに延びている。十字路にある雑貨屋も、以前どおり店を開けていた。中は薄暗く、人のいる気配がしたが声をかけずに通り過ぎた。

村で真先に訪れる場所は神社だと決めていた。源太郎が保証人倒れになったとき、広広としていた家屋敷を手放し、神社の裏の土地に安普請《やすぶしん》の家を建てた。十歳になるかならない頃で、神社の境内が家の庭代わりになった。

境内にはすべてがあった。大人が三、四人で両手を広げ、やっと周りを囲むことのできる大楠《おおくす》は、毎年秋になると実をつけた。小指の先ほどの大きさのある丸い実で、やはり境内の隅の方に茂る雌竹《めだけ》で作った鉄砲に詰めると、上質の弾丸になった。勢いよく飛び出したあと、竹鉄砲の先に煙のようなものさえ発生した。実そのものでなく、へたを弾にすることもできた。そのときの竹鉄砲の筒はぐんと細くなる。音は小さいながらも、飛距離はかなりあり、首筋に弾丸が当たれば、ピリリと痛かった。

楠の木のぶ厚い皮も、工作の材料になった。切り出し小刀を皮の割れ目に沿って入れ、掌《てのひら》の大きさの皮を剝《は》ぎ取る。厚さは二、三センチもあり、材質が軟らかいので、小刀の刃でどんな細工も可能だった。もっぱら潜水艦や帆船を作った。

樫《かし》の木も楠に劣らず高さを誇っていて、太い葛《くず》が巻きついていた。葛の根元を切り、ブランコを作った。坐《すわ》るブランコではなく、両手でぶら下がるやつだ。高い枝から葛を握って飛び出し、飛距離を競った。

境内にはまた、さまざまな食い物があった。椎《しい》の実が包皮からはじける頃を見計らって登り、枝を折って下に落とす。黒ダイヤのように輝く実を歯で割ると、白く固い果実が現れた。

銀杏《いちょう》が境内で一番高かった。隣村からでも樹影は認められた。下枝はなく、大楠なみの太さなので、絶対に登れない。銀杏《ぎんなん》の実は、落ちたのを拾うしかなかった。台風が去ったあとイの一番に出かけて、長い炭鋏《すみばさみ》で実を拾い、ショーケに入れた。近くに住む者の特権だった。

まきの木につく実は赤く、二センチくらいの細長いもので、馬のチンポと呼んだ。渋みのなかに仄《ほの》かな甘味があった。

池のほとりの桜にはさくらんぼもできた。紫色に熟した実を何個も食べると、口の中はおはぐろを塗ったように黒くなり、互いを指さして笑いあった。

竹藪《たけやぶ》の根には野苺《のいちご》が赤い実をつけ、ポケット一杯に採れた。境内は子供にとっての畑であり、田んぼだったのだ。

櫟《くぬぎ》の古木も覚えている。根元は空洞になっているほどの老樹で、朝方、上の方に甲虫《かぶとむし》やクワガタがびっしり集まっていた。池の傍の柳も昆虫《こんちゅう》の宝庫だった。かみきり虫と、緑っぽい玉虫色の羽根をもつコガネムシが、いつ行ってもとれた。

池は釣り禁止になっていたものの、すすきの間から釣り糸を垂らした。篠竹《しのだけ》で作った釣竿《つりざお》や小さなうきなど、参道からは見分けがつかない。身を潜めて待ち、うきが沈んだら竿を上げる。鯉《こい》や鮒《ふな》、大鯰《おおなまず》がかかった。

境内はまた運動場にもなった。お堂の一周は二百メートルはあったろう。リレーの練習にも使われた。陣取り合戦もしたし、チョンピと言って、細長い穴の上に木を渡しかけ、竹の棒で上に放り投げ、飛距離を競ったりもした。

動き回る遊びだけでなく、地面にかがみ込む遊びもあった。石灯籠《どうろう》や狛犬《こまいぬ》の石像の土台に、土蜘蛛《つちぐも》が袋をつくって地中十センチのところに棲《す》みついている。靴下のように長い袋を、石から注意深くはがしながら、少しずつ引き上げていく。無傷の袋が採取できるのは稀《まれ》で、たいてい途中で千切れてしまう。蜘蛛のはいった完全な袋をとり出した者が勝ち名乗りをあげた。

太鼓橋の横にある椋《むく》の木が青々と茂っている。池の水も豊富だ。楠も椎も、昔と少しも変わった様子はない。

本堂の前まで行き、ぶらさがっている布紐を揺すって鈴を鳴らした。正月に取り替えられたのか、紅白の布紐はまだ新しい。手を合わせ、無事に戻りましたと呟《つぶや》く。

本堂の後ろに回ると、もう実家の畑だ。手入れが行き届き、春大根が見事に列をなしている。

開いた玄関から、中の暗い土間が見えた。

「もーし」

肚《はら》に力を入れて呼んだ。家の内で何か動く気配がし、奥から腰の曲がったトメが出てきた。

「帰ったばの」

「征二か」

五体揃《そろ》っているのを確かめるように、トメは細い目を向けた。「ほんに征二。さあさあ、さあさあ」

框《かまち》に腰かけて靴を脱ぐ間ももどかしそうに、トメは手を引っ張る。

源太郎は納戸《なんど》に寝ていた。

「戦地から戻りました」

枕許《まくらもと》に膝《ひざ》をついた。

「父さんは片言しか口がきけんけど、こっちが言うのは分からっしゃる」

トメが言い添える。威厳のあった源太郎の表情が、空気の抜けたようにしぼんでしまっている。

アワワワと喉《のど》の奥から絞るような声を出し左手をさし伸べてくる。骨と皮だけになった手を握り、「元気で帰りました。心配かけました」と耳許で叫んだ。

源太郎の顔が歪《ゆが》み、涙が溢《あふ》れ出す。

「父さんも嬉《うれ》しかとじゃろ。洋一よりもお前のことば心配しとらっしゃった」

トメが源太郎の涙を手ぬぐいで拭《ふ》いてやり、ついでに自分の目にもあてがった。

「兄さんは？」

「サカエしゃんと二人で地蔵面に行っとる。足が不自由になったけ、もう郵便局勤めはできん。自分でも百姓しかなかと覚悟しとるのか、よう働く」

「足の傷は大したことなかとね」

「走ると膝がガクッと落つるらしか。少し曲げ伸ばしが不自由なだけで、仕事するには支障なかち言いよる。二本、足が揃っているだけでも感謝せな。両手両足なくして、達《だる》磨《ま》さんのようになって復員した人もあるけ。そげな身体《からだ》で暮らしていくのも切なかし、親も世話が大変じゃろ。その点、お前は幸せ者たい」

トメは言い、仏壇の前に坐った。トメの後ろで神妙に頭を垂れた。

〈無事に帰って参りました〉

もう何回となく口にした文句だが、そのたびに実感は薄くなっていく。問題はこれからなのだと、自分に言いきかせた。

瑞枝の実家に身を寄せている旨《むね》を話し、縁側に出て胡坐《あぐら》をかいた。

「腹は減っとらんかい」

トメが訊《き》いた。

「何かあるとの？」

朝飯は食べて来ていたが、胃はまだ受け入れそうな気配だ。

「棒鱈の煮つけが余っとる」

石のように固くなった干し鱈をすりこぎで叩《たた》き、甘辛く煮つけるのはトメの得意料理だった。

トメは皿に棒鱈を盛って、箸《はし》と一緒にさし出す。小骨さえも嚙《か》み砕けるくらい煮込んであった。

「北小路の修次さんが、人手を欲しがってあったが、働いてみる気はなかろうな」

トメが遠慮がちに訊いた。「自分も齢とったので、この頃は大分弱気にならっしゃった」

修次は源太郎の弟だが、同じ村の大塚家に入り婿《むこ》に行っていた。しかしひとつ年上の女房との間に子供はできず、昔通りなら夫婦で田畑五、六反を耕しているはずだ。

「百姓仕事といっても、もう十年近く遠去かっとったし」

「百姓ば長くしとらんち言うても、あんたは百姓の子。仕事は身体が覚えとる。それに瑞枝しゃんがおるけ、できんことはなか」

トメは乗り気になってくる。「都合よういきゃ、お前たちば諸養子《もろ》にする話も出ろうし」

「住む所さえありゃ、悪か話じゃなか」

「納屋《なや》の上が空いとるけ、あそこなら良かろう。今日のうちにでも話をつけよか」

瑞枝の実家を一日も早く出たかった。人員がひとり増えただけで、家の中の窮屈さは増していた。転がり込む家の確保こそ、何をさしおいても優先すべきだ。

「昼になりゃ、洋一たちが戻って来るけ、一緒に北小路に行ってみよ」

トメはほっとしたように言った。

縁側にひとり坐って、茶をすすり、棒鱈を食う。

昔と寸分変わらない風景が、そこから眺められた。右側に神社の森と境内、左側はずっと遠くまで田んぼが続き、その先の川沿いに竹藪と柳が散在している。正面の畑の奥には隣村との境をなす森があった。北小路の大塚家が所有する田畑も、その森の手前の方にかたまってあるはずだ。

「農地改革ちいうもんがあったらしかね」

トメが茶を注ぎに来たとき訊いた。

「ああ、こん村はたいていが本百姓やけ、何ち言うことはなかけど、西島のほうでは不在地主がいたけ、小作人は喜んどる。アメリカの命令ひとつで、水呑《みずの》み百姓が本百姓になるとじゃけね。これが戦争に負けたということじゃろ」

トメは淡々と答えた。「父さんが保証人倒れせずに大地主のままでいたら、今頃大慌《おおあわ》てしとるところじゃった。これはこれで、良かったのかもしれん」

思い出したように、台所から新聞を持ってくる。

縁側に射《さ》し込む日の下で新聞を広げた。

新聞をひっくり返して一面を眺めたとき眼が釘付《くぎづ》けになる。

極東国際軍事裁判開始
A級戦犯28人出廷

戦犯という文字を息詰まる思いで眺め、ひと呼吸おいてから先を読む。

A級戦犯の名前が列挙されていた。元陸相荒木貞夫陸軍大将、元教育総監土肥原賢二陸軍大将、元代議士橋本欣五郎陸軍大佐、元支那派遣軍司令官畑俊六陸軍元帥、元首相平沼騏一郎、元首相廣田弘毅、元内閣書記官長星野直樹、元陸相板垣征四郎陸軍大将、元蔵相賀屋興宣、元内大臣木戸幸一、元ビルマ方面軍司令官木村兵太郎陸軍大将、元首相小磯國昭、元中支那方面軍司令官松井石根陸軍大将、元外相松岡洋右、元朝鮮総督南次郎陸軍大将、元軍務局長武藤章陸軍中将、元軍令部総長永野修身海軍元帥、元海軍次官岡敬純海軍中将、大川周明、元駐独大使大島浩陸軍中将、元軍務局長佐藤賢了陸軍中将、元外相重光葵、元海相嶋田繁太郎海軍大将、元駐伊大使白鳥敏夫、元国務相鈴木貞一陸軍中将、元外相東郷茂徳、元首相東條英機陸軍大将、元参謀総長梅津美治郎陸軍大将。

一、二の民間人をのぞいて、大部分は最高位をきわめた軍人と政治家だ。A級戦犯とは、侵略戦争を指導した軍の最高責任者と政財界人だという説明がなされていた。

記事はさらにBC級の戦犯にも触れている。通常の戦争犯罪と捕虜虐待《ぎやくたい》がB級、その他の戦争犯罪と住民虐待がC級戦犯であり、最初の判決は一月に出されたと記していた。絞首刑判決が出たのは、元大牟田収容所所長の陸軍中尉であり、同じ頃、マニラの軍事法廷では、比島方面軍司令官山下奉文《ともゆき》陸軍大将にも死刑判決が出されたという。

戦犯関係の記事はそれだけだ。一面を裏返しにし、ひきつった喉を茶で湿らせた。内地での戦犯追及がここまで進んでいるとは、予想だにしなかった。外地のほうが裁くのに急だとばかり思い込んでいたのだ。

「留守中に誰か訪ねて来た者は、おらんかったじゃろか」

トメが戻ってきたとき訊いた。「元戦友とか、警察とか」

最後の言葉は遠慮がちにつけ加えたのだが、トメは首を振った。

「いや誰も来ん。何ね、何か悪いことばしたとね」

「いや、そんな訳じゃなかけど、戦地からはみんなばらばらになって帰って来とるとじゃけ、いずれお互いに連絡し合うことになっとる。誰でんよか、訪ねて来た者がおったら、まず相手の名前と住所ば訊いて、あとで連絡させるち、言うてくれんじゃろか。いま家を出て、おらんことにしてもらわんといかん」

まわりくどい説明になっていた。

昼過ぎに洋一夫婦が戻ってきた。縁側にいるのに気づき、「おう、帰ったか」と言った。鍬《くわ》を積んだ一輪車を納屋に入れ、井戸で手足を洗っているようだったが、十分ほどして家の中に上がってきた。やはり右足を引きずっている。

「昨日、電報が届いたんで、今日は来るじゃろとは思っとった。元気そうじゃなかか」

郵便局時代とは違って陽焼けした顔だ。兄嫁のほうは、相変わらず笑わない顔を肩の上につけて黙っていた。

「兄さんの足のほうはどげんですか」

「大したことはなか、実は貫通銃創でな、膝の上でよかった。あと二、三尺上だったら命はなかった。夜寝るとき疼《うず》くけど、死んだち思ったら、そのくらいの痛みは我慢できる」

前向きの気の強さも以前のままだ。「お前のほうは、しかしよう戻れたな。復員のとき、憲兵は北支でも足留めをくらっとった」

「これまでは何とか切り抜けられたばってん、またこれから何が起こるか分からん」

敗戦時に離隊し、正式な復員手続きはしていない事実は、さすがに口にはしなかった。

「いやもう内地に戻ったからには大丈夫じゃろ。戦争は済んだのじゃけ、これから先のことば考えていかにゃのう」

洋一は煙草盆《たばこぼん》を出してきて、煙管《きせる》に刻みを詰めた。「さっきおふくろがちらっと言ったが、北小路の叔父のところに行くらしいの」

煙を吐き出したあとで言った。

「当座だけでも、落ちつけるなら、やってみようと思うとるとです」

「それが良か。これからは、何ち言うても百姓の時代。土地にしがみついとる者が強か」

洋一は真顔で頷《うなず》いた。「長い目で見ても悪か話じゃなか」

トメと同じく、うまくいけば諸養子になって、叔父夫婦の田畑をそのまま受け継げる可能性をほのめかした。同時に、弟一家三人が家に転がりこんで来るのを牽制《けんせい》する口調も感じられる。

「うちはほんに運が良かった。電車道の藤崎は知っとるやろ。竜造と泰雄の二人とも戦死してしもうて、兄弟のうち残ったのは嫁に行った姉さんだけや」

「あの二人が死んだ」

意外だった。二人とも年下だからまだ二十五歳そこそこのはずだ。身体が大きく、青年団の相撲大会では兄弟で決勝戦をした年もあった。

「戦死の知らせが同じ頃に届いて、親父《おやじ》さんもおふくろさんも寝込んでしまったらしか。この間も道で会ったが、何の話ばして良かか分からず、ただ頭を下げただけにしとった。それに比べると、うちは俺が怪我《けが》しただけで、お前は五体満足。神仏に感謝せんといかん。父さんが寝たきりになったのは残念じゃが、これぱっかりは齢《とし》じゃけ、仕方のなかこつ」

長男らしい口調に戻っていた。

昼飯をそそくさと済ませたあと、トメと連れ立って北小路の叔父の家に行った。

藁《わら》屋根は古いまま葺《ふ》き替えられず、うっすら雑草が生えている。

修次叔父は、家の前の畑に下肥を撒《ま》いていた。

「修次さん、征二が帰って来ましての」

トメが声をかけると、叔父は麦藁帽子をとった。

「無事帰って来ました」

頭を下げた。

「そうな。内地帰りが遅かけ、みんな心配しとった」

源太郎と違って口下手な叔父は、くぐもった声で言った。

「それで、例の話ば征二にしたところ乗り気になってくれての、連れて来ましたんじゃ」

「ほう。まあまあ、家の中に」

叔父は下肥の長柄杓《ながびしゃく》を地面に投げ、ズボンの土を払った。

薄暗い土間にはいり込むと、奥の台所から叔母が顔を出した。叔父が寡黙《かもく》な分、叔母はよくしゃべり、トメは専《もっぱ》ら聞き役にまわった。

「征二しゃんが加勢してくれれば、食べる分くらいはある。いつから来るね」

「叔母さんたちが良ければ、明日からでも」

「住む所は見たね。納屋の二階ばい」

叔母は腰を上げ、納屋を案内した。

納屋は二階建の瓦葺《かわらぶ》きで、一階に農機具と藁束が納められ、隅に便所と、簡単な流しがついている。叔母は、手すりつきの階段を先に立って昇った。

二階は十畳くらいの広さだろうか。板張りの上に茣蓙《ござ》が敷いてある。赤土壁が露出していた。南側に半間四方の窓があり、ガラス戸の一部は油紙で修理されている。北側の小窓は、板戸を押し上げて開閉する仕組みになっていた。

「月に一度は掃除しよったけ、あまり散らかってもおらんじゃろ」

叔母が言い、低い天井の裸電球をつけてみせる。

「良かとこじゃんね」

トメが言うのを聞きながら、窓の外を眺めた。家の前の畑と道をはさんで、隣家の屋根が見える。家を訪ねて来る者は、この窓からのぞけば一目瞭然《りょうぜん》だ。問題は、どこに身を隠すかだろう。窓の外には出られないので、いったん階段を降りて、藁束の中に飛び込む手も考えられた。

「善一がまた転校せにゃならんね」

階段の下りがけに、トメに言う。

「善一は、うちにおったときこっちにも友達がおったけ、却《かえ》って喜ぶじゃろ。子供はどこでもすぐ慣れる」

そのひと言で万事決まったも同然になった。

31

翌々日、芳子と正春にも同行してもらって引越した。大八車一台に家財道具一式を積み、朝八時に瑞枝の実家を出た。着いたのは昼過ぎだ。

母屋《おもや》で麦飯と沢庵《たくあん》、おからだけの昼食によばれた。時田の家よりも粗末な食事に、芳子も正春も驚いた様子だったが、黙々と食べた。

昼飯が終わると、井戸水を汲《く》んで来て、階段や板張り、窓桟《まどさん》などを拭いた。

納屋に井戸はないので、毎朝バケツ四、五杯の水を運び、流しの傍の大瓶《おおがめ》に入れなければならない。もうひとつの不便は風呂《ふろ》で、母屋の叔父夫婦と共同になる。週二回入れてもらう代わりに、風呂の水入れと風呂沸かしを受けもつように修次叔父から言い渡された。

芳子と正春は三時過ぎに大八車を引いて帰って行った。

「明日、善一を連れて小学校に行って来ます。小隈じゃ学校は十分くらいで行けたが、こっちは一時間かかる。近所に誰か上級生がおるじゃろ。一緒に登校できるよう頼んでみるけね」

善一はこっくり頷く。馴染《なじ》みのない父親との生活、それに引き続く引越しで、元気がなかった。

「今から風呂沸かしに行くけ、ついて来い」

言うと、大人しく腰を上げた。

善一に井戸のポンプを押させた。溢れ出た水は樋《とい》代わりの孟宗竹《もうそうちく》を伝って、風呂釜《がま》にはいる。半分ほど入れたところで、善一と焚《た》き口に坐《すわ》った。古新聞を丸めた上に枯枝と松葉を置き、マッチで火をつける。勢いよく燃え上がる炎に小さな木切れを少しずつのせていくのだ。

「風呂沸かしは初めてか?」

「うん」

「これからは、水入れと焚きつけをしてもらわにゃならん。今までの家と違って、ここではお客さんじゃなか。三人で精一杯働かにゃならん。分かったな」

煙たいのか、善一は手を目に当てたまま頷いた。

夕食前に修次叔父が風呂にはいった。そのあと叔母から声をかけてもらわないまま、夕飯の席に呼ばれた。

粗末な飯台を五人で取り囲む。おかずは昼と大して変わらず、菜っぱの浮いた醤油汁《しょうゆじる》がついたに過ぎない。善一はもじもじしながら箸を動かし、何度も母親の顔を見上げた。

「瑞枝しゃんな、ほんに果報者」

叔母が唐突に言った。「亭主を戦争に送り出して、白木の箱で帰って来る者が多かなかで、征二しゃんは無事帰らっしゃった。ありがたいことじゃ」

「はい。感謝しとります」

瑞枝は逆らわずに答えた。

有難いので、多少の苦労は我慢するよう、叔母はほのめかしたのだろう。修次叔父は黙って顎《あご》を動かしていた。

食事後、瑞枝が後片づけをしている間に、叔母が風呂にはいった。守田家でも時田家でも、女が男より先に入浴する習慣はなかった。使用人扱いにされた気がした。

叔母が上がったのを叔父が知らせてくれ、善一と一緒に風呂場に行った。

湯が極端に少なくなっていた。着替えを持ってきた瑞枝に言いつけて、ポンプを押してもらい、火をおこさせた。

湯釜から出て善一の背を洗ってやる。石鹼《せっけん》の質が悪いのか、泡立ちが悪い。

「父ちゃんはな、戦争が終わって日本に帰ってくるまで、何ヵ月も風呂にはいらんかった。風呂なしでも人間は生きていかれるとぞ。ひょっとしたら、身体の表面に垢《あか》がついとったほうが、病気にならんとかもしれん。垢がたまると、風が吹くとき、白い埃《ほこり》のごと垢が飛んでいく」

風呂釜は二人一緒にはいれるほど大きくなかった。熱くなった湯に善一を入れ、その間に大急ぎで身体《からだ》を洗った。善一を出して拭《ふ》き上げ、外にいた瑞枝に任せた。

――使用人扱いであっても、親子揃《そろ》って風呂にはいれるだけで幸せなのだ。

湯釜のなかで言いきかせる。収容所での苦労を思えば、これから先の生活は極楽に近いものだった。

納屋の二階で善一と二人、瑞枝が風呂から戻って来るのを待った。

「あしたから、また新しか学校ぞ。教科書の習ったところを、おさらいしとけ」

時田の家を出るとき、善一が使わせてもらっていた文机《ふづくえ》を持って行ってもいいと言われたが、断った。何もかも瑞枝の実家に世話になる気はしなかった。

善一は素直に飯台についた。雑嚢《ざつのう》から出した教科書を広げ、帳面に書き写している。

明日からの段取りを考えようとして、新聞の記事が蘇《よみがえ》った。敗戦から八ヵ月後のA級戦犯起訴だとすれば、下級戦犯はもっと早く起訴されていると考えていい。戦犯追及がどのくらい進んでいるのか、早目に摑《つか》む必要があった。

いずれどこかで古新聞を読み直してみなければならない。月八円もするが新たな新聞購読もするべきだ。

瑞枝は三十分くらいして戻ってきた。急階段をゆっくり昇ってきて、溜息《ためいき》をつく。

「叔母さんが、あんまりお湯は使うなち。お湯は膝《ひざ》上くらいあれば良かと言うけど、そげな湯には慣れとらんし」

叔母が吝嗇《りんしょく》なのはトメの口から聞かされていたが、風呂の湯の量まで制限されるとは驚く。

「聞き流しとけばよか。何から何まで言うとおりにしとったら、暮らしていけん」

「修次叔父さんが苦労されたのは、よう分かる。入り婿《むこ》じゃけ、肩身が狭かったでしょうね。叔母さんがあたしに意見するとき、叔父さんはさっと腰を上げて、向こうに行きなさった」

「遠慮するこつはなか。今度文句言われたら、お湯の分くらい働いとります、と言い返したが良か」

二人の会話に善一が耳をそばだてているのに気づき、話題を変えた。

「ちょっと聞いてくれ。善一もここに来い。お父さんから話がある」

口調を改めた。瑞枝は何事かという顔で坐り、善一もその後ろにちょこんと正座する。

「あしたからここでの生活が始まるけ、ひとつだけ頼んでおかんといかん。留守中に誰か警察の者が訪ねて来たら、納屋の外に、赤い菅笠《すげがさ》ば出しといてくれ。どうしてそげなことばせにゃならんかは、いずれ分かる。時期がきたら、ちゃんと話す」

「菅笠ちいうと、階段を降りたとこに掛けてある笠ですね。善一も知っとるね」

瑞枝の言葉に善一は頷く。

「叔父夫婦には、機《おり》をみて言うとこ」

瑞枝はそれ以上、何も訊かなかった。

部屋の中を見回す。家財道具が少なかった。収容所の天幕生活に毛の生えた程度だ。夜具が壁際《かべぎわ》に積み上げられ、晒《さらし》をかぶせてある。柳行李《やなぎごうり》には三人の衣類を入れているが、冬服はまだ時田の実家に残したままだ。

総革のトランクだけが場違いな品だった。香港から唯一《ゆいいつ》送った品物だ。同僚の憲兵たちが、事ある毎《ごと》に物品を内地に送っていたのに反発を感じていた。内地を思えば思うほど、仕事への情熱が鈍る気さえした。

ある日熊谷曹長に勧められて、皇后大道中《クイーンズロードセントラル》にあった鞄屋《かばんや》でトランクを買った。両隣の店でも、子供の靴を二足と絹のハンカチ、ブラウス、靴下を数十枚購入してトランクに詰め込んだ。送り出して一ヵ月後、瑞枝から返事が来た。ハンカチと靴下は近所に配ったらしかった。

ブラウスと靴は、まだ瑞枝と善一が大切に使っている。しかし、そのとき配ったというハンカチと靴下が、実際にどれくらい役に立ったか知れたものではない。田舎の人間には、二つとも猫に小判ではなかったか。

それはそのまま、香港の生活と日本の生活の格差を示している。あそこは道路、電気、下水が非の打ちどころなく完備していた。百姓の息子の香港における憲兵勤めは、田舎者が都会勤めをしたのと同じだったのだ。

板張りに鎮座しているトランクは、まさしく大都会の象徴でもあった。

32

叔母の縁戚《えんせき》にあたる家は宝満川の対岸にあった。川にかかる橋はひとつしかなく、土手を大きく迂回《うかい》しなければならない。片道一里の道のりを、修次叔父と二人で大八車を押して行った。

「少し休むか」

叔父が言い、刻み煙草に火を点《つ》けた。

川面《かわも》が光っている。両岸の柳が水面に覆《おお》いかぶさる澱《よど》みは、いかにも魚が棲《す》みついていそうな気配があった。蛇行している反対側の浅瀬は、底の小石まで見透《みとお》せるほど澄んでいる。

浅瀬で、ガン爪《づめ》を肩にして底を掻《か》いている男の姿が見えた。

「まだカマツコが獲《と》れるとの？」

叔父に訊《き》いた。

「そうじゃろ。あげんしとるところば見ると」

カマツコ漁のガン爪は、金網でできた平べったいショーケに長い柄がついている。柄の先を肩にあて、ショーケをぐっと掻き寄せて、小石もろとも川底をさらう。ショーケには背があり、小石の間にひそむカマツコは簡単に掬《すく》いあげられた。

「あれは洋一兄さんが上手やった」

「古い道具なら納屋《なや》の隅にあるけ、お前が使ってもよか」

「いや、あれはきつか」

要領もいるが、畑仕事するよりも体力が必要で今はその自信がない。

土手を吹く風が首筋を撫《な》でる。大八車を引きながら、あたりの木を眺め、川を見、田を眼にした。

目ざす家は、門柱が御影石《みかげいし》でできていた。昭和の初めまでは油屋だっただけに、白壁造りの倉庫があり、母屋も重厚な屋根をもつ二階建だ。白壁は、戦時中に黒く墨で刷毛《はけ》目《め》をつけられていた。

叔父は勝手口から中にはいり挨拶《あいさつ》をすますと、家の裏に回った。

小窓のついた板壁のむこうは便所になっている。叔父は慣れた手つきで壁の底板をはがした。床下に埋められた大瓶が見えた。

「ほら、肥桶《こえおけ》ば持って来んか。急いでやらんと、屋敷中に臭《にお》いが広まる」

叔父からせきたてられて、桶を大八車からおろし、汲み取り口まで運んだ。

叔父は長柄杓を肥瓶の中に入れ、素早くかき回し、最初の一杯を桶に移した。思わず眼をそむけたが、異臭に鼻をつまむわけにもいかない。

肥桶が一杯になると、藁を丸め表面に置き、蓋《ふた》代わりにした。四個の肥桶を満たすのに十分もかからなかった。

汚物が垂れた地面に、叔父は持参のスコップで土をかけた。

「車力《しゃりき》の柄をまっすぐ持っとかんと、こぼれるからな」

言われたとおりに、荷台が水平になるように柄を支える。

仕事が終わったのを告げに、叔父はまた勝手口の中にはいって行った。家人は最後まで顔を見せなかった。

「おい行くぞ」

叔父から言われて、大八車の柄をとり、動き出したとたん、「おいおい。それじゃ駄目だ」と注意された。

荷台が後ろに傾き、肥桶から内容物が溢《あふ》れ出している。

「今日は、わしが前を引くから、お前は後ろに回れ。ようく見とけ。易しいようで、案外難しか」

叔父は柄の方に回って、均衡をとりながら引っ張り始めた。なるほど、荷台は完全に水平で、肥桶の中味が漏れる心配はない。

しかし、道の凸凹《でこぼこ》の具合で荷台が揺れると、肥桶の中味が波打つ。藁をかぶせてはいたものの、風向き次第で飛沫《しぶき》が飛んだ。顔をしかめながら大八車の後押しを続けた。嗅覚《きゅうかく》は完全に麻痺《まひ》して、臭いは感じない。道で出会う村人が、息を止めて通り過ぎる。小一時間の道のりが、ひどく長いものに感じられた。

家の前の畑に着くと、肥桶をおろして道端に置いた。

「本当は何ヵ月か肥を寝かしておいたほうがいいんじゃが、間に合わん」

叔父は長柄杓で肥をすくい、白菜の根元にかけた。「今度はお前がやってみろ。厚くかけんでいい」

風上から風下に向け、なるべく低い位置で肥を撒布《さんぷ》する。

肥は液体ばかりではなく、まだ形を保ったものもあった。新聞紙も混じっている。口を一文字に閉じながら、長柄杓を動かした。叔父は平鍬《ひらぐわ》を手にして、肥のかかった畦《あぜ》に、新たな土をかけていく。

四個の桶全部で、白菜と玉葱《たまねぎ》の畦の分だけ肥料をやることができた。

肥桶は、バケツで水を入れて洗った。大八車にも水をかけて、汚れた荷台を藁《わら》でふき上げた。

井戸端で顔と手を洗っていると、学校に行っていた瑞枝と善一が戻って来た。

「どげんじゃったか」

「あしたから行くことになりました」

瑞枝はほっとした顔だ。「教科書も、古いのを先生が探して下さるげな。よう気のつく男の先生で、善一よかったの」

善一は何か吹っきれたような笑顔を返した。

昼飯には、朝出かける前に瑞枝がふかした里芋を食べた。

「鶏ば飼おう。金網で囲いば作るだけでよかろうが。善一、ひよこ草は知っとるか」

里芋の皮をむいていた善一はかぶりを振った。

「父ちゃんが教えてやるけん、学校の帰りにとって来い。道端にはえとる。それば刻んで、糠《ぬか》と混ぜとけば、餌代《えさだい》もいらん。あとは残飯ですむけん。善一が餌係たい」

善一を喜ばすつもりで言ったが、善一は気のりしない返事をした。

午後は、また叔父と連れ立って地蔵面の田まで出かけた。畦道で複雑に区切られた水田のどれが叔父の所有であるのか、覚えるだけでもひと苦労だ。

「田んぼば物々交換して、一軒ごとの田を寄せ合おうちいう話も出とるが、広さもいろいろで、米の出来具合も違うとるので難しか。隣の田との境は注意しとらんといかん。畦道を削られるこつもある。両側から削らるると、畦道は糸のごつ細くなる。そん次に大事なのは水」

叔父は、堤から流れ出している溝《みぞ》の縁で立ち止まる。「水源はここひとつじゃけな。ここから水を採って、順々に下の方の田に水が行くようになっとる」

溝には堰《せき》が設けられ、たまった水はまずその横の田に引かれ、土を充分潤《うるお》したあと、畦道の下に通された竹筒経由で隣の田に流れ込む。上の田の持ち主が水の出口に軽い土盛りでもすれば、下の田への水の流れは極端に悪くなる。

「今年は去年からの台風続きで、まあ水不足はなかごたるが、日照りの年は、毎晩見回りをせんと、夜のうちに竹筒に詰めものをされとるこつがある。そげんなると、上の田は水が張っとるのに、下の田は乾いてしもうて、すぐ喧嘩《けんか》じゃ。水利組合で喧嘩にならんように話し合うが、正直者が馬鹿《ばか》をみるこつがある。水で煮え湯を飲まされた奴《やつ》が、仕返しに稗《ひえ》の種ば相手の田にばらまいた事件もあった。相手も気がついて、翌年にはそいつが稗をばらまく。泥仕合たい」

叔父は自分がその当事者であったような口ぶりで話した。

畦道の水漏れを見つけ、平鍬で泥を塗りつける。壁塗りと同じ要領だ。溜池《ためいけ》から流れ出るクリークは、叔父の田の傍で幅広くなり、澱みをつくっていた。岸に立つと、足音を聞きつけて、水草の下で魚がバシャリと波紋をたてた。

「征二しゃん、今日はこのくらいにしとこうか」

田の中の土塊を平らにする代掻《しろか》きを終えて、叔父が呼んだ。早目の切り上げはありがたかった。朝から働きづめだ。

「納屋の脇《わき》に、鶏小屋を作ろうと思うとりますが、よかですか。五、六羽も飼えば卵も毎日ひとつは食べられますけ」

叔父と並んで歩きながら訊いた。

「ああよか」

叔父は無愛想ながらも頷《うなず》く。「納屋の中を探すと、網の古いのがあるかもしれん。当座は金網の代わりになるじゃろ。支柱は、床下に古材木があるけ、釘《くぎ》を抜けば使える」

家に着くと、さっそく母屋《おもや》の床下から、埃まみれになった材木を引き出した。釘を丁寧に抜き、石の上でまっすぐ伸ばす。材木は六本を、一メートル強の長さに鋸《のこぎり》で切り、先を鉈《なた》で尖《とが》らせた。

瑞枝が炊事するのを眺めながら、鶏小屋をどのあたりに作るか、見当をつけた。流しの水は納屋の脇の窪《くぼ》みに添って出ていき、畑の土の中に自然に吸い込まれるようになっている。その窪みを鶏小屋が跨《また》ぐようにすれば、鶏の水飲み場にもなるし、流れた残飯はそのまま餌にもなる。

遊びから帰って来た善一に棒杭《ぼうぐい》を持たせ、掛矢で杭の頭を叩《たた》いた。六本の杭を打ち終えた頃には既に暗くなっていた。

風呂《ふろ》のない日なので、井戸水で身体《からだ》を拭《ふ》いた。冷たいが、水がふんだんに使えるのがありがたかった。

二階に上がり、裸電球の下で食卓を囲んだ。

「疲れなさったでしょう」

瑞枝が蕪《かぶ》入り雑炊をつぎながら気づかってくれる。「急に無理せんがよかですよ」

「ああ、先が長かけんね」

答えながら、いつまでこういう生活を続けられるか、全く見通しがたたないのに気が萎《な》えた。

33

瑞枝も絣《かすり》のもんぺ姿になっていた。暗いうちから雨が降り出したが、今はいくらか小降りだ。蛙《かえる》の鳴き声がかまびすしい。

ゴムの合羽《かっぱ》はひとつしかなく、叔父がそれを着、あとの三人は、たこ笠《がさ》と莫蓙《ござ》蓑《みの》を身につけた。薄くゴムが張られている莫蓙蓑は、所々破れており、雨が漏った。

稲苗を、ひと握りずつ束ねていく苗取り作業は、三十分もすると腰が痛くなった。藁でくるくると束ねる手順も、叔父夫婦や瑞枝のように器用にはいかない。見かねた叔父が、「征二しゃんは苗ば車力に運ぶだけでよか」と言ってくれた。

苗籠《かご》に苗束を入れ、苗田のぬかるみの中を大八車まで運ぶ。このほうがよほど楽だ。瑞枝の手つきは堂に入っていた。甲掛けをはめた手で、苗をつかむ。腰につけた藁束から藁を一本引き抜いて、束ねた苗をくくりつけ、ひと捻《ひね》りする。泥水で根の土を洗い、さっと後方に投げやる。初めは横並びだった叔父夫婦を次第に引き離していく。

取り終えた苗束は大八車に山積みにした。田植え綱と木製の曲尺《かねじゃく》をその上にのせ地蔵面に向かった。四人とも裸足《はだし》だ。石を踏むと足の裏が痛んだ。瑞枝たちは平気な顔をしていた。

瑞枝は竹皮でできたたこ笠をかぶっている。田植え用の膝までの短いもんぺをはき、膝下には脚絆《きゃはん》を着けていたが、白い足が妙に艶《つや》っぽかった。

地蔵面に着くと、叔母と二人で田植え綱を張った。赤い布で目印をつけた所に、叔父と瑞枝が両端から苗を植え込んでいく。

他の稲田にも村人が出ていた。

「二人だけのときは、うちが田植えのしんがりじゃった。今年は違うけ、村の衆もびっくりしとろう」

曲尺で間隔を測りながら叔母が言った。

叔父と叔母だけで四、五反の水田を耕してきたのは実際神技に近かった。四人がかりでも、田植え前の代搔きは大仕事だった。隣から借りた牛で田を鋤《す》いたあとも、四人で連日通い、鍬を入れた。

三日目には肩も腕もがちがちに硬《こわ》ばった。夜は善一に背中に乗ってもらい、筋肉をほぐした。瑞枝も同じようにくたびれているはずだが、弱音は吐かなかった。

綱張りを終え、畦道から苗束を水田に投げ入れる。子供時代に手伝ったのはせいぜいこの苗投げくらいだった。

田の端の方から四人並んで植えつけを始める。左手に苗束を握り、三、四本の苗を右手で取り、指先を添え、かばうようにして泥の中に差し込むのだ。間隔は、綱に沿って先に植えた苗に従うのだが、等間隔にするのは難しい。植える深さもまちまちになってしまう。浅ければ苗が浮いてしまうし、深過ぎても、苗が水中に沈む。

十分もたたないうちに、速さに差がついてしまった。一番はかどっているのが瑞枝で、叔父、叔母の順番になっている。

中腰は辛《つら》かった。時々腰を伸ばして後ろを振り返り、瑞枝たちの手さばきを恨めしく眺めた。溜息が出る。

「お父さん、交代しまっしょ」

ちょうど列の三分の二ばかり植え終えた瑞枝が、近づいて来た。

植えていくのに、一列だけ遅れると、叔父が左側に来たとき、やりにくいのだ。

瑞枝の植え込んだ続きを植えていると、まず叔父が追いつき、叔母も追いつく。瑞枝にまで追いつかれると面目ないので、必死で手を動かした。

「征二しゃん、慌《あわ》てんでよかよ」

叔母が後ろから声を掛けた。

最後まで植えて畦道に立つと、瑞枝と交代した場所がすぐに判別できた。苗の列の三分の一だけが、なめくじが這《は》ったように曲がっている。

二枚の田植えを終えたのは一時過ぎだった。腰は息をするたびに痛く、掛け声をかけなければ足を踏み出せないほど、身体の節々が固くなっていた。

溝の浅い所に降りて、流水で足と手を洗った。

余った苗のうち、一部は田の隅に束のまま植えた。根づかなかった苗を、あとで植え替えるためだ。

苗の植え具合の上手下手は歴然としていた。叔父夫婦と瑞枝の列には縦横とも乱れがない。そのなかで酔っぱらったような植えつけがことさら目立つ。苗の水面からの出具合もまちまちで、頭まで水につかっているのもあれば、四分の三ほど頭を出しているのもある。

「以前は、暗くなるまで頑張っても、二枚は植えおおせんじゃったが――」

まだ田植えを続けているよその田を見やって、叔父が述懐した。

昼飯は叔父の家で四人一緒にとった。午後も田植えを続ける予定だったから、濡《ぬ》れた服を着替えるわけにもいかない。叔母だけが板張りに上がって茶碗《ちゃわん》や箸《はし》を揃《そろ》え、他の三人は上がり框《かまち》に腰かけた。麦飯に里芋の煮つけ、沢庵《たくあん》だけだが、空《す》きっ腹にはうまかった。番茶を飲んでいるとき、玄関で男の声がした。瑞枝が出て行き、茶色の封筒を手にして戻ってきた。

「住所が守田の実家宛《あて》になっとるけど、郵便屋さんが気を利《き》かせて持って来てくれた」

封筒を裏返して、差出人の名前を見る。久保利夫、住所は博多だ。一瞬誰のことか分からなかったが、久保、久保と繰り返しているうちに久保曹長の顔が頭に浮かんだ。戦時中に香港から広島に転属になった上司だ。

「誰ですと?」

瑞枝が心配気に覗《のぞ》き込んでくる。

「兵隊時代の同僚」

憲兵の上司だとは答えなかった。久保曹長は香港を離れる前、部下の内地の住所をどこかに書き留めていたのだろう。急いで封を切る。見覚えのある字が眼にとび込んできた。

前略

貴殿ガ復員シテイルカドウカ分カラヌガ、モシ内地ニ帰ッテイルノデアレバ、是非連絡サレタシ。

小生、現在表書ノ住所ニテ、生業ヲタテテイル。積モル話モアリ、今後ノコトモ大イニ相談シタシ。

鶴首不一

広島の憲兵隊に転属し、そこで原爆に遭ったと思っていたが、生きていたのだ。

「何ち書いとらっしゃった」

顔色の変化に気がついたのか、瑞枝が訊《き》いた。

「いや、一度会いに来いと言ってきた」

「どこにおらっしゃるとですか」

「博多。行ってみらんといかんじゃろ」

午後は、宝満川の堰の近くにある田で田植えをした。その最中も、久保曹長の手紙が頭から去らなかった。

毎朝の新聞は、隅から隅まで目を通していた。戦犯の記事を見つけるたびに、胸が高鳴った。たいていは小さな記事で、詳しい内容は分からないまでも、日本国中で旧軍人や軍属が裁かれている様子は伝わってくる。

進駐軍は、捕虜収容所の管理者や、Ｂ29の墜落から免れた米軍捕虜を処分した軍関係者の追及にやっきになっていた。逮捕者のなかには、元憲兵と肩書のある氏名も混じった。内地の憲兵だから、戦地憲兵ではない。

戦犯追及とは別に、憲兵そのものに関する記事も二、三眼にした。東條政権が憲兵政治だったという社説の論調には、毒気が感じられた。日本を暗い方向に導き、破滅に追いやったのが憲兵だというのだ。

憲兵組織には、日本をどこかに引っ張っていく職分など、最初から備わってはいない。あくまでも軍の規律統制と、宣撫諜報《せんぶちようほう》工作が主たる任務だったのだ。新聞記事には、東條英機がかつて関東憲兵隊司令官だった事実を取り上げ、憲兵すべてを悪役に仕立てようとする気配が漂っていた。

敗戦前に内地に帰っていた久保曹長は、そうした日本の変化を肌で感じとってきているはずだ。一日も早く会っておくべきだと思った。

陽が沈む頃、田植えはようやく終わった。小降りだった雨は止《や》んでいた。遠くの田で、雨を乞《こ》うように蛙が鳴いている。

「お父さん、足に蛭《ひる》が」

後ろから瑞枝が右足を指さし、しゃがみ込んだ。くるぶしの下に、黄色い蛭が食いついていた。先刻からそこに痛痒《いたがゆ》さを感じていたのだ。

瑞枝は指先で、四センチばかりの蛭をつまみ上げたが、口が容易に離れない。ようやく引き離すと、傷口から血がしたたり落ちた。

蛭を道の上に置き、棒切れで押しつぶす。ゴムのような手ごたえがあった。

34

博多の街は一変していた。

かろうじて変わっていないのは幹線を走る市内電車くらいだ。路地はバラックが密集し、どぶ川沿いにはバラック以下の掘建《ほったて》小屋がひしめきあっている。

博多が空襲を受けたのは、昭和二十年の六月十九日、文字通りの焼け野になったらしい。一年間にこれだけのバラックが建てられたのは、むしろ奇跡なのかもしれない。

市電の運賃を節約するために、呉服町まで三十分歩いた。住所は手紙に番地まで細かく記されていたが、どのあたりかは判《わか》らない。川端の橋を渡り、靴屋にはいって道を訊いた。六十がらみの主人は店の外まで出て、おおよその方角を教えてくれた。

十字路に交番があった。巡査が二人、椅子《いす》に腰かけて雑談していた。そこで確かめるのが良策と分かっていながら、足が向かない。結局三ヵ所で道を訊き、両側にバラックの建ち並ぶ路地に行き着いた。

〈久保商店〉と板に墨書された看板が、間口二間くらいの金物屋の上に掛かっていた。一度その前を通り過ぎ、買物客に混じって反対側の店から様子をうかがう。看板の字体は、かつて書類で見た久保曹長の字体に間違いなかった。

買物客がひとり中にはいり、店の奥から女性が出てくる。割烹着《かっぽうぎ》をつけたまだ二十代前半の女性だ。客は店先にあった手鍋《てなべ》を買った。

客が去ったあと店の前に立った。思い切って女主人の後ろから呼びかける。

「あのう、久保利夫さんのお宅はこちらでしょうか」

女性は振り返って、そうですと答えた。名乗って、ご主人は在宅かとさらに訊く。憲兵時代の部下とは言わなかった。

「待って下さい。今外出していて、すぐ戻ります」

彼女は丸椅子を勧めた。

「じゃ、ここで待たせてもらいます」

「どうぞ」

彼女は店先に出て、商品にはたきをかけ、顔見知りの通行人に頭を下げた。

金物屋だと思っていたが、曲物《まげもの》の御櫃《おひつ》や柄杓《ひしゃく》、笊《ざる》も棚の上にのせている。しゃもじや箸など、台所用品をすべて揃《そろ》えている感じだ。

客が二人はいり、久保曹長の女房は、品定めの相談にのった。その直後、店にはいって来たのが久保曹長だった。女房から告げられて、こちらを見やる。

「おう、あんたじゃないか」

胸に熱いものがこみ上げてくる。

「久保さん、お元気でしたか」

曹長とはさすがに言えなかった。

「あんたも無事だったんやな」

手を握りしめながら、そうか、そうかと何度も言った。「ま、中へ」

久保曹長は下駄《げた》を脱ぎ、上がるように勧めた。中は六畳一間しかなく、その向こうは川になっている。台所と便所が川岸にはみ出すようにして造作されていた。

「これは、ほんの手土産ですけ」

卵を十個、籾殻《もみがら》の上に並べた箱をさし出す。実家に行って分けて貰《もら》ったものだ。

「そんな水臭いことまでして」

久保曹長はそれでも嬉《うれ》しそうに押しいただき、店の方に声をかけた。

「松子です」

内儀が上がってきて、改めてお辞儀をした。

「こっちは香港で一緒だった守田君。土産まで持って来てくれた」

松子は礼を述べ、台所の方に立った。

「久保さんは広島に転属だったので、もしかしたらと思っていました」

「あ、原爆は、本当に命拾いした。広島には三ヵ月いて、すぐ呉《くれ》の憲兵隊に移って、そこで終戦だよ。呉で知り合ったのが今の女房で、まだ新婚半年」

久保曹長は照れたが、すぐ真顔になった。「実は、式を挙げる前から博多には来ていて、ここで商売を始めていた。女房の里がこの近くでね。親父《おやじ》というのが、ちょっとした顔ききだ。そのうち、あんたのこと思い出してね。昔の名簿を取り出して、住所を調べたんだ。しかし、あんたも無事で良かった。よう帰れた」

「とうとう復員せず仕舞いです」

遠回しに言ったが、久保曹長は勘を働かせたようだ。

「そうか、そうだろうな。他の連中は大部分むこうに残っているらしい」

「そうですか」

「あんた、まだ知らんのか」

久保曹長が声を潜めて訊く。

「いえ察しはつきます。広東でも、他の部隊と切り離されて、憲兵だけは河南の集中営にまとめられているという噂《うわさ》でした」

「それは広東に限らない。日本軍がいた所、全部だ」

久保曹長はさらに声をおとした。「憲兵で帰ったのは、よほど運がいいか、庶務課など内勤していた連中だ。俺が心配になって、あんたに手紙を書いたのも、そのためだ。すぐに返事があるとは考えていなかったが、念のためと思ってな」

「ありがとうございます」

「憲兵は、日本軍の人質になったようなものだ。一般の兵は全員無事に復員させる。その代わり憲兵だけは足止めさせる。軍が現地住民に与えた恨みは、残った憲兵が人身御《ひとみご》供《くう》になって、一手に引き受ける。あんたが離隊したのは正解だった」

「随分迷いました。一種の敵前逃亡ですから」

広東の風景がまざまざと思い出される。「離隊したとき、田中軍曹と一緒でした」

「田中泰男か、知っている」

久保曹長は思い起こすように顎《あご》をしゃくった。

「彼は、シビリアンの収容所にはいらず、密偵と二人で広東から大陸の方に逃げたのです」

「馬鹿《ばか》な」

久保曹長は言下に言った。部下の意見を否定するときの口調だ。

「いくら密偵と一緒でも、広東を出れば他国だ。福建省に行っても言葉は通じない。これが上海となれば、もう他所者《よそもの》だと誰が見ても判る。怪しまれないはずがない。それでどうなった？」

「シビリアンの収容所にいるとき、密偵の恋人が報告に来てくれて、二人とも死んだのを知らされました」

「そうか」

久保曹長は暗然となる。「あの田中がね。敗戦のどさくさで焦《あせ》りすぎ、判断を誤ったのだろうな」

「気持も分からないではないです。シビリアンの収容所にはいるのは、敵陣の中に突っ込むのと、考えようでは同じですから。私が田中軍曹と同行しないのを決めたのは、二人より三人のほうが目立つし、却《かえ》って足手まといになると思ったからです。あのとき、強引に収容所行きを勧めておればよかったのですが」

「いや、それは結果論だ」

久保曹長は強く否定する。「それで田中軍曹の遺族には連絡をとったのか」

「いいえ。宇和島のはずですが、正確な住所は知りません。それに、こちらとて大手を振って表通りを歩ける身の上ではないので」

「そうだな。時期をみるしかなかろう。名簿を調べ、いざとなれば俺のほうからでも知らせてやる。しかし、離隊したのだから、軍から家族へは何の通知も行かないだろうし、家族は当然復員を待っているに違いない。知らせるのは酷でもある」

久保曹長は何か考えるように戸口の外のどぶ川を眺めた。

松子が七輪をおこしていた。川向こうにも同じようなバラックが建ち並び、粗末な洗濯物が到る所に干されている。

「しかしあんたが無事に帰って来られたのは、何にしてもめでたい。よかった」

「そう思うとります」

「俺もあのまま香港に残っとったら、今頃はまだ集中営だろうな。そのうち戦犯にかけられて、運が悪ければこれだ」

久保曹長は右手を首にもっていき、首吊《くびつ》りの仕草をしてみせた。「考えようによっては二度命拾いしたことになる。早々と広島に転属になり、原爆に遭う前にまた呉に配属になった」

「生きろということでしょう」

「生きろ？　そうだな、そう思うよ」

久保曹長は表情をゆるめ、目をしばたたく。「あんたは胡文虎《ウーマンフ》を覚えているか」

「あの大人《たいじん》は忘れません」

「彼は生きているよ」

「そうですか」

「といっても、新聞記事で知っただけだがね。やはり彼は大人だった。敗戦後、すぐ台風が二つ続けて来たんだ。これは知らんだろう？」

「知りません」

「九月の枕崎台風と十月の阿久根台風だよ。全く泣きっ面《つら》に蜂《はち》だった。ところが、香港の胡文虎は日本にすぐ一千万円の援助を申し出た。日本にさんざん傷《いた》めつけられ、息子の胡好《ウーホウ》も検挙されて重慶政府のところに逃げるような目にあいながらだよ。やっぱり彼は並の人間ではない。新聞記事を見ながら涙が出たよ」

「そうでしたか」

でっぷりと太り、香港が陥落するなかでも余裕のある笑顔を絶やさなかった胡文虎の姿が思い出された。

砲煙のあがる海と海岸をぬけて湾仔《ワンチャイ》に上陸し、高台の方に登っていったときに見た白亜の邸宅。緑の樹木の間に点在する洒落《しゃれ》た建物の白さは、あたかも天上人の住む楽園のように眼に映った。

「香港だから、ああいう人物を生んだのでしょうね」

「あんたもそう思うか」

久保曹長は満足気に頷《うなず》く。「内地に転属になってからも、香港をよく思い出したよ。最近二年足らずの短い期間だったが、俺には二十年も三十年もいたような感じだった。とくにこのどぶ川を眺めているとね。考えてみると、俺たちは野蛮人だった。その野蛮人が文明人をやっつけた気になって、いい気になっていたんじゃないか。胡文虎と交わした言葉のひとつひとつを思い返しても、この野蛮人の言うことを馬鹿にせず、よく真剣に聞いてくれたな、と感心する。人間の位が違ったんだ。あ、その新聞の切り抜きを、どこかにとってあるはずだ」

「いえ、いいです」

久保曹長が立とうとするのを、押しとどめる。「今の話で、充分わかりました」

「あんたに手紙を書く気になったのも、こうやって時々、香港を思い出していたからかもしれん」

「手紙を貰ってすぐは迷いました。のこのこ顔を出して、却ってまずくなりはしないかと」

久保曹長の顔をうかがうようにして、本音を口にした。

「ああ、分かっとる。あのことだろう」

久保曹長は心持ち顎をしゃくりあげた。「俺も、ついつい新聞を見ると、そっちに眼がいってしまう。いや、俺が心配しているのは東條英機とかのお偉方ではない。ああいう連中は、ああなっても仕方のないものと、俺は思っている。人の上に立って号令をかけ続けたからには、それなりの覚悟があってのことだろうと思うし、今さら何もしていませんでは通るはずがない」

かつての上司の顔が紅潮してくるのを、黙って眺めた。久保曹長は気を鎮《しず》めるように、松子が沸かした湯を急須《きゅうす》に注ぎ、丁寧にゆすった。そのあと、二つの茶碗《ちゃわん》にゆっくりつぎ分ける。

「俺が情ないと思うのは、捕虜収容所の所長だったり、通訳だったり、B29で墜落した米兵を取調べたりした人間が、こぞって袋叩《ふくろだた》きにあっていることだよ。叩いているのは、勝った連合国の進駐軍ばかりではない。負けた日本の新聞と警察も、そのお先棒をかついでいる。しかしね、考えてもみろよ。一人や二人の捕虜虐待《ぎゃくたい》と、市民を十万、二十万と皆殺しにした原子爆弾と、どっちが罪だろう。アメリカはそれには頬被《ほおかぶ》りして、日本軍兵士の下っ端《ぱ》にめくじらたてることはなかろうと思うのだ」

久保曹長は、お茶のはいった茶碗を両手ではぐくむように持った。「それには誰も大声で異を唱えない。あの天皇陛下でさえ、黙っている」

ぽっかり穴があいたような沈黙がきた。久々に聞いた言葉に、背筋が反りかえる。何か応じようとしたが、舌も凍りついていた。久保曹長自身も、自分の発した言葉の始末をつけきらずに、キョトキョト目を動かした。

「毎日、新聞を眺めるのが恐《こわ》いとです」

「そうだろうな。俺はあんたの味方だ。あんたが離隊した気持も、よう分かる。あんたの身の上は、他人事《ひとごと》とは思えん。俺も香港に残っていたら、あんたとそっくり同じになっていた」

「すみません」

　思わず頭を下げていた。

「弱気になったらいかん。俺はこの頃、気持が縮んできたら、胡文虎と交わした話を思い出すようにしている。外の事情がどう変わろうと、泰然として自分を失わない。俺のような青二才の兵隊が言うことにも耳を傾け、日本と中国が争ったらいかんと逆に説得する。さんざん香港を踏みにじった日本の仕打ちはぐっと胸におさめて、台風で家を流され泥水を飲んでいる日本国民のため、ぽんと私財を投げ出す。俺は、胡文虎とほんとうに短期間ではあったが、付き合えたのを誇りに感じている」

　久保曹長の顔にはまだ赤味がさしている。ほうほうの態《てい》で内地にたどりついて以来、萎縮《いしゅく》するばかりだった気持が、久保曹長の前でやっと息をついたような気がした。

　久保曹長が去ったあとの香港がどうなったか、訊《き》いてこないのも彼の思慮の顕《あらわ》れかもしれなかった。

「ところで、あんた今何をしている？」

「田舎に帰って、叔父のところで田んぼをやっています」

「あんたの実家は百姓だったたな。かみさんは元気か」

「元気です。女房も百姓の出なので」

「子供もいたろう？　憲兵では俺のほうが先任だったが、世の中のことにかけてはあんたのほうが先を行っていた」

「息子は小学校に上がったばかりです」

「そりゃ大変だ。しかし楽しみだな」

久保曹長はひと呼吸おいたあと、これが本題だというように顔を向けた。「ずっと、これからも百姓をやっていく気か」

胸の内をのぞき込むような眼は、憲兵時代からの癖だった。

「兵隊にとられる前に、家をとび出したのも百姓が嫌だったからですし――」

「そうか。親御さんは？」

「親父は具合悪くて寝ています。おふくろは元気で、実家は、無事復員した兄貴があとを継いでいます」

「じゃ、その叔父さんのところというのは、仮住まいだね」

「まあ、そんな按配《あんばい》です」

今まではっきりさせていなかった本音が、生々しく引き出されていた。

「だったら、ここに来ないか。一軒くらい、狭い店ならなんとかなる。親子三人くらい食べていけるし、商売が軌道にのれば、外に出て大きな店も構えられる。資金なんて、いらん。どうにかなる」

久保曹長が畳みかける。「それに、もしものとき、田舎にいるよりはここのほうが、情報も入りやすいし、身の自由も利《き》く」

最後のつけ足しが、重く耳に残った。

「ありがとうございます」

頭の隅に、田植えのあとの草取りに忙しい風景が浮かんだ。「この五月に叔父のところに厄介になったばかりなんで」

「じゃ、一段落してからでもいい。いつでも話に乗る。しかし、あまり遅くなると、田舎のことだから、却って足が抜けなくなるぞ」

長く引きとめ過ぎたというように、久保曹長は立ち上がった。

店舗の中をさっと物色したあと、大きな鍋《なべ》を示して、女房に荷造りするように命じた。

女房は新聞紙に鍋を包み、細縄で縛って持ち易《やす》いようにした。それを夫に手渡す。

「これはその、奥さんに」

久保曹長が言い添える姿は、商店の旦那《だんな》といった感じがした。

何度も礼を言い、電車通りに向けて歩き出す。

バラック建ての並ぶ通りは、闇市《やみいち》と言ってよかった。売っている物の大半は統制品だ。魚の臭《にお》いと便所の臭気、それにどぶ川の発する悪臭も混じっているが、どこか活気に満ちている。街自体にも胎動のような蠢《うごめ》きが感じられ、圧倒された。

洋一の言葉を思い出す。大地は揺るがない。田畑に這《は》いつくばる農民は、世の中が逆さまになろうと、食いはぐれはなく、生きていける――。

確かにそうだが、あの土かぶり、糞尿《ふんにょう》まみれの生活を、これからもずっと続けていく自信はなかった。叔父の家に留まれば留まるほど情がうつり、もはや逃げ出せなくなるのではないか。

人を満載した市内電車が、よたよたと追い越していき、眼の前で停止する。運転手が降りてきて、外れたポールを架線にはめ込む。顔を出して見ていた乗客が手を叩いた。

駅前は、朝方よりは混雑していた。田んぼの静寂さに慣れた眼は、人の動きを追うだけで酔いそうになる。大きな風呂《ふろ》敷包《しきづつ》みを背負った中年女にぶつかり、破れたこうもり傘を五、六本小脇《こわき》にかかえた男に、背中を押されて前につんのめった。

駅構内にはいると、人の流れが渦巻く階段下に、白装束の男が二人、動かずにいた。白い帽子と白い病衣を着、右腿《もも》から下は茶色い義足をつけた方は、突っ立ったまま頭を垂れている。両手に飯盒《はんごう》の中蓋《なかぶた》を持ち、中に一円札と、いくつかの硬貨がはいっている。

もうひとりは、しゃがんで通行人の足元を凝視している。いや、しゃがんでいるのではなく二本とも足がなかった。達磨《だるま》のように身をコンクリートの上に置いているだけだ。中蓋には四、五枚の一円札がはいっている。

通行人の大半は、嫌なものを見たように顔をそらして行き過ぎる。

「ここは、困るのです」

近づいて来た駅員が二人に言った。

「規則だから、駅構内からは出るように」

同行の警官は、もう白衣の男の腕を摑《つか》んでいる。

注意されるのは初めてではないのだろう。立った男は抗弁もせずに移動し始める。かなり不自由な動きだ。駅員が床に置かれた飯盒の中蓋を手にして、あとに続く。警官が人垣を分けるなかを、足のない傷痍《しょうい》軍人は、両手だけでいざった。

35

「善一、恐がらんでよかぞ。はいってみろ」

田の縁に立ったままで見ている善一は、言われてもまだもじもじしている。泥の深さは大人の膝《ひざ》まではあった。先刻まで泥の上に一尺ほどたまっていた水は、バケツでかき出してあった。干上《ひあ》がらせるのに二時間近くかかったが、その間、善一もよく動き、土盛りが壊れそうになるのを補強したり、水漏れの箇所に土を突っ込んでくれたりした。

昔からそこは、どじょうの棲家《すみか》だった。ほんの六畳ばかりの広さしかない溝《みぞ》のふくらみだが、泥の中に十五センチはあるどじょうが無数に生息していた。村の中でも知っている者はないはずだ。

最初、その場に立たされたのは善一よりは年長の頃だった。村中でも風変わりな青年でとおっていたマーしゃんに、野中の道で行き合った。村の子供は、一本道の向こうからマーしゃんが来ているのを認めると、さり気なく横道にそれて顔を合わせないようにしていた。言いがかりをつけられて、頭をこづかれるか、追い回されるのが関の山だったからだ。

そのとき逃げなかったのは、多分ひとりだったからだろう。逃げる勇気がなかった。釣竿《つりざお》を背にかついだまま、道のへりをまっすぐ歩いた。お互いの顔が判《わか》るくらいまで近づいたとき、少しばかり笑顔をつくった。

「何ば釣ったとや」

珍しくマーしゃんも笑いかけ、手にさげた籠《かご》ビクの蓋を持ち上げた。その日の釣果《ちょうか》はあまりよくなかった。中鮒《ぶな》と小鮒が一匹ずつで、母親にわざわざそれだけ煮てもらうのも気がひけるほどだった。

「ついて来んね。オイが良かとこ教えてやるけ」

マーしゃんは笊《ざる》とバケツとスコップを手にしていた。魚採りにしては妙な恰好《かっこう》だと思いながらも、後について畦道を歩いた。

一本松の近くだった。ひょろりと高い松の梢《こずえ》にいつも朝鮮烏《う》が巣をかけている。クリークはその下で広くなっており、濁った水が浅く流れている。周囲に水草はあるが、とても魚がいるようには見えない場所だ。

「ようと見とけや」

マーしゃんはスコップを動かして、水の入口にあっという間に堰《せき》をつくり、下流の方に行き、バケツで水をかき出した。

水がなくなり泥底がむき出しになっても、そこに魚がいるわけでもなかった。しかしマーしゃんはズボンの裾《すそ》を膝上までまくり上げると、そのまま溝の中にはいっていき、笊で泥をすくった。笊の中で黒いものが蠢く。それを素手でつかみ、バケツの中に叩き込む。どじょうだった。素早い動作で、笊入れを繰り返し、溝全体を掬《すく》い尽くしたとき、バケツはどじょうで一杯になっていた。

マーしゃんはにやりと笑い、溝から上がって堰を崩し、水の流れを回復させる。バケツのどじょうを笊に入れて水で洗うと、皮膚が黒光りするようになる。笊の中で、白い腹と黒い背中が幾重にも折り重なっていた。

「おい、そのてぼをこっちへ」

言われるとおり、籠ビクをさし出す。マーしゃんは、その中に笊いっぱいのどじょうを流し込んだ。

「半日くらい、きれいか井戸水で泥を吐かせると良か。母ちゃんにどじょう汁でもして貰《もら》え。ここば、人に教えちゃいかんぞ」

早く行けというように、マーしゃんは手の甲を動かす。礼を言うのも忘れて、走った。

　家に帰りつくと、たらいに水を張り、どじょうを入れた。五、六十匹はいたろうか。

　たらいの底に、黒い背のどじょうが寄り集まっている姿は壮観だった。兄や父親までもが驚き、どこで獲《と》ったかと訊いたが、黙っていた。次の朝も、たらいの中でどじょうは生きていた。学校から帰ると、夕食にはどじょう汁が出来上がっていた。

　両親と兄だけでなく、まだ元気だった祖母までが舌づつみを打ってくれた。食べながら、今度マーしゃんに会ったら、ちゃんと礼を言わなければいけないと思った。

　しかしマーしゃんに会わないままに何ヵ月かが過ぎ、秋になって台風が来て、宝満川の堤防が切れた。村の家の大半が床下浸水か、畳の上まで水びたしになった。

　マーしゃんの家は村のなかでも一番低い場所にあり、一階の天井まで水位は達した。二階の軒先に垂らしてあった小舟を、マーしゃんはひとりで漕《こ》ぎ出して行った。二階にじっとして水の退《ひ》くのを待っていればよいのに、どうしてマーしゃんが舟に乗る気になったかは、家族にも分からなかった。言い出したらきかない性質だったので、放置するしかなかったのだろう。

洪水《こうずい》が去り、畳の取り出しや、板張りの泥ぬぐいで大童《おおわらわ》になっても、マーしゃんの乗った小舟は帰って来なかった。マーしゃんの水死体が発見されたのは、ずっと下流の村でだ。小舟は最後まで見つからなかった。

その後、何年間かは一本松の溝には近づかなかった。そこに行くと、マーしゃんが背をかがめて、どじょうを獲っているのが見えるような気がした。尋常小学校の高学年になって、初めて親友を誘い、二人で行ってみた。

友人に指図し、マーしゃんがした通りのことをした。マーしゃんほどには段取り良くいかなかったが、首尾よく水は干上がり、二人で笊とショーケを持って中にはいった。どじょうはびっくりするほどいた。何年か獲らなかった分、繁殖していたのに違いなかった。水で洗うとき、あまりの量の多さに気味悪くなった。下げて帰るバケツが重かった。親友にも、半日くらい井戸水で泳がせるよう、マーしゃんと同じ科白《せりふ》を言った。翌日のどじょう汁も家中の者が喜んだ。

それから毎年一回はその親友とどじょうを獲った。約束を守って、二人とも口外はしなかった。その彼も十六歳になって、奈良県に行ってしまった。大工の丁稚《でっち》奉公だったが、その後どうなったか消息は知らない。

一本松の梢には、今も朝鮮烏が巣をかけていた。

善一は肚《はら》を決めたのか、半ズボンのまま溝にはいった。笊を渡すと、見よう見真似《みまね》で泥をすくい上げる。どうやら、二、三匹獲れたようだ。

「上手上手。ほら、どじょうだけ手で摑んで、このバケツの中に入れんね」

初めは気味悪がっていた善一も、次々と姿を現すどじょうを面白がり、笊を動かす。どじょうの数からいって、ここが他の誰かに荒らされているとは思えない。戦争中も、どじょうたちは、ここで人知れず繁殖していたのだ。

「この溝はな、お父ちゃんが善一くらいのとき、村の青年から教えてもらったとこだ」

善一はどじょうすくいに夢中で、生返事をする。いつの間にか、自分がマーしゃんと同じくらいの年恰好になっていた。一本松の高さも大して変わらず、朝鮮烏の巣さえ昔のままだ。すべてが変わっていないのに、人間だけがひと世代進んでいた。

「父ちゃん」

善一が悲鳴に近い声をあげた。泥の上の石のような物を指さしている。近寄って手に取ってみる。スッポンだ。

「こりゃ、えらいもん見つけたな。昔はおらんかった。スッポンに指でも嚙《か》みつかれたら、指が腐るまで放さんというぞ。この生血が身体《からだ》に良かけ、じいさんとこに持って行ってやろ」

本当は大家である叔父にやるべきかもしれないが、まず思い浮かんだのは実家で寝ている源太郎だった。

スッポンは土色の甲羅《こうら》から、やはり土色の首と手足を出して、逃げる機会をうかがう。眼を離した瞬間に五センチでも泥の中に沈んでしまえば、もう捕まえるのは難しい。

「いや、これは大収穫。善一えらいぞ」

どじょうと一緒にバケツの中に放り込む。

善一も要領を覚えたらしく、笊ですくったどじょうを、もう恐《こわ》がらずに素手でつかんでいた。

バケツ二杯くらいになったところで獲るのをやめ、岸に上がり、堰を壊した。

「全部獲ってしまったら、いかん。小さかどじょうも、もとに返してやったが良か」

善一に教え諭し、洗うときに、十センチに満たないどじょうは逃がしてやった。

善一は得意気に胸を張って歩く。重たいバケツも自分から運ぶと言い出していた。

「善一、また学校ば替わるかもしれんが、良かか」

畦道《あぜみち》から馬車道に出たとき、訊いた。

「また小隈にもどると?」

「いや小隈じゃなか。博多。町の学校たい」

「いつ」

「近いうちに」

「ぼくはどげんでんよか」

善一は前を向いたままで答えた。

「せっかく友達もできたとこじゃろばってん」

しばらく無言のまま歩いた。構わないと答えたものの、善一は友人と別れる寂しさと、新しい学校にとけ込むまでの辛《つら》さを考えているのだろう。

「父ちゃんのせいで、何べんも学校替わってすまんな」

「ううん」

善一はバケツをかかえる手をかかえる。

「重たかか」

「ううん」

「善一が生まれてから、父ちゃんはずっと戦争に行って、お前の傍にいてやれんじゃった。すまんことをした」

すまん、が何度も口をついて出た。納屋《なや》の二階で顔を合わせているときにはそんな気持にはならなかった。一緒にどじょうを獲り、田んぼ道を二人きりで歩いているうちに自然に口に出ていた。

「友だちのなかには、父ちゃんが戦争でなくなった者もおる」

善一はぼそりと言う。

「そうじゃろね。戦争でいっぱい人が死んだ」

何故《なぜ》かその瞬間、泥の中にうじゃうじゃいたどじょうと、水田の中に散らばった将兵の死骸《しがい》が重なった。

実家には両親だけがいて、洋一夫婦はいなかった。善一よりはひとつ年上の重夫が出てきて、目を丸くした。

「よしかず、どこで獲ってきたんや」

訊《き》かれても、善一は「遠かところ」とだけ答えた。

井戸水を金だらいに張って、どじょうを入れる。真水でスッポンを洗った。

「じいさんの具合は？」

奥から出てきたトメに訊いた。

「いくらか気分が良かとじゃろ。今朝は自分で立って便所に行かっしゃった」

トメはバケツの中のスッポンを見て驚く。

「善一が捕まえたと。スッポンの生血ば、飲ませてやると良か」

「そげなこつね」

トメが目を細めた。「じいちゃんが喜ぶ」

「そんなら、首をおとすけ」

俎《まないた》を借りて、スッポンをその上にのせる。箸《はし》の先をスッポンの首の前で動かすと、ひょいと嚙みついた。ぐっと引き伸ばし、出刃包丁で首を一刀両断する。甲羅を持ち上げ、逆さまにして、首から流れ落ちる血を茶碗《ちゃわん》で受けた。一部始終を目撃していた善一と重夫は、度胆《どぎも》を抜かれたようだ。顔を歪《ゆが》め、垂れる血を凝視している。

香港がその瞬間、頭に浮かんだ。摩理臣山《モリソンヒル》で首を斬《き》った陳廉伯《チャンリムバック》の姿がまぶたの底に立ち現れる。切断された首から、同じように動脈血がほとばしり出た。喉《のど》が締めつけられる。思わず自分の両手を見つめた。

「この血が、栄養になるとぞ」

まぶたの底の像を打ち消すように、やっとのことで子供たちに言った。

「ぼくは飲まんよ」

重夫が後ずさりする。

「子供にゃもったいなか。病気のおじいちゃんが飲むとよ」

トメが答えた。

茶碗いっぱいの血をとったあと、その場でスッポンをさばいた。石亀《いしがめ》と違って、スッポンの甲羅は柔らかく、出刃包丁も容易にくい込む。ぶつ切りした肉を野菜と一緒に煮れば、立派なスッポン鍋《なべ》ができた。

「お前のとこにも、持って帰らんでよかね」

トメが言った。

「よか。どじょうがあるけ。じいさんと兄貴たちに食べさせてくれろ」

家に帰ると、どじょうを半分だけ、叔父にやった。夫婦ともに喜ぶ様子に、博多に出る目論見《もくろみ》については、とうとうきり出せなかった。

「母ちゃん、どじょうがいっぱいおった」

善一がさっそく瑞枝に報告している。

泥を吐かせるまで待つより、晩の食事にどじょうを食べたくなったのはそのときだ。たらいの中から、大きいどじょうを十匹ばかり選び、鰻《うなぎ》をさばくようにして、小刀で三枚におろした。

善一はもう目をそむけずに一部始終をじっと眺めた。言われた通り柄杓《ひしゃく》に水を汲《く》んできて、どじょうの白い身にかけてくれる。

「骨も捨てんで食べるとぞ。カルシウムが多くて、子供の身体に良か」

さばいたどじょうで、瑞枝は柳川《やながわ》鍋をつくった。フライパンの中で、開き身になったどじょうが、ごぼうやねぎ、卵にまじって匂《にお》いを放つ。小皿に盛った骨のほうは充分に焼いて、塩と胡椒《こしょう》をふってある。

善一はその両方ともに箸をつける。

「どこにおったとですか。こげんいっぱいのどじょう」

「言われんな、善一」

善一も頷《うなず》く。「善一がスッポンを一匹捕まえたばってん、じいさんとこにやってきた。今頃は生血ば飲んで少しは元気になっとるかもしれん」

「生血ですか？」

「ああ、生血」

「父ちゃんが、スッポンの首を切って、逆さまにすると血が垂れた」

その情景をなぞるように善一が報告する。父親の行為を英雄視するような興奮がにじみ出ていた。

「そうね。善一も見たとやね」

「親父《おやじ》は昔から、ああいうもんが好きじゃった。鶏を絞めたときも、生血を集めて焼酎《しょうちゅう》を加えて飲んどった。ま、善一のおかげで良か親孝行ができた」

答えながらも、頭は再び陳廉伯の処刑を思い浮かべていた。口の中が乾いた。

どじょうと卵の味までが変わった。うまそうに食べる善一を眺めながら、機械的に顎《あご》を動かした。

「瑞枝、このあいだの話、決めるこつにした。田の草取りが終わったら、ここば引き上げて博多に引越す」

「そうですか」

瑞枝は半ば予期していたのか、動じなかった。「お父さんが、こんなところにじっとしとられるとは、端《はな》から思いよらんでした。もう、叔父さんには言うたとですか」

「いや」

「仕事の段取りもあるでしょうし、なるべく早う言ったがよかですよ」

「時期をみて、話そうち思うとる」

「鶏もちょうど卵を産むようになった矢先ですけん、少しばかり心残りはします」

瑞枝は、生活の心配はおくびにも出さない。いざとなったら、親子三人の食い扶持《ぶち》くらい、何とでもなると思っているふしがある。

「また、いちからやり直したい」

「何度やり直してもよかです。三人が元気にしとれば、何でもやれるとです。小さな店ばもったら、田舎の品物をそこで売るこつもできるでしょうが。ただ善一には、また学校替わってもらわにゃいかんね。今までは田舎の小学校やったけど、今度は町の学校」

善一はもう納得済みだという顔で、両親の顔を見比べる。

「善一にはもう言うた。な？」

「うん」

「そげなこつですか。わたしも、ほっとしました。叔父さんたちは悪か人じゃなかけど、子供を育てたこつがなかせいか、自分たちの流儀ば他人《ひと》に押しつけて平気であらっしゃる。ずっと何十年も一緒に暮らすとなると、生半可な気持ではできんです」

「鶏小屋はそのままにしとこう。中の鶏も残しとこう。あとは叔父夫婦がどうにかするやろ」

「寂しがらっしゃるでしょうね」

「もともと二人で住んどったんじゃから」

改めて周囲を見回したが、まぶたの底には頭を垂れた陳廉伯の姿が執拗《しつよう》に残っていた。

36

新しい住居兼店舗は、久保曹長の店の並びに増設されていた。新しいといっても、使われているのはすべて古材だ。店の幅は二間、その幅でどぶ川の岸までひと区画になっている。居住部分の広さは、叔父夫婦の納屋の二階とさして変わらない。左隣が漬物屋で、右隣は古着屋、真向かいは魚屋だった。何の商売をするかは、久保曹長の義父がもう段取りを決めていて、品物の仕入れ先を探す必要はなかった。

闇市《やみいち》の元締めともいうべき久保曹長の義父は六十歳前後、ゆでた蛸《たこ》のように頭も顔も赤らんでいた。久保曹長に連れられて夫婦で挨拶《あいさつ》に行ったとき、にこにこ顔で「しっかりやんなさいよ。ここが戦場だと思って」と言ってくれた。戦場という言い草と、元締めのにこにこ顔が不釣合いな感じがした。

前もって久保曹長がかけあってくれていたらしく契約金は取らず、権利金二千円のところを五百円にしてくれ、月二百円の家賃も百五十円に値引いてくれた。しかも支払いは月々の儲《もう》けのなかからでいいと言う。

「おやじ、また言ったな」

戻る道すがら久保曹長が苦笑した。「自分は戦争に行ったこともないくせに、あれが口癖なんだ」

「ここは戦場――」

「しかしまあ、理にはかなっている。ここが闇市であるのは間違いない。俺が扱っている鍋にしても、一家族に三個と配給で決められているし、何本だったか、ひとりあたりのマッチの数も決まっていたろう。その決まりをよそに商売しているのだから、戦場には違いない。ま、取締りのお上《かみ》には、おやじたちが適当な鼻薬をきかせているらしい。俺たちが香港でやっていたことを、今度は反対にやられているのだと思えばいい。皮肉なもんだ」

「一斉取締りがあったらどうすればいいのですか」

香港の市場の光景が頭をよぎる。密売の露顕した店には、警備の憲兵が補助憲兵を引き連れて駈《か》け込み、店主をひったてていった。

「その心配はない。第一、これだけ市民の需要があるのだから、闇市がなくては生活が成り立っていかない。食い物の恨みは恐ろしい。不満がたまって、暴動になりかねない。お上は見て見ぬふりだよ」

瑞枝は近所の店に挨拶回りをしていた。叔父夫婦の納屋に厄介になっていたときよりも、晴れやかな顔でしゃべる。土地の言葉も気にせずに、訛《なま》り丸出しだ。そういえば右隣の古着屋の主人には関西訛りがあり、左隣の漬物屋の大柄な内儀は鹿児島出身とかで、歌うようなしゃべり方をした。市場そのものが雑多な人間の集まりだ。

値段は卸屋の助言で決めた。客から値引きを迫られたときも、定価どおりに売るのがいいと言われた。

商品の陳列にも知恵を絞った。卸商人もそこまでは相談にのってはくれない。大豆の白、小豆の赤など、色合いも考慮しながら、乾燥芋、豆類、胡椒《こしょう》類、海産物と区分けし、安い物を路《みち》側に置く方法をとった。

値段は厚紙に墨で書いた。書き上げて、実際に商品のなかにさし込んでみると小さすぎ、また書き直した。「お父さんの字は達筆だけど、何かこう近寄り難か」と瑞枝に言われ、わざと丸っこくした。

夕方、久保曹長が顔を出し、素人《しろうと》の店とは思えぬ出来だと誉《ほ》めてくれた。

開店準備を終えて、夕食を三人でとった。鰯《いわし》の新しいのがあったからと、ひとり二匹ずつの煮つけが皿に盛ってあった。生姜《しょうが》で、臭みが消してある。

「ここは本当に暮らしやすかです」

瑞枝が言った。「市場の中に何でもあるとです。野菜だけは田舎より高かですけど」

田舎に住んでいるときは、生魚など到底口にはいらなかった。

もう一品は大根の皮で、軽く塩をふり、油で揚げていた。

鰯の骨は捨てずにとっておき、焼いて翌日のおかずにするつもりだ。

食事がすむと、店に鍵《かぎ》をかけて銭湯へ行った。どぶ川沿いの細い道を二十メートルくらい川下に下ると、木の橋がある。そこから対岸の銭湯の煙突が見えた。

「善一は銭湯は初めてじゃろ」

「うん」

「今までの五右衛門風呂《ごえもんぶろ》とは違って、広かぞ」

大人六十銭、子供三十銭を払い、瑞枝とは四十分後に待ち合わせた。

善一がもじもじしているのを急がせ、湯舟の前で、湯をかけてやる。手ぬぐいは二人で一枚しかない。

「学校はどげんじゃったか」

首まで湯につかりながら訊いた。「半分くらい、空襲でやられとろう?」

「学校は燃えとらん。ばってん、建物の外側はまっ黒に塗ってあると」

「そりゃ、わざと敵の飛行機に目立たんようにしたつ。しかし、よう焼けんじゃったね」

「焼けたのは、運動場のまわりの塀《へい》だけで、どこからでも外に出らるる」

「そりゃよかね。塀はなかほうが、便利じゃろ」

善一は笑わず、黙り込む。

「教科書はもらったか」

「教科書は余っとらんち」

「そんなら、どげんやって勉強するとか」

町の学校は、児童の数が多くて教科書が不足していると耳にはしていた。

「先生が一冊貸してやるち。お母さんがそれを写すち、言いよった」

「帳面に教科書ば書き写すとか」

教科書には文字ばかりでなく、挿絵も載っている。瑞枝が藁半紙《わらばんし》の帳面を買ってきていたのは、そのためだろう。挿絵まで書き写すとなるとひと仕事だ。

「お母ちゃんが作ってくれた教科書なら、善一も一生懸命、覚えんといかんな」

「うん」

善一は生真面目《きまじめ》に頷いた。

温まると湯舟を出て、善一の頭に石鹸《せっけん》をこすりつけ、背中と一緒に流してやる。あとは自分で洗わせた。

湯舟にまた浸《つ》かって、富士山の絵を眺めた。ところどころペンキが剝《は》げているのは、戦争前に描かれたからだろう。善一の通う奈良屋小学校と同じように、銭湯のあるこの一帯も空襲を免れたらしい。

「風呂が一番ですなあ」

横にいた五十がらみの男が言った。髪の薄くなった頭に手ぬぐいをのせ、顔はもう仁《に》王《おう》様のように赤い。

「こうやって湯の中から、富士山ば眺めていると、場所も時間も忘れます」

「あの絵は、焼け残ったとですか」

「昔のままです。もう二、三十年になりますかな。この風呂屋が全焼せんですんだのは、まあ、奇跡でっしょ。このあたり、たいていが焼け野原になったとですから」

男は、またつるりと湯で顔をなでる。「六月十九日の夜ですよ。もう夕食はすましとったんで、近くの防空壕《ごう》にみんなで飛び込んだとですが、あたりが燃え出すでしょう。また飛び出して、バケツで水をかけたとです。焼け石に水で、何の役にもたちません。最後には海岸の松林の方に逃げました。戻ってみると、衣類も家具も、みんな灰になっとりました。この辺だけが半焼ですんだのは、風の向き具合が良かったとでしょうね。

風呂屋の主人には、あの富士山の絵は今じゃ貴重品だから、塗り替えんように言うとります」

二人で改めて、絵を眺めやる。少し右寄りに富士の秀嶺《しゅうれい》、右側は入江になった海で、左側にぐるりと松林が半弧を描いている。青い空には白い雲、青い海にも白い波、そして帆船が二艘《そう》。手前の砂浜に小舟が一艘横たわっている。松の緑と樹木の茶色。

若い頃からこの絵を見つめてきていれば、戦争後も同じ銭湯で絵が眺められるのは、何よりの慰めに違いない。

「父ちゃん、洗ってしもうた」

善一が声を掛けた。

「父ちゃんが洗うけ、身体《からだ》をぬくめとけ」

手ぬぐいを受け取って、まず頭を洗った。

「善一、背中ば流してくれんか」

大人しく湯に浸《つ》かっていた善一に声をかけた。素直に上がって来て、背中の後ろにしゃがみ、ちびた石鹼を背中にこすりつける。

「もうそのくらいでよか。あとは手ぬぐいでごしごし」

手ぬぐいを渡すと、両手に力をこめて一生懸命手を動かしているのが分かった。「ありがと。すっきりした」

泡のついた善一の手に湯をかけてやり、また湯舟に戻す。

身体をゆすいで、善一の横に身を沈めた。人数が二十人近くに増え、長湯は気兼ねするほどになっている。善一は物珍し気に富士山を見上げた。

「どげんか。銭湯も面白かろうが」

「五右衛門さんの風呂よりは良か」

「五右衛門さんの風呂か」

思わず笑った。誰がそんな言い方を教えたのか。一瞬考えたあと、善一がこれまではいってきたのは、すべて他人の家の風呂だったことに思い当たる。その遠慮が、〈五右衛門さんの〉という呼び方を子供心に植えつけたのだろう。

「これからは、週に二回は来ような。もう気ば使わんで、ゆっくりはいってよかとぞ」

一緒に湯舟から上がり、隅の方で身体を拭《ふ》いてやる。柱時計を見ると四十分が過ぎており、善一を先に出て行かせた。

体重計に乗る。自分の体重を計るのは何年ぶりだろう。五十キロの分銅をのせ、小さいほうを動かしていく。五十五キロで釣り合った。香港にいたときは六十三キロあったから、まだそこまでは回復していなかった。

外では二人が待っていた。

「女風呂も多かったろう」

「そんなでもなかったです」

瑞枝は髪も洗い、顔を桜色に染めていた。「お湯がたっぷりあって、しみじみ有難いと思いました」

暗に叔父夫婦の家のもらい風呂と比較して答える。風が気持良かった。

木橋のあたりは粗末なバラックが密集していた。焼けトタンを屋根に使い、木切れやトタン片を壁に打ちつけ、戸口は障子に新聞を貼《は》ったもので代用している。川べりに女性たちが出て、七輪に火をおこしていた。煙が幾筋も立ち昇り、脂《あぶら》っこい匂いも漂ってくる。赤ん坊の泣き声も聞こえていた。狭い地域に人間がひしめきあい、不思議な活気がみなぎっている。どこか香港の九龍城《カオルンセン》のごった返しと似ている。

九龍城は、中央に五階から十階建のビルがひしめき、周囲に二、三階建が寄りかかり、さらにその外側をあらゆる種類のバラックが覆《おお》いつくしていた。遠くから眺めると、巨大な蜂《はち》の巣に見えた。中は迷路になり、地下道と階段が入り乱れ、一度入り込んだ新参者はまず自分ひとりでは出て来れなかった。一斉人口総精査の際、完全に命令が実施できなかったのが九龍城で、その後も無国籍者と阿片中毒者の巣窟《そうくつ》になった。日本占領下でも九龍憲兵隊の管理を尻目《しりめ》に、怪しげな光と活気を放っていた。その九龍城を平たくして、川沿いに並べたのがこの界隈《かいわい》ともいえる。

「善一の教科書ば、いちいち写さなきゃいかんげなね」

「よか機会です。善一が学校でどげな本を使いよるか、分かります」

一向に苦にならないという調子で瑞枝は答える。「見ると、あっちこち黒く塗りつぶしてあるとです。塗りつぶすくらいなら、初めからそげなこつは教えなきゃ良かったのにと思いました」

「進駐軍のさし金じゃろ」

木の橋を渡りきった先で、瑞枝はじっと闇の方に眼をこらした。付近には、まだ焼けたままの瓦礫《がれき》が散乱していた。

「あそこにドラム缶がひとつ横倒しになっとるでしょうが」

瑞枝が小さい声で言う。

なるほど、焼けただれた壁の脇《わき》にドラム缶がころがっている。よく見ると、その横に人がうずくまっていた。

「今朝、七輪に火をおこしとると、女の人がマッチ貰《もら》いに来たとです。うちもそげん無かけ、十本だけ分けてやりました。こっちが訊《き》かんのに、どこに住んどるか言うたとですが、橋のたもとのドラム缶と聞いて驚きました。たぶんあそこでしょう」

同情するように瑞枝が言う。「四つくらいの女の子の手ば引いていました」

「どげんやって食べよるとかの」

「さあ」

母子二人でドラム缶に寝、どこからか食い物を貰っているのだろう。

「どこも、自分のところで精一杯だからのう」

闇市の一角に店を構えられただけでも、大変な幸運であるのが身にしみて分かる。

「田舎に引っ込んでいたときは考えもしなかったとですが、町にはピンからキリまでおるとですね」

善一が地面に落ちていた小石を拾って、どぶ川に投げた。

瑞枝が善一の手をひいて歩き出す。

家に帰りつくと、もう一度店先を点検した。

瑞枝は裸電球の下で教科書を筆写し、傍で善一が眺めていた。

まだ読み終えていない新聞を広げる。朝は大見出しだけを眺め、夜になって精読するのが習慣になっていた。

二面に、元米軍飛行士の写真が載っている。昭和十七年、ノース・アメリカン機で東京を空襲したあと、中国大陸の日本占領地域に不時着し、同僚とともに北京の捕虜収容所に入れられたらしい。同僚が処刑に遭い、病死するなかで生きのび、終戦とともに帰国すると神学校にはいったという。〝日本人の残虐《ざんぎやく》性は神を知らないところに由来する。日本人も救わねばならない。かつて爆弾を抱いて訪れた東京に、私は今度は聖書を抱えて訪れよう〟と、記事は結ばれていた。

どこか違う気がする。神を知るか知らないかは残虐性とは関係がない。誰だって残虐になれるのだ。日本人もアメリカ人も、同じように残虐なのだ。

横のほうに小さな囲み記事があった。ビキニで行われている原子爆弾の実験について、もし水中で爆発させたらどうなるかの解説だ。大量の海水が空中に放出され、海中にできた空洞に、周囲の海水がなだれ込むという理屈は理解できるものの、その規模は想像外だ。

ビキニ沖に投下された原子爆弾のきのこ雲が新聞の第一面を飾ったのは、二週間ばかり前で、天を衝《つ》く巨大な水柱に驚かされた。これが人の住む陸上に投下された時の、炎熱地獄ぶりは容易に想像できる。

こうしたアメリカ軍の行為も、残虐の部類にはいりはしないか。聖書を片手にしたアメリカ空軍の元兵士の写真に問いかけてみたかった。

戦犯に関する報道は、東京裁判がほとんど連日、紙面の一部を占めていた。満洲事変がどうやって仕組まれたのか、関東軍の進攻命令はどこから出たのか、などが訊問《じんもん》されている。

その他の地域における裁判記事は眼につかない。しかし単に記者の関心が東京裁判に注がれているだけで、大陸やインドシナ、ジャワで裁判がないのではなかろう。精読して紙面の裏側の動きを推《お》しはかるしかなかった。

柱時計が九時を打つ。善一はもう寝息をたてていた。

寝巻に着替えて、布団《ふとん》の上に横になる。昼間の喧噪《けんそう》が嘘《うそ》のように、どぶ川の方も、市場の中の方も静まりかえっている。

瑞枝は相変わらず筆写を続けていた。瑞枝の字は縦長の金釘《かなくぎ》流で、お世辞にも能筆とはいえないが、気にしているふうではない。

「すみません、先に寝ていて下さい。もう少しで終わりますから」

瑞枝が顔を向けて言った。

いつの間にか眠りにおちていた。

目が覚めたのは、寝巻になった瑞枝が境の布団にはいり込んできたときだ。にじり寄って、後方から抱きしめ、乳房をつかんだ。重みのあるふくよかなかたまりが、掌《てのひら》の下で弾力をもつ。

瑞枝がこちらに向き直る。寝巻の前をはだけて乳房を露出させた。

「二番目ができとるち言われました」

「そうか」

覚悟はしていた。「いつ頃げなか、予定は」

「来年の一月の末らしかです」

「ほう、どっちやろかね。今度は」

「それぱっかりは判《わか》りません」

善一のときは、生まれる前に出征してしまい、成長を見届けないままに八年も過ぎ去ってしまった。今度こそは赤ん坊をこの手に抱けるに違いない。

瑞枝の乳房に顔をもっていき、すべらかな肌に手を当てた。

37

店を開けたのは九時半、垂れ幕もちらしもなかった。久保曹長が開店祝いに五合瓶入りのドブロクを置いて行った。

最初の客は六十がらみの老婦人で、店先の小豆を手にとって品定めをするなり、二合買ってくれた。銘仙《めいせん》の絣《かすり》を着て商家のおかみさんという立ち居振舞いに、瑞枝は恐縮しながら応対をした。

午前中だけで十五人ほどの客が来て、その半数が買ってくれた。一日にどのくらいの売上げがあれば食っていけるのか、計算していない。ひとりの客が平均いくら支出してくれるのかも、皆目見当がつかなかった。

しかし客をひきつけるのは、値段よりも品質だという気配を感じた。値段が安く質の悪い品物は、配給で出回っている。闇市《やみいち》を訪れる客が求めているのは、少しくらい値が張っても、普通では手にはいらない珍しい物か、良質の品物なのだ。

昼飯は、店に瑞枝を残して、めざし一匹と沢庵《たくあん》で食べた。

食いながら朝刊を眺める。広告欄に眼を通そうとして、その上の小さな記事に気づく。

朝方、ざっと新聞の大見出しを読んだときには、見過ごしていた部分だ。

戦犯日本人は五千余
中国連絡部代表が言明

マッカアサー司令部法務局中国連絡部代表董維綱中佐は二十三日、日本人の中国関係戦争犯罪人は五千人以上に及ぶと推測されると次の如く言明した。

戦犯人は南京、上海、北京、広東、漢口および中国各地における大量虐殺の当事者を包含することになろう。これらの大量虐殺の基礎調査はすでに中国で行われている。また中国連絡部は日本人が麻薬を販売した責任に対し特に注目している。


短い記事だったが、紙面いっぱいに相当する衝撃を感じた。

広東という地名も実際に挙げられ、戦犯は五百人ではなく五千人だ。しかも基礎調査は終わっているという。

国民党軍と共産党軍が争いあっている中国ですら、戦犯追及に本腰を入れ始めているとすれば、敗戦後すぐに英国軍の統治が回復した香港は、もうおおよその調べはついていると考えていい。

香港での追及が記事にならないのは、英国政府の方針ではないか。報道管制をして、内地に逃げ帰った日本兵たちを油断させる策略かもしれない。A級戦犯の成り行きは毎日のように報じられ、国内のBC級戦犯についても、時折小さな記事は出た。そのたびにおののきはしたが、迂闊《うかつ》にもまだ対岸の火事として考えていたのだ。

窓際《まどぎわ》に立ってどぶ川を眺めやる。満ち潮なのか水位が上がっていた。対岸のごみ集積物のようなバラックから、薄い煙が上がっている。戦犯追及などとは縁のない平穏な光景だ。

この二ヵ月半の間BC級戦犯について書かれたいくつかの記事を反芻《はんすう》してみる。新聞を切り抜くかわりに暗記していた。

東京裁判以外に、米軍が最も活発にBC級戦犯を裁いているのは横浜の法廷においてだ。五月初旬には、佐世保俘虜《ふりよ》収容所所長であった中尉に絞首刑が言い渡された。五月中旬だったたか、マッカーサー司令部は、戦犯容疑者の資産を凍結する旨《むね》の指令を出した。数日後、日本で俘虜生活を送り、戦争終結で帰国した米軍兵士たちに対し、証言を集めるための米軍調査団が組織された。収容所内での捕虜虐待の証拠固めをするためだ。

六月中旬の記事は、中国における戦犯の現在数を千九百余名とし、各地区の内訳も伝えていた。詳しい数字も覚えている。広東だけで、下士官が四百五十名捕らえられ、そのうちの三百名が憲兵だった。それに対して将校は七十五名、うち憲兵が三十一名。つまり、下にいくほど憲兵が戦犯として捕まる率が高くなっていた。

広東でこの数字だから、香港でも似たりよったりのはずだろう。

七月にはいると、ラバウルやモロタイ地区で、日本人将兵の戦犯二十七名が死刑を執行された。これは米軍の法廷だ。

東京裁判が魔女裁判だとすれば、旧連合軍各国がそれぞれの地域で独自に行っている戦犯捜査は、魔女狩りに似ていなくもない。日本軍将兵と軍属のなかに魔女を見つけ、みせしめのため公衆の面前で火あぶりにするという類《たぐい》のものだ。そこには、東京裁判のように、形式上裁判の体裁を整える配慮すら感じられない。中世の野蛮さ丸出しだった。

東京裁判には、まだ日本国民の眼がある。逆に、遠く中国の各地や南の地域で行われている裁判には、日本国民の眼は届かない。

魔女狩りされた将兵は、いわば敵地で孤軍奮闘しなければならない。相手は一国とは限らない。香港のようにイギリスと、その占領下にある民族双方の憎悪《ぞうお》を、身ひとつで引き受けなければならないのだ。

A級戦犯を裁く基準は、大体のところ察しがつく。彼らは例外なく、軍の最高責任者であり、政治家か財界人だ。

BC級の罪状のひとつが捕虜虐待であるのは分かる。横浜の米軍法廷が真先に裁いたのは、ざっとみたところ、日本各地にあった捕虜収容所の所長からだ。

だが、もともと日本軍には捕虜という概念は存在しなかったのではないか。敵の捕虜になるくらいなら死を選べと繰り返し教え込まれた。捕虜は、生きていながら実は死んだも同然、というのが日本軍将兵、いや国民全体の考え方だった。

所長が捕虜を手厚く扱わなかったと糾弾されているが、それが医療の不満や食糧不足からきたものであれは、責めるほうがどうかしている。あの頃、内地はどこも食糧不足であり、医者にかかろうにも、医師の数は少なく、手の届かない存在だったはずだ。

憲兵の立場も、捕虜収容所の所長と似ている。戦地憲兵の戦場は、まさしく市街地であり、農村だった。そこでスパイ活動を取締り、反日運動を弾圧した。相手は民間人、もしくはそれを装《よそお》った国民党軍や共産党軍の将校だった。兵士が戦場で敵兵に小銃のねらいを定めて引き金をひいたり、敵の塹壕《ざんごう》に手榴弾《しゅりゅうだん》を投げ込む行為と、占領地における憲兵の活動は何ら違わないのではないか。住民に対する憲兵の日常活動を犯罪行為というなら、兵士による通常の戦闘行為も犯罪とみなさなければならない。

ところが今行われているのは、勝った側が負けた側の戦闘行為を一方的に断罪する裁判だ。

戦争は終わっていない。これは戦争の継続なのだ。――黒光りする水面を眺めながら、思った。川面《かわも》に浮いたごみが、川上の方にゆっくり動いていく。

〈戦争〉が続いている限り、戦闘をやめてはならない。白旗をかかげてはおしまいだ。胸の内で言いきかせる。

「おい、代わろう」

店の方に行き、瑞枝に声をかけた。

瑞枝が坐《すわ》っていた椅子《いす》に腰をおろし、客を待つ。

さまざまな人間が店先を通りすぎて行く。背広に帽子をかぶった中年男、軍服に下駄《げた》をはいた青年。裸足《はだし》の子供の手をひくもんぺ姿の女。

いかに貧しくとも、彼らにとっては戦争は確実に終わっている。戦争が終わったのを大前提にして、今日の糧《かて》を得、明日を生きる手立てを考えていけばよい。こちらはそうではない。戦いを続けながら、日々を飢えないように努めねばならない。しかも、敵の姿は見えなかった。

兵隊服の男が店にはいってくる。唐辛子をひとつ手にとって匂《にお》いをかぎ、色つやを調べた。

「これをくれんかね」

「ありがとうございます」

もみ手をしながら腰を浮かした。

「五十匁《もんめ》でよい」

「はい」

五十匁がどのくらいの分量になるか実際の見当がつかず、ひとつかみを秤《はかり》の台にのせただけで百匁を超えていた。慌《あわ》てて半分近くを元に戻す。

「八円になります」

新聞紙に包んだ。

「あんたんとこは、米や卵はおかんと？」

客は軍服の短袴《たんこ》の下に腹巻をしており、そこから革製の財布を取り出した。ぶ厚い札の中から八枚を数え始める。

「置いとらんです」

「置くなら買うけん。多ければ多いほどよか。手にはいったら、ここに連絡しんしゃい」

名刺を手渡された。粗末な紙だが、ガリ版ではなく、ちゃんと印刷したものだ。片仮名で〈ハナブサ〉とあり、下に住所と電話番号が書いてある。

「わしはミネ、峯《みねう》打ちの峯ち言うけ」

代金を払って唐辛子を受け取ると、手を上げて出て行った。軍服を着てはいたが、娑《しゃ》婆《ば》に慣れたやりとりだった。

「米がないかとは、あたしも何人かのお客に訊《き》かれたとです」

夕飯時に瑞枝が言った。

「店先に置くわけにはいかんから、尋ねた客にだけ売るようにしたら良いかもしれん」

「お父さんが店番しといてくだされば、あたしが小隈から米ば担《かつ》いできます」

「大丈夫か。取締りがあっとるぞ」

「少しぐらいなら分からんでしょ」

「問題は、行き帰りの運賃が出るくらいに高く売れるかだ」

「高く売れると思います。米の味次第でしょうから」

瑞枝はもう心決めしているようだった。

38

「お父さん、川辺という人がみえています」

どぶ川に沿った狭い空地に穴を掘っているとき、瑞枝が言いに来た。穴の中に生ごみを入れ、いずれそこを小さな菜園にするつもりでいた。

「川辺？　知らんな」

頭のなかで名前をたぐってみたが、思い当たらない。高ぶってくる胸を自制した。

「向こうは、呼んでもらえれば分かるち、言っとらっしゃる」

「家にいるち、言うたとか」

「はい」

瑞枝はすまなそうに答える。不意の客は容易に取り次がないよう、日頃から注意してはいたのだ。

「店の中で少し待たせておけ。どんな奴《やつ》か、店の方にまわって確かめるけ」

スコップを置き、どぶ川沿いに路地を通って市場の中に出た。不審な男であれば、そのまま逃げなければならない。下駄ばきに着古しのカッターシャツ一枚であり、所持金はいくらもなかった。

市場の客に混じって魚屋の前まで行った。横眼で、瑞枝のいる店の中をのぞき込む。彼女が応対している男は、三十歳を越したくらいで、銀行員風に頭を七三に分けている。がっしりとした体格だ。濃茶のズボンに革靴、開襟《かいきん》シャツの袖《そで》を肘《ひじ》のあたりまでまくりあげていた。勤め人風で、刑事には見えない。

いったん行き過ぎて、踵《きびす》を返し、今度は店先から中をのぞき込んだ。男の、鼻筋の通った横顔が見えた。

「熊谷曹長」

呼びかけに振り向いた彼は、目を見開き、口をもごもごと動かした。

「無事でしたか」

熊谷曹長はウンウンと頷《うなず》き、やっと口を開いた。二枚目顔の頬がこけ、目玉だけが大きく見えた。

「あんたも」

「この通りです。家内が川辺という人が来たというので、裏口から抜け出して偵察していたのです。初めから名乗ってもらえれば、すぐ出てきました」

「いや、もう川辺にしている」

熊谷曹長はにこりともしないで答えた。

「あ、これは家内です」

慌てて瑞枝を紹介する。彼女には、熊谷曹長が誰であるか敢《あ》えて教えなかった。

「奥さん、ちょっとご主人をお借りします」

熊谷曹長は腰を上げた。店の外に誘い出す態度に、何か切羽つまったものが感じられた。

「熊谷曹長でなく、川辺隆三と言ってくれ。もうずっとこの名前できている」

通路に出たとき、念を押された。

「分かりました」

「あんたは変名は使っていないのだね」

「帰って来るとき使っただけです」

熊谷曹長の慎重さと比べると、迂闊すぎるかもしれない。「どうしてここにいると判ったのですか」

「昨日あんたの実家を訪ねた。仲間の住所録は、香港から内地に送っていたので本籍は判る」

「熊谷曹長も今は実家ですか」

押し殺した声が返ってくる。

「熊谷じゃなくて、川辺。川辺隆三」

「すみません」

「内地ぼけしてはいかん」

諭すように言われた。

「ここの闇市に、久保曹長がおられるのは知っていますか」

市場の端まで来たとき訊いた。

「いや。あいつ生きていたのか」

ぎょろりと目をむく。

「久保曹長の仲介でここに店を出せたのです」

「久保は広島に転属になっていたのではなかったか」

「広島のあとすぐに呉の憲兵隊配属になって、ピカドンには遭わずに助かっています。久保曹長に会いますか？」

「いや、今日はやめておこう」

熊谷曹長は首を振った。「しかし久保は、考えようによっては運がいい。あのまま香港に残っていたら、今頃は赤柱《スタンレー》刑務所だろう。あれだけの働きをしたからな」

どぶ川の木橋から、焼け跡の空地とバラックが眺められた。熊谷曹長はコンクリート片の上に腰をおろした。

「しかし守田、あんたもよう帰って来れたな。やっぱり長州島の邦人収容所にいたのか」

「そうです。熊、いえ川辺さんも一時期あの収容所にいたでしょう？」

「どうして知っている？」

意外そうな顔を向けた。

「山裾《やますそ》の小屋に、憲兵がひとり隠れているとの噂《うわさ》がありました。領事館から漏れた話です。会って確かめてみたい気がしましたが、そうすればこっちの正体がばれるし、息を潜めているしかなかったのです」

「俺のほうでも、シビリアンの中に憲兵が紛れ込んでいると聞かされた」

「本当ですか」

全くの初耳だ。「誰にも正体を見破られていないはずですが」

「二人いると言っていた」

「二人？」

「そうすると、あんた以外に二人いたのかもしれん」

「病人を装って捕まった憲兵はいました」

野田から聞いた話だ。もうひとりの憲兵は誰だったのか。

橋向こうの岸に、太い土管が五、六本ころがっている。近くを歩いていた男がひょいと腰をかがめ、管の中にはいっていく。

「熊谷曹長はどうやって、あのシビリアンキャンプにたどり着いたのですか」

「馬鹿、俺は川辺だ。曹長呼ばわりはやめろ」

「すみません」

呼び馴《な》れた名は、おいそれとは変えられない。熊谷曹長とは香港にいる間ずっと直接の上下関係にあったのだ。

「隈《くま》曹長は覚えているだろう」

「ええ、赤柱刑務所で、英系の諜報《ちょうほう》部員を取調べるのを手伝ってもらったことがあります」

長身で温厚、敵の間諜《かんちょう》の訊問《じんもん》にも決して手荒い振舞いはしなかった。和歌もたしなむ文人だった。熊谷曹長の剛に対して隈曹長の柔の取り合わせは、案外上層部の計算ずくだったのかもしれない。

「イギリス軍が香港にはいって来る前に、隈曹長と憲兵隊を離隊した。もちろん便衣に姿を変えてだ。筲箕湾《シャウケイワン》の船溜《ふなだま》りで蛋民《たんみん》船を雇った。その船で香港海峡を西に渡り、大《ダイ》嶼山島《ユサンドウ》付近の無人島で、英国船隊が香港に帰って来るのを確認した」

「それはいつ頃ですか」

「八月三十日だ。もう香港には戻れないと思った。隈曹長とも相談して、広東に行くことにした。広東なら、日本軍はまだ中国軍の軍門に下っておらず、憲兵隊は健在だと考えたんだ」

確かにその判断は正しかったと言える。日本軍はまだ厳然と存在し、いつでも中国軍と矛《ほこ》を交える態勢が整っていた。

「その頃、あんたはまだ離隊していなかったんだな」

「教習隊に残っていました。広東の町には到る所に青天白日旗が翻《ひるがえ》っていましたが、軍そのものは無傷でしたから」

「その蛋民船で珠江《しゅこう》河口まで遡行、虎門《こもん》で上陸した。金は香港ドルをかなり持っていた。黄埔《こうほ》を通過して広東にはいったのが九月の五日くらいだ。長旅が祟《たた》ったのか、隈曹長が発熱した。それで、河南の憲兵隊に着隊の申告をしに行った」

「敗戦と同時に本部は河南に移っていましたから、あそこが集中営になっていました」

「ところが人事担当の高塚少佐は、隈曹長の身柄は引き取ってくれたが、俺の着隊を拒否した。つまり、会ってもくれなかった」

「知りませんでした」

　熊谷曹長と隈曹長が香港を脱出して広東に着いた事実は、一部の上級憲兵以外には厳重な箝口令《かんこうれい》がしかれたのだろう。

　熊谷曹長が敬遠された理由も明白だ。戦犯追及の手がのびるのが明らかな下士官を配下に抱え込めば、上層部への嫌疑に直結する。

「隈曹長はすぐに病院に収容され、俺はひとり、倉庫みたいな所に軟禁された。夕方になって、川面大尉《たいい》が姿をみせた。あの人も、俺より先に香港を脱出して広東に着いていたんだ。そうしたら、まっ青な顔をして、どうかここから逃げてくれ、事情は察してくれ、と頼むのだ」

　その折の川面大尉の様子は充分に想像できる。士官学校出の憲兵将校ではなく、叩《たた》き上げで大尉までのぼりつめた彼だけに、部下につれない引導を渡すのは、身を削るより辛《つら》かったろう。

「しかしさすがに気が咎《とが》めたのか、その場に日本酒を持ってきて、別れの盃《さかずき》を酌《く》み交わしてくれた。すまぬ、どうか今後は憲兵隊に顔を出さんでくれ、と繰り返し言われた。二、三合は飲んだが、少しも酔わなかった。じゃ、一体自分はどこに行けばいいのか訊こうかと思ったが、野暮だと思ってやめた。別れ際《ぎわ》に、儲備《ちょび》券《けん》を十万円持たせてくれた。暗くなりかけて、集中営の衛門を出たんだ。結局、あんたにも誰にも会わず仕舞いだった」

熊谷曹長はぼんやりどぶ川を眺める。「所属の軍からまでも追いたてをくらえば、自分のことは自分で始末しろと厳命されたのと同じだ」

「そうだったのですか」

敗軍となる前は、他地区の憲兵隊に負けるなと、業績を上げるよう叱咤《しった》激励しておきながら、負けたとたん戦犯追及を恐れて切り捨てる。まさしく、蜥蜴《とかげ》の尻尾《しっぽ》切りではないか。

「それから一週間ばかりは、どうやって過ごしたか、よく覚えていない。儲備券があっても、使えば却《かえ》って怪しまれる。乞食《こじき》同然の風体で野宿をした。広東の九月はまだ暑いから、軒下でも、蚊さえ防げば何とかなる。広東語には不自由しなかったし、気がついたら黄埔まで来ていた」

熊谷曹長は記憶をひき出すように、流れに突き出た杭《くい》を見つめた。「黄埔は、俺が南支で初めて勤務した場所だ。動物は訳が分からなくなったら生まれた場所に戻るというが、人間も同じだな。黄埔の港からは長州島が見える。あそこならしばらく身を潜められそうな気がした。これも動物の本能だ。渡り鳥が巣をかけやすいのも河口の三角洲《す》なんかだろう。外敵から身を守るのに、周囲を水で囲まれた所を選ぶのは、人間も鳥も変わらない」

「そうすると長州島に渡ったのは九月の中旬くらいですね」

まだその頃は、邦人収容所はできていない。

「十日ぐらいかな。渡し場の蛋民船に金を払って、島まで運んでもらった。島には住民はほとんどいなかった。もともとあそこは中国軍の要塞《ようさい》があった場所で、日本軍の広東攻略の際に徹底的に叩かれた。残っているのは屋根の吹き飛んだ兵舎ぐらいなものだった。

島には以前、日本人の経営する小さな造船所があったので、もしかするとまだ残留の日本人がいるかもしれないと思って行ってみた。敗戦で作業は中断していたが、社長一家がまだそこにいた。俺を覚えていてくれて二、三日やっかいになった。風呂《ふろ》にはいり、身体《からだ》を洗い、洋服を借りて、初めて人間らしい気持になったよ。谷社長は、日本に帰らず、一段落したらまたそこで事業再開する肚《はら》だった。あんた、あの島に海軍の珠江警備隊があるのは知っていたか」

「ええ。海軍の大発小艇が何度も往復し、邦人を運んでいました」

「そうだな。俺が谷社長の家を出て海軍の駐屯地に行ったときは、まだ武装解除にもなっていなかった。海軍には香港にいたとき何かと接触があったから、もしかしたらというつもりだった」

　香港の特高憲兵のなかで、海軍に最も信頼されていたのが熊谷曹長といえる。西安号事件も、熊谷曹長が海軍から請負った仕事のひとつだ。

「警備隊に出向いてみると、何と幸野大佐がおられた」

「海軍武官の？」

「そうだ。香港陥落と同時にやはり香港から逃げて来ていたのだ」

　西安号事件でマカオの海軍武官と連絡をつけたのが、他ならぬ幸野大佐だった。長州島で彼に会うとは、熊谷曹長にとって地獄で仏の心地がしたに違いない。

「駐屯部隊もどことなく殺気だっていた。大佐に一部始終を話すと、いたく同情してくれて、三日の間、泊めてくれた。しかし、それ以上長居はできないと思い、幸い小高い丘の斜面に古びた小屋があるのを見つけて、移ることにした。幸野大佐に礼を言いに行くと法幣《ほうへい》二万元をくれ、あとで部下を差し向けて来て、味噌《みそ》と醬油《しょうゆ》、米、毛布四枚を届けてくれた。俺はその情に、男泣きしたよ。直属の憲兵隊上司が野良犬《のらいぬ》を追いたてるようにして俺を拒んだのに対して、何という差かと思った」

熊谷曹長はその時の感激を思い出してか、声を詰まらせる。

「それが九月中旬頃ですね」

「そう。廃屋に移ってからも、大佐は時々人を使って魚や肉料理を持って来させた。海軍の食糧は陸軍の十倍くらいは豊かだったから、助かったよ。ところが、九月末にとうとう海軍にも武装解除の時がきた」

「九月三十日でしょう。陸軍と同じです」

「あんたが離隊したのもその日か」

熊谷曹長は血走った目を向けた。

「そうです」

「あとで分かったんだが、武装解除と同時に幸野大佐は国府軍に連行された。海軍武官だから、あの人はもう覚悟していたのだろう。そして駐屯地はそのまま集中営となったんだ。

俺はどうするか迷った。なにしろ、すぐ近くに集中営があって国民政府軍が管理している。怪しまれれば、こっちもすぐ捕まえられる恐れもある。しかし、そこを逃げ出して一体どこに行けばいいのか、決断がつかない。仕方がないから、しばらく身を潜めて、様子をうかがうことにした」

「その頃からですね。長州島に一般の邦人が送り込まれるようになったのは」

「あれにはびっくりした。広東在住の日本人が、連日あの島に送り込まれてきた。両手いっぱいの荷物を持ち、背中にも荷物を背負って、夜逃げ同然の姿だった。収容所の世話役をかって出たのは広東領事館の職員や民団の役員たちで、次々と幕舎をたてた。資材は全部、日本軍のものだ。つまり、俺ひとりが廃屋に隠れ住んでいたのに、その周辺に幕舎や便所ができて、いつの間にか収容所の中に取り込まれてしまっていた。

領事館の職員がやって来たとき、自分も日本人だと答えて、手続きをしに行った。もちろん仮名で通すつもりにしていた。領事館のテントに行くと、そこに福原総領事がいた。彼は戦前、香港の日本領事館にいて、日本が香港を占領すると同時に広東の総領事として転出して行ったんだ。あんたはリー・ジュリアンを覚えているだろう？」

「イギリス人と中国人の混血ですね」

リー・ジュリアンは熊谷曹長が使っていた密偵で、旧英系の官吏のなかに人脈をもっており、反日分子の動きに関する情報は正確だった。

「リーは、もとはと言えば福原総領事が使っていたのを俺がそのまま引き継いだんだ。福原総領事は俺が生きているのを見て、喜んでくれた。当然、香港でイギリス軍に逮捕されたものと思っていたのだろう。

実に奇遇だったよ。福原総領事にありのままを話すと、一般邦人の天幕ではなく、職員用の天幕の一角に、俺の居場所を作ってくれた。名前ももちろん変えて、天野で通した。領事の肚づもりでは、そうやって俺を一般邦人の中に紛れ込ませ、無事に引揚船に乗せる算段だったらしい。しかしね、四、五日すると、やはりこれは不都合だと考えはじめた。領事館の職員の中には、俺の存在を胡散臭《うさんくさ》く思う者もいるだろうし、万が一《に》の場合福原総領事に迷惑をかけることになる。ちょうどその頃、邦人のなかに日蓮宗の尼僧《そう》がおられ、何度か言葉を交わした。その人が言うには、他の邦人と一緒の天幕生活では、朝夕の勤行《ごんぎょう》で迷惑をかけてしまう。何とかならないだろうかということだったので、俺は福原総領事にかけあってやった。

福原総領事は快く承諾してくれ、資材は提供するので、草庵《そうあん》を作ったらどうかという返事だった。それで、例の小屋の近くに四畳半くらいの東屋《あずまや》を建てた。尼僧は津村という、四十歳くらいだった。ひとりで草庵に住むのはぶっそうだからと、俺は同居を頼まれた。いくら尼僧とはいっても、男女二人が同じ処《ところ》に住めば何と言われるか分からない。日蓮宗の信者のなかから五十歳くらいの引地という男性に来てもらい、三人で草庵と小屋の生活をすることになった。

収容所内の炊事当番や共同作業は、すべて引地さんに任せ、俺はその草庵のまわりのことだけを、作男のようにやっていた。領事館の職員もそれを認めてくれた」

「それが十月の中頃でしょう。収容所に変名ではいったのも、ちょうどその時期で、丘の中程の小屋が見えていました」

「そうか、あんた、下の方の天幕に居たのか。会う気になれば会えたのだな」

熊谷曹長は目を細め、思い出すようにして対岸の焼け跡を眺めやる。「一般の邦人は、小屋をどんなふうに見ていたのだろうか」

「尼僧の小屋と草庵という話でしたが、元憲兵が潜んでいるという噂もたっていました。だから、行ってみたい反面、会ってしまうとこちらの正体が露顕しそうでできなかったのです」

「いや、来てもらっていたら、こっちが困っていた」

「ひょっとしたら曹長ではないかと思ってはいました」

「小屋は、眺めが良くて、珠江が見渡せて、それが慰めだった」

「小屋から曹長が姿を消されたのは十二月頃でしたね。軍服の男が三人、小屋の方に登っていくのを見ました。昼前の天気の良い日でした」

「それも見られたのか。何かの縁だな。もう十二月の何日だったかは、覚えていない。やって来たのは高塚少佐と川面大尉、奥曹長の三人だ。奥曹長は、鐘山憲兵教習隊で俺と同期だが、一緒に勤務したことはなかった。ずっと広東にいて警務畑だったはずだ。四年ぶりに会ったというのに、お互い親しい口をきく雰囲気でもなかった。

俺には、なぜ三人がわざわざ広東の集中営から出向いて来たのか、理由は察しがついた。相手が言い出すのを待った。高塚少佐も奥曹長も険しい表情をしていた。尼僧は気《き》を利かせて、柳の葉で作った代用茶を入れてくれ、引地さんと一緒に出て行った。そこでやっと、川面大尉が切り出したんだ」

「何と言ったのですか」

問いに、熊谷曹長はしばらく答えない。橋の上を、肥桶《こえおけ》を積んだ荷馬車が通る。陽射《ひざ》しが強くなっていた。

「川面大尉の声は震えていたよ。あの人のことだから、言いにくかったのだろう。あんたがここにいると、邦人収容所に迷惑がかかる。一刻も早く立ち去って欲しい、と俺に言った」

熊谷曹長は歯をくいしばる。

「迷惑がかかるのは収容所ではなく、憲兵隊だというのが本音だったのでしょうね」

「俺は、高塚少佐に向かって、これは命令ですかと訊《き》いてやった。すると彼はただひとこと、そうだと答えた。相手を睨《にら》みつけるしかなかった。長州島を出て行けといって、一体どこへ行けと言うんだ。日毎《ひごと》に対日感情が悪化しているなかで、収容所から出るのは、よちよち歩きの赤子を動物の檻《おり》の中に放り出すのと同じだ。

俺は一瞬考えたよ。憲兵隊はもう武装解除されたのだから、上下関係は消えている。

高塚少佐の命令も聞く必要はない。いや、高塚少佐とて、憲兵隊上層部の総意を俺に伝えに来ているだけだろうから、彼自身を恨もうとは思わない。ただ、陸士出の憲兵将校はこんなものだったのだなと、全身の力が抜けていくような気がした。次の瞬間、抗命するのが馬鹿馬鹿《ばかばか》しくなった。よし、あんたらが俺を切り捨てて命拾いしようとするなら、俺だって生き永らえてみせる。そう思ったよ」

熊谷曹長は声を詰まらせる。

頷《うなず》いてやるしかなかった。それは実質上、二度目の追放命令だったのだ。一度目は、マラリアに侵された隈曹長と、ほうほうの態《てい》で広東の集中営にたどり着き、人事責任者の高塚少佐に申告したとき、そして二度目は息をひそめて生活をしていた邦人収容所でだ。いずれも、命令の発信者は、目に見えない憲兵隊上層部なのだ。敵に追われるのならまだしも、味方に追われる身の口惜《くや》しさは、いかばかりだったか。

「三人が帰っていったあと、収容所内にいた谷夫妻に、こっそり別れを告げに行った。谷さんは、俺に香港ドルを百ドル餞別《せんべつ》としてくれた。俺は黄埔勤務の憲兵時代、谷社長に便宜をはかったことなどなかった。それなのに、収容所を出るとなると一番頼れるのはお金だと言って、俺の手に紙幣を握らせた。あの人たちにとっても、なけなしの金だったと思うよ。日本人であることも許されないような野良犬同然の俺に金をくれたのだ。津村尼も、別れにあたって、菩提子《ばだいし》で作った数珠《じゆず》をくれた。困ったらいつでも売っていい、命さえ永らえておれば、数珠はいつでも買える、数珠がなくとも念仏は唱えられますから、と言われた。収容所から出る手筈《てはず》を整えてくれたのは、福原総領事だった」

「夜陰に紛れて収容所を出たのではなかったのですか」

「いや、総領事はあくまで俺の身の上を案じてくれた。支那服の上に作業衣を着せて、公役作業員の恰好《かっこう》にしてくれ、他の作業員と共に、収容所を出た。福原総領事も付き添ってくれたので、中国軍の衛兵は何も言わなかった。股間《こかん》に縛りつけていた拳銃《けんじゅう》も無事だった。

別れ際に、福原総領事は自分の着ていたセーターを脱いで渡してくれた。熊谷さん、絶対死んだらいかん。共産軍の支配地区にはいっても、何とかして生きて内地に帰って下さい。私たちはそれを願っています、と手をさしのべた」

熊谷曹長は言い澱《よど》み、こぼれてくる涙を手の甲でぬぐった。白昼さなかの男泣きを見、胸が締めつけられる。返す言葉もなかった。

「最初に逃げ込む場所も、福原総領事が手配してくれていた。邦人を長州島に運ぶのに海軍の白木隊の大発艇が使われていたろう」

「ええ、自分が収容所にはいったときも大発艇でした」

「その白木隊の宿舎に二日間、かくまってもらった。逃げるにはどうしても珠江を渡らねばならない。白木隊では逃亡用に何から何まで用意してくれた。中国兵の監視の眼を盗んでだ。握り飯、マッチ、油紙、胴巻、紐《ひも》、浮き板、クレオソート、紙と鉛筆。全く頭が下がったよ。

　宿舎の周囲は鉄条網で囲まれていたが、その内側には自給自足用の菜園があった。昼間そこで働くふりをして、鉄条網に一ヵ所、通り抜けられる細工をして、手前の土に白布をさし込んでおいた。

　三日目の夜、月夜でかなり夜目が利いた。監視兵が遠去かったのを見計らって、軒下から離れ、地面に這《は》いつくばりながら、鉄条網を抜けた。振り返ると、物陰に白木隊長が気をつけの姿勢で立っていて、この俺に向かって挙手の礼をしてくれた。

　俺は、闇《やみ》の中でいざりながら深々と頭《こうべ》を垂れたよ。所属の憲兵隊が俺を追い立てたのに、一般人の谷社長や、福原総領事、海軍だけは俺を人間として扱ってくれた」

「分かります」

　いちどきに胸が熱くなり、泣きそうになる。熊谷曹長は顔をそむけ、二人して男泣きするのをこらえた。

「あんたと俺でやった仕事のおかげで、香港憲兵隊が総督府司令官賞を受けたことがあったな。あのとき、上層部の連中は俺たちを隊の誇りだと言ってくれた。それが、敗戦となったとたん、あの変わりようだ」

　熊谷曹長は昂《たかぶ》る気持を鎮《しず》めるように息を継ぐ。「俺は、生きなきゃと思った」

「結局、川を泳いで渡ったのですか」

頷きながら訊いた。

「あの珠江を泳いで横切るなんて、とてもできん。浮き板にすがって流れのままに下り、どこかに行き着くのを待つだけだ。十二月だから水は冷たかった。拳銃は紐でしばって腹に巻きつけ、支那靴も足に紐でくくりつけた。紙幣などは油紙でくるんで小さな荷物にして腰に結びつけていた。

珠江の流れは速いと思っていたが、流れの中にはいってしまうと、なかなか長州島から遠去からない。やきもきしたよ。監視の船に見つかれば殺される。夜が明け始めたとたん、今度は川霧が次第に濃くなって、周囲が見えなくなった。どこに流されていくのか判《わか》らない。中国兵に見つからなくても、このまま疲れて沈んでしまうのではないかと恐ろしかった。

三時間くらい漂流したところで、櫓《ろ》を漕《こ》ぐ音が聞こえた。屋根つきの蛋民《たんみん》船が眼の前ににゅうっと現れた。このときを逃したらもう助からぬと思って、広東語で救命呀《ガウメンアー》と叫んだ。

船頭は四十歳くらいの女で、早朝、長州島まで品物を運んでいくところだったらしい。船を停めて、俺を引き上げてくれた。他の乗客はいなかった。もちろんこっちは全身濡《ぬ》れ鼠《ねずみ》だ。女船頭の前で腹巻をほどき、油紙の中から法幣の束を取り出して、その半分を彼女にさし出した。多謝《ドオジエ》と言うと、こわごわ受け取ってくれた。俺が拳銃を持っているのを見ているので、むこうも生きた心地はしなかったろう。

決して危害は加えないから対岸に船を着けてくれないか、と頼んだ。女は頷き、櫓を漕ぎ出した。

岸が見えたとき、ここで衣服を乾かさせてくれと、また相談をもちかけた。濡れた衣服のままで旅はできない。幸い天気になりそうだったから、昼まで衣服を干していれば乾く。上陸はそのあとでもいい。女船頭は黙ったまま、船内から綿入れを出して俺にさし出した。濡れた下着やセーターを絞り、甲板に干した。腹が減ったと言うと、彼女は火をおこして、塩魚の切身を焼いてくれた。逆らわないのが一番と、自分で観念している様子だった。

昼過ぎて、人けのない岸に船を着けさせた。女船頭には心から礼を言った。いわば命の恩人だ。俺が降りてしまうと、彼女は逃げるようにして船を漕ぎ遠去かって行った。

俺はしばらく岸辺に腰をおろし、さてどっちに行ったものか策を練った」

「地図は持っていたのですか」

「いや、なかった。迂闊《うかつ》だったよ。あのあたりは勤務したことがあったし、珠江があるから方角だけはなんとかなると思っていたのだが、そんなものではない。日本の内地と大陸はやはり違う。もちろん香港とも違う。

周囲はだだっ広い河原で、土手を越えるとその向こうも荒地が続いていた。珠江に沿って歩くことも考えたが、道らしいものがない。北の方角に村落があり、まずそれを目ざして歩いた。まだ陽が高かったので、村の近くの草の茂みで、日が暮れるのを待った。そこで、白木隊長が持たせてくれた握り飯をひとつだけ頰ばった。ともかく北に向かって歩いていけば、広九鉄道にぶつかると思った。

薄暗くなってからまた歩き始めた。月明かりで足元はよく見える。とぼとぼと三、四時間も歩いたろうか。まず太腿《ふともも》が痛み出した。それでも我慢して歩いていると、今度はふくらはぎが痛くなった。香港にいる時は、毎日歩き回っていたが、脱出してから長州島に着いて以来、ろくろく足腰は鍛えていなかったのだ。最後には全く足が上がらなくなってしまい、道端に腰をおろして休んだ。夜が明けると、人目につく。この風体で住民に発見されれば怪しまれる。かといって、なまった足ではあと何里も歩けない。

村落から少し離れたところに丘が見えていたので、そこまで何とか歩いた。丘の麓《ふもと》は墓で、土饅頭《どまんじゆう》がいくつも散らばっていた。土饅頭の陰に身を横たえたとき、陽が昇ってきた。身体《からだ》が暖かくなり、そのまま眠った。二晩眠っていなかったのだ。

昼過ぎになって目が覚めた。陽が照っているのが有難かった。立ち上がってみたが、足の筋肉の痛みは前よりひどくなっていた。そのまま歩き出しても、一里もすれば進めなくなるのは目に見えていた。仕方なくその場に残り、握り飯をひとつだけ食った。全部で五個作ってもらった握り飯も残り三つになり、それも形が崩れて乾きはじめていた。水筒の水も節約しながら飲んだ。

　昼は暖かかったのが、夕方になると気温が下がった。腹が減れば減るほど、冷気はこたえた。雨が降らないのを感謝するしかなかった。翌日も足は動かず、土饅頭の陰で、ふくらはぎの筋肉を揉《も》みほぐした。いくらか痛みはひいたが、まだ歩く気力はなかった。その夜も墓地にとどまって寝た。長州島を脱出したときの志気はどこかに消えてしまっていた」

　橋向こうの道路で、子供の声がしていた。ジープが停まり、米兵が二人、集まってくる子供たちに何か与えている。まだ二十歳くらいの若い兵隊だ。そのうちのひとりが男の子をかかえ上げ、運転席に乗せてやる。子供は嫌がり、早くおろしてくれと手足を動かす。

「初めは、共産党の支配地域にもぐり込もうと考えていたんだ」

　熊谷曹長は言葉を継いだ。「しかし、もうそんな所まで行きつけそうもないのが分かった。たとえ行きおおせても、こんな体力ではどうにもならない。俺は草地に寝ころがって星を眺めた。生き永らえねばならないという考えが萎縮《いしゆく》して、どうやったら潔《いさぎよ》く死ねるかという気持に変わってきていた。このまま逃避行を続ければ、飢え死にか、村人に見つかって正体を見破られ、なぶり殺しにされるのがせいぜいだろう。それよりは、日本軍人として、憲兵として死んだほうがどれくらいましか分からない。

　夜が明けたときには、自首して堂々と裁きを受けようと心は決まっていた。刑死するのもよし。野垂れ死にや、袋叩《ふくろだた》きで殺されるよりはましだ。陽が高くなると、墓地を下った。足は何とか動いた。空腹のほうがつらかった。とにかく西をめざした。時々休んでは、干し飯《いい》のようになった握り飯を口に放り込んだ。

　西の方角なら土地鑑はあった。夕方、沙河《さが》に着き、屋台で餅《もち》と饅頭を買い、水筒に水を入れてもらった。法幣が通用し、怪しまれることもなかった。夜は、田んぼの中の納《な》屋《や》を見つけて、そこで寝た。次の日の午後、黄花崗《おうかこう》にたどり着いた。もうそこから広東は近い。そう思うと、弱った足腰がいくらかしゃんとなった。最後の行程だと自分に言いきかせて歩き続け、広東の市内にはいったのは真夜中過ぎだった。何のことはない、三ヵ月ぶりにまた広東に流れついたわけだ。しかし香港から脱出したときと比べて、心の迷いはなかった。

　あんたも知っている通り、広東では夜が明けるか明けないうちに、道端に屋台が店開きする。労務者たちで賑《にぎ》わう屋台で、熱い粥飯《かゆめし》を腹一杯食った。米粒の形がなくなるまで煮た広東粥だ。うまかったよ。粥は、香港にいるときも、飽片粥《パウピンジョク》でさんざん食べた。しかし、あのときの粥くらい、腸《はらわた》と脳みそに沁《し》みわたった粥はなかった」

　熊谷曹長は、そのときの感慨を反芻《はんすう》するように、ゆっくり唾《つば》を飲み込んだ。広東人に混じり目立たないように振舞えたのも、熊谷曹長が広東語に長《た》け、風俗習慣に精通していたからに他ならない。

「市内はどんな様子でしたか」

「昔通りの賑わいだった。六榕塔《ろくようとう》の見える公園で身体を休めていると、次第に人通りが多くなってきた。十時頃、中山路に捕虜となった日本兵が二十名くらい姿をみせ、中国兵の監視のもとで、道路清掃を始めた。顔見知りの兵はいなかった。

俺は携帯していた紙と鉛筆を取り出して、手紙を書いた。宛名《あてな》は特定の上司にはせず、南支派遣軍憲兵隊隊長殿とした。着隊を願ったが、二度拒まれた。かくなるうえは、武人として中国軍に自首し、いかなる裁きをも甘受したい。自分は誠心誠意、日本のために働き尽くした。極刑になろうとも後悔はせぬ。また、累《るい》が他に及ぶような言辞は慎むつもりである。武士の情があれば、せめて死後は日本陸軍憲兵として処置してもらいたい、と書いた。書きながら涙が出たよ。

日本兵たちが休憩にはいったとき、端の方にいた兵に近づいて、自分は憲兵である、ある事情でこんな姿になっている、本日集中営に帰隊したらこの手紙を所属の長に渡して欲しいと告げた。兵はひどく驚いたようだったが、頷いて、手紙を受け取ってくれた。

そのあと公園を出て、市内をうろついているうち、維新路《いしんろ》で国民政府軍の軍政部を見つけた。歩哨《ほしょう》に近づき、隊長に用件があると申し出た。歩哨は日本人と判ったらしく、中に導き入れ、事務室に連れていった。身体検査を受ける前に、支那服の下に隠していた拳銃を机の上に置き、恭順の態度を示した。

取調べのために姿を現した国府軍将校は、陳大尉《チャンたいい》と名乗り、日本語が話せた。俺は彼を前にして、自分は日本陸軍憲兵であり、香港で対英諜報《ちょうほう》戦に従事した。逃れて広東に到ったがこれ以上は逃亡不可能である。イギリス側は中国軍に対して身柄引き渡しを要求してくるであろう。その際は潔く裁きを受け、軍人として死にたいので、善処してもらいたいと述べた。

陳大尉はその日と次の日、俺を軍政部にとどめ置いた。留置場ではなく、将校用の個室であり、どこから工面したか、洗いたての上下兵服もさし入れてくれた。三度三度の飯は衛兵が運んで来た。衛兵の態度も礼儀をわきまえ、時々点検するように顔を出したが、それは俺が首でも吊《つ》らないか警戒するためのようだった。

恐らく陳大尉は二十三軍の軍司令部に打診しただろうし、俺が使役の兵に託した遺書も、所属長から軍司令部に渡っていたはずだ。三日目になって姿を見せた陳大尉は、きみの身柄は自分が引き受けると言い、自宅に連れて行った。そして、〈あなたは、私の責任において必ず日本に帰してやる〉と、俺に明言してくれた。

二十三軍司令部からの返事は、適当に処分してくれたのだと思うよ。日本軍から見殺しにされた憲兵であり、死をも観念している様子に、陳大尉は同情したのかもしれん。

陳大尉の私宅は維新路から北に少しはいった閑静な所にあった。二階建で、もともとは日本人の家屋だったと思われ、六畳一間の離れがついていた。俺はその六畳間を与えられ、外出を禁じられた。何か用事があれば、朝夕二回、食事を運んで来てくれる女中に伝言するよう指示された。四、五日に一度、陳大尉は顔を出し、決して落胆するな、自分は口にした約束は必ず実行するからと、それだけ言って、雑談するでもなく顔を引っ込めた。

確かに軟禁生活ではあったが、それまでの乞食《こじき》のような逃避行と比べれば天国だよ。縁側に出ては庭を眺めたり、自己流の体操をして、身体がなまらないように心がけて一日を過ごした。紙と鉛筆は携行していたものを戻してくれたから、細かい字でそれまでの諸々を書き記したりした。そうやって二ヵ月も過ごしたろうか。

二月の初めの天気の良い朝、陳大尉が姿を現し、今から出発する、仕度するようにと言った。用意をするといっても、荷物があるでもない。ただ、軍服よりも支那服がいいと言われ、その通りにした。十時頃、陳大尉と一緒に家を出た。久しぶりに土を踏んだので、支那靴の下の大地の感触が、何とも言えず快かった。珠江の桟橋《さんばし》には徴用船が停泊しており、そこに中国人として便乗させてくれた。行先は台湾基隆《キールン》港で、上陸したら日本人引揚事務所に出頭し、証明書を渡すように陳大尉は念を押した。証明書で、俺の名前は川辺隆三となっていた。

別れ際《ぎわ》に、陳大尉の両手を取って礼を述べた。地獄で仏とはこれを指すのだと思った。陳大尉は俺の泣き顔を見て、こう言ったよ。この戦争で、中国も日本も数えきれない程の兵士と民衆の命を失った。戦争が終わった今、それ以上の命を無駄にするのは、天に対して相済まない。それが蔣介石主席の考えでもあるし、自分たちの方針でもある。どうか命を大切にして、家族のもとに帰って行ってもらいたい――」

熊谷曹長の話の最後は言葉にならない。声を押し殺したあと、肩を震わせ、溢《あふ》れ出てくる涙をぬぐった。

もらい泣きをこらえ、どぶ川の水面を眺めやる。熊谷曹長の川辺隆三という偽名の名付け親が陳大尉だったのだ。

「基隆には一週間いて、無事引揚船に乗れた。佐世保に着いたのは二月十三日で、うっすらと雪が積もっていた。郷里の下関に帰ったら、実家は空襲で焼け、親父《おやじ》とおふくろも焼死していた」

「御両親は亡《な》くなったのですか」

熊谷曹長の実家は網元の分家で、ひとり息子だったはずだ。

「嫁いでいた姉二人は無事だった。何という試練かと思った。内地に戻ったらせめて親孝行だけはしてやろうと心に誓っていたので、いっぺんに力が抜けてしまった。それで伯父の家に身を寄せ、今は経理の手伝いをしながら、昔の仲間の消息をぼちぼち尋ねまわっている。しかし、あんたに会えてよかった」

「邦人収容所の指導をしていた福原総領事は、確か戦犯容疑で国府軍に連行されたはずです」

「いつ頃だろう」

「これも十二月でしたか。実際目撃したのではないですが、そんな噂《うわさ》が収容所内に流れました。国府軍が広東に入城した際、軍司令官が要求した金品を拒絶したのが遠因と聞きました」

「本当かもしれんな。国民政府軍としては、誰でもいいから目立つ日本人を血祭りにあげて、民衆の心を引きつけようとしたんだろう。蔣介石の通達も、各地区の司令官次第で握りつぶされた。陳大尉はそんななかで例外だったんだ」

「こちらに戻って、誰かに会いましたか」

「二、三連絡はついた。武装解除後、憲兵だけは河南の集中営に留め置かれたが、今年の春頃から、将官と下士官以外は復員を許されて帰国している」

「それじゃ、まだ大部分が広東に残っているのですね」

「千人くらいはいるらしい。菜園を作って自給自足していると言っていた」

「その集中営に留め置かれているのは広東付近の兵だけですか」

「いや、海南島や華南、仏印などに勤務していた憲兵も混じっているらしい」

話し終えた熊谷曹長は、大きな荷物をおろしたように嘆息する。川の中の杭《くい》に鷗《かもめ》が止まっていた。

「邦人収容所から引揚船に乗ったのは四月の末ですが、その頃には、広東市内に憲兵の顔写真が貼《は》り出され、住民の告訴を募っているという話でした」

「そうらしい。何が何でも罪をなすりつけようというのが、現地の軍司令官の方針なんだろう」

「そういう広東の動きと、香港の動きは別ですか」

熊谷曹長は即答せず、汗ばむ首筋を風にあてるように背伸びをした。

「広東は中国、香港はイギリスと管轄《かんかつ》が違ったからな。しかし、香港の方から広東に戦犯引き渡しの請求があったのは事実らしい。帰国した兵は、その名前まで覚えていなかったので誰とは言えないが」

「じゃ、香港でも戦犯追及の法廷が開かれているのですね」

唾をのみこみ、熊谷曹長の横顔を見やる。

「当然だよ。こちらの新聞に載っていないだけだ」

「そうすると、もう内地にも捜査依頼が来ると踏んでいいですね」

「向こうの捜査の進み具合による」

自ら何度も言い聞かせたのだろう、熊谷曹長はきっぱりと答えた。

捜査の進捗《しんちょく》状況といっても、既に敗戦から一年経過している。中国軍よりは実務に長けた英国軍のことだ。広東の戦犯追及よりも手順が遅いはずはなかろう。この遅延は、単に香港と日本の地理的隔たりによるものだろうか。いや、電報あるいは書状ひとつで、交信はいくら長く見積もっても一ヵ月とはかかるまい。

「捜査に手間どっているのでしょうか」

「そうとしか思われん。理由のひとつは、まず張本人がいないので、広東のように市内引き回しで住民の告訴を煽《あお》ることができない。二つめは、捕らえられた密偵たちが簡単に自供しないからだろう」

熊谷曹長が密偵という言葉を口にしたとき、二人とも黄佐治《ウォンジョージ》を思い浮かべたのは確かだ。英語に堪能《たんのう》で、頭の回転が速かった。香港憲兵隊が使った密偵のなかでも、その効力と威力において白眉《はくび》だったのが彼だ。いわば香港の闇《やみ》将軍だった。それだけに、敗戦とともに姿をくらますのは不可能であり、すぐさま住民の告訴にあい、漢奸《かんかん》として逮捕されたのは間違いない。

しかし黄佐治がそれほどまでに忠誠をたて、すべてを白状するのを拒めるだろうか。

「黄佐治と最後に会ったのは、いつですか」

「日本が無条件降伏をすると、あいつは知っていた。八月十日頃だったろうか。今月中に日本は敗ける、とあいつは言った。俺はまだ信じられなかった。海軍からの情報でも、年内は持ちこたえて本土決戦にもちこむという話だった。しかし黄佐治はかなり確信があるらしく、逃げるなら今のうちだと俺に勧めた。俺は逆に、お前はどうするつもりだと訊《き》いてやった。すると、私のようなものは逃げて行く所がありません、ここにいます、と涼しい顔で答えた。

しかしそれだとお前は殺されるぞ、と言うと、分かっています、とにやにやするばかりだ。俺は、あいつが他の密偵からも一目置かれていた理由が、そのとき摑《つか》めたような気がした。あいつは、俺たちの密偵になったときから、もう命は捨てた気になっていたんだ。もし日本軍が勝てば命は拾える。負けたなら駄目、という具合にふんぎりをつけていたのだよ」

「密偵は博徒だと、彼が言ったことがあります」

あれは彼の手引で、映画館の大華《ダイワー》戯院を一斉捜査し、十数人の藍衣《らんい》社《しゃ》幹部を逮捕したあとだった。黄佐治をねぎらう宴席で、彼がふとそう漏らしたのだ。大密偵と小密偵の違いは、小さく姑息《こそく》に張るか、大きく一度に張るかの違いです、とも言い添えた。

「香港憲兵隊に協力すると決めた時点で、日本に命を賭《か》けたのでしょう。その日本が敗れたので、潔く運命に従おうとしたのだという気がします」

「そうかもしれん。それにあいつは、日本軍に賭けなくても、どうせイギリス支配の香港では、たかだか、市庁舎の雇われ運転手で終わっていた。別れ際に、もし日本が負けていなければ、月末にまた顔を出しますと告げて去って行った。これまで生きてこられたのは先生のおかげですと、俺に礼も言ったよ」

「それが最後だったのですね。彼が捕らえられたのは何時《いつ》でしょうか」

「皆目見当がつかん。香港から内地に帰った憲兵とは、まだ誰ひとり連絡がつかない。少なくとも特高憲兵は全員がまだつながれているはずだ」

「一年たってもですか」

「取調べの執拗《しつよう》さは、国府軍よりひどいとも考えられる。しかし黄佐治は、どうせ死ぬ身だからと、のらりくらり時間を稼いでいるのかもしれん。訊問《じんもん》にあっても、核心から離れた事柄を小出しにしているうちは、決して殺されもしない。そうやって、味方に逃げる余裕を与えられる」

熊谷曹長は呟《つぶや》くように言った。

「敗戦から一年、香港から追手が来ないのも、彼が口をつぐんでいるおかげと考えてもいいのですね」

「たぶん」

熊谷曹長は頷《うなず》いた。「逃げろ、逃げられるだけ逃げておけ、と彼が叫んでいるのを夢にみた。下関に帰ってすぐの頃だ」

まるで今すぐにでも逃げろと言うような熊谷曹長の口調だ。

「しかし、こうなっては逃げ出すわけにもいきません。女房子供がいますし。やっと店をもったところです」

「あんたの気持は分かるよ。その点俺は身軽だ。両親はいない。伯父だって、俺がいなくなっても、大して困らない」

熊谷曹長は意を決したように向き直った。「よく考えてみろ。今あんたがいなくなれば、確かに妻子は困る。路頭に迷うかもしれん。しかしそれはしばらくの辛抱さ。戦犯裁判というものは、日が経《た》てば経つほど、生温《なまぬる》くなり、裁くほうも馬鹿馬鹿《ばかばか》しくなってくる。今ここにとどまっておれば、簡単に捕まる。現に俺があんたの所在を突き止めたくらいだからな。捕らえられて香港に送られてしまえば、もう妻子とは会えまい。二つの選択のうち、どっちを取るかだ」

熊谷曹長の主張には筋道が通っていた。香港でもこの通りだったと思い当たる。こみ入った問題も、熊谷曹長の頭を通過すると、二つか三つの明瞭《めいりよう》な選択肢となってたちあらわれてきた。

「俺があんたを訪ねたのは、それを伝えるためだ。あんたに無理強いはせん。あんたが決めてくれ」

香港での仕事はほとんど熊谷曹長と一緒だった。二人のうちどちらか一方が捕らえられて白状すれば、他のひとりがやった防諜活動も自ずから明らかになる。その意味では一蓮托生《いちれんたくしょう》なのだ。

「熊谷曹長はどうします？」

気持を鎮《しず》めたあとで訊いた。

「俺は逃げるよ。ここまで来て、今さら捕まるわけにはいかん。それが黄佐治への返礼でもある」

そう言ってポケットに手を入れる。「これが、もしものときの俺の連絡先だ。ここなら足のつく心配はない」

手渡された紙片には山口県長府の住所と女性の名が記されていた。その女性について質問を重ねるのは野暮な気がした。

「じゃ、奥さんにはよろしく伝えておいてくれ」

熊谷曹長は立ち上がる。木橋の方を眺め、何歩か行きかけて振り返った。

「俺は、川辺隆三。次からは呼び間違えんように」

笑顔には余裕が浮かんでいた。

「天神署から電話があったが、あんたのところの息子は、善一という名前だったろう？」

久保曹長が下駄《げた》の音を響かせて駈《か》け込んできた。

「はい、そうですが」

瑞枝が答えている。

「迷子になっとったらしい。早う迎えに行ったがいい」

久保曹長は促すように顎《あご》をしゃくった。

「善一は今日は遠足だったのじゃないとか」

瑞枝に訊いた。朝出がけに、蒸《ふ》かした薩摩《さつま》芋《いも》を一個、弁当代わりに新聞紙に包んで持たせていた。

「遠足で、香椎《かしい》に行くち言うとりました。帰る途中ではぐれたのでしょうか」

瑞枝は柱時計を見上げた。三時半だから、それも考えられる。

「とにかく迎えに行って来る」

久保曹長と並んで店を出た。善一は自分の家の住所を派出所で言い、気を利《き》かせた巡査が市場の中で電話のある店に問い合わせたのだろう。

「その後、熊谷からは連絡があるかい」

久保曹長が訊いた。

「いいえ、このひと月ばかり顔は見せません」

「あいつも、昔とひとつも変わらぬ。いまだに特高のような暮らしぶりだ。一体何で食べているのか。所帯持つ気もないようだし」

「海産物を扱う伯父さんの手伝いをしていると言っていました。最低限の生活には困らんのでしょう」

所帯を持つ気はないが、懇《ねんご》ろな相手はいるのに違いない。万が一の時に備えて渡してくれた住所の主がおそらくそうだ。

前々回熊谷曹長が訪れたとき、久保曹長の家に案内して、朝鮮人から闇で買ったマッコリを三人で飲んだ。

久保曹長は熊谷曹長が命がけで帰国したとは知らず、先行きについても案じる様子はなかった。戦争が終わった以上、早々と頭を切り換えて新天地を開くよう、熊谷曹長に説教じみた忠告を垂れた。

そんな助言をよそに、熊谷曹長の頭の中ではまだ過去の戦争が続いていた。

裏口から家に上がり込んで来たとき、まず田中久一中将の死刑判決を話題にした。九月上旬の新聞に載っていたから記憶にはあった。中将は元南支派遣軍司令官だったが、不時着したアメリカ空軍兵士を処刑したという罪状で上海の米軍法廷が裁いていた。田中中将の他にも参謀長が死刑の判決を受けていた。空軍兵士ひとり銃殺刑にしただけで死刑判決だからな、と熊谷曹長は首をすくめた。

三度目に来たのは十月中旬で、そのときも初代香港総督だった磯谷廉介中将が逮捕されて、南京送りになったと告げた。香港での犯罪行為ではなく、南京大虐殺《ぎやくさつ》の責任が問われ、裁くのは中国政府だという。新聞で報道されるのはそうした大物の逮捕ばかりで、下級の将兵がどうなっているのか、紙面には出ない。

お前も早く姿を隠せとあからさまには言わないが、戦犯追及の話を持ち出しながら、熊谷曹長が暗に逃亡を仄《ほの》めかしているのは確かだった。

二度目に久保曹長の家に行ったとき、三人ともドブロクでしたたかに酔った。

久保曹長が酔いにまかせて、南支派遣軍の歌を唱い始め、熊谷曹長も声を張り上げた。

波濤《はとう》万里をけりて衝《つ》く
バイヤス湾に月しろく
時神無月《かんなづき》十二日

奇襲上陸茲《ここ》に成る
青史を飾るこの朝《あした》
勲《いさお》は永遠《とわ》に薫《かお》るかな
ああ我等南支派遣軍

この一番の歌詞のなかで、一ヵ所だけ違う文句があったので、二人に問いただした。

「それはあんたの部隊のほうが間違っている。わしらの連隊では〈月しろく〉と唱って、〈月著《しる》く〉ではなかった。なあ、熊谷」

「そうそう、〈月著く〉じゃ気合がはいらん」

熊谷曹長も同調したが、二番以下も、微妙な違いがあった。

二、道なく橋なく山深く
熱風百度の行軍に
口糧尽きて生の芋
噛《か》じりて進む兵士の
灼《や》くる鉄兜《てつかぶと》にほとばしる
玉なす汗の雫《しずく》かな

ああ我等南支派遣軍

三．荒鷲《あらわし》我等が上に舞い
恵州《けいしゅう》、博羅《はくら》、増城《ぞうじょう》と
撃てば潰《つい》えぬ敵ぞなき
天嶮《てんけん》たのむ防塁も
我が疾風の進撃に
蟷螂《とうろう》の斧《おの》に似たるかな
ああ我等南支派遣軍

二番の〈生の芋〉が〈山の芋〉になり、三番の〈防塁〉は〈堅塁〉に変わり、四番以下も何箇所か違っていた。

結局、歌詞の食い違いがなかったのは最後の七番だけだった。口伝えに先任の将兵から教えてもらっただけに、どこかで恣意《しい》的な言い換えが生じ、そのまま覚えてしまったのだ。久保曹長と熊谷曹長は自分たちのほうが正式な歌詞だと主張したが、真偽は分からない。

「憲兵勤務が忙しくなってからは、この歌もあまり唱わず仕舞いだった」

「俺なんか特にだ。よく覚えていたと思うよ」

熊谷曹長も相槌《あいづち》をうつ。

「わしが憲兵だったのは、市場の連中は誰も知らない。こちらから言おうとも思わないがね」

久保曹長はドブロクで赤くなった顔で二人を見据えた。「しかし、自分が憲兵だったことには誇りをもっている。世の中の連中、憲兵というと目の仇《かたき》にするが、何も分かっとらんのだ」

酒がはいっても顔色の変わらない熊谷曹長は、黙って頷く。

「そりゃ、憲兵のなかにも、腰抜けがいる。東京憲兵隊の隊長だった大佐など、GHQから逮捕令が出ると女中と逃げまわっていた。女中だけは捕まり、やっこさんのほうはまだどこかに潜んでいるらしい。ああいう陸士出のお偉いさんには、本当の憲兵精神など分かるはずはない。戦時中は威張りくさって、自分では汗もかかず、料亭に入りびたりで、戦争が終わったとたん、すべて部下に責任をなすりつけて、逃げまわる。ああいうのがいるから、ますます憲兵が憎まれるのだ」

久保曹長が具体的には誰のことを言っているのか理解できなかったものの、一般論として同意できた。

「公職追放だって、憲兵に厳しすぎる。通常の兵隊は将校までが追放なのに、憲兵は兵卒に至るまで追放だ。わしはまだ子供がいないが、子供は絶対公職にはつかせない。むこうが公職追放というなら、こちらも公職拒否だ。久保家の家訓にして、子々孫々まで、公職にはつかせん」

久保曹長は怪気炎をあげ、一升瓶の八分目まではいっていたドブロクは、いつの間にか底をついていた。夜も更《ふ》け、熊谷曹長は久保曹長の家に泊まることになった。

家を辞したのは十一時頃だったが、最後まで元気が良かったのは久保曹長だ。

「熊谷も守田も、覇気がないぞ。縮こまってはいかん、憲兵らしく胸を張れ」

と怒鳴りつけ、熊谷曹長を苦笑させた。


「あんたのところのかみさんは、お産は何時《いつ》の予定か」

久保曹長が訊く。

「一月末です」

「そうか。楽しみだな」

店の前で久保曹長と別れ、電車道に出た。

市電では腰をおろせた。前の座席に、中年のアメリカ人夫婦が坐《すわ》っている。男は軍服ではなく背広姿だ。夫婦の両隣の席は空いたままになっている。停留所で乗り込んだ親子連れも、その横に坐ろうとしない。アメリカ人は五歳くらいの男の子に笑いかける。男の子はびっくりして目を見張るだけだ。子供の手を引いた母親は知らぬ振りを決めこんでいた。アメリカ人夫婦が席をずらして二人分の隙間《すきま》をつくり、坐りなさいと仕草で促す。ためらった挙句、母子《おやこ》はやっと坐ったが、居心地悪そうに肩をつぼめた。

ほとんどの乗客が天神で降りた。アメリカ人は男の子に笑いかけ、「サヨナラ」と言う。男の子は「さよなら」とぎこちなく答えた。

駅前の人込みは相変わらずだ。路上に古い万年筆を十本ばかり並べ、シャツに軍袴《ぐんこ》の男が胡坐《あぐら》をかいている。その横も中年の男で、新聞紙の上に大根と蜜柑《みかん》を置いていた。

駅の出口で、傷痍《しょうい》軍人がアコーデオンを弾いていた。片目に眼帯をしているので、目を負傷しているのだろう。汚れた白装束の下は立派な体格をしており、甲種合格だったのは間違いない。足元の箱の中に、通りがかりの婦人が五十銭を放り込んだ。

駅の横にある交番は木造の新築だが、バラックよりいくらかましの安普請《やすぶしん》だ。中が見えた。開け放した入口から中を覗《のぞ》き込む。若い警官と四十がらみの警官がいた。隅の椅《い》子《す》に善一が腰かけ、焼いた餅《もち》を頬ばっていた。

「守田です。息子が大変お世話になりました」

腰を低くして言った。

「お父さんですか。ほら善一くん、良かったな」

年配のほうが机から顔をあげた。

善一が立ち上がる。叱《しか》られるのを心配してか、すぐには近づいて来ない。

「食べ物までいただいてすみません」

もう一度、頭を下げた。早々に用事をすませたかった。

善一を連れて外に出る。緊張が解けていた。

「今日は遠足じゃろ。どうしてこげなところまで来たとか」

急に腹立たしさを覚え、善一に問いただす。

「三笠橋《みかさ》で、みんなばらばらになって帰った。友だちが市内電車で帰るち言うけ、一緒に乗った」

「電車賃は？」

「友だちが出してくれた」

善一は自分ではまだ市内電車に乗った経験がないはずだ。

「その友達とは別れたとか」

「友だちは親類の家に行くち言うけ、途中で降りたと」

「それで道が分からんようになったんじゃね。仕方なか」

歩いて帰るつもりにしていたが、気持が変わり、電停で待った。

電車の席に並んで坐った。

「他の友達は、どんなものを弁当に持って来とったか」

「持って来ない友だちもおって、先生から芋を分けてもらっとった」

「先生は芋ばいっぱい持って来たと？」

「五つくらい持っとった。他におにぎりの友だちもおったし、南瓜《かぼちゃ》を弁当箱に詰めとった者もおった」

瑞枝は弁当箱に麦飯と何かおかずを詰めてやろうとしたが、善一が蒸《ふ》かし芋でよいと言い、そうしたのだ。結局みんな似たりよったりの弁当で、肩身の狭い思いはせずに済んだらしい。

「香椎では何ば見たとか」

「砂浜で遊んだ」

あのあたりは一面の松林で、海が近い。

「松林のなかに古い井戸があって、昔はおいしか水がとれて、水売りが町に来よったげな。先生が教えてくれた」

「そりゃ、えらい前のことじゃろ。明治時代か、江戸時代」

砂地だが水質は良く、茶の湯にはもってこいだったという話は聞いた。

「砂浜で貝ば拾った」

善一は上着のポケットをまさぐって、掌《てのひら》を広げる。桜貝に似た淡紅色の小さな貝だ。

「先生は女の先生か」

「違う、男先生」

善一は首を振る。「海には汽船が通りよった。先生は、そっちの方ばじっと見て、まだ日本に帰って来られん日本人がいっぱいいると言わっしゃった。先生の妹もまだ帰って来んげな」

「先生はいくつぐらいか」

「もう年寄り」

年寄りだけでは年齢は分からないが、その妹というのは、結婚して満洲か朝鮮に渡ったに違いない。帰国が遅れているとすれば、満洲かもしれない。

「無事に遠足から帰って良かった」

市電を降りながら言った。善一も見慣れた界隈《かいわい》に戻って来て、ほっとした様子だ。闇《やみ》市《いち》の両側に眼を走らせながら、先に立って歩く。

後ろ姿を見やって、博多に引越して以来、一度も善一を遊びに連れて行っていないことに気づいた。

40

天神から出る西鉄電車は、ホームの上にいるときから押し合いへし合いだった。駅員が列を乱さないように制しているが、ホームに隙間がないほどの人込みだから、どこが列の最後尾か判然としない。そのうち駅員も諦《あきら》めて、ホームから転落者が出ないように、声を張り上げて注意するだけになった。

たいていの乗客が、風呂敷包《ふろしきづつ》みか、リュックを持っている。

列車が到着して停車したとたん、ドアの前に人が殺到した。腕の荷物や背中のリュックで、混雑はいよいよひどくなる。駅員が笛を吹いても人垣の揺れは止まらない。ドアの前を中心にして、左から力が加わって人の群れが右にずれると、逆に今度は右にいた連中が押し返す。そのたびに女性の悲鳴があがった。

車内の乗客が反対側のホームに吐き出され、ドアが閉まる。こちら側のドアが開いたとたん、人の渦が巻き始める。悲鳴とともに「押すな」と怒号も上がる。運よく車内に入り込んだ者は窓を大きく開け、外にいた仲間から荷物を受け取り、席取りをする。そのまま窓から入り込む者もいた。

幸い荷物は少なかった。闇市の魚屋で買った鯨肉《くじらにく》とおばいけを油紙《ゆし》と新聞紙に包んでいた。二つとも、源太郎の好物だった。田舎では、鯨といえば塩鯨しか売りに来ない。子供の頃たまに町に出たとき、源太郎が買って来るのが鯨肉とおばいけで、それも自分だけ生姜醤油《しょうがじょうゆ》と酢味噌《すみそ》で食べ、他の者には箸《はし》もつけさせなかった。

訪れるたびに、源太郎は衰弱していた。それでも十月に行ったときは、鯨肉をふた口、おばいけをひと口食べてくれた。高い金を出して買った甲斐《かい》があったと感じたものだ。

実家を訪れるのは、源太郎の見舞いだけでなく、仕入れも兼ねていた。米や大豆、小豆、薩摩《さつま》芋《いも》、卵などを、持てるだけ持って帰った。瑞枝と交代で、月三回は往復した。

二日市を過ぎると乗客が少し減り、身動きができるようになる。窓から、色づいた柿《かき》の葉や櫨《はぜ》の紅葉が眺められる。稲田はまだ三分の二ほどが刈り残されており、黄金色に輝いている。

三沢の駅から乗った男は、両手に三、四羽ずつの鴨《かも》をぶら下げていた。そのあたりは、昔から鴨の狩猟地だった。麦を播《ま》いた鴨池に鴨が群がり降り立った瞬間、上から仕掛け網をかぶせて一網打尽にする。網は、綱一本で動く仕組みになっていて、見張り小屋に隠れて鴨の動向をうかがうのだ。

男は久留米あたりの小料理屋に鴨を卸しに行くのだろう。隣の乗客に話しかけられて、鴨料理のうまさを得意気に語っている。

大保で降りた客は四人で、見知った顔はいない。二人は西島の方に道をとり、もうひとりの男は線路づたいに小郡の方角に歩いていく。

途中で村人に会い、商売の具合を訊《き》かれた。博多に出て店を開いたことは、もう村中に知れわたっているらしかった。

「食うや食わずですたい」

反射的にそう答えた。相手は笑いながら、まあ、頑張ればそのうちに景気が良くなるはずと、励ましてくれる。

村の人間は、自分たちより暮らし向きの豊かな者には必ずといっていいほど、嫉妬《しっと》まじりの反感を抱く。抱いたとたん、ぴしゃりと気持の戸を締めて、もう中にはいらせない。反対に、自分たちより貧しい暮らしだと判《わか》れば、余裕たっぷりに上から施すような態度になる。それも尊大ではあるが、はねつけられるよりはましだ。

農家を相手に商談するときは、あくまでも下から乞《こ》い願うのがこつだ。

いつものように神社の参道を通った。小川の縁ぞいにある椋《むく》の木を見上げる。前回来たときはまだ枝にびっしりついていた紫色の実が、すっかりなくなっていた。

太鼓橋を渡る時、橋桁《はしげた》の下で水音がした。鯉《こい》か鮒《ふな》だろう。桜の朽ち葉の浮かぶ水面に、波紋が広がる。

境内の銀杏《いちょう》は半ば葉を落とし、地面のほうが黄金色に染まっていた。

本堂の前で鈴を鳴らして手を合わせた。また来ました、と胸の内で唱えた。子供の頃からそれが習慣になっていた。境内で遊ぶ時、ちょうど相撲取りが土俵に上がる際に蹲《そん》踞《きょ》するように、本堂の前に立った。また来ました、これから遊ばせてもらいます、という挨拶《あいさつ》のつもりで言うのだ。二十歳前まではそんな具合にして、一年の半分はここに足を運んだかもしれない。

神社の裏手に回ると、どん栗《ぐり》が落ちている。善一への土産にと思い、小さいのを二種類、大きいどん栗を一種類、それもへた付きのとそうでないのを拾い集めた。

トメが畑に出ていた。声をかけると、背筋を伸ばすようにして顔を上げる。

「来たの」

皺《しわ》くちゃの顔が笑った。

唐鍬《とうぐわ》で里芋を掘りおこしていた。こぶし大の芋がひと株に三、四個ついている。

「あんたが来たなら、もう少し掘り上げとこ」

そう言って、男まさりに唐鍬を土に突き立てる。

「出来が良かの。今年は」

「毎年、出来が良か。ここん畑の土は村一番じゃろ」

トメが身を屈《かが》めたままで答える。

実際は、その土地が初めから肥沃《ひよく》だったのではない。保証人倒れとなって前の屋敷を売り払い、神社の裏に居を構えたときから、トメの土地改良が始まったのだ。家の前の畑一反ばかりは、十数年前からトメの専用畑だった。

夫と息子たちに一間四方、深さ三尺の穴を掘らせたあと、神社の境内の落葉をかき集めては、穴の中に入れた。時々、下肥を上にふりかけ、また落葉を重ねる作業を繰り返した。そうやって作った腐葉土を、畑の端の方から少しずつ鋤《すき》入《い》れしていったのだ。

トメが掘り出した里芋をショーケに入れて、運んでやる。

薄暗い小屋の中で大きな影が動いた。

「牛を買ったとの？」

覗き込むと、牛の眼だけが光った。

「年寄りの牛じゃから、安く分けてもろうた。やっぱり何をするにも牛がおらんと不便じゃし」

いかに老牛とはいえ、ずっと空のままだった牛小屋に生き物の姿が見えるだけで、あたりが活気づいた感じがする。牛は近寄って、横木の間から顔を出し、何かをねだるようによだれの垂れた口を突き出した。

牛の飼育は大変だが、堆肥《たいひ》がまた貴重だ。兄の洋一が本心から百姓になりきろうとする意志がみえる。鼻づらを撫《な》でてやると、大きな鳴き声をあげた。

「それなら早く料理して、おじいちゃんに食べてもらいまっしょ」

トメは受け取った土産をさっそく台所で料理し始める。どうせ一人前しかないので、昼食の膳《ぜん》にのせるわけにもいかない。

源太郎は納戸《なんど》に寝ていた。来るたびに頬骨が突き出し、もともと高かった鼻筋も、よけいに尖《とが》って見える。

「征二か」

目を開けてしばらくたってから、源太郎が不自由な口で言った。

「具合はどげんの」

「どげんも、こげんもなか。お迎えば待っとる」

源太郎が途切れ途切れに答える。

「そげん元気があるとなら、まだお迎えは来んじゃろ」

冗談めかして言うと、源太郎は黙り、目を閉じた。少しばかり話しても、気力を使い果たしてしまうようだ。そのまま源太郎の血の色のない顔を眺める。

「商売は？」

うわ言のようにして訊いた。

「食うだけの稼ぎはある。瑞枝も善一も元気にしとる」

返事に、源太郎は満足気に頷《うなず》いてみせる。

「息子が二人とも無事に帰って、俺はいつ死んでもよか」

長い時間をかけて、それだけを口にした。

「また気の弱いことば言うて」

納戸にはいって来たトメが威勢よく声をかける。盆の上に小皿を二つのせていた。

「征二の土産。ひと口でいいけ、食べてみらんですか」

源太郎はゆっくり目を開け、横眼で盆の上を見た。起こしてくれというように、手をさし伸べる。布団《ふとん》をはねのけ、上体を支えてやる。

トメが枕許《まくらもと》の楽呑《らくの》みを口に入れる。ひと口ふた口、源太郎は喉《のど》を動かした。鯨肉の赤い色が食欲を刺激したようだ。トメのさし出す肉切れを口に頬ばり、咀嚼《そしやく》する。呑み下すと、ふた口めを催促する。あまり噛《か》まずに、舌の上で味わったあと呑み込む。

「こっちはおばいけ。もう少しよく噛まんと喉につかえますけ」

トメが初めから小さめに刻んでいたおばいけも鯨肉と同様に、源太郎は満足気に食べた。

「これは征二と瑞枝しゃんが一生懸命働いて、買うて来てくれたと。闇市でも、目の飛び出るくらい高かとげな」

トメが言い添えると源太郎はかすかに頷いた。

食べ終えて源太郎はまた楽呑みを要求する。

「こげん全部食べたのは珍しか」

トメは声を詰まらせる。

源太郎を寝かせると、目尻《めじり》からすーっと涙がこぼれ落ちた。しかし目を閉じたまま何も言わない。

「満腹にならっしゃったとじゃろ。ひと眠りすると良か」

トメは源太郎の手を取り、さすり始める。源太郎が手足のだるさを訴えるたびに、トメはそうするのだ。医師の往診は二週間に一回しかなく、置いていってくれる水薬の効きめがどれほどなのかは分からない。しかし薬の効きめよりも、毎日手足をさすってやるトメの行為のほうが、病気の進行を食い止めているのかもしれない。

間もなく源太郎の呼吸が寝息に変わる。口をあけた寝顔には苦痛もみられない。壮年の頃、酒をしこたま飲んで寝込んだときの顔が、痩《や》せてはいるがそのまま再現されている。

トメは源太郎の手を布団の中に入れ、そっと立ち上がる。

「あの調子なら、あと一年や二年は大丈夫。お医者も、そげん言わっしゃる」

台所に戻ると、土間の方に降りて昼飯の仕度にとりかかった。

「この前、瑞枝しゃんが来たときは、もうお腹《なか》が大きくて大儀そうじゃった。あんな身重になったら、重かもんを抱えさせちゃならん。こん次からは、あんたが来んね」

「分かっとる」

腹の中の赤ん坊の育ちは順調らしかった。腹の尖り具合から七、三で男の子だと、近所の老婆《ろうば》から言われたそうだ。名前は両方考えていた。各々三つずつ考え、紙に書いてみては、案を練っている。また別の名前を思いつくかもしれず、決定はしていない。まだ二ヵ月以上の猶予《ゆうよ》はあった。

トメが竈《かまど》の灰から埋火《うずみび》を取り出し、火をおこした。里芋を皮つきのまま蒸《ふか》すつもりらしい。掘りたての里芋は甘味があって、味をつける必要もなかった。

「善一はどうしよるの」

「学校には慣れたごたる」

「田舎から町に行って、びっくりしとろ」

「それでも、勉強は負けとらんらしか」

瑞枝が一度担任から呼び出されたとき、申し分ない子供だと言われたらしい。

「あれが生まれたのは、今じいちゃんが寝とる部屋じゃった。あたしと瑞枝しゃんで育てたようなもの。じいちゃんもよう可愛《かわい》がっとった。六つになるときまでいたかの。そのあとサカエさんとうまくいかんようになっての。実家に帰って行ったとじゃが」

トメは当時を思い返すように言う。「別れるときは寂しゅうての。じいさんと二人で、何かこう火の消えたごたるち、話しよった。サカエさんの手前、大ぴらには言えんけんでの。そのうちじいさんが寝込んでしもうて、家の中はまったく火の消えたごつなった。重夫はサカエさんが叱《しか》ってばかりで、縮こまった子供になってしもうとる。洋一が復員してきて、少しは叱り方もゆるうなったが」

トメが嫁の愚痴をこぼすのは珍しかった。源太郎の容態が悪くなるにつれて、トメ自身の居場所も小さくなっているのだろうか。

「米と里芋は荷造りしとくけ、持って帰ると良か。どこかで卵も仕入れるとじゃろ」

トメが話題を変える。

「卵と大豆、小豆は平島の家に顔出してみろうち思う。あそこなら売ってくるるじゃろ」

平島家は村一番の篤農家《とくのうか》だけあって、たいていの物は揃《そろ》った。通常、現金では分けてくれないのだが、小学校の同級生が跡を継いでおり、いつも融通をきかせてくれた。

「あ、帰って来たごたる」

玄関のほうで人声がした。洋一とサカエの声以外に、男の声が混じっていた。

「征二、来とったとか」

玄関の三和土《たたき》で洋一と出くわす。兄嫁も一緒だった。

「ちょうどよかった。途中で刑事さんと会ったので連れて来た」

洋一の吐いた言葉がにわかには信じられなかった。問い返そうとしたとき、洋一が玄関先まで戻り、外の男に呼びかける。

咄嗟《とっさ》に、裏口から逃げようかと身構えた瞬間、台所の土間からトメが姿を現し、気勢をそがれた。

はいって来た男は小柄で、四十半ばだろう。よれよれのズボンにカーキ色のジャンパーを着ていた。

「おたくが守田征二さんですか」

訝《いぶか》るような眼を向け、ざらついた声で問いかけてきた。

「そうです」

　つっけんどんに答える。

「東京の警視庁から出頭命令が出ています。松崎署まで来て貰《もら》えませんか」

「何のこつです？」

　訊いたのは洋一だ。

「私もよう分からんとですが、ＧＨＱの命令のごたるとです」

　最初の勢いを失った口調で、刑事も首をかしげた。

　ついに来た。一年前の九月三十日以来、恐れ続けていたものだ。しかしこんなかたちで、しかも実家の親兄弟のいる前で起ころうとは予想だにしなかった。

「来てもらえますか」

　刑事が念を押した。

「分かりました」

　答えて玄関を出る。

「俺も行く」

　洋一があとに従った。

「行って来んね。どうせ疑いはすぐ晴れるとじゃろ」

　トメが背後で言った。警察に追われる可能性など、トメには話していなかったが、どういう事態かは直感したのだろうか。

「すぐ帰るとじゃろね」

サカエが叫んだが、それは洋一に対してのようだった。

刑事は自転車に乗ってきていた。洋一も軒下に入れた自転車を出す。荷台の大きなやつだ。

「俺がこぐ。お前は後ろに乗れ」

洋一が命じた。

「ほんにお手数かけます」

半ば役目を果たしたためか、刑事が洋一に言う。

庭を出るときトメとサカエが見送った。振り返って二人の姿を確認する。源太郎に声をかけて来なかったのが悔やまれた。

洋一の後ろに乗って、ようやく事態の重大さがのみこめてきた。

これまで刑事には充分気をつけてきたつもりだった。

北小路の叔父の家に厄介になっているときも、外出時に誰か他所者《よそもの》が来たら、菅笠《すげがさ》を出しておくように言い渡していた。闇市に移ってからは、外から帰ってくる際も、なるべく裏口から上がるようにしていたし、店の番をしている間、常に不審な来客には神経を尖らせていたのだ。

トメや洋一に対しては何も言わなかったものの、実家に来るたび、妙な男が訪ねて来なかったかどうか確かめてはいた。

要するに警戒不足だった。

刑事はこのあたりの地理には詳しいらしく、宝満川の方に自転車を向けた。馬背道をまっすぐ行けば川にぶつかる。堰《せき》の上の橋は狭いが、自転車を押して渡れないことはない。向こう岸から二十分で松崎署に行き着く。最も近道ではあった。

二人乗りの自転車を考慮してか、刑事はゆっくりペダルをこいだ。洋一は口をつぐんだまま、ペダルに力をこめる。

前方に竹川が見えていた。幅一間半くらいの川だが、両岸に竹が生え、田の中に長い竹藪《たけやぶ》の壁をつくっているような恰好《かっこう》で延びている。川は下流の方で宝満川の支流と合流していた。

田んぼには誰も出ていない。

逃げるのは今だと思った。呼吸を整え、胸の内で一二三と数える。

反動をつけて荷台から飛び降りた。

自転車もろとも横倒しになった洋一が顔を上げる。その目に、狼狽《ろうばい》の色が見てとれた。

刈りとられた田の中を、全速力で駈《か》けた。

洋一に続いて刑事がどんな反応をしたのか、確かめられなかった。しかし、気づいた刑事が自転車から降りて走り出したとしても、何秒かは遅れている。年齢の開きはそのまま体力の違いになる。逃げきれると思った。

稲の切り株に足をひっかけぬように走り、稲の刈られていない田は畦道《あぜみち》を走った。三百メートルは走ったろうか。

竹川の藪の中に飛び込み、初めて後ろを振り返った。

洋一は自転車の倒れた位置にそのまま突っ立ち、こちらの方角を眺めている。刑事は村の方角に向かって、必死で自転車を走らせていた。追いかけるより、電話か何かで事態を知らせるほうが得策とふんだのだろう。

竹川の水は足首までしかなかった。深い所でも、膝《ひざ》上まではきそうもない。形跡を残さぬようにそっと降り立ったあと、川上に行く心づもりを変えた。田んぼの中を突っ切った方向からして、洋一も刑事も、南の方に逃げたと思うはずだ。それなら逆の方向をめざしたほうがいい。

川底に足跡をつけぬようにして、川下へ走った。編上靴をはいていたのが幸いした。長州島の収容所で給付されたものだ。走るには都合がよい。不思議と息切れはせず、どこまでも走り続けられる気がした。

膝までの水の深みが五十メートル程続いたあと、砂利の多い川床に出、しばらく走ると宝満川の支流に突き当たった。本流の方に下れば水量は多くなり、もはや川の中を辿《たど》るのは不可能だ。川上は部落の北すれすれを西に向かい、基山《きやま》か鳥栖《とす》のあたりに達しているはずだ。少なくとも、川の上流を国鉄の線路が横切っているのは間違いない。

小石よりも砂の多い川床で、足跡はくっきりと残った。もうそれを気にしている余裕はなかった。近在一円に手配が回らないうちに国鉄の駅に行き着くのが先決だ。

川の両岸は竹藪が多く、赤土からは、ごつごつした節をもつ竹の根が無数に垂れている。川の上を鉄橋が跨《また》いでいる。西鉄電車の線路だ。どの辺にあたるかはのみこめた。

突然、半鐘が鳴り出す。

火事を見つけたときの早鐘と同じだ。刑事が村に辿り着き、松崎署に電話を入れたあと、半鐘を鳴らさせたのだろう。泥棒の山狩りと同じで、村人総出で捜索させるつもりだ。

半鐘が頭上で鳴り響く。心臓が高鳴った。村の男たちが家や田んぼから、火の見櫓《やぐら》めがけて走り寄る光景が眼に浮かぶ。

刑事は彼らにどういう指示を出すか。洋一を押し倒した場所と、今走っている川の中は、村を間に挟んで、丁度反対方向にあった。刑事が、逃げたのは東か南の方角だと言えば、完全に裏をかける。

半鐘は鳴りやまない。途中で人が交替したのか、勢いも衰えない。あの鐘が自分を追っているのだと思うと胸が詰まった。川床からは地上の様子が全くつかめない。半鐘を聞きながら、川上へ走り続けるしかなかった。

村人が川上から姿を見せないか心配になった。川の曲がりめで前方を確かめ、一心に走った。立ち止まり、耳を澄ます。半鐘はひとつではなく、三つか四つ鳴っている。しかし、いずれも、南東の方角だ。

懸命に走る。

ところどころに砂の露出した川床は、上流になるにつれて川幅が狭くなり、逆に深さが増した。息も続かない。

諦《あきら》めて岸に上がった。

遠くに耳納山《みのうさん》と背振山《せぶりやま》があり、稲田の先に村落が見える。どこの村かは判《わか》らないが、おおよその地理は見当がついた。

どこの駅を目ざすべきか迷った。国鉄の久大線か甘木線か、それとも西鉄の駅を選んだ方がいいのか。

四、五百メートル先の田で、三人の農夫が稲を刈っている。畦道を走る姿を目撃されれば却《かえ》って怪しまれる。

枯れた竹を拾い、手に持った。遠くからなら釣人に見えるはずだ。

甘木線沿いの駅のほうが、距離のうえでは近いかもしれない。しかし甘木線は列車の間隔があいているので、一時間以上待つこともありうる。西鉄電車の駅は近くて運行回数も多いが、連絡を受けた警察が最も警戒するのが、恐らく小郡や三沢、津古あたりの駅だ。途中で警官に乗り込まれると、この服装では必ず怪しまれる。

結局、基山か田代の、鹿児島線沿いの駅に決めた。

半年前、鹿児島から引揚列車に乗り、降り立ったのが基山だった。また同じ地点から汽車に乗らなくてはならない。

しかしあのとき、行く先ははっきりしていたのに、今、久留米の方に逃げるべきか、博多の方に向かうべきか、分からなかった。

41

店先に二人の男がやって来たのが三時頃だった。同じ二人が一度店の前を通り過ぎたのを、瑞枝は覚えている。三十代と五十がらみの男で、店に並べた品物を物色せず、店の奥に鋭い視線を投げかけたので、妙だなと感じた。

「いらっしゃいませ」

それでも、客を迎える物腰で立ち上がった。

「あんたが守田瑞枝か」

年配のほうが訊く。妊《みごも》っていると分かる瑞枝の腹をじっと見た。

「はい、そうです」

「亭主はどこにいる？」

「今、外出しとります。どちら様で？」

その瞬間刑事だと察しはついた。胸の高鳴りをこらえた。

「警察の者だ。どこに行っとる」

あくまで低い声だ。若いほうの刑事は無遠慮に奥の部屋を覗《のぞ》き込んでいる。

「仕入れに行っとります」

「どこへ」

「実家の方にです」

「実家は？」

「三井郡です」

「どげんやって行った」

「西鉄電車じゃと思います」

「いくらぐらい持って出た」

考える余裕を与えない畳み込むような訊《き》き方だ。

「さあ」

瑞枝はわざと首をかしげた。「お金のことはみんなお父さんが仕切っていますけ」

「何ば仕入れる予定じゃったとか」

「実家にある物です」

米や麦など、統制下にある品物を口に出してはならない。

「例えば？」

「大根、里芋などです」

「ほう、この店で大根や里芋も売っとるとか」

刑事はわざとらしく店の中を見回した。

「店先には並べとりませんが、お客さんのなかで要る人には、少しばかり分けてあげとります」

怯《おび》えてはならないと思い、冷静に答えた。「主人を何の用事で探してあるとですか」

逆に問い返す。若いほうの刑事はその間も、店先に出て外を眺めたり、また入って来て奥に眼をやったりしている。

「いや、ちょっと参考人として連行するよう達示《たつし》が来てね。何時頃、帰る予定だね」

中年の刑事は、大方察しはついたという表情で問うた。

「大体四時頃です」

「分かった。帰ったら博多署に連絡するか、出頭するように伝えてくれ」

刑事は、粗末な紙に印刷された名刺を一枚手渡す。沢山という名前だった。顎《あご》をしゃくって若い刑事と一緒に店を出た。

踏み台代わりの丸椅子《まるいす》に腰かける。一度に疲れが出ていた。混乱した頭を鎮《しず》める。

これが恐れていた事態なのだ。北小路の納屋《なや》に住んでいた頃、夫が警戒していたのが、これだったのだ。この市場の中でも、夫は周囲にいつも眼を光らせていた。

二人の刑事は帰って行ったが、それは見せかけだろう。市場内のどこかに身を潜めて、夫が帰って来るのを待ち受けているのだ。

夫にどうやってそれを知らせればいいのか。

善一が学校から帰ってきた。すぐに出て行こうとするのを呼び止めた。

「宿題は？」

「出とらん」

「そんなら、今日習ったとこと、あした習うところば、声出して読んどきなさい」

善一は不服そうに生返事をして、板張りに上がろうとする。それをまた呼び止めた。

「善一。今日は勉強せんでよか」

招き寄せて、小声でささやく。「裏口のところで遊んどきなさい。橋の近くがよかろ。そして、お父ちゃんが帰って来たら、警察が見張っとると言いなさい。よかね、こそっと言うとよ」

母親の目を見て、重大さは理解したようだ。頷《うなず》いて、家の中に上がった。

瑞枝は上がり口に腰をおろす。征二が警察に引っ張られて行けば、それだけで生活が成り立たなくなる。一日二日なら何とかなるが、ひと月ふた月ならもうお手上げだ。二ヵ月後に出産も控えていた。

瑞枝は暗い考えを振り払うように腹を撫《な》で、また店先に立つ。女客が来ていた。五時になっても、征二は帰ってこなかった。客の切れ間を見計らって家の中に上がり、窓からどぶ川の方を眺めた。善一はまだ橋の根にいた。しゃがみ込み、石を手にして何か地面に描いている。

五時までに戻って来ないとは、ただ事ではなかった。途中で捕まってしまったのだろうか。窓から眺める範囲では、刑事が隠れている様子はない。捕まえて、連行したとも考えられない。

戻ってきた善一に店番をさせて、手早く夕食を作った。麦飯に、すまし汁と大根の煮物だ。飯台の用意のために電灯をつけると、停電になっていた。店のほうも暗く、善一は暗いなかにじっと坐《すわ》っている。

ランプを取り出して点火する。このところ夕方になると停電が増えていた。市内電車を動かすので電力が必要らしい。停電時に火を灯《とも》すのは、いつも征二の役目だった。

「善一、先に食べときなさい。お母さんが店番をしとくけ」

善一と交替して丸椅子に坐る。心細かった。

夫がいないのには慣れていたはずだが、この半年の間に、いるのが当たり前になってしまったのだ。ランプの薄い光に照らされる店の中をみつめていると、夫は本当にこのまま戻って来ないのではないかと思えてくる。足腰が萎《な》えそうだった。

胡麻《ごま》を買いに来た男客に応対する間も、通路に出て左右を眺めた。右肩をいからせ特徴のある歩き方をする征二の姿はない。もう七時近くになっていた。

夕食を食べ終えた善一が心配そうに顔を出した。

「お母ちゃんは、ちょっと近所まで行くけ、ちゃんと居るとよ。すぐ戻って来る」

「父ちゃんは？」

「心配せんでよか。ちゃんと帰って来らっしゃる」

答えながらも、舌の先がひりつく思いがした。

久保曹長の店もランプを灯していた。瑞枝の姿を見て、松子は奥に声をかけた。

「どうぞ、どうぞ」

松子の勧めを断り、上がり口で久保曹長と話をする。

「主人が実家に行ったきり、戻りません。三時頃、刑事が二人、主人を探しに来たとです」

久保曹長の顔色が変わり、無言で、上がるように急《せ》かした。

「刑事は何と言ったのですか」

久保曹長は胡坐《あぐら》をかき、腕組みをする。

「どこに行っとるのか、何しに行ったのか、普段は何時に帰ってくるのか、しつこく訊いてきました」

「探しに来た理由は？」

「本部のほうから事情聴取の命令が届いたとか言っていました」

「刑事はすぐ帰りましたか」

「はい。主人が帰宅したらここに連絡するようにと、名刺ば置いて行きました」

瑞枝がさし出した名刺を、久保曹長はじっと眺めた。

「とうとう捜査命令が来たか」

唸《うな》るように言う。

「主人は捕まったとでしょうか」

「捕まったなら、それなりの連絡があるでしょう。着替えとか必要でしょうし」

久保曹長は腕組みしたまま、ぐっと前を見据えた。ランプの明かりに、顎の張った顔が仁王《におう》像のように怒って見える。

「そんなら、逃げとるのでしょうね。どげんやって？」

逃げるくらいなら、捕まってくれたほうが安心すると一瞬思い、いやそうではないとまた打ち消す。夫が逃げるほうを選んだとすれば、それが正しいのだ。

「実家に訊けば、どうなったか分かるでしょうがね。向こうに電話はないでしょう？」

「なかです」

瑞枝の返事に、久保曹長は腕組みを解いて両手を膝の上に置いた。

「逃げたとなれば、警察は奥さんの行動を見張っているでしょうな。店の周りにも張り込みをしているはず。当然、私のところにもあとで刑事が訪ねて来るでしょう」

「すみません。迷惑かけて」

「なんのなんの。私は訊かれれば、ありのままに答えるだけです。昔の上司だし、店を開くようにもちかけたのも私です」

久保曹長は瑞枝を諭すように言う。「奥さんもその通り答えればいいだけの話です。しかし、熊谷のことは決してしゃべってはなりません。口が裂けてもです。警察の訊問《じんもん》なんかに、びくびくする必要はないですよ」

久保曹長は赤黒い顔を瑞枝に向けた。

「分かりました」

「いったん知らないと言ったことは、最後まで知らないと言い通すことです。相手がちゃんと白状したのに、お前はしらばっくれるつもりかと脅されても、気持をぐらつかせてはいけません。その代わり、どうでもいいようなことは、ちびりちびり小出しにして下さい。これも一度に吐き出したら駄目ですよ。ほんの少し、思い出したように言うのです。自分がどこまで吐いたかは、きちんと憶《おぼ》えておいて下さい。そうやって、五分ですむ話を三ヵ月でも半年でももたせることができます。それが、ご主人への掩護《えんご》射撃になります」

要するに時間稼ぎをすればいいのだと、瑞枝は久保曹長の助言に頷く。

「しかし奥さん」

久保曹長は改まった口調になった。「一番大切なのは、ご主人が何か悪いことをしたのではないかなどと、後ろめたい気持をもたないことです。警察に追われているといっても、悪事を働いたのではない。警察は単に、連合軍の手先となって動いているだけです。考えてみると可哀相《かわいそう》な連中ですよ。何も知らず、自国民を追いかけているのです。猟犬のようにね。

任地で、お国のために尽くした憲兵ほど、連合軍は憎い。それはそうでしょう。自分たちがその分だけやられたわけですから。口惜《くや》しいのです。仕返しをしてやりたいのです。しかし、あれは戦争、お国のために死にもの狂いで戦ったのは、お互いさま。たまたま向こうが勝ったからといって、兵士をいちいち捕まえるなんて、理屈が通らない。捕まえるなら、戦争をおっ始めて、トコトンやれと命令した偉い連中ですよ。末端の兵隊に罪はない。

奥さん、いいですか。事情は私がちゃんと知っている。何があっても、私が付いています。ちょうど明日は日曜日だから、店を閉めて、ご主人の実家まで行ってみるといいです」

久保曹長の目は潤《うる》んでいた。

「もしものとき、店はひとりではやっていけません」

「そのときは考えましょう。お産が終わるまで、私の知り合いの家に居てもらってもいいし、なに、親子二人くらい何とでもなります。元気になったら、うちの店で働くという手もありますよ」

「すみません」

胸が熱くなるのを覚えて瑞枝は頭を下げる。

「とにかく、めげないことです」

久保曹長は松子と一緒に店先に出、ことさら平静な顔で送り出してくれた。

店には客がひとり来ていて、善一が健気《けなげ》に応対していた。うずら豆の代金を受け取り、早めに店を閉める。本当は店を開けたまま征二の帰りを待つべきかと思ったが、どっと疲れが出ていた。

ランプの灯の下で、夕食をとったが、喉《のど》を通らなかった。

善一は箱を出し、紙で作った力士の取り組みを始める。遠足の帰りに善一が迷子になって警察に保護された翌日、何を思ったのか、征二が鋏《はさみ》で切り出してやったものだ。紙を二ツ折りにして鋏を入れると、左右対称の力士像が出来上がる。背の高いやせ型のもいれば、腹のつき出た丸っこい力士もいる。それぞれの背中に〈羽黒山〉や〈照国〉、〈神風〉というような名前を筆で書いたのも、征二だった。全部で二十人くらいの力士を作ったろうか。以来、善一の貴重な遊び道具になっていた。

二人の力士を組ませて、紙箱の縁を指で叩《たた》く。紙の力士は組み合ったまま少しずつ動き、何かのはずみで倒れる。あるいは土俵から足を出す。小さな声で勝ち名乗りをあげてやるのも善一の役目だ。

「善一、あした大保に行ってみるよ」

「うん」

土俵に顔を向けたままで答える。父親が帰って来ず、家の中に何か大変化が起こっているのを理解しているような素振りだった。

42

ほとんど眠れなかった。裏口には鍵《かぎ》をかけていたが、音がすればいつでも起きられるように、その近くに布団《ふとん》を寄せていた。明け方、少し眠っただけだ。

店の戸に〈本日休業〉の貼《は》り紙をする。善一を連れて店を出た。久保曹長の店は開いていたので、声をかけた。

「その後、警察からの呼び出しはないですか」

久保曹長が瑞枝を店の中に引き入れ、訊いた。

「ありません」

「やはり逃げています。その代わり、奥さんの動きを、警察は見ていますよ。泳がせて、尻尾《しっぽ》をつかむ魂胆です。なあに、知らん顔で普段の振舞いをしていればいいのです」

「奥さん」

事情は亭主から聞かされたのか、松子が出てきて言葉をかける。

「善一くん、これをやろう。お母さんのお供で偉いぞ」

久保曹長が五円札を握らせた。

市内電車に乗るときも、刑事がどこからか窺《うかが》っている気配があった。無頓着《むとんちゃく》を装《よそお》った。

市電は人で溢《あふ》れ、窓際《まどぎわ》にやっと二人並んで立てた。西鉄電車の混みようが思いやられる。

川端の橋を渡ると、進駐軍のジープが並走し始める。助手席の兵士が、市電の方に手を振る。何人かの乗客が応じ、善一も笑顔で手を上げた。

「この間、兵隊からガムを貰《もら》ったと。学校の帰りがけ」

善一が言う。

「優しかとやね」

「ジープに乗せてもろうた友だちもいる」

「善一も乗ったら良かったのに」

「いや。手に毛がいっぱい生えとったから」

闇市《やみいち》にもアメリカ兵が来たことがあった。二人連れで、一軒一軒、もの珍し気に覗《のぞ》き込んでいたが、斜め向かいの履物屋で、下駄《げた》を買った。まさか自分ではくのではなかろうから、母国への土産にでもするのだろう。そのときも、遠巻きに人だかりがした。

街なかでアメリカ兵を見かける頻度が増えたのは確かだ。見上げるほど大きく、肉づきのよい肌が風呂上《ふろあ》がりのような桜色をしていた。おしなべて礼儀正しく、戦時中に吹《ふ》聴《ちょう》されたような凶暴さは全く感じられない。戦争というものは、戦う相手を知らないでも行えるのが不思議だ。

戦争前も今も、日本が戦った中国人など誰ひとりとして見たことがない。夫の任地は香港が一番長く、そこがイギリスの領地だとは知っているものの、肝腎《かんじん》のイギリス人と会ったこともない。フランス人やオランダ人、オーストラリア人、戦争に負ける直前に攻め込んできたロシア人、みんな知らない人種ばかりだ。日本と手を組んでいたドイツ人とイタリア人も、この眼で確かめたわけではない。それは自分だけではなく、両親も姑《しゅうとめ》も舅《しゅうと》も同じはずだ。

夫の征二が警察に追われている理由も、同じようにはっきりしない。戦争中のどんな行為が罪だったのか、逮捕しようとしているのはイギリスなのかアメリカなのかも判《わか》らなかった。

戦争とは妙なものだと瑞枝は思う。戦う相手も、手を組んだ相手も知らないままで、家族が何年間も離れ離れにさせられ、戦争が終わった今でさえ、正体の判らないＧＨＱなるものによって、再び親子が引き裂かれつつある。

瑞枝は突き出た腹をそっと撫でてみる。中にはいっている赤ん坊だけは、何が起きるとも、生んで無事に育てよう。

善一の出産のときも夫はいなかった。

卵を暖めるのは雌の役目で、卵がかえると雄はどこかに行ってしまい、餌《えさ》を運んでくるのも雌だという鳥がいるのを聞いたことがある。自分も、その鳥に似ている。戦争がそうさせるのだ。善一のときは国が赤紙一枚で戦場に駆り出し、今は、連合軍の手先になった警察が追い立てようとしている。

窓の外を眺めている目に涙が溢れたが、これ以上泣くまいと必死でこらえる。善一の手をとり直し、唇をかんだ。

西鉄の駅は混み、切符売場でも改札口の前でも、十五分ずつ待たされた。ひと電車出発するたびにホームに人が誘導されるが、改札口をくぐったとたんに走り出す。瑞枝は善一と離れないように手をしっかり握った。車体のところどころ凹《へこ》んだ小豆色の普通電車に乗り込むとき、後ろから押されて中まではいり込む。善一が息ができるよう、坐っている乗客の前にやっとのことで押し出してやる。善一は不安気に後ろを見ながら、瑞枝のさし出す手を握りしめていた。

電車は二日市を過ぎてから、ひと息つけるくらいの混み具合になった。善一と並んで、坐った乗客の前に立つ。車窓から、稲の刈りとられた田んぼが眺められる。子供連れの女性が落ち穂拾いをしていた。かがんでは稲穂を拾い、しごいて籾《もみ》を布袋に入れる。小学生くらいの女の子も穂を見つけては母親の許《もと》に走り寄る。

川の縁にはすすきがもう白い穂を出し、草干れの様相を呈しはじめていた。

征二が逃げているとすれば、一体どのあたりにいるのだろうか。今から寒くなっていく。人里離れた山のなかに潜伏するとしても、冬を越すのは並たいていの苦労ではない。

お金はいくら持っていたのだろうか、瑞枝は考える。卵や豆、芋などを買いつけるため、三、四百円かそこらは持っていたはずだ。

乞食《こじき》のようにして辛酸をなめるよりは、自首して人間らしい待遇のなかで裁きを受けて欲しいと思う反面、せっかく日本に帰ってきたのだ、こんなところでむざむざ捕らえられてなるものか、思う存分、逃げ続けて欲しいという思いが交錯する。

そう、あなたが逃亡を選んだのなら、とことん逃げて下さい。あたしは善一と一緒に何とか生きてみせます。妊《みご》もっているあなたの子も、無事育てます。この先どんな辛《つら》いことがあろうとも、戦争がまだ続いていると思えば我慢できます。瑞枝は歯をくいしばり、心の内で誓う。

大保駅では瑞枝たちの他に六人が降りた。そのうちの女性三人連れは顔見知りだったが、瑞枝の会釈《えしやく》に少し頭を下げただけで、そのまま行き過ぎた。村中で会った男性も、妙によそよそしい態度をとった。普段なら、博多での生活はどうかなどとうるさいくらいに話しかけてくる村人だ。

神社の参道にはいると、向こうから元村長が歩いてきた。もう六十半ばの年配で、物知りで通っていた老人だが、瑞枝と善一を認めると、ひょいと参道から横道にはいり込んだ。夫が出征するときは、村人が七十人近く境内に集まった。鳥居の前で、万歳の音頭をとったのはあの元村長だった。赤だすきをした征二が深々と頭を下げていたのを思い出す。

夫の実家は戸口が閉まったままだ。小屋に牛の姿はなく、義兄夫婦は野良《のら》仕事に出かけているらしい。

戸口には鍵がかかっていない。暗い中に向かって声をかけると、トメの声が返ってきた。

「瑞枝しゃんかいの」

姑は納戸《なんど》で源太郎の看病でもしていたのか、曲がった腰を伸ばすようにして出て来る。

「善一も一緒か。上がれ上がれ」

手招きをして、自分から土間に降りて戸口を締めた。

「警察がうろうろしとったろ」

「気づかんでした」

「そうか。今日は来るじゃろと思うとった。征二はあんたのとこには戻らんかったんじやね」

「戻っとりません」

　瑞枝は声を低めた。

「そいで良か。そいで良か」

　トメは板張りの囲炉裏の前に正座した。「ばってん警察が来たろ?」

　瑞枝は頷《うなず》く。

「警察はここにも来た。誰も征二の行先は知らん。洋一は、警察からお前が仕組んで逃がしたとやろうと責められるとばってん、知らんものは知らん」

「やっぱり主人は逃げたとですか」

「逃げた。こん村だけじゃなく、周りの村の者が全員駆り出されて、昨日は大探しじゃった。あちこちの村で半鐘が鳴っての。あたしが嫁に来てからでも、あげん大仰に鐘が鳴ったこつはなか」

　トメは押し殺した声で話し続ける。時折、善一の方にも眼をやった。

「そいで、主人はどこに行ったとでしょうか」

「誰も知らん」

　トメは首を振る。「逃げにゃならんことがあったとじゃろ。自分の考えで逃げ出したんじゃけ、あとは捕まらんごつ祈るだけたい。じいさんにも、そげん話しとった。分かったかどうか知らんけど、うんうん、と言っとらっしゃった」

「村の人たちは、どげん思っとらっしゃるとですか」

「どげんもこげんも、いろいろおる。戦地でよっぽど悪かこつしたとじゃろ、と後ろ指さす者もおる。村の偉か衆ほど、そげな考えのごたる」

トメは険しい顔つきになる。「今までは、征二しゃんは憲兵になって、村の誉れじゃち言うとった者が、ころっと掌《てのひら》をかえしてしもうた。ゆうべは、村長と前の村長がうちに来た」

「前の村長さんとは、さっきお宮のところで会いました」

「ほう、どげんか言うたの」

「さっと、横道に隠れしゃったけんで」

「そげなこつじゃろ。ゆうべは二人して洋一とあたしに詰め寄って、戦犯というと他所《よそ》事《ごと》ち思いよったが、征二しゃんが戦犯とは大変なこつ、村の名折れになるけん、潔《いさぎよ》く自首するよう家族からも言うてつかあさい、どうせ逃げおおせるものじゃなか、捕まるくらいなら、自首のほうがよかち――」

トメはそのときの怒りを思い出したのか、赤黒い顔になった。「戦犯ち言うけど、あなたがたはうちの息子が何ばしたか知っておられるとですかち、訊《き》き返してやった。そしたら大の男が二人とも黙り込んでしもうて。ほんに村長ともあろう者がざまなかこつ。

あたしゃ、言うてやった。うちの息子は極悪非道の凶状持ちじゃなか。昔敵じゃった連合軍から嫌われとるだけ。それは立派に敵と戦った証拠じゃなかですか。戦時中、鬼畜米英とか言うて、あたしたちにも竹槍《たけやり》訓練ばさせたのはあなたがたでっしょ、もう忘れたとですか、ち。そしたら、分《ぶ》の悪か顔して帰って行きおった」

「すみません」

瑞枝はつい頭を下げる。善一もおおよその事情は察したのか、神妙な顔で正座していた。

「瑞枝しゃん、これからどげんするの。身重《みおも》の身体《からだ》のひとりじゃ、博多でもやっていけんじゃろ」

「はい」

瑞枝は頷く。「実家に帰ろうち思いよります」

「実家に戻るくらいなら、ここに来んの。サカエしゃんとうまくいかんのは分かっとるが、あの頃は善一も小さかったし、洋一も出征しとった。あんたが実家に帰ると言うたときには、あたしも反対できんじゃった。申し訳なかと思うた。

もう二度とあげな申し訳なかこつはさせちゃならんと、あたしは思い定めとる。あんたは征二の嫁。征二が凶状持ちのごとなっとる今、あんたを実家に戻したら、守田の名がすたる。どげん後ろ指さされても、ここはみんながひとつになって耐えていかにゃならん」

いつもは口数の少ないトメが、このときばかりは何度も言葉を継いだ。

外から重夫が戻って来ると、善一も一緒になってまた遊びに行った。久しぶりに従兄《いと》弟《こ》と会えて、善一も嬉《うれ》しそうだった。

「そりゃ、この狭か家に七人も住むのは大変なこつ。そいでもやっていかにゃならん。じいさんも、あんたが実家に戻るよりもここで暮らすほうば望まっしゃるじゃろ」

瑞枝はこの最後の言葉に心動かされた。元気だった源太郎は善一をよく可愛《かわい》がってくれた。重夫よりも偏愛したかもしれない。サカエが何かにつけ瑞枝につらくあたったのも、その反動だったと思えるほどだ。

あの当時と今では事情も違っている。子供たちは大きくなり、源太郎も寝込んでいるし、洋一も戦地から戻ってきている。トメが言うように、この家に残り、源太郎の世話をするのが次男の嫁としての務めのような気もしてくる。

「この家で、征二さんの帰ってくるのを待ちます」

瑞枝は答えた。

一時を過ぎた頃に、洋一夫婦が帰って来た。洋一のほうは瑞枝を見るなり「征二は?」と問いかけて来たが、サカエは黙ったままだ。

「主人は博多の家にも戻っていません」

「そうじゃろな。刑事が神社にまだ張り込んどる」

「義兄《にい》さんたちには本当に迷惑かけました」

瑞枝はサカエのほうにも詫《わ》びる。

「一緒に自転車に乗っとって、征二が逃げ出したときにはたまげた」

地下足袋を脱ぎながら洋一が言う。「ばってん今になって思うと、あれで良かったのかもしれん。後ろ振り向かんで一心に走って行く姿が、まだ眼に焼きついとる。あいつは小さいときから足は遅かった。それが、あんときは違っとった。夜叉《やしゃ》のごつ速かった。あれよあれよという間に、藪《やぶ》の中に消えてしもうた。刑事もどうすることもできんじゃった」

「すみません」

瑞枝は胸を衝《つ》かれて、また頭を下げる。征二は逃げ出したとき、何を思ったのだろう。妻子のためにここは命がけで逃げ切らねばと考えたのだろうか。

「刑事が村に戻って半鐘を鳴らさせたときには、征二が不憫《ふびん》になってのう。ジャンジャン鳴る鐘を聞きながら、どうか捕まらんで逃げおおせてくれと、胸ん中で祈っとった」

そのあたりの経緯を、洋一はトメに既に聞かせていたはずだが、トメは板張りに正座したままで目をしょぼつかせる。

「しかし、刑事が来たのもここで良かった。博多の方に行っとったら、逃げ出せずにおったろう。この辺の土地は、征二も自分の掌《てのひら》のように知っとるはず」

腹が減ったとでもいうように、洋一は上座にどっかりと腰をおろした。トメが土間におりて、サカエと一緒に昼飯の仕度を始める。

善一と重夫がはしゃぎながら帰って来たのはしばらくたってからで、板張りの上で囲炉裏を囲んで里芋の煮つけを食べた。小皿の上に芋が三個並び、それをおかずにして麦飯を食べた。子供たちはもう一杯おかわりをし、醬油《しょうゆ》を飯の上にたらし、その上からお茶を注ぎかき込んだ。

朝食もろくにとらずに出たので腹は空《す》いているはずなのに、瑞枝は空腹を感じなかった。小皿の芋を無理に胃の中に押し込んだ。

「瑞枝しゃんは征二がおらんと店はやっていけんので、この家に帰ってもらうことにした。征二もそれば望んどるはず」

トメが背筋を伸ばして言い放つ。

洋一は半ば予期していたのか、黙ってお茶をすする。

「ばってん、こげな狭か家に」

サカエが白い目をむくようにしてトメを見た。

「前と同じでよか。あたしがじいさんと納戸に引っ込み、瑞枝しゃんと善一には座敷を使ってもらおう。あんたたちは今まで通り、二階でよかろうもん」

「わたしたちが納戸ば使いますけ、お母さんたちは座敷に移って下さい。納戸は陽当たりも悪かし、病気にはよくなかでしょ」

瑞枝は言いつのる。そうでなくても厄介者の二人が、座敷を使うなど思いもよらなかった。

「それが良かろう」

サカエの口封じをするように洋一が言った。「座敷に上がるような客もおらんし、じいさんには広か方に移ってもらおう」

トメと洋一の発言で、瑞枝と善一の引越しは決定的になった。善一を生んだのも納戸だったが、次の子もやはり同じ場所で生むのだと、瑞枝は何か因縁めいたものを感じた。

43

荷造りといっても、さして多くはなく、鍋釜《なべかま》と食器、布団《ふとん》や衣類、それに善一の勉強道具くらいのものだった。布団だけは鉄道で送ることにした。

松子が新聞紙と縄を持って来て手伝ってくれ、終わると掃除もしてくれた。店はそのまま別な家族に引き継がせるのだという。

一段落したところに、久保曹長も顔を出した。刑事がやって来て、征二との関係を根掘り葉掘り訊かれたらしい。

「知らんもんは知らんのだから気が楽です。今の警察は憲兵と比べたら、まるで大人と子供。あんな訊問《じんもん》をかわすのは訳ない。どうして店を持たせたのかと訊くので、戦友だから当然だろう。あんたらには、そんな人と人との繋《つな》がりも分からんのかと叱《しか》りつけた。どこかに匿《かくま》っているのではと勘繰るので、自分たちはその日その日の商売で精一杯だった。あんたらが捕まえに来るなどと思ったこともない。その証拠に、守田がこれまでに逃げ隠れしとったか、と怒鳴りつけた。

警察は、あまり隠しだてすると商売がしにくくなるみたいなこと仄《ほの》めかしたが、それくらいな脅しはこっちには通じない。この市場はもう住民になくてはならぬものになっている。閉鎖でもしたら、暴動が起こる」

話しているうちに久保曹長は険しい口ぶりになる。

「迷惑のかけ通しで、すみませんでした」

瑞枝は頭を下げた。

「なんの、なんの。無事、身二つになったら、また何でもいいから田舎の作物をここに運んで来るといいですよ。私がさばいてやります。親子三人が食べていけるくらいには利ざやは稼げるはずです。それには一にも身体、二にも身体。健康だけは気をつけて下さいよ。それから──」

久保曹長はぐっと声を潜めた。「もし私のほうに連絡があったときは、家内に手紙を書かせます」思案するような眼を宙にさまよわせてから言葉を継いだ。「唐津のスルメが手にはいった、というのを暗号にしましょう。そのときはうちまで来て下さい。奥さんが来られないときは、家の誰かでもいいです。スルメと一緒に手紙なり、何なりと渡します」

「はい」

「唐津のスルメですよ」

久保曹長は念を押し、出がけに、思い出したように善一に声をかけた。ポケットから新聞紙の小袋を取り出す。

「これは善一くんに、おじちゃんからお土産。また学校を替わって大変だろうが、男は弱音を吐いたらいかん。どんな辛いことがあっても、歯をくいしばってな。善一くんが泣くと、お母さんはなお悲しくなるよ。善一くんがお母さんを助けるようでなくちゃ。分かったね」

「はい」

善一は神妙な手つきで紙袋を受け取り、中を覗《のぞ》き込む。ニッケの飴玉《あめだま》が十五、六個はいっている。善一はもう一度声を張り上げて礼を言った。

昼過ぎに洋一が到着し、背中に荷を背負い、両手にも風呂《ふろ》敷包《しきづつ》みを持った。善一にも小さなリュックに本と衣服を入れて担《かつ》がせる。

途中久保曹長の店に立ち寄って、鍵《かぎ》を返した。荷物の多さに見かねて、久保曹長は瑞枝が両手に持った風呂敷包みをもぎ取った。天神の駅まで運んでやると言ってきかなかった。

市内電車の切符も久保曹長が買った。洋一は恐縮し、礼を言う。

「戦地で同じ釜の飯を食った仲です。彼が今頃どこかを逃げ回っていると思うと、涙が出ます」

久保曹長は、自分よりは年長である洋一に対して丁重な物腰をくずさなかった。「守田は優秀な憲兵でした。イギリス軍が血眼《ちまなこ》になって探しているのが、その証拠ですよ。しかし何も、日本の警察がその手先になることはありません」

征二を援護してやるのは自分しかいないといった口調で、久保曹長は言った。

橋の上まで来たとき、引揚者の一団が見えた。博多港にはいって博多駅まで歩く引揚者たちの姿はこれまで何度も眼にしたが、今回は人数も多く、五、六百人はいるだろうか、道を埋めつくしていた。

引揚者のなかで発生していたコレラも、秋になって下火になっていた。博多がコレラ港に指定されたときは、市民みんなが引揚者を疫病神《やくびょうがみ》みたいに思っていたものだ。今はそれほどでもないが、着ぶくれしたうえに破れた荷物をかかえて歩く彼らに、拍手を送る市民はいない。

それでも引揚者たちの顔は暗くなかった。背中にリュックを背負い、さらにその上に黒い包みを三段重ねした女性は、瑞枝と同じくらいの年齢だろうか。コートの上に革バンドをして、そこに水筒と薬罐《やかん》をぶら下げている。彼女に手を引かれている女の子はおかっぱ頭で、ソックスと革靴をはいている。茶色のリュックを背中に、風呂敷包みを首にかけていた。父親らしい姿は見えない。それでも二人は顔を見合わせては笑っている。

「満洲やソ連には、まだ何十万の日本人が残されているといいますからね」

「戦争はまだ終わっとらんのと一緒ですたい」

洋一はぽつりと言う。

布で頬かむりをした女性もいる。おそらく男装をするために髪を短くしていたのだろう。はいているズボンは着物を仕立て直したもので柄が大きく、背広を着ている。やはりリュックの上に荷物をのせ、左右には汚れた雑嚢《ざつのう》を垂らしていた。目はどこかうつろだ。他の引揚者の歩く方向に機械的に足を運んでいるだけだ。

あの人たちと自分は同じだと瑞枝は思う。

引揚者たちがいま内地での生活を始めたのと同様に、自分も今日から再び新たな人生を始める覚悟でおればいい。征二との親子三人の水入らずの生活を半年送れただけでも、引揚者たちよりは何倍も幸せではないか。

戦争は終わっとらんのと一緒。――洋一が言った言葉を瑞枝は胸のなかで反芻《はんすう》した。

（下巻につづく）

逃《とう》亡《ぼう》（上）

新潮文庫 は-7-11

平成十二年八月一日発行
平成二十八年十月三十日六刷

著者 帚《ははき》木《ぎ》蓬《ほう》生《せい》
発行者 佐藤隆信
発行所 株式会社 新潮社

郵便番号 一六二―八七一一
東京都新宿区矢来町七一
電話 編集部(〇三)三二六六―五四四〇
読者係(〇三)三二六六―五一一一
http://www.shinchosha.co.jp

価格はカバーに表示してあります。

乱丁・落丁本は、ご面倒ですが小社読者係宛ご送付ください。送料小社負担にてお取替えいたします。

印刷・二光印刷株式会社　製本・憲専堂製本株式会社

ISBN978-4-10-128811-6 C0193